In Istanbul sterben junge Arbeiter an Staublunge. Sie alle waren mit der Produktion von Designer-Jeans beschäftigt. Ein türkischer Mediziner macht sich nach Köln auf, um mit dem Auftraggeber, einer etablierten Textilfirma, zu sprechen. 24 Stunden später ist er tot.
Schnell wird den Ermittlern David Manthey und Antonia Dix klar: Auch in der Modebranche gilt das Gesetz der Gier. Es geht um Profit, die Ware muss billig produziert werden, egal wo und unter welchen Bedingungen. Ein gefundenes Fressen für militante Globalisierungsgegner; doch auch die sind keineswegs resistent gegen die Versuchung des Geldes …

Wolfgang Kaes, geboren 1958 in der Eifel, finanzierte sein Studium mit Jobs als Waldarbeiter, Lastwagenfahrer, Taxifahrer und schließlich als Polizeireporter für den Kölner Stadt-Anzeiger. Er arbeitete für das US-Nachrichtenmagazin Time, schrieb Reportagen für den Stern und andere. Heute ist Wolfgang Kaes Chefreporter beim Bonner General-Anzeiger. »Das Gesetz der Gier« ist sein sechster Roman.

WOLFGANG KAES

DAS GESETZ DER GIER

KRIMINALROMAN

btb

Verlagsgruppe Random House FSC® N001967
Das für dieses Buch verwendete FSC®-zertifizierte
Papier *Lux Cream* liefert Stora Enso, Finnland.

1. Auflage
Genehmigte Taschenbuchausgabe September 2014
btb Verlag in der Verlagsgruppe Random House GmbH, München
Copyright © 2012 by C. Bertelsmann Verlag, München, in der Verlagsgruppe Random House GmbH
Umschlaggestaltung: semper smile, München
Umschlagmotiv: Getty Images / Chase Jarvis
Druck und Einband: CPI – Clausen & Bosse, Leck
MI · Herstellung: sc
Printed in Germany
ISBN 978-3-442-74773-3

www.btb-verlag.de
www.facebook.com/btbverlag
Besuchen Sie auch unseren LiteraturBlog www.transatlantik.de

Hanno Brühl
*19. Februar 1937 in São Paulo
† 5. Oktober 2010 in Köln
Glücklich und dankbar bin ich, dich gekannt zu haben.
Das Thema des Buches lag dir am Herzen.
Nur so viel ist gewiss.

*»Es ist genug da für jedermanns Bedürfnis,
aber nicht genug für jedermanns Gier.«*

MAHATMA GANDHI

Erol Ümit keuchte und rang nach Atem. Er lehnte seinen abgemagerten Körper gegen die hölzerne Hauswand und schloss die Augen. Nur einen Augenblick. Eine Pause. Eine kleine Pause. Bis die Lunge nicht mehr so rasselte. Alle fünf Schritte brauchte er eine Pause. Schon der kurze Weg vom Abort auf dem Hof zurück zum Haus wurde zur Qual. Erol sog gierig die frische Morgenluft ein. Als atmete er durch einen Strohhalm. Sein Brustkorb brannte wie Feuer.
Schmerzen.
Höllenschmerzen.
Aber noch hielt er sie aus.
Erols Lungenkapazität betrug noch 30 Prozent. Vielleicht auch schon weniger. Wahrscheinlich sogar. Denn die 30 Prozent hatte der Professor vor vier Monaten gemessen. Professor Zeki Kilicaslan war Chefarzt und Leiter der pneumologischen Abteilung am Istanbuler Universitätsklinikum. Das Wort hatte sich Erol nie merken können. Pneumologie. Er hatte sich nur gemerkt, was der Professor mit versteinerter Miene am Ende der Untersuchung gesagt hatte. Die Worte hatten sich in Erols Gehirn eingebrannt: *Sie müssen jetzt sehr tapfer sein, Herr Ümit. Diese Krankheit ist unheilbar, und sie schreitet rasend schnell voran. Sie werden bald sterben, Herr Ümit. Es gibt leider keine Arznei gegen diese Krankheit. Fahren Sie nach Hause, zu Ihrer Familie...*
Sterben.
Erol Ümit war erst 21 Jahre alt.
Der Professor hatte ihm Morphium mitgegeben.
Seit vier Monaten weigerte sich Erol, das Morphium zu nehmen, trotz der Schmerzen. Die Schmerzen konnte er aushalten,

wenn er nur tüchtig die Zähne zusammenbiss. Nein, er blieb tapfer. Denn Morphium wäre das Ende, das wusste Erol.

Aber er wusste nicht, wie lange er die Angst aushalten konnte. Er hatte sich vorgenommen, sich das Morphium erst zu spritzen, alles auf einmal in die Vene zu spritzen, wenn die Panik, keine Luft mehr zu bekommen, unerträglich würde.

Eines Tages, so hatte der Professor in Istanbul es ihm erklärt, wenn das vernarbende Gewebe in seiner Lunge weit genug gewuchert war, dann würde er ersticken.

Tod durch Ersticken.

Erol versuchte, nicht daran zu denken. Aber es gelang ihm nicht. Seinen Eltern sagte er nichts davon. Sie litten schon genug. Nein, das Wissen darum, wie er eines Tages sterben sollte, behielt er für sich. Außerdem hatte er das Morphium.

Früher, da hatte er den randvoll mit Brennholz beladenen Karren ganz alleine zurück ins Dorf gezogen. Jetzt hatte er schon Mühe, den eigenen Körper zu bewegen. Erol wog noch 46 Kilogramm. Haut und Knochen. Früher hatte er jeden Abend Fußball gespielt, oben auf der Waldlichtung. Erol Ümit war früher bärenstark und wieselflink gewesen.

Früher. Noch vor drei Jahren.

Früher hatte er sich jeden Abend mit seinen Freunden auf der Waldlichtung getroffen. Sie hatten nicht nur Fußball gespielt, sondern danach, bis es dunkel wurde, noch über alles Mögliche geredet, über was Jungen in dem Alter so reden, über die Chancen der türkischen Nationalmannschaft bei der nächsten Weltmeisterschaft, und über die Mädchen unten im Dorf natürlich. Unnahbare Zauberwesen. Und sie hatten Pläne geschmiedet, fantastische Pläne: ein guter Job im fernen Istanbul, der Stadt ihrer Träume, Geld für die Familie verdienen, einen neuen Fernseher kaufen, Flachbildschirm, vielleicht sogar ein Auto, und später dann, als gemachter Mann, zurückkehren und um die Hand eines der Mädchen im Dorf anhalten. Erol wusste damals auch schon ganz genau, um welche Hand er später anhalten wollte: Filiz. Sie war die Schönste von allen.

Filiz.

Pläne. Träume. Luftschlösser.

Filiz hatte inzwischen geheiratet. Erols Cousin.

Erols Heimatdorf hieß Bürnük. So hießen viele Dörfer im Norden der Türkei. Erols Dorf hatte 241 Einwohner. Es war von grünen, dunklen Wäldern umgeben. Bis zur Provinzhauptstadt Bolu waren es rund 30 Kilometer über eine unbefestigte Schotterpiste mitten durch den Wald, bis zur Schwarzmeerküste waren es etwa 80 Kilometer. Weit weg, unerreichbar weit weg. Bürnük war zweifellos kein Ort für einen ehrgeizigen jungen Mann, der es zu etwas bringen wollte.

Das Meer sah Erol zum ersten Mal in Istanbul, als er mit 18 Jahren sein Dorf verließ, um in der goldenen Stadt am Bosporus sein Glück zu versuchen.

Seine Freunde, diese Feiglinge, diese Maulhelden, blieben damals allesamt in Bürnük.

Erol fand schnell Arbeit als Spüler in einem Restaurant. Leute von der Schwarzmeerküste wurden gerne genommen. Sie galten als zuverlässig, geradlinig, schweigsam, vertrauenswürdig. Das wussten Arbeitgeber zu schätzen.

Vertrauenswürdige Menschen sind oft auch vertrauensselig. Sie erwecken nicht nur Vertrauen, sie schenken auch bereitwillig Vertrauen, weil sie glauben, alle Welt sei so wie sie.

Ein großer Irrtum.

Erols Chef, der Restaurantbesitzer, ein Mittvierziger namens Önder Ocak, stammte aus Nizip, einer Provinzstadt im Südosten, unweit der syrischen Grenze. *Hüte dich vor den Menschen aus dem Südosten*, hatte Erols Großvater immer gesagt. *Sie sind verschlagen; sie lügen schon, sobald sie nur den Mund aufmachen. Das kommt, weil sie allesamt von Schmugglern und Spionen abstammen. Wer aus dem Süden kommt, der hat garantiert was auf dem Kerbholz.*

Aber die Worte seines Großvaters aus Kindertagen fielen Erol erst wieder ein, als es zu spät war.

Der Restaurantbesitzer überredete Erol, nach nur acht Wochen als Spüler den Job zu wechseln. Er vermittelte ihn an eine der zahllosen Kellerfabriken Istanbuls, die ständig Arbeitskräfte suchten, und kassierte dafür eine satte Vermittlungsgebühr. Aber das wusste Erol damals nicht. Er wusste nur, dass er mehr Geld verdienen sollte als im Restaurant.

In dem Gewölbekeller erklärte man dem jungen Mann von der Schwarzmeerküste, wie er das Gerät zu bedienen hatte, das aussah wie ein Hochdruckreiniger. Nur dass aus der Düse am Ende des Rohrs kein Wasser, sondern feiner Sand schoss. Sie zeigten Erol, wie er die nagelneuen Jeans in den kammerähnlichen Hohlräumen der gemauerten Wand auslegen musste, um die optimale Wirkung zu erzielen. Und sie zeigten ihm, wie man mit gleichmäßigen, kreisenden Bewegungen den Sand auf die Hosenbeine schießen ließ, damit der Sand die tiefblaue Farbe aus dem Stoff kratzte und die Jeans in Minutenschnelle so aussah, als hätte Erol sie zuvor jahrelang bei der Arbeit getragen.

Erol war ein gelehriger Schüler und ein fleißiger Arbeiter. Er schuftete in der extremen Hitze des Kellers 14 bis 16 Stunden am Tag, für umgerechnet einen Euro pro Stunde. Er kapierte nicht, warum man nagelneue Jeans so furchtbar zurichtete. Aber er verstand auch alles andere nicht. Zum Beispiel, warum er plötzlich an Gewicht verlor, Kilo um Kilo, warum er so schnell müde war, sich kraftlos fühlte und Blut spuckte. Der Vorarbeiter sagte, sie sollten nach Feierabend viel Bier trinken oder aber Buttermilch, wenn man den Alkohol meiden wollte. Das spüle den eingeatmeten Sand wieder aus dem Körper.

Hätte Erol den Leiter der Pneumologie an der Istanbuler Universitätsklinik damals schon gekannt, hätte der ihm da schon sagen können, was in seinem Körper vor sich ging. Denn zu diesem Zeitpunkt hatte Professor Zeki Kilicaslan bereits bei 700 Patienten die unheilbare Krankheit diagnostiziert.

Silikose.

Staublunge.

Das kannte der erfahrene Mediziner zuvor nur von alten Bergarbeitern nach jahrzehntelanger Berufstätigkeit.

Aber diese Silikose-Patienten waren noch jung, sehr jung, und schon dem sicheren Tod geweiht.

Zudem nahm die Krankheit bei ihnen einen wesentlich rasanteren Verlauf als bei Bergarbeitern. Das ließ dem Professor keine Ruhe. Er suchte nach Gemeinsamkeiten – und fand sie schließlich in den Krankenakten: Alle 700 Patienten arbeiteten in der Textilindustrie. Durch das Sandstrahlen unter Hochdruck bildete sich Silizium, das sich in Verbindung mit Sauerstoff in Quarze verwandelte. Geriet das giftige Mineral durch die Luftröhre in die Lunge, was in den unbelüfteten Kellern zwangsläufig geschah, bildete sich dort neues Gewebe, wucherte unkontrolliert und vernarbte die Lungenflügel. Die Folge: Hustenanfälle, rasselnder Atem, rapide Gewichtsreduktion, blutiger Auswurf, zunehmender Sauerstoffmangel im Körper, am Ende der Tod durch Ersticken.

Professor Zeki Kilicaslan wandte sich an Polizei und Justiz und forderte ein Verbot der gefährlichen Sandstrahler. Doch die Resonanz der Behörden hielt sich in Grenzen. Es ging schließlich um viel Geld. Um sehr viel Geld. Mit mehr als zehn Milliarden Euro Exportvolumen pro Jahr boomte die türkische Textilindustrie. Wurde dennoch eine Kellerfabrik geschlossen, öffnete die nächste in einem anderen Stadtteil.

Zehntausende junger Männer waren da schon durch die Keller geschleust worden, ohne Versicherung, ohne Arbeitsschutz. Niemand kannte die genaue Zahl. Professor Zeki Kilicaslan schätzte, dass schon mindestens 5000 Textilarbeiter unheilbar an Silikose erkrankt waren. Die meisten trauten sich nicht, zum Arzt zu gehen, aus Angst, ihren Job zu verlieren. Andere, so wie auch Erol Ümit, hatten Schriftstücke unterzeichnet, Verträge, die sie verpflichteten, draußen kein Wort über die Arbeitsbedingungen da drinnen zu verlieren. Bei Vertragsbrüchigkeit drohe ihnen Gefängnis, stand darin. Dass dies gelogen war, wusste Erol nicht. Er wusste noch nicht viel vom Leben.

Erst als Erol immer mehr Blut hustete, war er zu einem Arzt gegangen. Der Mann war zufällig ein alter Freund des Professors aus gemeinsamen Studentenzeiten und schickte Erol deshalb in die Universitätsklinik. Nach der Diagnose ging Erol nicht mehr in die Fabrik, sondern reiste zurück nach Bürnük, um dort, im Haus seines Vaters, auf seinen Tod zu warten.

Die Herstellung einer Jeans kostet in der Türkei 15 Euro, in China sieben Euro, in Bangladesch fünf Euro.

Die letzte Jeans, die Erol Ümit am Tag vor der Diagnose sandgestrahlt hatte, gehörte zu einer größeren Charge, die ein deutsches Textilunternehmen aus dem Rheinland bei einem türkischen Zwischenhändler geordert hatte. Das deutsche Unternehmen zahlte an den türkischen Zwischenhändler 35 Euro pro Stück, inklusive Transport, und verkaufte die 12 600 Exemplare zum Stückpreis von 80 Euro an eine internationale Kette mit Hauptsitz in Mailand, die wiederum die Boutiquen ihres deutschen Ablegers damit bestückte.

Die letzte Jeans, die Erol Ümit sandgestrahlt hatte, kaufte drei Wochen später die Gattin eines Düsseldorfer Architekten in einer Boutique an der Königsallee. Die 58-Jährige war stolz darauf, immer noch in Kleidergröße 34 zu passen. Dafür trainierte sie täglich zwei Stunden im Fitness-Studio und aß so gut wie nichts. Die amerikanische Inch-Größe 27 schreckte sie nicht, auch wenn sie bei der Anprobe kaum zu atmen wagte. Die letzte Jeans, die Erol Ümit im fernen Istanbul sandgestrahlt hatte, war nun eine Designer-Jeans der Marke *Metro Heroine* und kostete 379 Euro. Aber der Preis interessierte die Käuferin nicht sonderlich. Sie bezahlte mit der goldenen Kreditkarte ihres Mannes, setzte ihre Sonnenbrille auf und verließ den Laden.

Die Frau trug die Neuerwerbung noch am selben Abend, beim Jahrgangstreffen. Sie hatte lange gezögert: Wollte sie all die Gestalten aus ihrer Jugendzeit tatsächlich wiedersehen? Nach vierzig Jahren? Schließlich hatte sie doch zugesagt. Besser allemal, als einen dieser langweiligen, nervenden Abende mit ihrem Mann zu verbringen. Außerdem: Alle sollten sehen, wie gut sie sich gehalten hatte. Das ließ sich nun mal am besten mit einer hautengen Jeans demonstrieren, in Kombination mit Zwölf-Zentimeter-Absätzen und einer sündhaft teuren Ledercorsage. Sie genoss das neidvolle Tuscheln der im Lauf der Jahrzehnte verdorrten Mauerblümchen und die anzüglichen, sehnsüchtigen Blicke der bierbäuchigen Filialleitertypen und bedachte alle mit einem Augenaufschlag, der sexuelle Aggressivität und zugleich

Unerreichbarkeit signalisierte. Alles lief nach Plan, bis sie ihre beste Freundin seit Schülertagen vor dem Spiegel des Waschtischs der Damentoilette traf: *Ist die neu? Sie steht dir überhaupt nicht. Sie macht dich irgendwie fett.*

Zehn Minuten später verließ die Gattin des Architekten die Party, fuhr mit dem Taxi nach Hause und mit dem Privataufzug hinauf in die Penthouse-Wohnung im achten Stock, zerrte an dem noch sperrigen Reißverschluss, zwängte sich aus der Jeans und stopfte sie wutentbrannt durch die Klappe des Müllschluckers. Diesen Abend hatte sie sich völlig anders vorgestellt. Wieso war ihr Mann nicht da? Wo steckte der schon wieder?

Sie nahm eine Flasche Taittinger aus dem Kühlschrank, öffnete sie routiniert, ließ sich im Wohnzimmer auf die Couch fallen und schaltete den Fernseher ein. Während sie das vierte Glas leerte und sich der allmählichen Betäubung hingab, setzte sich Erol Ümit im Holzhaus seines Vaters in Bürnük unweit der Schwarzmeerküste eine Überdosis Morphium, um dem nahenden Erstickungstod zu entgehen.

Am Morgen des 30. Oktober hatte Bernd Oschatz nicht die geringste Ahnung, dass ihm nur noch 26 Tage bis zu seinem Tod blieben. Dabei war er nicht einmal krank, für sein Alter sogar kerngesund, bescheinigte ihm regelmäßig sein Hausarzt, den er einmal im Jahr zum Routinecheck aufsuchte. Er pflegte keine riskanten Hobbys; Bernd Oschatz pflegte überhaupt keine Hobbys. Er besaß keinen Führerschein, und vor dem Überqueren von Straßen sah er stets zunächst nach links und dann nach rechts und dann noch mal nach links. Wie also hätte er ahnen sollen, dass sein Leben so bald enden würde? Wie hätte er ahnen können, dass eine höhere Ordnung seinen Tod in 26 Tagen erforderte, nur weil er ein einziges Mal in seinem bislang kümmerlichen Leben sein Schicksal selbst in die Hand nahm? Und was hätte es geändert, wenn er seinen baldigen Tod zu diesem Zeitpunkt geahnt hätte?

Vielleicht alles.

Vielleicht auch nichts.

Am Morgen des 30. Oktober meldete sich der Radiowecker auf die Minute genau mit den Sechs-Uhr-Nachrichten. Aber da war Bernd Oschatz längst wach. Seit knapp einer Stunde lag er schon so da, stocksteif auf dem Rücken, als wäre er bereits tot, die Bettdecke bis zum Hals gezogen, die Hände wie zum Gebet gefaltet, und starrte hinauf ins Dunkel. Der Radiosprecher redete ohne Unterlass, über Tote in Kabul, über Aktienkurse in New York, über Straßenschlachten in Paris, Straßenschlachten in Athen, Straßenschlachten in London, brennende Autos, brennende Geschäftshäuser in Birmingham, Liverpool und Manchester, aber Bernd Oschatz hörte nicht richtig zu. Er dachte nach. Seine Gedanken drehten sich im Kreis, drehten sich unermüdlich um sein zweites, um sein neues Leben, das mit dem heutigen Tag beginnen sollte.

Die Gedanken dienten nicht etwa dazu, eine Entscheidung zu treffen. Seine Entscheidung hatte er schon vor Monaten getroffen. Unumstößlich. Nüchtern, vernünftig, sachlich, ohne auch nur einen Funken Euphorie. Bernd Oschatz war kein Mensch, der sich von Gefühlen überwältigen ließ.

Nein, die Gedanken dienten vielmehr dazu, sich mit dieser getroffenen Entscheidung anzufreunden, sie zu liebkosen und zu streicheln, um sie nicht länger als Fremdkörper in seiner Seele, sondern wie einen guten Freund zu empfinden.

Oder wie eine Geliebte.

Der Vergleich amüsierte ihn. Seit mehr als zwanzig Jahren hatte keine Frau mehr das Bett mit ihm geteilt, und Bernd Oschatz rechnete nicht damit, dass sich dies in Zukunft noch einmal ändern würde. Als der Radiosprecher das Wetter für den 30. Oktober verlas, schaltete Oschatz das Licht an, kletterte aus dem Bett, schlüpfte in die Pantoffeln, zog den Bademantel über, schlug das Kopfkissen auf und strich das Laken glatt.

Das Wetter. Null Grad. Höchstwert im Lauf des Tages: sieben

Grad. Aber trocken. Oschatz gehörte nicht zu den Menschen, die sich tagtäglich über das Wetter erregten. Oschatz passte sich an. An das Wetter. An die Menschen.

Er schaltete den Radiowecker aus, schlurfte in die Küche, füllte den Filter der Kaffeemaschine mit Pulver für fünf Tassen, schlurfte über den kalten Flur hinüber ins Badezimmer, pinkelte, wusch sich anschließend gründlich die Hände und betrachtete sein Gesicht im Spiegel über dem Waschbecken.

65 Jahre.

Von manchen Menschen behauptete man, sie sähen jünger aus, als sie tatsächlich waren.

Von ihm behauptete das niemand.

Bernd Oschatz belegte das Knäckebrot mit einer Scheibe Gouda. Fettreduziert. Seit Jahren schon verzichtete er auf Butter und auf Wurst, wegen des Cholesterinspiegels. Dazu hatte ihm sein Hausarzt geraten. Oschatz achtete auf seine Gesundheit, trank selten Alkohol, ging abends zeitig zu Bett und benutzte im Büro selten den Fahrstuhl, stattdessen fast immer die Treppen. Nur das Rauchen hatte er sich nicht abgewöhnt.

Während er die zweite Tasse Kaffee trank, rauchte er bei geöffnetem Fenster eine Zigarette, die erste von fünfen, die er sich pro Tag gestattete. Den restlichen Kaffee goss er in eine Thermoskanne und füllte sie anschließend mit warmer Milch auf. Er belegte zwei weitere Scheiben Knäckebrot mit Gouda, platzierte sie sorgsam in einer Tupperware-Dose, zusammen mit zwei Cocktailtomaten aus dem Edeka und vier Delikatessgürkchen von Hengstenberg. Anschließend steckte er die Plastikdose und die Thermoskanne in seine Aktentasche, die unter der Garderobe neben der Wohnungstür bereitstand.

So wie jeden Morgen.

Wenn ihn jemand als den langweiligsten Menschen der Welt gescholten hätte – Bernd Oschatz hätte vermutlich nicht einmal widersprochen. Widerspruch war ohnehin nicht seine Stärke, und Routine, wie er das benennen würde, was andere Menschen Langeweile nannten, verlieh ihm eine Sicherheit, die seine Seele angenehm beruhigte.

Die letzte Frau, die hin und wieder das Bett mit ihm geteilt hatte, elf Monate lang, vor mehr als zwanzig Jahren, hatte ihn bei ihrer endgültig letzten Unterredung einen Langweiler genannt. Bald jedoch würde es mit der geliebten Routine vorbei sein, wusste Bernd Oschatz. Morgen schon.

Das Duschen hatte er bereits am Vorabend erledigt. So wie jeden Abend. Bernd Oschatz putzte sich die Zähne, rasierte sich und kämmte sorgfältig die wenigen Haare, die ihm verblieben waren. Er nahm frische Unterwäsche und ein frisch gebügeltes weißes Hemd aus dem Schrank und wählte den grauen Anzug. Er besaß außerdem einen braunen und einen dunkelblauen Anzug, die er abwechselnd trug, den grauen, den braunen, den dunkelblauen, dann wieder den grauen. Ferner besaß er drei farblich auf die Anzüge abgestimmte Krawatten.

Jedes Wochenende bügelte er die Anzüge auf und polierte seine vier Paar Schuhe, zwei dunkelbraune und zwei schwarze. Sein Leben lang hatte er beim Kauf seiner Kleidung darauf geachtet, nur ja nicht aufzufallen und aus der Menge zu stechen. Heute beschlich ihn zum ersten Mal das gute Gefühl, dass ihm dies einmal von Nutzen sein könnte.

An der Bushaltestelle stand an diesem Morgen ein alter Mann, der zweifellos nicht zu den wartenden Fahrgästen gehörte, und durchwühlte den Abfallbehälter. Sein Arm verschwand durch die enge Öffnung fast bis zur Schulter in dem Metallzylinder. Er roch an den Essensresten, die er zutage beförderte, bevor er sie in der mitgebrachten Plastiktüte verschwinden ließ. Nur ein einziges Mal blickte er kurz auf, und Oschatz sah schnell weg.

Der Bus, der ihn zur U-Bahn-Station bringen würde, hatte siebeneinhalb Minuten Verspätung. Das war nicht weiter schlimm, weil Oschatz immer einen Zeitpuffer einplante, sicherheitshalber. Pünktlich um acht saß er also an seinem Schreibtisch im dritten Stock des Nordflügels, startete den Computer und überbrückte die Wartezeit, indem er sich etwas Milchkaffee aus der Thermoskanne in die Tasse goss.

Bernd Oschatz war ein Vorbild, was die Arbeitszeiten betraf. So gehörte sich das, fand er: Als Chef sollte man Vorbild für seine Mitarbeiter sein. Oschatz war Chef der neunköpfigen Abteilung Rechnungswesen und Mahnwesen. Chefbuchhalter Oschatz würde auch heute das Büro erst gegen 19 Uhr verlassen. Nach elf Stunden ohne Mittagspause. Zum letzten Mal.

Aber das wussten sie nicht.

Niemand in der Firma wusste das. Denn offiziell war erst morgen sein letzter Arbeitstag. Der 31. Oktober.

Morgen früh würde ein hässlicher Blumenstrauß angeliefert werden, nicht zu teuer, das Abschiedsgeschenk der Firma, ferner war sicher ein kleiner Umtrunk vorgesehen, Sekt, nicht zu teuer, wahlweise mit oder ohne Orangensaft, einer aus dem Vorstand würde vermutlich kurz vorbeischauen und eine kleine Rede halten wollen, eine von der ganz billigen Sorte, mal eben aus dem Ärmel geschüttelt. Die acht Mitarbeiter des Chefbuchhalters Oschatz hatten sicher schon heimlich Geld gesammelt und würden ihm zum Abschied einen Gutschein überreichen wollen, im neutralen Umschlag, im Wert von 73 Euro oder so, wahrscheinlich von der Buchhandlung am Ubierring. Oschatz, die Leseratte. Oschatz, der Bücherwurm.

Um all dem zu entgehen, hatte Bernd Oschatz beschlossen, dass bereits heute sein letzter Arbeitstag sein sollte.

Morgen früh um halb acht würde er sich krank melden, und zwar telefonisch beim Pförtner. Das würde einige im Büro mächtig irritieren. Aber das würde erst der Anfang sein. Chefbuchhalter Bernd Oschatz hatte beizeiten Vorsorge getroffen, dass er der Firmenleitung auch nach seinem Abschied noch lange in Erinnerung bleiben würde.

Eule schleuderte die Mappe so heftig über den Küchentisch, dass sie über die jenseitige Kante rutschte und zu Boden segelte. Eule war wütend. Sehr wütend sogar. Sonja hatte die Eule jedenfalls noch nie so wütend gesehen.

Patrick schüttelte missbilligend den Kopf, bückte sich und hob die Mappe wieder auf.

»Bis du jetzt völlig übergeschnappt?«

Patricks Frage machte Eule nur noch wütender.

»Wir haben Regeln. Du verstößt gegen die Regeln.«

»Was für Regeln?«

»Wir lassen uns nicht kaufen.«

»Kaufen? Von wem denn?«

»Von niemandem!«

»Ich meinte: Wer will uns denn kaufen?«

»Dieser senile Sack. Wer sonst?«

»So ein Blödsinn. Ein alter Mann, der begriffen hat, dass er ein Leben lang auf der falschen Seite gestanden hat. Der etwas gutmachen will. Ein einziges Mal etwas richtig machen will in seinem Leben, bevor es vorbei ist, das kleine, bedeutungslose Leben. So einer ist mir doch allemal lieber als diese intellektuellen Maulhelden, die in ihren schicken Lofts hocken, teuren Rotwein schlürfen und dabei selbstgefällig über ihre wilden Jugendjahre schwadronieren, über ihre aufregenden Kriegserlebnisse bei den Anti-AKW-Demos…«

»Patrick, ich will doch nur sagen, es fühlt sich irgendwie falsch an. Das sagt mir mein Bauchgefühl.«

»Bauchgefühl? Jetzt mal ganz ehrlich: Seit wann haben Computerfreaks wie du denn Bauchgefühle?«

»Verschone mich mit deinem Sarkasmus.«

»Mann, Eule, das ist der Wendepunkt. Die einzigartige Chance, die Aktion endlich auf ein neues Level zu heben.«

»Wir brauchen ihn nicht. Wir sind schon 150 000…«

»…User, ja. Zuschauer vor dem Computer, auf den bequem gepolsterten Logenplätzen. Träumer. Sozialromantiker, die Angst um ihren lächerlichen 400-Euro-Job haben, oder um ihren beschissenen Zeitvertrag. Die nach Feierabend gegen die Abholzung des Regenwalds protestieren, indem sie E-Mails an die brasilianische Regierung schicken. Großartig. Oder in der Mittagspause mal schnell zum Flashmob rüber zu McDonald's hüpfen. Toll. Kapuze über, damit die Überwachungskamera sie nicht outet und die Karriere versaut. Und schon die Panik kriegen, wenn sie nur eine Minute zu spät zurück zur Arbeit kommen. Aber wie viele von denen kriegen tatsächlich den Arsch hoch, wenn's wirklich drauf ankommt? Ein Promille vielleicht? Aber bitte nur, wenn's nicht zu viele Umstände macht.«

»Alles braucht seine Zeit...«

»Wir haben keine Zeit mehr zu verlieren.«

»Kann ich vielleicht auch mal was sagen?«

Eule und Patrick starrten Sonja verwundert an, als registrierten sie erst jetzt, dass sie nicht zu zweit, sondern zu dritt in der Küche saßen. Sonja ließ sich Zeit, nahm erst einen Schluck aus ihrem Kaffeebecher, bevor sie die beiden Jungs mit einem ernsten, sorgenvollen Blick bedachte.

»Was ist, wenn das Ganze eine Falle ist?«

Am Morgen seines letzten regulären Arbeitstages flog Bernd Oschatz für eine Woche nach Fuerteventura.

Dabei hatte er Urlaub Zeit seines Berufslebens für pure Zeitverschwendung gehalten. Gelegentlich hatte er einen freien Tag genommen, um Behördengänge zu erledigen. Vor zwölf Jahren war er aus dem Apartment in die größere Zwei-Zimmer-Wohnung nebenan umgezogen, da hatte er sich drei Urlaubstage gegönnt. Aber jetzt war er ja nicht mehr berufstätig. Jetzt, zum Start in sein neues, unstetes Leben, wollte er ein einziges Mal spüren, wie sich das wohl anfühlte, wovon alle so schwärmten, wonach alle so gierten, als hinge das Glück der Erde davon ab, als zählten die restlichen Tage des Jahres nicht.

Nicht, dass ihm seine Arbeit jemals besonders viel Spaß gemacht hätte. Spaß. Ging es bei der Arbeit um Spaß? Ging es etwa beim Zähneputzen um Spaß?

Die letzten Jahre hatte ihn die Arbeit nur noch belastet. Nicht seinen Körper, nicht seinen Geist.

Nur seine Seele.

Dieser einwöchige Urlaub war für Bernd Oschatz in jeder Hinsicht eine Premiere. Seine erste Flugreise. Und seine erste Auslandsreise. Weil er sich für den alten, schäbigen Koffer schämte, in dem er auf dem Dachboden den geerbten, nie benutzten Christbaumschmuck aufbewahrte, hatte er sich zuvor noch eigens einen neuen Koffer gekauft, einen Samsonite, mit Rollen, viel zu groß für eine Person und für eine Woche. Ich will die erste Novemberwoche irgendwohin, wo es dann noch schön warm ist, hatte er der Frau im Reisebüro gesagt, während draußen der Herbststurm die welken Blätter von den Bäumen riss und der kalte Regen gegen das Schaufenster trommelte. Was wollen Sie denn machen in der Woche? Aktivurlaub? Wellness? Neue Leute kennenlernen? Wir haben mittlerweile auch spezielle Angebote für Singles im Seniorenalter.

Bernd Oschatz hatte jedes Mal den Kopf geschüttelt. Ich will nur meine Ruhe haben. Das Meer sehen. Und vielleicht mal am Strand spazieren gehen. Die Frau hatte verständnislos gelächelt und ihm Fuerteventura empfohlen.

Vulkankegel. Lavafelder. Und das Meer, immer wieder das Meer. Bernd Oschatz starrte unentwegt durch die eingestaubte Seitenscheibe. Keine Sekunde wollte er das Meer aus dem Blick verlieren, während der Bus durch die Wüste raste, als sei der Teufel hinter dem Fahrer her. Das Meer. Alle Schattierungen von Blau und Türkis, endlos weit.

Mitten in der gottverlassenen Mondlandschaft zwischen Costa Calma und Jandia bremste der Bus, bog von der Schnellstraße ab und folgte den Serpentinen zur Küste hinunter. Hotel Melia Gorriones. Ein Betonklotz mit Palmen vor dem Portal, das einzige Gebäude weit und breit, abgesehen von der Hütte der Surfer unten am Strand.

Außer Bernd Oschatz stieg niemand aus. Der Bus kämpfte sich zurück zur Schnellstraße.

Die ersten drei Tage verließ er sein Zimmer im obersten Stockwerk nur zu den Mahlzeiten. Frühstück und Abendessen. Bernd Oschatz hatte Halbpension gebucht. Die Zeit zwischen den beiden Mahlzeiten verbrachte er auf seinem Balkon. Meerblick. Darauf hatte er im Reisebüro bestanden. 17 Euro Aufpreis pro Nacht. Er konnte sich gar nicht satt sehen. Wasser, nichts als Wasser bis zum Horizont. Gerade mal 95 Kilometer waren es bis zur Küste Afrikas, hatte er zuvor in seinem Reiseführer gelesen. Westsahara. Bernd Oschatz saß da, auf seinem Balkon, saß einfach nur da und tat nichts, außer aufs Meer zu schauen und die Wärme zu genießen, eine trockene, frische, angenehm schmeichelnde Wärme, das ganze Jahr über, so stand es in seinem Reiseführer, und es stimmte, es stimmte haargenau, zumindest stimmte es in dieser ersten Woche des Novembers.

ARD und RTL.

Mehr deutsche Programme fand er nicht, sosehr er auch die ausgeleierte Fernbedienung bemühte. Jede Menge spanische Sender, außerdem zwei französische, ein britischer, ein belgischer und ein italienischer Kanal. Abends legte er sich aufs Bett und schaute so lange fern, bis er müde genug war, um einzuschlafen. Am zweiten Abend zeigten die Tagesthemen einen Bericht aus Berlin. Junge Leute, einige hundert vielleicht, stürmten das Hotel Intercontinental und schockierten für wenige Minuten die Gäste des Bundespresseballs. Eine Hundertschaft der Polizei trieb sie schließlich zurück auf die Straße. Der Moderator vergaß zu erwähnen, um welches Thema es bei dem unerwünschten Protest gegangen war. Auch die Organisatoren des Protests wurden nicht erwähnt. Dabei war der Schriftzug auf den Plakaten einige Male deutlich zu lesen: *REBMOB*.

Im Speisesaal wählte Bernd Oschatz stets einen winzigen Tisch in der Nähe der Schwingtür, durch die das Personal, vorwiegend Marokkaner und Schwarzafrikaner, das schmutzige Geschirr abtransportierten. Niemand machte ihm diesen Tisch streitig, niemand wollte diesen Tisch haben. Er las, während er aß, aus Sorge, er könnte dennoch von den anderen Hotelgästen angesprochen werden, und um die Zeit sinnvoll zu nutzen. Er blätterte in seinem Notizbuch und las nach, was er in den vergangenen zwei Jahren so alles eingesammelt und aufgeschrieben hatte, zunächst ziellos und planlos, aber schon damals mit stetig wachsender Wut.

Nach dem Zusammenbruch des Hitler-Regimes verabschiedet die CDU am 3. Februar 1947 in der Aula eines Gymnasiums in der westfälischen Bergarbeiterstadt Ahlen das erste Parteiprogramm der neuen Partei. Längst vergessen. Aber die ersten zwei Sätze muss man sich mal auf der Zunge zergehen lassen:

> *»Das kapitalistische Wirtschaftssystem ist den Lebensinteressen des deutschen Volkes nicht gerecht geworden. Inhalt und Ziel einer sozialen und wirtschaftlichen Neuordnung kann nicht mehr das kapitalistische Gewinn- und Machtstreben, sondern nur das Wohlergehen unseres Volkes sein...«*

Der schlaksige Schwarze nickte freundlich und zog den leeren, schmutzigen Teller weg. Bernd Oschatz nickte freundlich zurück. Zu gerne hätte er ihn gefragt, wo er herkommt, warum er hier ist. Aber er traute sich nicht. In welcher Sprache hätte er ihn anreden sollen? Oschatz blickte ihm nach, bis der Schwarze in der Küche verschwunden war, dann las er weiter:

> *»Je freier die Wirtschaft, umso sozialer ist sie auch.«*

Hat der Mann das tatsächlich geglaubt? Ludwig Erhard (CDU) war von 1949 bis 1963 Bundeswirtschaftsminister, Autor des Buches »Wohlstand für alle«, politischer Motor des deutschen Wirtschaftswunders. Was ist aus dem »Rheinischen Kapitalismus« geworden? Was würde der dicke Professor mit der Zigarre heute sagen, angesichts der Arbeitswelt des 21. Jahrhunderts?

»Leider war das zu diesem Zeitpunkt politisch längst nicht mehr durchsetzbar.«

Dr. Franz Möller, rheinischer Bundestagsabgeordneter der CDU von 1976 bis 1994, zuletzt Mitglied des Ältestenrates und Justitiar seiner Fraktion. Kluger Mann. Aufrechter Mann. Politiker aus Überzeugung. War maßgeblich an der durch die Wiedervereinigung erforderlichen Neufassung des Grundgesetzes beteiligt, scheiterte aber mit seinem Versuch, in einem Aufwaschen die »Soziale Marktwirtschaft« als verbindliche Wirtschaftsordnung in der deutschen Verfassung zu verankern. Keine Chance.

»Der Vorstandsvorsitzende von Volkswagen hat natürlich mehr Macht als ich.«

Gerhard Schröder (SPD), Ministerpräsident von Niedersachsen, dann Bundeskanzler (1998–2005). Wie kann man so etwas sagen? Wusste er überhaupt, was das bedeutete? War es ihm vielleicht egal?

Oschatz blätterte noch einmal zurück. In seiner Schulzeit hatte der Geschichtsunterricht bei Bismarck geendet. 1871. Alles, was er über die Geschichte des 20. Jahrhunderts wusste, hatte er sich später selbst beigebracht. Die beiden großen Volksparteien der Bundesrepublik. Wandlungsfähig bis zum Erbrechen. Adenauer brachte die CDU in Windeseile von ihrem antikapitalistischen Kurs ab. Aus Angst vor den Russen. Und um den Westmächten zu gefallen. Das konnte Oschatz noch verstehen. Stalin. Ulbricht. Der Kalte Krieg. Die Mauer. Schwierige Zeiten. Aber die Sozialdemokratische Partei Deutschlands? Von Schröder bis zur Unkenntlichkeit demontiert. Wofür hatten August Bebel, Kurt Schumacher, Willy Brandt in ihren frühen politischen Jahren so gelitten, Repressalien auf sich genommen, schwerste Demütigungen, Todesangst?

»Generalamnesie, Generalamnestie.« Oschatz murmelte vor sich hin und schüttelte den Kopf. Der Schwarze sah ihn fragend an und hob dabei die linke Augenbraue. Oschatz nickte nun heftig, damit sein Kopfschütteln nicht missverstanden wurde. »Doch, doch, sehr gerne.« Der Schwarze eilte davon und kehrte bald mit einer Tasse Kaffee zurück.

»Danke. Thank you. Gracias.« Der Schwarze nickte, lächelte und antwortete: »De nada.«

Eigentlich galt Selbstbedienung im Speisesaal des Hotels, aber der Schwarze las ihm dennoch jeden erdenklichen Wunsch von den Lippen ab. Oschatz gab ihm ein Trinkgeld, wie jeden Abend. Er hatte Halbpension gebucht, die meisten anderen Gäste hingegen *all inclusive*, wie man auf einen Blick an den bunten Bändchen an den Handgelenken erkennen konnte. Das Personal erhielt fast nie ein Trinkgeld, hatte er beobachtet. Oschatz fand, das gehörte sich nicht.

Je freier die Wirtschaft, umso sozialer ist sie auch. Oschatz fand, die Soziale Marktwirtschaft war die genialste PR-Aktion der Nachkriegszeit. Angeblich hatte nicht Erhard, sondern sein Staatssekretär den Begriff erfunden und in die Welt gesetzt. Der Dicke soll zunächst vor Wut geschäumt haben – bis er die Genialität der Parole begriff. Bernd Oschatz war 1947 zur Welt gekommen und zusammen mit der Sozialen Marktwirtschaft aufgewachsen. Lange Zeit hatte er felsenfest daran geglaubt, sie gehöre zur Bundesrepublik wie das Grundgesetz.

> »*Das ist ein weltweiter Trend, dem kann man sich nicht verschließen. Das Normalarbeitsverhältnis ist ein Mythos, der in den 60er Jahren des 20. Jahrhunderts entstanden ist. Das war vorher so nie da, das wird auch in Zukunft so nicht wieder kommen. Das war nur eine kurze Phase.*«

Professor Klaus F. Zimmermann, Direktor des Instituts zur Zukunft der Arbeit und bis Februar 2011 Präsident des Deutschen Instituts für Wirtschaftsforschung, in einem Interview des Bonner General-Anzeigers auf die Frage, warum es immer mehr prekäre Arbeit gibt und ob es eines Tages wieder zu geregelten Verhältnissen für Arbeitnehmer kommen könnte.

Oschatz schüttelte den Kopf. So, so, Herr Professor. Ein Mythos. Entstanden in den 60er Jahren des 20. Jahrhunderts. Fragen wir doch mal einen Unternehmer, der diese Nachkriegsepoche gar nicht mehr erlebt hat:

> *»Ich zahle nicht gute Löhne, weil ich eine Menge Geld habe. Ich habe vielmehr eine Menge Geld, weil ich gute Löhne zahle.«*
>
> Robert Bosch (1861–1942), deutscher Industrieller und Gründer des Bosch-Imperiums.

Es gab sie sogar heute noch in Deutschland, diese anderen Unternehmer. Auch davon war Bernd Oschatz felsenfest überzeugt. Vor allem unter den älteren Selfmade-Männern. Götz Werner zum Beispiel, der Gründer der dm-Märkte. Oder dessen Branchenkollege Dirk Roßmann. Oder Trigema-Chef Wolfgang Grupp. Oder Holger Strait, Inhaber der Lübecker Marzipanmanufaktur Niederegger. Leben und leben lassen. Aber die große Mehrheit, vorzugsweise diese von sämtlichen Risiken befreiten Topmanager-Kaste in den Vorständen und Geschäftsleitungen, diese egozentrischen Tantiemenabkassierer, kannte nur noch ein einziges Gesetz: das der grenzenlosen, gnadenlosen Gier.

> *»Seit dem Zusammenbruch des Kommunismus in Osteuropa sieht der westliche Kapitalismus keine Veranlassung mehr, ständig zu beweisen, dass er die humanere Gesellschaftsordnung verkörpert.«*
>
> Andreas Bohne, ehemaliger Wirtschaftsredakteur und Korrespondent (u. a. FAZ, Handelsblatt).

Wann würde der Tropfen kommen, der selbst in Deutschland das Fass zum Überlaufen brachte? Hatte eine Revolution jemals in der Weltgeschichte eine bessere Gesellschaft hervorgebracht? Fragen über Fragen, über die sich Bernd Oschatz seit zwei Jahren schon Abend für Abend den Kopf zerbrach. Er hatte für sich eine Entscheidung getroffen. Eine Entscheidung, die sein restliches Leben verändern würde.

> »Wir werden am Ende siegen, weil wir den verstaubten Begriff ›Revolte‹ neu definieren und justieren. Widerstand ist nun ein konsequent lustvoller, ein kreativer und basisdemokratischer Prozess...«
>
> REBMOB – Rebellierende Massen/Deutsche Internet-Aktionsplattform des internationalen Prekariats. Was für ein fürchterlicher Name. Wer hatte sich nur diesen fürchterlichen Namen ausgedacht?

Am Morgen des vierten Tages unternahm Bernd Oschatz zum ersten Mal einen Strandspaziergang.

Er marschierte etwa eine halbe Stunde lang strammen Schrittes und gegen den Wind in Richtung Süden, ohne auch nur einer einzigen Menschenseele zu begegnen. Die Möwen beäugten ihn misstrauisch, als er sich in einem kurzen, aber mächtigen Anfall von Glück seiner Kleidung entledigte und übermütig wie ein Schuljunge durch die Brandung hüpfte. Das Wasser hatte immerhin noch 21 Grad. Er prustete und juchzte und tauchte unter den flachen Wellen hindurch. Erst als er feststellte, wie stark und gefährlich der Sog war, der ihn hinauszuziehen drohte, schwamm er zurück.

Der Wind trocknete ihn rasch, die allgegenwärtige Sonne wärmte wohlig sein Herz. Er breitete die Arme aus und schloss die Augen. Er hätte gerne geschrien, ganz laut geschrien, einfach so, vor Freude vielleicht, aber das gestattete er sich nicht. Bernd Oschatz konnte sich nicht erinnern, wann er sich jemals so frei gefühlt hatte. Nackt und alleine auf dieser Welt. Er stand an der Wasserlinie und sah zu, wie seine Füße mit jeder sanften Welle tiefer im schlammigen Sand versanken.

Was für eine Lust.

Er spürte den Blick und drehte sich ruckartig um. Fast wäre er gestolpert, weil seine Füße noch immer bis zu den Knöcheln im schlammigen Sand steckten.

Keine zwanzig Meter entfernt stand eine Frau.

Ihre Augen ruhten auf ihm.

Sie lächelte.

Sie war etwa so alt wie er, vielleicht aber auch etwas jünger. Auf die Entfernung war das schwer zu sagen. Wie lange hatte sie schon so dagestanden und ihm zugeschaut? Sie trug Sportschuhe und all diese Sachen, die auch die Jogger daheim im Volkspark trugen. Ein Stirnband bändigte ihr schulterlanges, graues Haar.

Drei Schritte bis zum Kleiderberg.

Bernd Oschatz bückte sich, griff nach seiner Unterhose, zog sie hastig an, dann die lange Hose, ungeschickt auf einem Bein hüpfend. Als er wieder aufschaute, hatte sie sich schon ein gutes Stück weiter in Richtung Süden entfernt. Sie lief nicht, sie marschierte. Erst jetzt bemerkte er die Skistöcke. Bernd Oschatz beobachtete sie eine Weile, ihre schmalen Schultern, ihren federnden Gang, ihr flatterndes Haar. Dann machte er sich auf. Zurück zum Hotel. Hatte er ihr Lächeln erwidert? Er konnte sich nicht daran erinnern.

Am Abend sah er sie wieder.

Aus im Nachhinein unerfindlichen Gründen war er nach dem Abendessen nicht unverzüglich zurück auf sein Zimmer gegangen, sondern hatte sich an die Theke der Bar im Erdgeschoss gesetzt und einen Kaffee bestellt.

»Ist der Platz noch frei?«

Jede Menge Barhocker waren noch frei, um diese Zeit. Aber sie fragte ihn nach dem Hocker gleich neben ihm.

Warum?

Oschatz nickte.

Sie schenkte dem Barmann ein Lächeln und unterhielt sich mit ihm auf Spanisch. Oschatz verstand kein Wort, obwohl er sämtliche Vokabeln, die sein Reiseführer auf den letzten beiden

Seiten aufgelistet hatte, auswendig gelernt hatte, als Zeichen des Respekts vor dem Gastland.

Der Barmann stellte ein fast bis zum Rand gefülltes Sektglas vor ihr ab. Sie dankte ihm mit einem weiteren Lächeln, nahm gleich einen Schluck und schloss, während sie trank, genüsslich die Augen. Sie trug ihr graues Haar schulterlang, viel länger, als Frauen in ihrem Alter, die Bernd Oschatz kannte, ihr Haar gewöhnlich trugen. Das silbrige Grau ihrer Haare passte gut zu ihrer gebräunten Haut und zu dem schneeweißen, knöchellangen Kleid, fand er. Sie hatte Sommersprossen. Auf der Nase. Auf ihren Armen. Und auf dem Ansatz ihrer Brüste, soweit Oschatz dies aus den Augenwinkeln erkennen konnte. Er fühlte sich ertappt, als sie das Glas abstellte und ihn anlächelte.

»Ich hoffe, ich habe Sie heute Vormittag am Strand nicht in Verlegenheit gebracht.«

Oschatz schüttelte den Kopf.

»Wenn ich morgens meine Nordic-Walking-Runde drehe, lasse ich mich gewöhnlich von nichts und niemandem ablenken. Ich weiß auch nicht, was da plötzlich in mich gefahren ist. Aber als ich Sie so sah, eins mit dem Wind und den Wellen, in friedlicher Harmonie mit sich und der Natur, da war ich...«

»Schon gut. Kein Problem.«

»Ich heiße Inge.«

»Günther«, log Bernd Oschatz. Ein besserer Name als der seines Bruders fiel ihm auf die Schnelle nicht ein. Ausgerechnet Günther, das Sorgenkind, das schwarze Schaf der Familie, der Lebemann, der schwule Jazztrompeter, der...

»Günther, sind Sie zum ersten Mal...«

»Ja!«

Alles passierte in diesen Tagen zum ersten Mal in seinem Leben. Auch, dass ihn eine wildfremde Frau ansprach.

»Dachte ich mir schon!«

»Wieso?«

»Nun ja... wer im Anzug zum Strand geht...«

»Was ist denn Ihrer Meinung nach die angemessene Kleidung, um einen Strand aufzusuchen?«

Sie lachte. Ein schönes Lachen. Völlig zweckfrei. Es diente nicht dazu, andere zu verletzen.

»Daheim drückt jetzt der graue November aufs Gemüt, und wir sitzen hier, im Paradies. Ist das nicht wunderbar?«

Oschatz nickte.

»Ich komme zweimal im Jahr hierher, Anfang November und Anfang März, jeweils für drei Wochen. Um den Winter abzukürzen. Wissen Sie, Fuerteventura kann man nur lieben oder hassen. Entweder kommen Sie nie wieder her, oder Sie kommen immer wieder her. So wie ich.«

Bernd Oschatz nickte zustimmend. Denn er war sich ganz sicher, nie wieder herzukommen.

Inge leerte ihr Glas.

»Günther, Ihr Kaffee ist alle. Trinken Sie noch etwas mit mir? Ich würde Sie gerne auf ein Glas einladen.«

Sie wartete die Antwort erst gar nicht ab, sondern rief dem Barmann hinter dem Tresen etwas auf Spanisch zu. Der grinste, eigentümlich anzüglich, so kam es Oschatz jedenfalls vor, und griff ins Kühlfach. Aus den Boxen an der Decke tröpfelte Musik, rieselte herab wie pulverisiertes Beruhigungsmittel, ohne Anfang, ohne Ende, ohne Sinn.

»Cava. Das ist spanischer Sekt. Oder besser gesagt: spanischer Champagner. Flaschengärung. Sehr lecker. Schon mal probiert?«

Bernd Oschatz schüttelte den Kopf.

»Günther, Günther, Sie sind ja nicht gerade besonders redselig. Aber vielleicht klappt's ja nach dem ersten Gläschen besser. Prost. Oder salud, wie man hier sagt. A tu salud, Günther. Das Leben ist kurz. Viel zu kurz. Und deshalb viel zu schade, um es mit Nebensächlichkeiten zu verplempern.«

»Zum Wohl.«

Bernd Oschatz schloss die Augen und trank. Mit geschlossenen Augen sah er Inge vor sich, wie sie in der Tür seines Zimmers stand und ihn anlächelte, er sah, wie sie sich die Träger von den Schultern schob und das Kleid achtlos zu Boden gleiten ließ, wie sie über das Kleid hinwegstieg und…

»Mein Mann ist vor drei Jahren gestorben. Mit 64 Jahren.

Das ist doch kein Alter zum Sterben, oder? Wir hatten noch so viel vor, wollten reisen, die Welt sehen.«

»Das tut mir leid.«

»Sind Sie verheiratet, Günther?«

Bernd Oschatz schüttelte den Kopf.

»Waren Sie es jemals, Günther?«

»Nein.«

»Nach seinem Tod war ich die ersten anderthalb Jahre wie gelähmt. Ich verließ die Wohnung nur noch, um zur Arbeit zu gehen. Ich machte meinen Job, ich funktionierte wie ein gut geöltes Uhrwerk. Wie ein seelenloser Roboter. Mein Arbeitgeber konnte sich nicht beklagen. Die tapfere Inge, sagten die Kollegen immer. Sie hatten keine Ahnung. Dann wurde ich pensioniert, und plötzlich gab es nichts mehr, womit ich mich ablenken konnte. Ich war also gezwungen, mich mit mir selbst auseinanderzusetzen, mich zu fragen: Inge, wie willst du dein restliches Leben verbringen?«

Inge gab dem Barmann ein Zeichen. Der nickte.

»Günther, ich müsste mal ganz kurz verschwinden. Für kleine Mädchen. Bin gleich wieder da.«

Sie bedachte ihn mit einem koketten Augenaufschlag, wie ein junges Mädchen, und legte ihre warme Hand auf seinen Unterarm. Es brannte wie Feuer.

»Aber nicht weglaufen, ja?«

Bernd Oschatz sah ihr nach.

Sie war schön.

So wunderschön.

Der Barmann stellte zwei frisch gefüllte Sektgläser vor ihm ab und räumte die beiden leeren Gläser weg. Bernd Oschatz bat auf Spanisch um die Rechnung.

»Zimmernummer oder bar?« Das Deutsch des Barmanns war perfekt und fast akzentlos.

»Bar, bitte.«

Bernd Oschatz wartete nicht auf den Kassenbon, sondern legte einen Zwanzig-Euro-Schein auf die Theke und durchquerte eiligen Schrittes die Lobby. Er nahm die Treppe statt des

Aufzugs. Er war völlig außer Atem, als er schließlich das oberste Stockwerk erreichte. Den Rest der Woche verbrachte er wieder auf seinem Zimmer. Einmal, als er auf seinem Balkon saß, eines Morgens am Tag vor seiner Abreise, da sah er sie, unten am Strand, mit ihren Stöcken, weit weg, unerreichbar weit weg.

Professor Zeki Kilicaslan ließ den Brief und die Brille in seinen Schoß sinken, massierte die Nasenwurzel und dachte nach. Vergeblich versuchte er sich an das Gesicht des Patienten zu erinnern. Erol Ümit. Doch sosehr er sein Gehirn marterte, es gelang ihm nicht. Er hatte zu viele dieser Gesichter gesehen. Junge Burschen, in der breiten, muskulösen Brust die Lungen alter, sterbender Männer. Hoffnung in den Augen, zunächst. Am Ende nichts als nackte Angst und blankes Entsetzen.

Keinen einzigen hatte er retten können.

Es gab keine Rettung, es gab keine Hoffnung. Nur die bittere Wahrheit. Die Verkündigung des nahenden, schmerzvollen Todes. Wie vielen jungen Männern in seinem Sprechzimmer hatte er den Tod prophezeit? 800? 900? Bei 700 hatte der Chefarzt und Leiter der pneumologischen Abteilung am Istanbuler Universitätsklinikum aufgehört zu zählen und fortan die statistische Auswertung der Krankenblätter seinen ehrgeizigen Assistenzärzten überlassen. Vor zwei Jahren etwa. Um seine Seele zu schützen. Natürlich erschienen längst nicht alle Erkrankten in seinem Institut. Kilicaslan schätzte die Gesamtzahl auf mindestens 5000.

Erol Ümit.

21 Jahre.

So alt war sein Sohn gewesen, als er vor elf Jahren ums Leben kam. Bei einem Verkehrsunfall. Sein Sohn und seine Frau waren gemeinsam in die Stadt gefahren. Der winzige Toyota hatte gegen den Lastwagen keine Chance. Der Lastwagen hatte Vorfahrt. Sein Sohn war wohl einen Moment lang unaufmerksam gewesen, sagte die Polizei. Kilicaslans Frau, die auf dem Beifahrersitz gesessen hatte, war auf der Stelle tot gewesen, sein Sohn wenig später in der Klinik gestorben.

Seither lebte Professor Zeki Kilicaslan alleine. Lange Zeit hatte er geglaubt, die Arbeit könnte ihm die Familie ersetzen.

Erol Ümit.

Morgen würde er sich die Patientenakte aus dem Keller des Zentralarchivs kommen lassen.

Sie müssen jetzt sehr tapfer sein. Diese Krankheit ist unheilbar, und sie schreitet rasend schnell voran. Sie werden bald sterben. Es gibt keine Arznei gegen diese Krankheit. Fahren Sie nach Hause, zu Ihrer Familie...

Sein Standardspruch. Wie trivial. Und als kleines Geschenk ein paar Ampullen Morphium. Etwas Wegzehrung für die Reise in den Tod. Der Nächste bitte.

Sein Aufsatz in der englischsprachigen medizinischen Fachzeitschrift *The Lancet* über die merkwürdige türkische Variante der Silikose bei jungen Männern hatte vor zwei Jahren für Furore in der wissenschaftlichen Welt gesorgt. Eine Veröffentlichung in *The Lancet* war für einen Mediziner auf der Suche nach internationaler Reputation so etwas wie der Ritterschlag. Wenige Monate später wurde er als Topredner zu einem Pneumologenkongress nach Davos geladen.

War er deshalb Arzt geworden? Um kluge Aufsätze zu schreiben, eine Gratis-Urlaubswoche in der Schweiz zu verbringen und sterbende Menschen nach Hause zu schicken?

Zeki Kilicaslan nippte an seinem Tee.

Die Terrasse war ebenso wie die Penthouse-Wohnung zwar nicht besonders groß, gestattete dafür aber einen schier atemberaubenden Blick über die Stadt, in der er vor 64 Jahren geboren worden war. Istanbul. 13 Millionen Einwohner an der Nahtstelle zwischen Okzident und Orient. Schmelztiegel der Kulturen und Weltreligionen. Eine Stadt mit 2600 Jahren Geschichte. 100 000 Dollarmillionäre lebten in dieser Stadt, hatte er kürzlich gelesen. Eine reiche Stadt, eine bitterarme Stadt. Es gab zweifellos eine ganze Reihe von Gründen, warum die Zahl der Dollarmillionäre in dieser Stadt so üppig war. Einer der Gründe waren die Kellerfabriken.

Erol Ümit.

Zeki Kilicaslan stellte die Tasse ab, setzte die Brille auf und las den Brief ein drittes Mal:

*Sehr geehrter Herr Professor Kilicaslan,
bitte entschuldigen Sie, dass ich Ihre kostbare Zeit in Anspruch nehme. Mein Name ist Filiz. Meinen Familiennamen möchte ich nicht nennen, weil ich nicht möchte, dass mein Ehemann davon erfährt. Er ist ein gütiger Ehemann, ich kann mich nicht beklagen, und deshalb möchte ich ihn nicht kränken.
Das Geheimnis, um dessen Wahrung ich Sie bitten möchte, hat weniger damit zu tun, dass ich Ihnen schreibe, sondern vielmehr, warum ich Ihnen schreibe.
Ich lebe in Bürnük. Das ist ein kleines Dorf mit rund 240 Einwohnern im Norden unseres Landes, etwa 80 Kilometer von der Küste des Schwarzen Meeres entfernt, und gut 30 Kilometer von der Provinzhauptstadt Bolu.
Dort lebte auch Erol Ümit.
Der Cousin meines Mannes.
Und die große Liebe meines Lebens, wie ich heute weiß.
Erol war für kurze Zeit Ihr Patient, Herr Professor. Erinnern Sie sich vielleicht? Staublunge. Erol war kein alter Mann, er war auch kein Bergarbeiter. Staublunge. Wie kann das sein? Sie haben ihn zurück in sein Heimatdorf geschickt. Zum Sterben. Erol hat mir von Ihnen erzählt. Er mochte Sie, obwohl er Sie gar nicht lange und gut kannte. Er schätzte Sie sehr, als Arzt und als Mensch. Ich weiß nicht, ob ich Erols Sympathie für Sie teilen kann. Denn ich frage mich: Warum haben Sie ihm nicht geholfen? Warum haben Sie ihn nicht gesund gemacht? War Erol zu arm? Konnte er Ihre Rechnung nicht bezahlen?*

*Nacht für Nacht quälen mich diese Fragen bis in den Schlaf.
Ich habe Erol sehr geliebt. Als er nach Istanbul ging, fühlte ich mich verloren. Und verletzt. Ich wusste doch nicht, dass er nur gegangen war, um Geld für die Gründung einer Familie zu verdienen. Und ich wusste nicht, dass er mich ebenfalls sehr geliebt hatte, mich heiraten wollte, wenn er genug Geld verdient hätte, um vor den Augen meines Vaters zu bestehen. All das wusste ich doch nicht, und so habe ich seinen Cousin geheiratet, während Erol in Istanbul war.
Jetzt ist Erol tot.
21 Jahre.
Das ist doch kein Alter zum Sterben.
Mein geliebter Erol. Er hat eines Nachts das komplette Morphium genommen, alles auf einmal, um schnell zu sterben, als er die Schmerzen und die panische Angst vor dem Ersticken nicht mehr aushalten konnte. Er hat es vorher nie benutzt, sondern alles aufbewahrt, für diesen Fall. Ich nehme an, das Morphium hatten Sie ihm gegeben.
In sechs Tagen, am kommenden Dienstag, ist seine Beerdigung. Ich weiß nicht, ob Sie praktizierender Muslim sind. Sicher ist in Istanbul vieles anders als hier bei uns. Hier in Bürnük wird die islamische Tradition sehr ernst genommen. Unser Glaube verlangt, dass wir unsere Toten binnen 24 Stunden bestatten. Aber wegen des unnatürlichen Todes durch die Überdosis Morphium hat die Polizeidirektion in Bolu eine rechtsmedizinische Obduktion angeordnet. Keine Angst, ich werde Sie nicht verraten. Auch Erols Eltern halten den Mund, dafür werde ich sorgen. Ich weiß gar nicht, ob dieser Brief Sie noch rechtzeitig erreichen wird. Es ist ein weiter Weg von Istanbul nach Bürnük. Sollten Sie sich entschließen, an Erols Beerdigung teilnehmen zu wollen, würde mich das sehr freuen. Vielleicht ergäbe sich die Gelegenheit, ein paar Worte zu*

wechseln. Vielleicht könnten Sie mir dann auch meine Fragen beantworten. Damit ich meinen Frieden machen kann.
Hochachtungsvoll
Filiz

Professor Zeki Kilicaslan verließ schweren Schrittes die Terrasse, durchquerte das Wohnzimmer und nahm in seinem Arbeitszimmer den Straßenatlas aus dem Bücherregal, um ein Dorf namens Bürnük zu suchen.

Die zweite Zugabe. Das Original stammte von Roy Hargrove, einem schwarzen texanischen Trompeter. Das Stück hieß »Strasbourg«, aus Hargroves wunderbarem Hardbop-Album »Earfood«. Das Publikum tobte, als Günther Oschatz und sein Posaunist, ein rothaariger, blutjunger Bursche, der Günthers Enkel hätte sein können, unisono einstiegen, sich zu einem abenteuerlich schnellen Kanon trennten und schließlich mit einer heiteren Leichtigkeit, die diesem Stück zu eigen war, wieder unisono zusammenfanden. Leverkusener Jazztage. Das waren keine kreischenden, pubertierenden Fans, die nachts von ihren Idolen träumten. Leverkusener Jazztage, das bedeutete ein verwöhntes, extrem kritisches Publikum, das schon jeden und alles gehört hatte. Nicht so einfach, diese Leute aus der Reserve zu locken und zu überzeugen.

Günther hatte es geschafft. Das Publikum wusste nicht nur die handwerkliche Perfektion und die schöpferische Kraft des Quintetts bei den eigenen Kompositionen zu schätzen, sondern auch den Respekt, den Günther Oschatz stets den von seinem Quintett adaptierten fremden Stücken zollte. Erst im zweiten Drittel begann er, Hargroves »Strasbourg« nach seinen Vorstellungen zu interpretieren. Behutsam wich die heitere Leichtigkeit des Originals jener sanften, alles durchdringenden Melancholie, die Günther so sehr liebte.

Der Beifall nahm kein Ende. Der schüchterne Bassist nickte höflich, der Pianist sprang auf und applaudierte dem Publikum, der junge Rothaarige stemmte seine Posaune wie eine Gewichtheberhantel in die Höhe, der Schlagzeuger winkte fröhlich mit seinen Stöcken, und Günther Oschatz, der Grandseigneur der Kölner Jazz-Szene, verneigte sich ehrfürchtig, dieser große, weißhaarige, alte Mann, tief und tiefer, bis die Trompete, die an seinem Zeigefinger baumelte, beinahe den Boden berührte, und verharrte in der demutsvollen Haltung.

David Manthey bahnte sich mühsam einen Weg aus dem Saal, vorbei an entrüsteten Augenpaaren, die wenig Verständnis dafür zeigten, wie man ein solch fantastisches Konzert vorzeitig verlassen konnte. Aber David wusste, dass die Musiker kein weiteres Mal zurück auf die Bühne kommen würden. Weil Günther keine inflationären Zugabenparts mochte. Das war für ihn Betrug am Publikum. Das Konzert war nach zweieinhalb Stunden zu Ende. Als David die Glastür zum Foyer aufstieß, flammte im Saal die grelle Deckenbeleuchtung auf.

David Manthey suchte und fand die Garderobe hinter der Bühne. Die Tür stand sperrangelweit offen. Der Schlagzeuger stülpte hingebungsvoll eine Literflasche Mineralwasser auf die Lippen. Günther Oschatz strahlte wie ein Schuljunge nach dem ersten Händchenhalten. Seine Wangen glühten, Schweißperlen standen auf seiner Stirn, die weiße Haarpracht wirkte inzwischen reichlich derangiert. David drückte ihn fest an sich und flüsterte ihm zärtlich ins Ohr:

»Ehrlich... das war das großartigste Konzert, das ich in meinem Leben sehen und hören durfte.«

»Danke, mein Junge. Du machst mich ganz verlegen. Schön, dass du kommen konntest.«

»Ich danke dir für die Einladung.«

»Wie war der Flug?«

»Die Maschine hatte Verspätung. Deshalb bin ich vom Flughafen gleich hierher gekommen.«

»Wie ist das Wetter in Málaga?«
»Auch nicht viel besser als hier.«
»Du Lügner. Du willst nur nicht, dass ich dich um die Sonne und um die Wärme beneide. Was macht der Job?«
»Es geht voran.«
»So, so. Pass gut auf dich auf, mein Junge.«
Pass gut auf dich auf, mein Junge. Mehr sagte Günther nie. Er wusste sehr genau, dass David Mantheys Jobs grundsätzlich gefährlich waren, mitunter lebensgefährlich, aber er fragte nie nach, er bohrte nicht weiter, weil er sehr genau wusste, dass Manthey ohnehin nicht darüber sprechen würde.
»Wie lange bleibst du?«
»Leider nur zwei Tage.«
»Wir gehen noch was trinken. Kommst du mit?«
»Gerne. Wohin?«
»In Leverkusen kann man zwar Konzerte geben, aber keine Konzerte feiern. Wir fahren also lieber zurück nach Köln. Ich habe im *Keimaks* einen Tisch bestellt. Kennst du das?«
»In der Südstadt?«
»Genau. Kurfürstenstraße, Ecke Alteburger Straße. Vielleicht fährst du schon vor und gibst Bescheid, dass wir etwas später kommen. Wir brauchen hier noch eine halbe Stunde.«
»Soll ich euch beim Abbauen helfen?«
»Die Zeiten sind zum Glück vorbei, mein Junge. Wir haben doch jetzt eigene Roadies.«
Günther sagte es fast so, als schäme er sich dafür.
»Okay. Dann bis später.«
Günther nickte und lächelte. Er sah glücklich aus. Alt und müde und erschöpft, aber glücklich.
David brauchte 26 Minuten von Leverkusen bis in die Kölner Südstadt. Und noch einmal knapp 20 Minuten, um einen Parkplatz zu finden, drei Blocks entfernt. Nieselregen. David schlug den Kragen der viel zu dünnen Jacke hoch, schob die Hände in die Hosentaschen, zog den Kopf ein und machte sich auf den Weg. Er legte durch die nächtlichen Straßen ein ziemliches Tempo vor und zitterte sich warm.

Vier Jahre schon lebte er nicht mehr in Köln – von einer kurzen, mehrwöchigen Unterbrechung vor zwei Jahren einmal abgesehen, als er verzweifelt seinen alten Jugendfreund Zoran Jerkov suchte und doch nicht retten konnte. Vier Jahre. Vermutlich fiel es ihm deshalb sofort auf. Die Stadt hatte sich deutlich verändert in den vier Jahren seiner Abwesenheit. Die Stadt und ihre Bewohner. David Manthey begegnete unterwegs an fast jeder Straßenecke Menschen, die Abfallbehälter durchwühlten, Pfandflaschen herausfischten und in ihre Rucksäcke stopften, manchmal auch Essensreste in den Mund schoben und gierig verschlangen. Sie sahen nicht aus wie versoffene Stadtstreicher, die pausenlos und lauthals über ihr schweres Schicksal schwadronierten, während der Schnaps ihr Gehirn auffraß. Sie sahen eher verängstigt aus, verstört, verwirrt, als schämten sie sich zutiefst für ihr Tun im Schutz der Dunkelheit.

David nahm sich vor, Günther darauf anzusprechen.

Das Keimaks war proppenvoll. Stammgäste. Klassischer Südstadtadel.

David quetschte sich an den Thekenstehern vorbei, nahm an dem reservierten Tisch am Ende des schmalen Raumes Platz, vertröstete den Wirt, der mit den Speisekarten herbeieilte, bestellte einen Grauburgunder und griff nach der Süddeutschen, die jemand auf der Sitzbank hatte liegen lassen.

43 *TOTE IN KABUL*. 18 Tote bei einem Anschlag in Pakistan. In den USA versetzte die Pleite einer Investmentbank, von deren Existenz David Manthey bis zu diesem Moment nichts gewusst hatte, die Wall Street in helle Aufregung. Entlassungswelle in der Automobilindustrie. *STREIT UM BONUS-ZAHLUNGEN*. Brüssel kündigte weitere Schritte zur Stabilisierung Griechenlands an. Die Staatsanwaltschaft Frankfurt ermittelte gegen ein Dutzend Manager der Deutschen Bank. Beihilfe zur Steuerhinterziehung. Gewalttätige Demonstrationen jugendlicher Arbeitsloser in London und in Liverpool. Chaos in Athen. In Paris brannten die Vorstädte. *SCHRILLE TAGE IN CLICHY*. Schrille Schlagzeilen. Was sich Journalisten im verzweifelten Bemühen, kreativ zu sein, so alles einfallen ließen…

David Manthey schaute auf das Datum am Kopf der Zeitung. Die Süddeutsche von heute. Die Nachrichten auf der ersten Seite der heutigen Ausgabe lasen sich wie die Nachrichten von gestern oder die Nachrichten von morgen.

BUNDESREGIERUNG BEZWEIFELT GEFÄHRLICHKEIT VON REBMOB. INNENMINISTER: INTERNET-SPIELEREI GELANGWEILTER JUGENDLICHER.

Rebmob? Manthey hatte den Namen noch nie gehört. Vier Jahre waren doch eine lange Zeit. Er würde Günther fragen, was *Rebmob* bedeutete. Später. David legte die Zeitung zurück auf die Bank und sah auf die Uhr. Kurz vor Mitternacht.

Wo blieben die nur?

Er vertrieb sich die Zeit, indem er die Thekensteher beobachtete. Männer mit ergrauten Mähnen, den Porsche-Schlüssel gut sichtbar neben dem Weinglas platziert. Frauen auf der vergeblichen Jagd nach der ewigen Jugend und der noch unentschiedenen Suche nach ein bisschen Nestwärme für eine Nacht. Singlegeplauder, öde, hohl und sinnentleert.

Schließlich zog Manthey sein Handy aus der Tasche und wählte Günthers Mobilnummer.

Nach dem fünften Klingeln meldete sich die Mailbox.

In diesem Augenblick winkte ihm der Wirt über die Theke und über die Köpfe hinweg zu. In seiner Hand hielt er ein Telefon. Sein ernstes Gesicht sprach Bände. David sprang auf und war mit drei schnellen Schritten bei ihm.

»Manthey.«

»Herr Manthey, hier ist Benjamin.«

»Wer?«

David kannte niemanden namens Benjamin.

»Benjamin, der Posaunist…«

Der Junge mit den feuerroten Haaren.

»Herr Manthey…«

»Was ist mit Günther?«

Ein Schwindel erfasste ihn. Er stützte sich mit der freien Hand an der Theke ab, während er das Telefon ans Ohr presste, um überhaupt etwas zu verstehen, bei dem Lärm.

»Wir waren gerade von der Autobahn runter, da fing es an. Er klagte plötzlich über heftige Schmerzen im Arm... in der Schulter, im Kiefer. Ich bekomme keine Luft mehr, sagte er. Sein Gesicht... Wir sind sofort ins nächste Krankenhaus...«
»Was ist mit Günther?«
David schrie die Frage in das Telefon.
»Er liegt auf der Intensivstation. Herzinfarkt.«

Die Maschine aus Puerto del Rosario landete mit nur dreiminütiger Verspätung auf der Querwindbahn des Adenauer-Flughafens. Bernd Oschatz warf einen Blick auf seine Armbanduhr, die er schon gleich nach dem Abflug wieder auf Mitteleuropäische Zeit vorgestellt hatte. Damit er es später nicht vergaß. Manchmal hasste er sich für seine allzeitige Korrektheit und Berechenbarkeit. Sein ganzes Leben erinnerte ihn mit einem Mal an eine mathematische Gleichung ohne Unbekannte. Ja, er würde brav die Anordnung aus dem Bordlautsprecher befolgen und angeschnallt sitzen bleiben, bis das Flugzeug seine endgültige Parkposition eingenommen hatte. Er hatte sein Leben lang Anordnungen befolgt. Aber er freute sich schon darauf, das enge Flugzeug verlassen zu dürfen. Oschatz neigte gewöhnlich nicht zur Klaustrophobie. Aber er hasste körperliche Nähe zu wildfremden Menschen. Selbst in Aufzügen. Aber Aufzugfahrten hatten im Unterschied zu Flugreisen den tröstlichen Vorteil, gewöhnlich nur wenige Sekunden zu dauern.

Seine beiden Sitznachbarn links und rechts von ihm auf dem Gangplatz und auf dem Fensterplatz, gut genährte Männer um die fünfzig, quetschten sich in den bereits hoffnungslos überfüllten Gang und zerrten ihr Handgepäck aus den Staufächern über ihren sonnenverbrannten Köpfen. Sie hatten wie selbstverständlich viereinhalb Stunden lang beide Armlehnen für sich beansprucht. Er hatte mal gelesen, dass vor allem Männer zu diesem unhöflichen, ja rücksichtslosen Verhalten neigten, die Armlehnen vollständig für sich zu beanspruchen, und dass sich weibliche Fluggäste häufig darüber beschwerten.

Bernd Oschatz beschwerte sich nie.

Über nichts und niemanden.

Er freute sich darauf, die beiden rotgesichtigen Armlehnen-Okkupanten, mit denen er viereinhalb Stunden seines Lebens zugebracht hatte, die ihm körperlich so nahe gekommen waren wie schon lange kein Mensch mehr zuvor, deren Ausdünstungen, deren Eigenarten beim Essen, deren Räuspern, Husten und Schnarchen er nun zur Genüge kannte, nie mehr wiederzusehen.

Oschatz verließ als letzter Passagier die Maschine.

Während er auf seinen Koffer wartete, betrachtete er die mürrischen Gesichter jenseits des Rollbandes. Warum nur schauten alle so mürrisch? Weil der Urlaub, die ihrer Meinung nach schönste Zeit des Jahres, nun hinter ihnen lag? Aber die Menschen, mit denen er vor einer Woche in den Süden gereist war, hatten doch auf dem Hinflug genauso mürrisch geschaut. Warum gaben die Deutschen so viel Geld für Urlaubsreisen aus, wenn es doch gar kein probates Mittel zu sein schien, um ihre Seelen aufzuhellen? Bernd Oschatz hatte das Geheimnis auch mithilfe seines einwöchigen Selbstversuchs nicht lüften können. Er nahm seinen Koffer vom Rollband und passierte den verwaisten Zollschalter. Gläserne Türen öffneten sich wie von Geisterhand, sobald er sich ihnen näherte.

»Opa!«

Eine junge Frau, Mitte zwanzig, vielleicht auch Ende zwanzig, winkte ganz aufgeregt in seine Richtung, dann rannte sie auf ihn zu. Sie trug Turnschuhe aus dünnem Leinen, eine knallenge Hose mit Leopardenmuster, einen dicken Schal, den sie sich zweimal um den Hals gewickelt hatte, dessen Enden aber dennoch bis zu ihren Knien reichten und nun fröhlich im Takt wippten.

»Opa!«

Bernd Oschatz drehte sich unwillkürlich in die Richtung um, aus der er gekommen war. Er hatte keine Kinder, folglich auch keine Enkel. Sie konnte also unmöglich ihn gemeint haben. Aber hinter ihm war niemand, und als er sich wieder nach vorne wandte, fiel sie ihm auch schon um den Hals.

»Schön, dass du wieder da bist. Wie war's denn?«

Sie roch gut. Sie küsste ihn auf die Wange, mit ihren zarten, weichen Lippen, und nur eine halbe Sekunde später wusste er auch, warum sie dies tat. Sie flüsterte ihm ins Ohr:

»Ich bin Sonja. Spielen Sie gefälligst mit. Klar?«

»Wie es war? Warm. Aber nicht zu heiß. Sehr angenehm. Ich habe das Meer gesehen.«

»Konnte man denn schon baden?«

»Ja. Ich habe gebadet.«

Er dachte an Inge. Nur ganz kurz.

»Schön. Dann fahren wir jetzt nach Hause.«

Sie zog ihn fort, dirigierte ihn mit sanftem Druck in Richtung Ausgang, durch die Drehtür, hinaus, vorbei an der hungrigen Schlange wartender Taxis, sie hakte sich bei ihm unter, während er mit der freien Hand seinen nagelneuen, halb leeren Koffer hinter sich herzog. Sie lächelte unentwegt und lehnte hin und wieder ihren Kopf an seine Schulter.

»Ich dachte…«

»Halten Sie jetzt besser die Klappe. Es genügt völlig, wenn Sie lächeln, so als freuten Sie sich, mich zu sehen.«

Bernd Oschatz gab sich Mühe, die Anordnung zu befolgen. Sie betraten das Parkhaus 2 und fuhren mit dem gläsernen Aufzug bis hinauf aufs Dach. Der Himmel hatte sich während seiner kurzen Abwesenheit verändert. Vor genau einer Woche war er bleischwer und schiefergrau gewesen, und das Thermometer hatte beim Abflug sieben Grad angezeigt. Nun war es zwar noch kälter, aber die Sonne schien vom blassblauen, wolkenlosen Himmel. Sie besaß allerdings nicht mehr die Kraft, um die Menschen zu wärmen, nicht so wie die Sonne Fuerteventuras. Bernd Oschatz fror erbärmlich auf dem Dach des Parkhauses, weil die Frau ihm keine Zeit gelassen hatte, seinen Mantel aus dem Koffer zu nehmen, und er auch nicht darum gebeten hatte. Aber er bildete sich an diesem Nachmittag des 7. November ein, der Himmel schicke ihm ein Zeichen, dass er das Richtige tat.

Die Frau namens Sonja, die nun seine Enkelin war, öffnete die Heckklappe eines verbeulten, vom Rost zerfressenen Peugeot 107. Sie musste erst die Rückbank des Kleinwagens umlegen, um den viel zu großen Samsonite verstauen zu können. Bernd Oschatz nahm auf dem Beifahrersitz Platz. Sonja reichte ihm eine Sonnenbrille, bevor sie den Motor startete. Der Wagen sprang nur widerwillig an. Bernd Oschatz setzte die Sonnenbrille auf. Und sah augenblicklich nichts mehr. Gar nichts mehr.

»Tut mit leid, aber mit dem Ding sehe ...«

»Das ist der Zweck der Übung. Es ist besser für uns alle, wenn Sie keine Ahnung haben, wohin wir Sie bringen.«

Um 02.43 Uhr hörte die Welt auf, sich zu drehen. Um 02.43 Uhr stellte der Sekundenzeiger der Wanduhr im Schwesternzimmer die Arbeit ein, und mit ihm, noch unsichtbar, der Zeiger für die Minuten und der Zeiger für die Stunden.

Wir wissen noch nicht, ob er die Nacht überlebt, sagte der Stationsarzt der Nachtschicht exakt um 02.43 Uhr, als habe er sich mit dem Sekundenzeiger der Uhr verbündet. Der Arzt sah müde aus. Müde und viel zu jung, um ein Menschenleben zu retten. *Bitte setzen Sie sich doch.* David setzte sich und starrte am Kopf des Arztes vorbei auf die Uhr an der Wand. Als hinge Günthers Leben von diesem Sekundenzeiger ab. *Ich bin ganz offen zu Ihnen: Es sieht im Augenblick nicht gut aus.* Der Zeiger zitterte ein letztes Mal, dann gab die Batterie endgültig auf. Wie alt, wie ausgeruht, wie erfahren musste ein Arzt sein, um Günthers Leben zu retten? *Aber wir geben die Hoffnung noch nicht auf*, setzte der Stationsarzt eilig nach. Doch seine Augen verrieten David Manthey, dass der Satz nichts weiter als eine inhaltsleere Hülse war, die er vermutlich ein halbes Dutzend Mal pro Schicht benutzte, um lästige Angehörige auf Distanz zu halten. Hatten sie die Hoffnung in Wahrheit längst aufgegeben?

Hatten sie den Notfallpatienten Günther Oschatz, 68 Jahre, ledig, Künstlersozialkasse, schon abgeschrieben? Vermutlich wussten sie nicht mal seinen Namen.

»Ich übernehme sämtliche Kosten.«

»Ich verstehe nicht ganz. Was meinen Sie?«

»Behandeln Sie ihn wie einen Privatpatienten. Ich zahle die Behandlungskosten. Geben Sie ihm die bestmögliche medizinische Versorgung. Bitte! Wollen Sie einen Scheck?«

»Herr...«

»Manthey...«

»Herr Manthey, es ist mir völlig egal, ob Ihr... Angehöriger... Kassenpatient oder Privatpatient oder gar nicht versichert ist. Er ist ein Notfallpatient mit einem schweren Infarkt, und auf dieser Intensivstation werden immer noch alle Patienten gleich gut behandelt, ob Sie's glauben oder nicht. Haben Sie schon mal was vom hippokratischen Eid gehört?«

David Manthey hatte schon eine Menge gehört und gesehen und erlebt in seinem 42-jährigen Leben. Unter anderem Meineide, die vor Gericht ohne ein einziges Wimpernzucken geleistet worden waren. Er griff nach dem Notizblock, der vor den gefalteten Händen des Arztes auf dem Tisch lag, zog einen Kugelschreiber aus der Innentasche seiner Jacke und schrieb seine Handynummer auf das karierte Papier.

»Bitte rufen Sie mich sofort an, sobald Sie neue Nachrichten haben. Okay?«

»Das können wir gerne so handhaben, sofern Sie das Gebäude verlassen. In diesem Krankenhaus ist das Einschalten von Mobiltelefonen nämlich verboten. Das mögen Sie vielleicht für unsinnig halten, aber wir gehen lieber auf Nummer sicher. Erst recht auf dieser Etage. Das Risiko ist uns einfach zu...«

»Ich schalte das Handy aus und warte im Treppenhaus vor der Tür zur Station. Dann wissen Sie, wo Sie mich finden.«

»Das kann aber eine lange Nacht für Sie werden.«

»Ich warte vor der Tür! Okay?«

Der Arzt nickte und versuchte verzweifelt, das Gähnen zu unterdrücken, bis Manthey das Stationszimmer verlassen hatte.

Aber selbst das gelang ihm nicht. Der Mann war am Ende seiner Kräfte, dies ließ sich nicht mehr übersehen. Wie lange mochte er nicht mehr geschlafen haben?

Der Rest des Quintetts saß aufgereiht auf einer Bank zwischen den Aufzügen und der Flügeltür aus Milchglas, die den Zugang zur Intensivstation verwehrte. Vier giftgrüne Hartschalensitze, auf ein Gestänge aus Aluminium geschraubt. Extraterrestrische Krankenhausarchitektur. Die Musiker hatten die Ellbogen auf die Knie gestützt und starrten den grau melierten Plastikfußboden zwischen ihren Schuhen an. Als David aus der Tür trat, hoben sie fast gleichzeitig die Köpfe, dankbar für das Ende der Lethargie und der lähmenden Hilflosigkeit.

David gab jedem einzelnen die Hand.

»Danke. Geht jetzt nach Hause. Ihr könnt nichts mehr tun.«

»Wie geht es ihm?«

»Es gibt nichts Neues.«

»Hast du ihn sehen können?«

»Nein. Keine Chance. Geht jetzt nach Hause. Ich rufe euch an, sobald ich etwas erfahre. Versprochen.«

Sie erhoben sich aus den Hartschalensitzen und standen noch eine Weile verlegen rum.

Manthey setzte sich und schloss die Augen.

Da war sie wieder. Die Angst, die sich anfühlte, als fräße sich eine Schlange durch seine Eingeweide.

Die Aufzugtür. Auf. Zu.

Stille.

»Vater unser...«

Das Flüstern neben ihm riss ihn aus seinen Gedanken.

»...der du bist im Himmel, dein Name...«

Manthey öffnete die Augen.

Nein, er hatte sich nicht verhört.

Die Musiker waren verschwunden. Der Pianist, der Bassist, der Drummer. Alle – bis auf den Rotschopf.

Der Junge betete. Er saß neben Manthey, hatte die Hände gefaltet und war tief versunken in seinem Gebet.

David war seltsam fasziniert. Er hatte das Beten nie gelernt.

Von wem auch? Seinen Vater kannte er nicht, wusste nicht mal seinen Namen, und seine manisch-depressive Mutter hatte mit der RAF sympathisiert, bevor sie sich die Mala der Sannyasins um den Hals hängte und sich im Amsterdamer Ashram erleuchten ließ. David wusste nicht einmal mit Bestimmtheit zu sagen, ob er an einen Gott glaubte oder nicht. Er hatte sich die Frage nie gestellt. Er wusste nur, dass er seit diesen bizarren Kindheitstagen all jenen Menschen mit Misstrauen begegnete, die in religiöser Inbrunst eine Meinungsführerschaft und Verantwortung für das Wohl der Menschheit für sich reklamierten, gleich ob Politiker oder Revolutionäre, Päpste oder Sektengurus, Wirtschaftskapitäne oder fundamentalistische Imame.

»Wissen Sie, Herr Manthey... Günther war... Günther ist immer wie ein Vater zu mir gewesen.«

Was sollte er dem Jungen antworten? Dass Günther Oschatz, der homosexuelle Lebensgefährte seines Onkels, seine Mutter gewesen war, seit Elke Manthey sich entschlossen hatte, ihren damals 14-jährigen Sohn endgültig zu verlassen, indem sie sich in der Wohnküche im Stavenhof erhängte? Eine bessere Mutter als Günther konnte sich kein Kind der Welt wünschen. Einen besseren Vater als Onkel Felix auch nicht.

Herzinfarkt.

Seit Felix Manthey vor vier Jahren gestorben war, binnen Sekunden, morgens beim Rasieren im Bad, und sich das halbe Eigelstein-Viertel eingefunden hatte, um den guten Menschen vom Stavenhof zu Grabe zu tragen, seitdem...

Herzinfarkt.

Pfarrer Tomislav Bralic, der Felix und Günther heimlich in seiner Kirche getraut hatte, weil ihn die Meinung seines Dienstherrn, des Kölner Erzbischofs Joachim Kardinal Meisner, noch nie interessiert hatte, sagte in seiner Ansprache an die Trauergemeinde, dass ein schneller, gnädiger Tod jedem Sterbenden zu wünschen sei, nicht aber den Hinterbliebenen, denen ein überraschender Tod die Chance raube, sich von dem geliebten Menschen zu verabschieden.

Herzinfarkt.

»Ich würde gerne hierbleiben, wenn es Ihnen nichts ausmacht, Herr Manthey. Aber falls ich Ihnen auf den Wecker gehe, falls Sie lieber alleine sein wollen, dann...«

»David.«

»Wie bitte?«

»Ich heiße David. Ich habe mich mit Günthers Musikern geduzt, solange ich denken kann. Warum sollte ich jetzt eine Ausnahme machen, nur weil du neu in der Band bist?«

»Benjamin.«

»Hallo, Benjamin. Deine Art, Posaune zu spielen, ist höchst interessant. Sehr erfrischend. Gefällt mir ganz außerordentlich. Dein Spiel erinnert mich an Trombone Shorty. Troy Andrews. Schon mal was von ihm gehört?«

»Oh. Danke! Er ist mein großes Vorbild. Aber den Vergleich hat bisher noch niemand angestellt.«

»Wie alt bist du, Benjamin?«

»Einundzwanzig.«

21. Du meine Güte. Mit 21 war er zur Polizeischule gegangen. Mit 21 war Zoran Jerkov, sein Freund aus Jugendtagen, zurück nach Kroatien gegangen, um in den Krieg zu ziehen.

Zoran war tot. Maja. Astrid. Onkel Felix. Und Elke Manthey, die er nie Mutter nennen durfte, weil sie das Wort so hasste.

Günther musste leben.

Ohne Günther gab es keine Familie mehr. Keine Vergangenheit. Keine Heimat. Nichts. David Manthey schloss die Augen, um den Schmerz in seiner Brust zu bändigen.

»Wenn Roy Hargrove und Manu Katché nicht ganz kurzfristig abgesagt hätten, wenn nicht ausgerechnet die beiden Top-Acts abgesagt hätten und man so schnell keine Stars engagiert kriegt, dann hätten wir doch nie und nimmer eine Chance bekommen, ausgerechnet bei den Leverkusener Jazztagen aufzutreten. Ich sehe das ganz nüchtern, und Günther hat das ebenfalls...«

»Benjamin?«

»Ja?«

»Wenn du bleiben willst... dann halt jetzt die Klappe.«

Benjamin hielt die Klappe.

Vier Stunden lang.

Zweimal flüsterte er ein Gebet.

Manthey registrierte das Flüstern kaum, so sehr war er mit seinen Gedanken beschäftigt. Er stützte die Ellbogen auf die Knie, verschränkte die Hände und starrte den Fußboden an.

Stunde um Stunde.

Am frühen Morgen erschien der Arzt.

Dunkle Ringe unter den Augen.

Aber seine Miene verhieß Hoffnung.

»Ich denke, er wird es schaffen. Er scheint über den Berg zu sein. In ein paar Stunden wissen wir mehr.«

David Manthey umarmte den Arzt. Dem schien das peinlich zu sein, so wie sein Körper augenblicklich erstarrte. Also ließ David ihn rasch wieder los.

»Danke«, sagte David. Der Arzt nickte verlegen und verschwand wieder hinter der Tür aus Milchglas.

David fuhr mit Benjamin im Aufzug hinunter in die Kantine. Benjamin hatte einen Bärenhunger. David brachte keinen Bissen runter. Aber der Kaffee tat gut.

Am Ende der etwa halbstündigen Autofahrt wurde Bernd Oschatz heftig durchgeschüttelt. Kopfsteinpflaster. Eine Minute vielleicht, dann stoppte der Wagen abrupt. Sein Kopf wippte vor und zurück. Oschatz hörte, wie die Fahrertür geöffnet und wieder zugeschlagen wurde. Schritte. Gedämpfte Stimmen. Oschatz erschrak, als die Beifahrertür aufgerissen wurde.

»Sie müssen sich nicht fürchten.«

Die Stimme und die warme, weiche Hand der jungen Frau.

»Nein, lassen Sie die Brille auf der Nase. Die müssen Sie noch einen Moment aufbehalten. Bis wir im Haus sind.«

»Aber dann sehe ich doch nicht, wohin ich trete.«

»Das macht nichts. Ich führe Sie. Können wir? Vorsicht. Stoßen Sie sich nicht den Kopf.«

Oschatz kletterte unbeholfen aus dem Auto.

Die Frau nahm seine rechte Hand, sanft. Zugleich packte jemand seinen linken Oberarm.

»Auf geht's!«

Eine Männerstimme. Jung. Energisch.

Oschatz hörte, wie hinter ihm, in einiger Entfernung, die Räder seines Koffers über das Pflaster rumpelten.

Sie waren also mindestens zu dritt.

Oschatz zählte seine Schritte, ohne zu wissen, zu welchem Zweck er dies tat. Er hatte das mal in einem Fernsehfilm über einen Entführungsfall gesehen.

Er war kein Entführungsopfer.

Er war freiwillig hier.

Er hatte eine Entscheidung getroffen.

»Vorsicht. Zwei Stufen.«

Vierzehn Schritte vom Wagen bis zum Haus. Sie dirigierten ihn durch die Tür ins Innere. Er spürte deutlich den Temperaturunterschied auf seiner Gesichtshaut.

»Achtung. Treppe.«

Die Männerstimme klang nun seltsam hohl. Was war das hier? Eine Kirche? Eine Lagerhalle?

Stein. Oder Beton. 28 Stufen führten steil nach oben. Zu viele Stufen für die Geschosshöhe eines gewöhnlichen Wohnhauses. Das Stapfen der Füße hallte laut und bedrohlich.

Eine Tür wurde geöffnet. Metallisches Kreischen.

»So. Da wären wir.«

Die Stimme der Frau. Sie nahm ihm die Sonnenbrille ab. Oschatz rieb sich die Augen und blinzelte.

Die Frau lächelte verlegen. Der junge Mann neben ihr grinste. Groß und schlank. Zerzaustes Haar. Breitbeinig stand er da, wie ein Kapitän auf der Kommandobrücke. Ende zwanzig, vielleicht auch Anfang dreißig, schätzte Oschatz. Die Arme verschränkt. Das Kinn gehoben. Unerschütterliches Selbstbewusstsein im Blick. Die Augen eines Siegers. Die Frauen mussten ihn lieben.

»Herzlich willkommen, Herr Oschatz.«

Ein zweiter Mann wuchtete den Samsonite in den Raum, schloss die Tür und wischte sich den perlenden Schweiß von der Stirn. Mitte zwanzig. Er schien körperliche Anstrengung nicht gewöhnt zu sein. Klein, konturlos, übergewichtig, eine mächtige Brille aus schwarzem Horn. Die Gläser vergrößerten seine Augen. Hundeblick. Treu und zuverlässig.

»Ihr neues Zuhause, Herr Oschatz. Natürlich nur vorübergehend. Bis wir was Besseres gefunden haben. Das war mal ein Lagerraum. Weil das Gebäude keinen Keller hat. Wir konnten das Zimmer in der Eile nur notdürftig herrichten, hatten schon genug damit zu tun, es erst mal auszuräumen. Ist nicht gerade das Ritz, aber Sie sind ja auch nicht hier, um Urlaub zu machen.«

Bernd Oschatz sah sich um.

Etwa vier Meter im Quadrat. Eine ausklappbare Couch mit Bettkasten. Schwarzes Leder oder Kunstleder, abgeschabt, als hätte sich eine Katze jahrelang daran ausgetobt. Ein Spind aus grauem Metallblech, Lüftungsschlitze an den beiden schmalen, verbogenen Türen. Daneben ein Ikea-Regal. Genau so eines hatte Oschatz in seinem Keller stehen: rohes, unbehandeltes Kiefernholz, zum Spottpreis von 9,99 Euro zu haben. Im Regal eine Handvoll Bücher und ein Stapel zerfledderter Zeitschriften. Neben der Bettcouch ein dreibeiniger, himmelblau lackierter Hocker, der wohl als Nachttisch dienen sollte. Ein Waschbecken, darüber ein fleckiger Spiegel. Ein schmales, hohes Fenster. Eine auf das Glas geklebte milchig weiße Folie versperrte den Blick nach draußen. Eine Gefängniszelle.

»Ist nur zu Ihrer eigenen Sicherheit«, sagte der Siegertyp. Als könnte er Gedanken lesen.

Oschatz nickte.

Sein neues Leben hatte er sich ganz anders vorgestellt.

Ein Haus voller Erinnerungen. Die Wohnküche: ein Museum. Das Museum der akut vom Aussterben bedrohten Manthey-Sippe. Gerahmte Schwarz-weiß-Fotos, stumme Zeugen einer vergessenen Welt. Coach Felix Manthey und sein Basketballteam, die Outlaws vom Eigelstein, eine Horde ungehobelter Halbwüchsiger auf dem Gipfel ihres Erfolgs, frischgebackene Landesjugendmeister, in billigen Trikots aus dem türkischen Ramschladen in der Weidengasse. David, noch spindeldürr, ein breites Grinsen im Gesicht. Neben ihm Zoran, einen Kopf kleiner als David, aber ungeheuer kräftig, mit finsterer Miene, die Entschlossenheit bedeuten sollte. Öcal und Ilgaz, noch unzertrennlich, albern und verspielt wie junge Hunde. Artur, der polnische Riese mit den breiten Schultern und dem feuerroten Haar, der alle auf dem Foto um Haupteslänge überragte, selbst den Coach. Eine wilde Welt, eine heile Welt, zum Sterben verdammt.

Das Mahlwerk der vollautomatischen Espressomaschine vertrieb die gefräßige Stille. David Manthey vermied es, nach oben zu sehen, zur Decke, hinauf zu dem kräftigen, gusseisernen Hacken, der die Küchenlampe hielt. Der Haken war ein weiteres Exponat des Familienmuseums. Er musste nicht hinaufsehen, um das Bild deutlich vor Augen zu haben. Es hatte sich in seinem Gehirn eingebrannt, für immer und ewig.

Wie alt war er gewesen, als ihn Onkel Felix aus dem Kinderheim der Sannyasins in Andalusien geholt hatte? 14, ja, gerade 14 Jahre alt war er gewesen, als er aus dem Auto sprang, völlig übermüdet, aber glücklich, als er über den Hof rannte, während Onkel Felix noch mit dem Ausladen des Gepäcks beschäftigt war, die Treppe hinaufstürmte, in die Küche, um endlich seine Mutter wiederzusehen.

Was er zuerst sah, war die ausgestreckte Zunge. Dann die weit aufgerissenen Augen. Den schiefen Kopf. Die nackten, zierlichen Füße, die neben der Tischkante schwebten. Schließlich den Strick. Der Verwesungsprozess hatte längst eingesetzt.

Später sagte die Polizei, Elke Manthey habe sich wohl schon erhängt, kaum dass ihr Bruder Felix mit dem Wagen in Richtung Andalusien aufgebrochen war, um David zu holen.

David Manthey legte seine Jacke über die Stuhllehne, bevor er sich setzte und die Schublade des Küchentischs aufzog.

Ein Stadtplan, ein hölzernes Lineal, ein Bleistift, ein Spitzer, ein Radiergummi, ein vergilbtes Kassenbuch, ein Telefonbuch aus dem Jahr 2006. An diesem Tisch hatte Onkel Felix jeden Abend seine Touren für den nächsten Tag geplant.

David trank einen Schluck Kaffee. Schwarz. Bitter. Er hatte keinen Zucker gefunden. Auch der Kühlschrank bot ein Bild des Jammers. Wie ernährte sich Günther eigentlich?

Früher war der Kühlschrank immer voll gewesen, dafür hatte Günther gesorgt. Günther Oschatz war wenige Wochen nach Elke Mantheys Selbstmord zu seinem Freund Felix in den Stavenhof gezogen, um sich gemeinsam mit Felix Manthey um Davids Erziehung zu kümmern. Fortan hatte es dem Jungen an nichts mehr gemangelt.

David schlug das Telefonbuch auf.

Oschatz
– Bernd Heidekaul-5

David wählte die angegebene Nummer. Nichts. Nicht mal ein Anrufbeantworter. Er ließ es sieben Mal klingeln, dann trennte er die Verbindung, breitete den zerfledderten Stadtplan auf dem Tisch aus und studierte das Register. Die Straße, die er nicht kannte, fand er im Stadtteil Raderthal, zwischen Südfriedhof, Militärring und dem Autobahnkreuz Köln-Süd.

David nahm sein Handy vom Tisch und wählte die Nummer der Telefonauskunft. Die freundliche Stimme bestätigte, dass der Anschluss und die Adresse noch aktuell waren.

Energisches Klopfen riss ihn aus seinen Gedanken. David verließ die Küche und öffnete die Tür zum Hof.

Artur.

Die Lampe unter dem Vordach ließ das feuerrote Haar leuchten. Der Pole zog den mächtigen Kopf ein und beugte sich vor, um sich nicht am Türrahmen zu stoßen. David Manthey war 1,87 Meter groß und muskulös, aber in Arturs Nähe kam er sich stets vor wie ein mickriger Zwerg.

»Kaffee?«

»Ja. Wie geht's ihm?«

»Er ist über den Berg, sagt der Arzt. Schwer angeschlagen, noch schwach, aber er wird es wohl schaffen.«

»Hast du mit ihm gesprochen?«

»Ja, eben zum ersten Mal, vor einer Stunde.«

»Braucht er irgendwas?«

»Ist alles organisiert. Waschzeug, Klamotten... Er hat im Moment nur einen einzigen Wunsch.«

»Welchen?«

»Er will seinen Bruder sehen.«

»Seinen Bruder?«

Artur wartete geduldig auf eine Antwort, während David ihm Kaffee machte. Was sollte er Artur antworten? Er war ähnlich überrascht gewesen. David kannte Günther Oschatz seit 28 Jahren, aber ihm war erst heute, seit dem Besuch im Krankenhaus, deutlich geworden, dass er nichts über Günthers Familie, rein gar nichts über seine Herkunft wusste. Als sei Günther vor 28 Jahren vom Himmel gefallen, um die Rolle als Davids Ersatzmutter auszufüllen.

»Er heißt Bernd.«

»Bernd Oschatz?«

»Klar. Wie sonst?«

»Es ist nur... ich hatte keine Ahnung, dass Günther überhaupt eine Familie besitzt. Seine Familie... das waren doch wir.«

»Er wird seine Gründe haben.«

»Da kennt man einen Menschen schon so lange und weiß doch nichts über ihn. Wo lebt denn der Bruder?«

»Hier in Köln. In Raderthal.«

»Und hatte nie Kontakt zu Günther?«

David schwieg.

Artur legte seine Pranke auf das abgegriffene Telefonbuch und tippte mit dem Zeigefinger auf den Einband. »Ich wusste gar nicht, dass es so etwas noch gibt.«

»Es gehörte Felix. Ich hab's in der Schublade hier gefunden. In diesem Haus hat alles seinen Platz, in diesem Haus ändert sich nie etwas. Ich mag das. Es beruhigt mich.«

»Hast du schon versucht, ihn zu erreichen?«
David nickte.
»Und?«
David schüttelte den Kopf.
Artur sah auf die Uhr. »Ist ja noch früh am Abend. Vielleicht gönnt er sich noch ein Feierabendbier. Oder ist er schon in Rente? Wie alt ist er überhaupt?«
»Drei Jahre jünger als Günther. Also müsste er jetzt 65 sein. Ich versuche es später am Abend noch mal.«
»Hat Günther irgendwas über seinen Bruder erzählt?«
»Nur, dass er in Köln wohnt und Buchhalter von Beruf ist. Aber Günther hat seinen Bruder ja selbst seit ewiger Zeit nicht mehr gesehen. Er hatte ihn zwar eingeladen, als er und Onkel Felix damals heirateten, ein Jahr vor seinem Tod. Aber Bernd Oschatz war nicht zur Hochzeit erschienen.«
»Ein schönes Fest war das gewesen.«
Niemand aus Günthers Familie war damals dabei. Aber das fiel David erst in diesem Augenblick auf. Freunde aus der Jazzerszene, Nachbarn aus dem Eigelstein-Viertel, Kölner Halbwelt und Kölner Nachtschattengewächse, und natürlich Pfarrer Tomislav Bralic. Aber niemand aus Günthers Familie.
»Ein Buchhalter.« Artur schüttelte den Kopf.
»Wieso?«
»Ein Buchhalter mit Ärmelschonern und ein verrückter Jazztrompeter. Wie passt das denn zusammen?«
»Artur: Die Familie sucht man sich bekanntlich nicht aus. Außerdem habe ich keine Ahnung, ob Buchhalter heutzutage noch Ärmelschoner tragen. Vielleicht in Polen...«
»Sehr witzig.«
»Vergangene Nacht war Günther dem Tod näher als dem Leben. Er sagte heute im Krankenhaus, er habe jetzt das dringende Bedürfnis, seinen Frieden zu machen, mit seiner Vergangenheit, mit seiner leiblichen Familie. Bevor es zu spät sein könnte. Er sagt, sein jüngerer Bruder Bernd sei der Einzige, der noch übrig sei von seiner Familie.«
»Und wenn er gar nicht will?«

»Wer?«

»Na, dieser Buchhalter. Wenn er nach wie vor keine Lust hat, Günther zu treffen? Schließlich ist er schon nicht zur Hochzeit seines Bruders erschienen...«

»Artur, unter anderen Umständen würde ich ihn notfalls durch die ganze Stadt schleifen, wenn er nicht freiwillig mitkommen will. Günther will ihn wiedersehen, basta. Aber der Arzt sagt, Günther darf sich auf keinen Fall aufregen. Aufregung ist wie ein tödliches Gift für ihn. Also werde ich diesen Bernd Oschatz wohl vorher überzeugen müssen. Und ihm klarmachen, dass er bei dem Treffen ganz lieb zu sein hat.«

»Und dein Job in Málaga?«

»Der muss warten.«

»Da wird die spanische Regierung aber nicht begeistert sein.«

»Das ist mir egal. Günther ist wichtiger.«

»Hast du keinen Vertrag?«

»Doch. Mit dem Justizministerium in Madrid. Ich habe deshalb heute Morgen lange mit meinem Kontaktmann telefoniert. Er ist zwar ziemlich sauer, aber er fügt sich.«

»Was bleibt ihm auch anderes übrig?«

»Eben. Der spanische Staat hat die russische Mafia an der Costa del Sol zwei Jahrzehnte lang nach Belieben schalten und walten lassen. Da wird es wohl jetzt auf ein paar Tage und Wochen auch nicht mehr ankommen.«

»Brauchst du Hilfe?«

»Um einen alten Mann zu finden?«

»Stimmt. Du erkennst ihn ja sofort an den Ärmelschonern.«

Das Bolu Prestige Hotel war ein unweit des Bölcük Boulevard zwar zentral, aber absolut ruhig gelegenes Haus in der rund 120 000 Einwohner zählenden Provinzhauptstadt. Dennoch verbrachte Zeki Kilicaslan eine unruhige Nacht.

Er war erst am späten Abend, nach einem harten, aufreibenden Arbeitstag in der Klinik und nach einer nicht enden wollenden, anstrengenden Autofahrt von Istanbul nach Bolu im Hotel eingetroffen und hatte sich an der Bar, trotz seines islamischen Glaubens und trotz der anklagenden Blicke des Kellners, eine Flasche Rotwein als Schlummertrunk gegönnt. Er hätte also schlafen müssen wie ein Bär. Stattdessen plagten ihn während der gesamten Nacht wilde Albträume.

Im Traum irrte er zu Fuß durch Istanbul. Er überquerte eine menschenleere Straße, er hatte die Fahrbahnmitte bereits erreicht, als plötzlich ein Auto auf ihn zuraste. Der Wagen kam ihm bekannt vor. Zeki Kilicaslan wollte die letzten Meter laufen, den rettenden Bürgersteig erreichen, aber seine Beine waren mit einem Mal gelähmt und versagten ihren Dienst. Mit heulendem Motor schoss das Auto auf ihn zu. Zekis toter Sohn saß am Steuer, neben ihm Zekis tote Frau, sie unterhielten sich, sie lachten, sie achteten gar nicht auf die Straße, sie bemerkten auch den erstarrten Fußgänger nicht. Zeki riss die Arme hoch, schloss die Augen und wartete auf den sicheren Tod...

Professor Zeki Kilicaslan schreckte um sieben Uhr morgens aus dem Schlaf, eine Stunde vor dem bei der Rezeption bestellten Weckruf. Er duschte ausgiebig, rasierte sich sorgfältig, zog ein frisches weißes Hemd und seinen besten Anzug an und begab sich in den Frühstücksraum. Er hatte zwar keinen Appetit, aber er trank drei Tassen Kaffee, stark und schwarz und süß, so wie er ihn mochte, während er die Zeitung studierte.

Anschließend orderte er an der Rezeption ein Taxi, weil er wenig Lust verspürte, sich mit dem eigenen Wagen in den dichten Wäldern der Umgebung zu verirren. Das besorgte dann der Taxifahrer für ihn: Für die ohne Umwege mal gerade 30 Kilometer lange Schotterpiste von Bolu nach Bürnük benötigte der wortkarge Mann mit dem gigantischen Schnauzer, der sich ohne den geringsten Anflug von Selbstzweifeln an der eigenen Ortskenntnis oder Verlegenheit gegenüber dem Fahrgast mindestens dreimal verfuhr, gut zweieinhalb Stunden.

Zeki Kilicaslan traf genau in dem Moment in Bürnük ein, als

Erol Ümits Leichnam aus der Moschee getragen wurde. Nicht in einem gezimmerten Sarg, wie etwa in Deutschland, wo der Professor einige Jahre seines Lebens als Gastarbeiterkind und schließlich als Student der Medizin an der Bonner Universität verbracht hatte, sondern nach islamischem Ritus in drei kunstvoll verschnürten Tüchern aus feiner, blütenweißer Baumwolle, nachdem der Leichnam zuvor einer rituellen Waschung unterzogen worden war.

Der Strom der Menschen aus der Moschee schien kein Ende zu nehmen. Von Säuglingen und bettlägerigen Greisen einmal abgesehen, schien das gesamte Dorf auf den Beinen zu sein, um Erol Ümit das letzte Geleit zum Friedhof zu geben.

Zeki Kilicaslan beglich seine Rechnung für die Fahrt, geizte trotz der Irrfahrt nicht mit Trinkgeld, bat den Taxifahrer, in der einzigen Gaststätte am Dorfplatz auf ihn zu warten, stieg aus dem Mercedes und folgte eiligen Schrittes dem Trauerzug.

Es schien ein ganz gewöhnlicher Abend zu werden. So trist und leer, so einsam und ereignislos wie jeder andere. Angelika Schmidt ließ, kaum dass sie ihre Wohnung im Hochparterre betreten und ihre Handtasche abgestellt hatte, die Rollläden vor sämtlichen Fenstern herab, um die Welt auszusperren. Erst dann hängte sie ihren Mantel an die Garderobe in der Diele. Sie spülte ihre abendliche Blutdrucktablette mit einem Glas Leitungswasser hinunter und überflog die Post aus dem Briefkasten. Eine Rechnung ihrer Osteopathin, die Nebenkostenabrechnung der Hausverwaltung, 342 Euro Nachzahlung, außerdem ein Flyer, der für einen neuen Pizzaservice warb. Italienische, chinesische und mexikanische Gerichte.

Werbung und Rechnungen.

Andere Post fand sie nie im Briefkasten.

Wieso auch?

Wer sollte ihr schon schreiben?

Sie bügelte im Schlafzimmer eine Bluse auf, die sie morgen zur Arbeit anzuziehen gedachte. Anschließend aß sie in der Küche eine Scheibe Graubrot, die sie mit Salamischeiben belegt hatte, trank eine Tasse Tee dazu und studierte, während sie aß, die Nebenkostenabrechnung. Bedauerlicherweise konnte sie keinen Fehler entdecken. Wäre ja auch zu schön gewesen.

Sie spülte den Teller, die Tasse und das Messer und setzte Wasser für ein heißes Fußbad auf. Sie gönnte ihren müden, schmerzenden Füßen jeden Abend ein Bad mit einem Schuss jener Lotion, die ihr der Apotheker empfohlen hatte. Angeblich wirkten die ätherischen Öle zudem stimmungsaufhellend, versicherte der Apotheker. Davon hatte sie allerdings bislang noch nichts feststellen können. Aber zumindest den geschwollenen Füßen tat das Bad jedes Mal gut.

Angelika Schmidt entledigte sich ihrer Kleidung, hängte das Kostüm ordentlich auf einen Bügel und dann in den Schrank, faltete die Strumpfhose und legte sie auf der Kommode im Schlafzimmer ab, zog ihren neuen Frotteebademantel über, den sie sich vergangene Woche bei Tchibo gekauft hatte, ging ins Bad und warf die Unterwäsche in den Korb unter dem Waschbecken. Sie betrachtete sich eine Weile im Spiegel, teilnahmslos, als sei dies gar nicht ihr eigenes Gesicht, das sie im Spiegel betrachtete.

Was für ein Leben.

War's das?

War das tatsächlich schon alles?

Mehr hatte das Leben nicht zu bieten?

Nicht für Angelika Schmidt.

Wieso auch?

Das schrille Pfeifen des Wasserkessels vertrieb schlagartig die hässlichen Gedanken aus ihrem Kopf.

Sie platzierte die Plastikwanne vor der Couch und schaltete den Fernseher ein. Tagesschau. Das Übliche. Die Jugendkrawalle in Paris. Nein, das war gar nicht Paris. Das war Berlin. Neukölln. Umgestürzte Autos. Brennende Autos. Wasserwerfer.

Gummiknüppel. Blut. Dunkle, glitzernde Lachen auf dem Asphalt. Angelika Schmidt sah angewidert weg. Sie hasste Gewalt. Das nächste Thema. Griechenland. Der Euro. Aber sie war mit ihren Gedanken woanders. An jedem ganz gewöhnlichen Abend würde sie bis kurz nach elf Uhr auf der Couch sitzen, sich durch die Kanäle zappen, währenddessen eine zweite Tasse Beruhigungstee trinken, dann den Fernseher ausschalten, eine Schlaftablette schlucken, die Zähne putzen und zu Bett gehen. Aber die Tagesschau war an diesem ungewöhnlichen Abend noch nicht mal beim Wetter angelangt, als es an ihrer Tür klingelte.

Sie sah durch den Spion.

Niemand zu sehen.

Sie griff nach dem Hörer der Gegensprechanlage.

»Hallo? Wer ist da?«

»Detmers. Machen Sie auf.«

Detmers? Rolf Detmers war der Sicherheitsbeauftragte der Firma. Was in Teufels Namen…

»Wissen Sie, wie spät es ist?«

»Ja. Kurz nach acht. Machen Sie endlich auf.«

Detmers. Der Mann war ihr von seinem ersten Arbeitstag an unheimlich gewesen. Manche Kollegen hatten sogar regelrecht Angst vor ihm. Gottlob hatte Angelika Schmidt bislang nicht allzu viel mit ihm zu tun gehabt.

Was wollte er von ihr? Um diese Zeit?

»Herr Detmers, ich wüsste nicht, was es zu besprechen gäbe, was nicht auch Zeit bis morgen…«

»Lassen Sie das getrost meine Sorge sein.«

»Werden Sie jetzt nicht unverschämt. Ich glaube nicht, dass die Geschäftsleitung sonderlich begeistert davon wäre, wenn sie morgen erführe, dass Sie…«

»Ich bin im Auftrag der Geschäftsleitung hier. Und ich komme zu Ihnen nach Hause, weil nicht unbedingt jeder in der Firma mitkriegen muss, dass wir etwas zu besprechen haben. Ich nehme an, das ist auch in Ihrem Interesse. Also machen Sie endlich auf.«

Was nun?

Sie hatte sich doch noch nie etwas zuschulden kommen lassen in der Firma. Nicht dass sie wüsste. Bis auf...

Sie drückte den Knopf und öffnete die Wohnungstür. Das Licht im Treppenhaus flammte auf. Schnelle, feste Schritte, zwei Stufen auf einmal. Dann stand er vor ihr, fast zwei Meter groß, von den klobigen, schwarzen Turnschuhen bis hinauf zu der im Schein des grellen Treppenhauslichts schimmernden Glatze. Der voluminöse, schwammige Körper in dem dunkelgrauen, um die breiten Hüften spannenden Anzug füllte die offene Tür aus. Die kalten Augen betrachteten sie unverhohlen vom Kopf bis Fuß, sie fällten abschätzig und abschließend ihr Urteil, die herabgezogenen Mundwinkel und die schmalen Lippen signalisierten Verachtung.

»Darf ich reinkommen? Oder sollen wir hier draußen reden, bis das Interesse der gesamten Nachbarschaft geweckt ist?«

Sie wich zurück.

Er ging an ihr vorbei, als sei sie Luft, durch die Diele ins Wohnzimmer, und sah sich um. Sie folgte ihm. Sie hätte viel darum gegeben, jetzt etwas anderes zu tragen als einen rosafarbenen Bademantel und graue Filzpantoffeln. Sie schaltete den Fernseher aus.

»Hübsche Wohnung.«

»Was wollen Sie von mir?«

»Setzen Sie sich.«

Sie setzte sich in den linken der beiden Sessel. Er blieb stehen und betrachtete das gerahmte Foto in der Vitrine.

»Ihre Tochter?«

»Meine Nichte. Lara. Das Foto ist schon ziemlich alt. Das ist bei ihrer Abiturfeier entstanden. Sie lebt seit drei Jahren in London. Sie hat letztes Jahr einen Engländer geheiratet, John...«

»Stimmt, ich vergaß.«

»Was meinen Sie?«

»Nun, das Mädchen auf dem Foto kann ja gar nicht Ihre Tochter sein. Sie sind ja ledig. Sie haben keine Kinder. Sie waren ja noch nie verheiratet. Sie haben immer alleine gelebt, stimmt's?«

Sie starrte ihn an. Der Schmerz breitete sich in ihrer Brust aus. Er grinste amüsiert. »Wissen Sie, das ist mein Job. Alles über die Mitarbeiter des Unternehmens zu wissen. Um möglichen Schaden vom Unternehmen abzuwenden...«

Sie nahm sich vor, zu schweigen, nichts mehr über ihr kleines, unbedeutendes Leben preiszugeben.

»Was wollen Sie?«

Er ließ sich Zeit mit der Antwort. Als hätte er die Frage gar nicht gehört. Sein Blick kreiste weiter durch ihr Wohnzimmer, ihr Refugium, ihren Schutzraum, bis er scheinbar zufällig an ihr hängen blieb. Er betrachtete sie überrascht, als hätte er ihre Existenz inzwischen schon vergessen.

»Wie geht's denn Herrn Oschatz?«

»Herr Oschatz?«

»Spreche ich so undeutlich? Ja! Oschatz.«

»Woher soll ich das denn wissen?«

»Nun ja, Sie haben lange mit ihm zusammengearbeitet, Tür an Tür sozusagen. Vertrauensvoll. Sie waren seine rechte Hand, heißt es. Sie haben sich gut verstanden, sagt man.«

»Stimmt. Aber jetzt ist er in Rente.«

»Korrekt. Seit zwei Wochen. Und seit dieser Zeit ist er nicht mehr in seiner Wohnung aufgetaucht. Spurlos verschwunden.«

»Vielleicht ist er verreist.«

»Ja, vielleicht ist er verreist, Frau Schmidt.«

»Die Zeit hat er ja nun.«

»Ja, Frau Schmidt, die Zeit hat er nun.«

Detmers kam auf sie zu, ging vor ihr in die Hocke und legte seine Hände auf ihre Oberschenkel.

»Mich interessieren die Gründe. Und das Reiseziel.«

»Ich habe keine Ahnung, wohin er...«

Sein Blick nahm ihr die Luft zum Atmen. Sie spürte jeden einzelnen seiner Finger durch den Frotteestoff, der seine groben Hände von ihren nackten Schenkeln trennte. Sie presste Rücken und Nacken in das Polster, um so viel Distanz wie möglich zu diesen unheimlichen Augen zu schaffen. Ihre Arme lagen wie betäubt auf den Lehnen, unfähig, sie zu schützen.

»Frau Schmidt: Mit Herrn Oschatz sind auch einige ... Dinge aus der Firma verschwunden. Dinge von großer Bedeutung für das Unternehmen. Dinge, die großen Schaden anrichten können, wenn sie in die falschen Hände geraten.«

»Was für Dinge denn?«

Detmers schüttelte belustigt den Kopf. Sie spürte seine Fingernägel, die sich in das Fleisch ihrer Schenkel gruben, scharf wie die Krallen eines Raubvogels.

»Die Fragen stelle ich, Angelika. Sie antworten nur. Ich darf Sie doch Angelika nennen? Sie beantworten meine Fragen, und schon sind Sie mich wieder los. Klar?«

Sie nickte. Stumm vor Angst.

»Gut. Ich bin froh, dass Sie kooperieren, Angelika. Fangen wir also noch mal von vorne an: Wohin ist Bernd Oschatz verreist?«

»Ich ... ich weiß es wirklich nicht.«

»Angelika, ich würde Ihnen so gerne glauben. Meinen Sie etwa, mir macht das Spaß hier? Ich würde jetzt auch lieber gemütlich daheim auf meiner Couch sitzen ...«

Seine Stimme klang mit einem Mal honigsüß. Süß und falsch. Er redete leiser, er flüsterte fast. Er ließ sie nicht aus den Augen. Sie hatte Mühe, den Inhalt seiner Worte zu erfassen. Sie starrte auf seinen Mund, hörte nur den falschen Klang der Stimme und wagte es nicht, nach unten zu sehen. Sie musste nicht nach unten sehen, um zu wissen, was er tat. Sie fühlte es, und es raubte ihr die Luft zum Atmen. Er spreizte die Finger, schob die Hände nach außen, ganz langsam, Millimeter für Millimeter, bis der Frotteestoff links und rechts von ihren Schenkeln glitt und der Bademantel aufklaffte. Er sah ebenfalls nicht hin, sah nicht nach unten, nicht eine Sekunde.

»Wo ist er?«

»Ich schwöre ... ich weiß es nicht.«

»Wollen Sie mir weismachen, Sie haben ihn seit seinem letzten Arbeitstag nicht mehr gesehen?«

Sie schwieg. Starr vor Angst.

»Angelika?«

»Ich schwöre, ich habe ihn seither nicht mehr gesehen, und er hat mir auch vorher nie etwas davon erzählt, dass er eine Reise plant. Bitte glauben Sie mir!«

Er lächelte.

Er lächelte tatsächlich. Sie spürte mit jeder Faser ihres Körpers, wie er es genoss, sie zu demütigen.

Rolf Detmers erhob sich aus der Hocke, erstaunlich flink und elegant für seine Körpermasse.

»Warum nicht gleich so. Verlassen Sie sich darauf: Falls Sie mich belogen haben, kriege ich es irgendwann raus und komme wieder. Anschließend werden Sie diesen Abend für immer und ewig verfluchen. Bleiben Sie sitzen. Ich finde alleine hinaus.«

Sie hörte, wie die Tür zuschlug.

Angelika Schmidt blieb noch fast eine Stunde bewegungslos sitzen. Das Herz schlug ihr bis zum Hals. Sie würde eine Tablette nehmen, sobald sie sich in der Lage fühlte, aufzustehen.

Sie hatte nicht gelogen. Sie hatte tatsächlich nicht die geringste Ahnung, wo Bernd Oschatz steckte.

Aber sie wusste sehr genau, welche Dinge aus der Firma verschwunden waren. Und dass Oschatz damit zu tun hatte. Aber danach hatte Detmers sie ja zum Glück nicht gefragt.

Es gab weitaus Schlimmeres in diesem Stadtteil als das Haus, in dem Bernd Oschatz eine Wohnung gemietet hatte. Zum Beispiel die 14-geschossigen Betonsilos am Raderthalgürtel, an denen Manthey gerade vorbeifuhr. Menschenverachtend. Wer baute so etwas? Und wer ließ zu, dass so etwas gebaut wurde, um darin Menschen wohnen zu lassen?

Als David Manthey wenig später an jenem tristen, regnerischen Vormittag Günthers klapprigen Renault in die stille Wohnstraße namens Heidekaul lenkte, zählte er die Stockwerke, während er nach einer Parklücke suchte. Sieben. Der schmucklose, monolithische Bau hatte vier Haustüren und vier Hausnummern, die ungeraden Zahlen von 1 bis 7. Jeden Eingang zierte ein winziges Vordach. Der Block mit seinen 60 Wohnungen war wie so viele andere diesseits des Militärrings gleich nach dem Krieg für die britischen Besatzungstruppen hochgezogen worden.

Heidekaul 5. *Oschatz.*

Manthey drückte den Klingelknopf neben dem Namen. Und wartete. Nach einer höflichen Pause klingelte er ein zweites Mal, schließlich ein drittes Mal.

»Wo wollen Sie denn hin?«

Eine Frauenstimme. David Manthey drehte sich um – und sah zunächst nichts. Er blickte hinab, auf einen lindgrünen Regenschirm, und noch tiefer, auf einen grauhaarigen Dackel, der ihn missmutig anglotzte. Kein Wunder. Schließlich war der große, fremde Mann der Grund, warum Frauchen nicht längst die Haustür geöffnet hatte.

»Zu Herrn Oschatz möchte ich.«

»Der ist nicht da!«

»Das glaube ich Ihnen aufs Wort.«

Der Regenschirm wurde so weit nach hinten gekippt, bis die schmalen Augen in dem faltigen Gesicht freies Sichtfeld nach oben hatten. Die Frau guckte genauso missmutig wie ihr Dackel. Sie war extrem klein, extrem dürr und schätzungsweise Mitte achtzig. Sie versuchte vergeblich, in den Augen des Fremden zu lesen, ob er sich womöglich auf ihre Kosten lustig machte.

»Herr Oschatz ist vermutlich auf der Arbeit, oder?«

»Keine Ahnung. Er ist schon länger weg.«

»Wie lange denn?«

»Schon lange. Zwei Wochen.«

»Aha.«

»Ja.«

»Verreist?«

»Er ist mit einem Koffer weg. Ein Taxi hat ihn abgeholt.«

»Dann wird er wohl verreist sein.«

»Ja, wird wohl.«

»Sie wissen nicht zufällig, wohin er gereist ist?«
»Nein.«
»Aber Sie wissen genau, dass er...«
»Ja«, unterbrach ihn die alte Frau gereizt. »Ich hab's nämlich gesehen. Mit meinen eigenen Augen.«

Sie deutete mit ihrem knochigen Zeigefinger auf das Fenster links von der Haustür. Hochparterre.

»Das da ist mein Küchenfenster. Da kriegt man alles mit, ob man will oder nicht. Er hatte einen Koffer dabei, einen richtig großen Koffer, und er ist in ein Taxi gestiegen. Das Taxi hatte schon fünf Minuten hier draußen auf ihn gewartet.«

»Kennen Sie Herrn Oschatz gut?«

»Überhaupt nicht.« Sie schüttelte energisch den Kopf. »Weshalb wollen Sie das alles wissen? Sind Sie von der...«

»Pssst.« Manthey legte den Zeigefinger auf seine Lippen und zog die Stirn in tiefe Sorgenfalten. »Geheime Ermittlungen. Wir sind noch ganz am Anfang.«

Die Alte nickte eifrig. Auf der Stelle war sie besser gelaunt. Sie klappte den Regenschirm zusammen, grinste breit und blinzelte Manthey zu wie eine Komplizin.

»Sie können sich vermutlich nicht zufällig noch an das Datum der Abreise erinnern...«

»Doch, Herr Kommissar. Das weiß ich noch ganz genau. Das war der 31. Oktober gewesen.«

»Alle Achtung. Ich bewundere Ihr Gedächtnis.«

»Das weiß ich nämlich noch so genau, weil der 31. Oktober mein Geburtstag ist.«

»Da darf man ja noch nachträglich gratulieren. Herzlichen Glückwunsch auch.«

»Vielen Dank, Herr Kommissar.«

Der kokette Augenaufschlag einer 16-Jährigen.

»Das klingt jetzt vermessen: Können Sie sich vielleicht noch an die ungefähre Uhrzeit erinnern?«

»Punkt acht Uhr morgens. Um fünf vor acht kam das Taxi. Der Fahrer ließ nämlich den Motor laufen, nur deshalb habe ich aus dem Fenster gesehen.«

»Natürlich.«

»Wusste ich doch, dass der Oschatz nicht koscher ist.«

»Wieso?«

»Der hat nie Besuch. Also ... keinen Damenbesuch, aber auch sonst keinen Besuch. Keine Familie, keine Freunde. Der Oschatz wohnt ja genau über mir. Aber da hört man nie was. Einmal in der Woche den Staubsauger, meistens samstags. Sonst nichts. Nicht mal den Fernseher.«

»Interessant.«

»Ja, nicht wahr?«

»Hat er vielleicht engeren Kontakt zu einem der anderen Hausbewohner? Jemanden, den er bitten würde, die Blumen zu gießen oder nach der Post zu sehen?«

Die Alte schüttelte energisch den Kopf.

»Niemand?«

»Nein. Das wüsste ich.«

David Manthey hegte daran keinerlei Zweifel.

»Wie lange wohnt er denn schon hier?«

»Schon ewig. Ich meine ... noch länger als ich jedenfalls. Ich wohne nämlich schon seit elf Jahren hier, Herr Kommissar. Vorher habe ich im Bayenthal gewohnt. Das war eine schöne Wohnung, sage ich Ihnen. Billig und schön hell. Aber vierter Stock. Meine Güte, die Treppen. Man wird ja nicht jünger. Die Beine machten nicht mehr mit auf die Dauer. Da ist Hochparterre schon besser. Auch mit dem Hund.«

»Verstehe.«

»Aber mit dem Oschatz wird hier keiner richtig warm. Der hält alle im Haus auf Distanz. Sagt gerade mal Guten Morgen und Guten Abend, wenn er einem im Treppenhaus begegnet. Das war's auch schon. Nur ja kein Wort zu viel. Der guckt einen noch nicht mal richtig an.«

Der Rauhaardackel zerrte an der Leine und jaulte jämmerlich. Seine Geduld war nun endgültig erschöpft.

»Herr Kommissar, wollen Sie vielleicht mit reinkommen? Dann mache ich Ihnen einen schönen Kaffee.«

David Manthey sagte nicht Nein. Er musste ohnehin ins Haus,

um den Briefkasten zu kontrollieren. Und er musste noch sehr viel mehr wissen über Bernd Oschatz.

Nach nur einer Woche hatte Bernd Oschatz die Miniaturbibliothek seiner Gefängniszelle weitgehend durch. Nicht alles, was in dem Ikea-Regal für ihn oder für wen auch immer abgelegt worden war, interessierte ihn wirklich. Zum Beispiel konnte er mit den zerfledderten Exemplaren dieser Musikzeitschrift namens *Spex* gar nichts anfangen. Von der in den Artikeln besprochenen Musik hatte er noch nie etwas gehört, ebenso wenig wie von den Interpreten. Außerdem verstand er den Inhalt der Texte nicht, obwohl sie zweifellos in seiner Muttersprache verfasst waren und er sich beim Lesen wirklich Mühe gab.
Eine fremde Welt.
Die Leute, denen er sich freiwillig ausgeliefert hatte, gehörten dieser fremden Welt an.
Mit den Büchern konnte er da schon mehr anfangen, zumindest mit einem Teil davon. Vorwiegend politische Themen. Besonders fasziniert war er von einem Buch über die ethischen Folgen der Globalisierung, verfasst von einem afrikanischen Theologen, zum Glück in deutscher Übersetzung. Der fremde, ungewohnte Blickwinkel auf das Thema faszinierte ihn.
Als er alles gelesen hatte, was ihn interessierte, befasste er sich wieder mit seinem Notizbuch:

Von einem Herrenanzug überdurchschnittlicher Qualität, der in Bangladesch produziert und in Deutschland für 249 Euro dem Verbraucher angeboten wird, verbleiben etwa 120 Euro Umsatz beim deutschen Einzelhandel, der davon die Löhne des Verkaufspersonals, die Ladenpacht, Versicherungen, Energiekosten, Reinigung, Steuern etc. zu bezahlen hat. Die Löhne im deutschen

Einzelhandel sind zwar nicht besonders hoch, aber alleine die Ladenpacht in den besseren Lagen verschlingt einen Großteil der Einnahmen. Im statistischen Durchschnitt verzeichnet der deutsche Einzelhandel eine Rendite von nicht mehr als 1,5 Prozent des Umsatzes.
Weitere 30 Euro pro Anzug werden in die nationale Werbung investiert: Plakatwände, außerdem Broschüren und Faltblätter für die Ladentheke, Fernsehspots, ganzseitige Anzeigen in Illustrierten und Modezeitschriften sowie Hochglanzbeilagen in den Tageszeitungen – was auch immer als besonders werbewirksam für das Produkt Herrenanzug vermutet wird.
13 Euro kostet der Transport des Anzugs per Schiff von Bangladesch nach Deutschland und schließlich per Lastwagen in die Verkaufsläden.
18 Euro pro Anzug verbleiben dem Fabrikanten in Bangladesch. Der bezahlt damit seine Kosten. Zum Beispiel seinen Nähern rund 2 Euro pro Anzug. Die Lohnkosten in der Herstellungsphase des Großteils der in Deutschland gekauften Kleidung liegen bei unter 1 Prozent.
Ist das nicht ein unglaublicher Irrsinn?

Ja. Was für ein Irrsinn.

Bernd Oschatz schüttelte beim Lesen den Kopf, als würde er in diesem Moment zum ersten Mal mit den Zahlen konfrontiert, die er vor geraumer Zeit selbst aufgeschrieben hatte.

Was für ein Irrsinn.

Und wer profitierte von diesem Irrsinn?

Derjenige, der die 68 Euro Differenz pro Anzug zwischen den oben aufgeführten Kosten und dem Ladenpreis kassierte. Der mit einem Minimum an eigenen Kosten ein Maximum an Gewinn abgriff. Leute wie Otto Hellberg zum Beispiel.

In Bangladesch arbeiten 2,5 Millionen Menschen in den sogenannten Sweatshops, wie die Textilfabriken und Nähereien dort genannt werden. Der Durchschnittslohn liegt bei umgerechnet 13 Cent pro Stunde. Die Arbeiter schuften dort bis zu 90 Stunden pro Woche, von frühmorgens bis spät in die Nacht, weil ihre Familien sonst verhungern würden. Es gibt keine offiziellen Statistiken darüber, wie viele Kinder unter 14 Jahren in den Sweatshops arbeiten, erst recht keine empirischen Untersuchungen über die gesundheitlichen Folgeschäden bei den minderjährigen Arbeitern. Klar. Wer sollte daran auch ein Interesse haben?

Dreimal am Tag brachten sie ihm Essen. Das Frühstück war sehr schmackhaft. Brot, Käse, Eier, Milch, Saft, Honig, alles aus dem Bioladen, wie Sonja ein ums andere Mal versicherte. Sonja machte immer das Frühstück, die beiden jungen Männer brachten ihm in der Regel das Mittagessen und das Abendessen aufs Zimmer. Das war allerdings lange nicht so lecker wie Sonjas Frühstück. Ravioli aus der Dose, Suppen aus der Tüte, Fertigpizza. Sie hatten ihm außerdem am zweiten Tag einen Kasten Mineralwasser neben das Bett gestellt.

Waschen und rasieren konnte er sich auf seinem Zimmer. Wenn er aufs Klo musste, klopfte er an die Zimmertür oder hämmerte mit der Faust dagegen, wenn unten wieder laute Musik lief. Dann kam manchmal Patrick, der drahtige Typ mit dem zerzausten Haar und dem arroganten Siegerblick, meistens aber Matthias, der kleine Übergewichtige, den die anderen aber in der Regel nicht Matthias nannten, sondern bei seinem Spitznamen riefen: *Eule.* Vermutlich wegen der großen Hornbrille, deren Gläser seine Augen optisch vergrößerten.

Matthias stülpte ihm dann einen schwarzen Sack über den Kopf, fasste ihn behutsam beim Arm und geleitete ihn Schritt für Schritt die steile Betontreppe hinab. Im Erdgeschoss ging es gleich nach der untersten Stufe scharf nach rechts, acht oder neun Schritte, dann im rechten Winkel nach links, genau vier Schritte. Im Klo durfte Bernd Oschatz dann den Sack abnehmen. Matthias blieb vor der Tür stehen, bis er fertig war.

Am dritten Tag hatte Oschatz den Jungen auf dem Rückweg gefragt, wie er denn in Wirklichkeit heiße. Eule wartete mit der

Antwort, bis sie wieder oben im Zimmer angekommen waren und Oschatz den Sack vom Kopf gezogen hatte: »Matthias.« Er sagte es beiläufig, ohne ihn anzuschauen, aber Oschatz spürte deutlich, wie sehr der Junge sich darüber freute, dass sich jemand für seinen echten Vornamen interessierte.

Wahrscheinlich, so folgerte Oschatz daraus, wurde Matthias schon sehr lange nur *Eule* genannt.

Am achten Tag erschien Sonja morgens um neun mit dem Frühstück und einer Neuigkeit:

»Ich werde jetzt eine Weile alleine auf dich aufpassen müssen. Patrick und Eule mussten nämlich dringend weg. Ich habe aber keine Lust, dich immer zum Klo zu begleiten. Ich finde das widerlich. Und albern. Also lasse ich jetzt die Zimmertür offen und schließe nicht von außen ab. Okay?«

Oschatz nickte nur.

»Du machst mir aber dann keine Schwierigkeiten, oder? Wir sitzen doch alle im selben Boot. Wir haben doch alle ein gemeinsames großes Ziel, oder?«

Oschatz nickte erneut.

Die Sätze der jungen Frau beschäftigten ihn noch eine Weile.

Im selben Boot sitzen.

Noch nie in seinem Leben hatte er mit jemandem im selben Boot gesessen. Er konnte sich auch an kein einziges großes Ziel in seinem bisherigen Leben erinnern.

Vor 24 Stunden hatte David Manthey noch nichts von der Existenz des Menschen geahnt, den er jetzt suchte. Vor 24 Stunden hatte er in Günthers flehende Augen geblickt. Augen in einem Totenschädel. Eingefallene Wangen, blutleere Lippen, wächserne Haut. Und diese müden Augen, die ihn tief aus ihren Höhlen anflehten. Günthers Leben hing an einem seidenen Faden. Wie eine Marionette. Ein Leben, das von den rund um das Bett versammelten, blinkenden, piepsenden Hightech-Apparaturen kontrolliert und gesteuert wurde. Günthers Stimme war schwach, kaum vernehmbar, David musste sich tief zu ihm hinabbeugen, um seine Worte verstehen zu können.

Schließlich nickte David zustimmend, strich ihm über die dünnen, grauen Haare, küsste ihn zärtlich auf die Stirn, signalisierte mit einem Lächeln ein Maximum an Zuversicht und verließ schweren Schrittes die Klinik.

Bernd Oschatz.

Ledig.

Buchhalter.

Wohnhaft in Köln.

Menschen aufzuspüren, das war Mantheys Job. Das hatte er gelernt, und darin war er gut. Aber er hatte noch nie einen Mann gejagt, der zeit seines Lebens nichts weiter verbrochen hatte, als seinen Bruder nicht sehen zu wollen.

Als er es nach der dritten Tasse Kaffee und dem zweiten Stück Kuchen endlich übers Herz brachte, sich von dem Plüschsofa zu erheben und von der alten Dame zu verabschieden, kannte er nicht nur deren komplette Lebensgeschichte, sondern immerhin auch Name und Adresse des Hausverwalters. Wie selbstverständlich in fremde Rollen zu schlüpfen und darin zu improvisieren, gehörte zu seinem über die Jahre perfektionierten Handwerkszeug. So gab er sich am Telefon als besorgter Neffe aus, um von der Sekretärin des Hausverwalters den Namen und die Adresse des Eigentümers der Wohnung zu erfahren.

Ein Zahnarzt aus Leverkusen.

Die Nummer mit dem besorgten Neffen funktionierte auch ein zweites Mal. Auf diese Weise erhielt David Manthey von der Funkzentrale der Kölner Taxi-Genossenschaft die Telefonnummer des Unternehmers, dessen Wagen am Morgen des 31. Oktober zu der Adresse Heidekaul 5 in Raderthal beordert worden war. Der Mann war zum Glück einer jener Kleinunternehmer, die nur einen einzigen Wagen besaßen, den sie tagsüber selbst fuhren und nachts auf Provisionsbasis an Studenten oder Einwanderer weitergaben, wie ihm der Mann am anderen Ende der Leitung wortreich und in allen Einzelheiten darlegte. Manthey fiel unwillkürlich ein Satz ein, den er so oft in seiner Kindheit gehört hatte, von Onkel Felix: *Der Kölner an sich hört sich furchtbar gerne selbst reden.*

Also ließ David Manthey den Mann erst mal reden, in diesem rheinischen Singsang schwadronieren, unberührt von jeglichem Einfluss des Hochdeutschen, mit etwa dreimal so vielen Worten, wie für den nüchternen Transport der Informationen vonnöten wären. Der Mann redete über die schlechten Zeiten, und dass sich das Taxi-Geschäft längst nicht mehr rentiere, bei den Spritpreisen, und dass *ming Tax*, also der Wagen, ein fast nagelneuer Mercedes der E-Klasse, im Interesse der Rentabilität rund um die Uhr laufen müsse, obwohl auf die Nachtfahrer heutzutage überhaupt kein Verlass mehr sei: Entweder könnten sie kaum Deutsch, oder sie schickten eigenmächtig ihren Cousin zweiten Grades nachts auf Tour, der noch weniger Deutsch könne, keine Aufenthaltsgenehmigung besitze und obendrein, zum Verdruss der Fahrgäste, die Stadt überhaupt nicht kenne, oder aber der Nachtfahrer sei ein elender Betrüger und schalte zwischendurch die Uhr aus, um Kunden auf eigene Rechnung zu fahren, *Cash in de Täsch*, da habe er sogar schon Jurastudenten bei erwischt, oder aber sie seien faul, machten ständig Pausen und schon um zwei Uhr morgens Feierabend ... oder alles zusammen. *Hüürens, do könnt ich de janze Daach verzälle, nä, nä ...*

Manthey wartete geduldig. Irgendwann musste der Mann ja mal Luft holen. Nach einer Ewigkeit signalisierte das verräterische Klicken eines Feuerzeugs, dass der Mann sich eine Zigarette anzündete, und Manthey feuerte seine Frage ab:

»Können Sie sich noch an den Fahrgast erinnern?«

Der Mann atmete hörbar aus. Der Rauch. Außerdem hatte ihn die Frage für einen Moment aus dem Konzept gebracht.

»Klar. Sicher dat. Un' wat wollen Sie von dem?«

»Er ist mein Onkel. Die Familie macht sich Sorgen...«

»Dat kann isch mir jot vürstelle.«

»Wieso?«

Der Mann erklärte ihm, wieso.

Was für ein seltsamer Vogel. Was war dieser Mann nur für eine traurige Gestalt. Sie kam aus der Dusche, rubbelte sich gedankenverloren die nassen Haare trocken, während sie die Halle durchquerte. Da war nichts dabei. Eule hatte sie sicher schon tausendmal nackt gesehen, Patrick sowieso. Sie registrierte erst im Vorbeigehen, aus dem Augenwinkel, dass er oben auf der Treppe stand und sie anstarrte. Als sie den Kopf drehte, senkte er sofort den Blick. Verlegen wie ein ertappter Schuljunge.

»Entschuldigen Sie bitte. Ich wollte nicht…«

Sie blieb stehen. Was wolltest du nicht, du kleiner Spanner? Na warte! Sie drehte sich um, in Zeitlupe, sie schlenderte zurück, aufreizend langsam, baute sich am Fuß der Treppe auf, stemmte die Hände in die Hüften, stellte die Spitze ihres linken Fußes auf die unterste Stufe, ihre Zehen streichelten den kalten Beton.

»Ja? Was sagtest du?«

Jetzt musste er wohl den Kopf heben, ob er nun wollte oder nicht. Sie wartete. Sie hatte Zeit. Sie hatte große Lust, ihn zu provozieren, seine Verlegenheit auszukosten.

»Ich wollte nicht…«

Er starrte immer noch angestrengt zu Boden.

»Entschuldige, ich verstehe dich so schlecht von hier unten. Was sagtest du? Was wolltest du nicht?«

Jetzt erst hob er den Kopf, ruckartig, und sah ihr geradewegs in die Augen. Seine Hände zitterten.

»Ich wollte nur die Treppe hinunter. Ich wollte Sie keineswegs beschämen. Oder Ihre Würde verletzen. Es ist nur alles so… anders für mich. Sie werden mir das vielleicht gar nicht glauben können, aber… ich habe noch nie in meinem Leben eine so schöne Frau nackt gesehen. Ich habe ohnehin nicht viel Erfahrung mit Frauen. Und als Sie so plötzlich und für mich völlig überraschend da unten…«

»Schon gut.«

»Bitte verzeihen Sie mein…«

»Schon gut, sagte ich. Übrigens duzen wir uns hier. Musst du dich dran gewöhnen. Ebenso wie an meinen Anblick. Übrigens:

Hast du Hunger? Ich mache uns gleich was Leckeres zu essen. Ich ziehe mir nur rasch was an.«

Jetzt wäre sie am liebsten vor Scham im Erdboden versunken.

Der erfundene Neffe musste noch ein drittes Mal herhalten. David Manthey schaute auf die Uhr. Früher Nachmittag. Welche der Nummern sollte er wählen? Die Rufnummer der Praxis oder die Privatnummer des Zahnarztes? War er verheiratet? Frauen reagierten in der Regel argloser auf wildfremde Fragesteller am Telefon. Also die Privatnummer. Manthey hatte Glück.

»Also, das macht ja eigentlich alles mein Mann.«

Eigentlich.

Wunderbar. Das Zauberwort. Sobald das Wort *eigentlich* fiel, war die Sache erfahrungsgemäß so gut wie geritzt.

»Nein, wo denken Sie hin, Herr Manthey? Herr Oschatz ist mit der Miete nie auch nur einen Cent in Rückstand geraten. Auch die aktuelle Novembermiete ist wohl pünktlich eingetroffen, denke ich mal, per Dauerauftrag, wie immer, denn sonst hätte mir mein Mann bestimmt was gesagt. Seien Sie also unbesorgt. Nein, die Wohnung ist auch nicht gekündigt. Wie kommen Sie denn darauf? Wenn doch nur alle Mieter so wären wie Herr Oschatz. Sie glauben ja gar nicht, was man da heutzutage so alles erleben kann. Warum fragen Sie überhaupt? Was ist denn mit Ihrem Herrn Onkel? Was? Verschwunden? Aber ein Mensch verschwindet doch nicht einfach so. Du meine Güte. Der Arbeitgeber von Herrn Oschatz? Natürlich. Den lassen wir uns immer nennen, bevor wir einen Mietvertrag schließen. Aber das ist bei Herrn Oschatz natürlich schon eine Ewigkeit her. Und ich kann natürlich nicht meine Hand dafür ins Feuer legen, dass er nicht zwischenzeitlich den Arbeitgeber gewechselt hat. Oder nicht vielleicht schon in Rente ist. Das Alter hat er ja wohl, denke ich. Moment, ich sehe mal kurz nach. Bleiben Sie dran?«

Natürlich blieb er dran.

Schubladen oder Hängeregistraturen wurden aufgezogen und wieder zugeschoben. Papier raschelte.

»Hallo? Herr Manthey? Hier: Ich hab's!«

Es gab Spaghetti mit einer Tomatensoße und vorher einen Feldsalat mit Oliven, Walnüssen und Feta-Käse. Vermutlich bestand der Salat aus wesentlich mehr Zutaten, aber dies waren die Bestandteile, die Bernd Oschatz zu identifizieren in der Lage war. Er war nicht sehr geübt darin.

Sonja nannte es *unser Wiedergutmachungsessen*. Oschatz begriff nicht und fragte: *Wieso? Wiedergutmachung für was?* Sonja zwinkerte ihm zu und sagte: *Für die erlittenen Qualen während der einwöchigen Isolationshaft.* Meinte sie das ernst? Oder nahm sie ihn auf den Arm? Sie lächelte. Augenblicklich verliebte er sich in ihr Lächeln. Es war warmherzig und geheimnisvoll zugleich. Sonja hingegen schien es keine große Mühe zu bereiten, seine Gedanken zu lesen, als sei sein Gesicht ein offenes Buch: *War nur ein Scherz. Wir mussten erst sichergehen, ob wir dir trauen können... ob du uns nicht in eine Falle lockst, im Auftrag von... von wem auch immer. Wir haben eine Menge Feinde.* Oschatz nickte verständnisvoll, obwohl er keineswegs verstanden hatte, was sie meinte, und fragte schließlich: *Und jetzt vertraut ihr mir?* Sonja schwieg.

Während sie die Espressomaschine in Gang setzte, sah sich Oschatz neugierig um. Eine ebenso aufwendig wie liebevoll restaurierte ehemalige Fabrik aus der Frühzeit der Industrialisierung, Ende des 19. Jahrhunderts vermutlich, als Fabriken noch wie Kathedralen gebaut wurden und auch dieselbe Wirkung wie die mittelalterlichen Sakralbauten erzeugen sollten: Ehrfurcht vor dem Eigentümer sowie die demütige Erkenntnis, selbst nur ein winziges Zahnrad des großen Plans zu sein.

Diese Fabrik, deren Mittelpunkt nun der Tisch bildete, an dem sie soeben gegessen hatten, war jedoch von ihren Dimensionen eher Dorfkapelle als Kathedrale und hatte eine bescheidene Manufaktur beherbergt, mutmaßte Oschatz. Die Haupthalle war etwa 20 Meter lang und maximal 15 Meter breit. Außer dem mit acht Stühlen bestückten Tisch gab es eine offene Küche mit einer gigantischen Dunstabzugshaube aus mattiertem Edelstahl über dem Gasherd, eine Sitzlandschaft aus feuerrotem Leder, zwei schlichte Arbeitstische, auf denen Computer standen, und außerdem drei klappbare Campingbetten, die in dieser schicken, durchgestylten Umgebung völlig deplatziert wirkten.

Über wie viele Nebenräume mochte das Gebäude noch verfügen? Bernd Oschatz kannte nur sein provisorisches Gefängnis im ersten Stock sowie das Klo in unmittelbarer Nähe des Eingangs. Und seit einer Stunde wusste er definitiv, dass es außerdem noch ein separates Badezimmer im Erdgeschoss geben musste. Denn wo sollte Sonja sonst geduscht haben?

Sonja kehrte mit zwei Espressotassen zurück. Sie trug Jeans und einen weiten, ausgeleierten Pullover. Sie hatte die Ärmel bis über die Ellbogen hochgeschoben. Sie lief barfuß. Ihre Füße schienen über die Holzdielen zu schweben. Wieder las sie in seinem Gesicht, während sie die Tassen abstellte.

»Fußbodenheizung. Ziemlicher Luxus, das alles hier.«

»Wem gehört das alles denn?«

»Einem Architekten. Er wohnt und arbeitet die meiste Zeit abwechselnd in Berlin und in New York. Ziemlich erfolgreich. Das hier hält er sich aus nostalgischen Gründen. Weil es ihn an seine wilden Jahre in Köln erinnert. Als er noch politisch aktiv war. Hausbesetzerszene. Er ist Sympathisant.«

»Sympathisant?«

»Rebmob hat viele Sympathisanten, die nicht selbst in Erscheinung treten wollen, aber uns unterstützen, so oder so.«

»So oder so? So wie ich?«

Sie lachte. Oschatz genoss ihr glockenhelles Lachen. Und alles andere, was zu ihr gehörte.

»So wie du? Nein, mein Lieber. So ein seltsamer Vogel wie du ist uns bislang noch nicht begegnet. Wie bist du eigentlich ausgerechnet auf uns gekommen?«

»Ich wollte was tun. Ich habe es nicht mehr ausgehalten, für mich zu behalten, was da... passiert ist. Dann habe ich mich erkundigt. Zuerst habe ich an *Attac* gedacht. Ich ließ mir Informationen schicken. So als wäre ich an einer ganz normalen Mitgliedschaft interessiert. Das klang auch alles sehr klug und vernünftig, was da auf dem Papier stand. Mit den politischen Zielen konnte ich mich durchaus identifizieren. Dann bin ich eines Samstags mit dem Zug nach Frankfurt gefahren, um dort eine ihrer Versammlungen zu besuchen. Zum Thema Hedge Fonds. Das Thema war mir völlig egal. Ich wollte einfach mal die Menschen erleben, die dort aktiv sind. Dort wurde dann geredet und geredet und geredet...«

»Lass mich raten: zum größten Teil darüber, ob die geplanten Aktionen und Kampagnen nicht eventuell gegen irgendein deutsches Gesetz verstoßen könnten. Ja, sie legen allergrößten Wert auf Seriosität und Rechtschaffenheit. Das sind kreuzehrliche Leute, schrecklich brav, anständig und politisch korrekt. Die halten sogar ihre Frauenquote ein, habe ich mal gehört. Und dann hast du dir gedacht: Die wollen doch nie und nimmer deine illegal erworbenen Geschenke!«

Oschatz nickte. Nicht weil Sonjas Einschätzung in allen Details der Wahrheit entsprach. Sondern weil es ihm große Freude bereitete, sie positiv zu bestätigen.

»Übrigens war Patrick mal bei Attac aktiv. Bis ihm das ewige Diskutieren zu blöd wurde. Und dann?«

»Dann habe ich mir *Transparency International* angeschaut. Das hat mir auch sehr gefallen, was die so denken. Kluge und besonnene Leute. Aber die beschäftigen sich hauptsächlich mit Korruption. Das ist zwar ein sehr wichtiges Thema, aber im Augenblick nicht mein Thema. Und dann habe ich zufällig im Internet das Manifest von *Rebmob* entdeckt. Das hat mich angesprochen. Ganz spontan, vom Bauch her.«

»Spontan? Vom Bauch her?« Sonja lachte. Ihr Lachen irritierte ihn diesmal. Lachte sie über ihn?

»Warum lachst du?«

»Weil... du bist doch so total der klassische Kopfmensch. Absolut vernunftgesteuert. Du tust doch keinen Schritt in deinem Leben ohne einen exakten Plan, oder? Entschuldige, ich wollte dich nicht auslachen. Okay?«

»Okay. Jedenfalls... jetzt habe ich den Faden verloren...«

»Das Manifest...«

»Ja, genau, das Manifest. Deshalb habe ich dann Kontakt zu euch aufgenommen, im Internet... wie hieß das noch mal?«

»Meinst du Skype? Hat ja eine Weile gedauert, bis du kapiert hattest, wie das funktioniert...«

»Ich bin nicht vertraut mit diesen modernen Mitteln der Kommunikation. Facebook, Twitter... das ist eine fremde Welt für mich. Ich besitze ja nicht mal ein Handy. Ja, über Skype, wie ihr mir empfohlen habt...«

»Weil Skype abhörsicher ist.«

»Auch das hat mir gefallen. Eure Vorsicht. Eure Umsicht. Ist Skype denn tatsächlich abhörsicher?«

»Noch ist es so. Wer weiß, wie lange noch.«

»Tja, die beiden Gespräche mit dir über Skype haben dann endgültig den Ausschlag gegeben. Ich hatte übrigens sofort Vertrauen zu dir gefasst. Und dann habe ich mir gedacht: Wenn die dort alle so aufrichtig sind wie diese Frau, dann bist du wohl endlich an der richtigen Adresse. Ich habe dich übrigens am Flughafen gar nicht wiedererkannt...«

»Kein Wunder. Wenn wir beide über Skype Kontakt hatten, trug ich eine Perücke und eine Brille statt Kontaktlinsen. Nur sicherheitshalber. Du hättest ja auch ein Staatsschutzbulle oder ein V-Mann vom Verfassungsschutz sein können.«

»Meine Güte. Sehen die etwa so aus wie ich?«

Sonja lachte. Aber statt seine Frage zu beantworten, entkorkte sie eine Flasche Rotwein. Oschatz versuchte sich weiter in charmanter Konversation. Sie hörte aber gar nicht mehr zu, sondern holte zwei dickbauchige, langstielige Gläser aus dem Küchenschrank, stellte sie auf den Tisch und sah ihn fragend an. Er nickte, ohne lange darüber nachzudenken. Sie füllte die beiden

Gläser. Verstohlen warf er einen Blick auf seine Armbanduhr. Früher Nachmittag. Rotwein am frühen Nachmittag? Mehr aus Höflichkeit trank Oschatz mit. Gewöhnlich trank er nur selten Alkohol, am Wochenende mal ein Glas Wein zum Abendessen, oder an einem heißen Sommertag mal ein erfrischendes Glas Bier. Oschatz hasste es nämlich, die Kontrolle über seine Sinne zu verlieren. Sonja hingegen hatte offenbar nichts dagegen, an diesem Nachmittag ein wenig die Kontrolle zu verlieren. Sie trank viel und redete viel, und schließlich öffnete sie wie selbstverständlich die zweite Flasche.

So erfuhr Bernd Oschatz an diesem Nachmittag unter anderem, dass Patrick von Beruf gelernter Drucker war.

»Nach dem Abitur war ihm nichts Besseres eingefallen, und er hatte überhaupt keine Lust auf ein Studium. In seinem letzten unbefristeten Job war er Maschinenführer im Kölner Druckzentrum des Bauer-Zeitschriftenverlages gewesen. Bis die Hamburger Konzernleitung beschloss, das Werk in Köln zu schließen und 380 Beschäftigte oder so zu entlassen. Da hatten sie schon ihr neues Druckzentrum in Polen am Start.«

»Und was macht Patrick jetzt?«

»Seither arbeitet er für eine Zeitarbeitsfirma, die ihn je nach Bedarf an diverse westdeutsche Druckereien zwischen Essen und Frankfurt verleiht, tageweise, wochenweise, je nach Bedarf. Kein Druckertarif, kein Urlaubsgeld, keine Lohnfortzahlung im Krankheitsfall, für 6,14 Euro die Stunde, statt der tariflichen 12,50 Euro, die er früher beim Bauer-Konzern verdient hat. Wie Ramschware bietet die Zeitarbeitsfirma ihre Tagelöhner an: *Geile Preise – Geile Leute.* Das ist tatsächlich ihr Slogan.«

»Ganz schön zynisch.«

»Im Augenblick ist Patrick wieder arbeitslos. So bleibt ihm viel Zeit für Rebmob. In den bisherigen zehn Monaten des Jahres war er an vier verschiedenen Druckereien ausgeliehen worden und hat für insgesamt 72 Arbeitstage Lohn bekommen.«

»Und davon kann man leben?«

»Natürlich nicht. Du meine Güte, Bernd: Auf welchem Planeten lebst du eigentlich? Den Rest zahlt natürlich der Staat.«

»Der Staat?«

»Über Hartz IV. Der Staat subventioniert über Hartz IV den Personalabbau und damit die Gewinnmaximierung der Unternehmen. Schöne neue Welt.«

»Das ist aber nicht korrekt.«

»Natürlich ist das nicht korrekt. Aber für uns ist es schlichtweg die Realität. Die Generation der unter 30-Jährigen in diesem Land hat doch nie was anderes kennengelernt. Wir sind Leiharbeiter, Dauerpraktikanten, Scheinselbstständige, Minijobber, promovierte Taxifahrer. Wir sind moderne Tagelöhner. Wir schönen die Arbeitslosenstatistik. Wer Glück hat, darf sich im selben Unternehmen von Zeitvertrag zu Zeitvertrag hangeln. So muss man wenigstens nicht dauernd umziehen. Ich kenne jede Menge Leute in meiner Generation, die arbeiten 50 Stunden die Woche und sind trotzdem auf Hartz IV angewiesen, weil der Hungerlohn nicht zum Überleben reicht. Millionen Vollzeitjobber in Deutschland verdienen nicht genug, um ohne Sozialhilfe über die Runden zu kommen. Und dann wundern sich die Politiker, dass unsere Generation keine Kinder mehr in die Welt setzt und das ganze Rentensystem an den Arsch geht. Bernd, ich sage dir: Das wird unweigerlich in die gesellschaftliche Katastrophe führen.«

Sie war wütend. Bernd Oschatz fand, sie sah hinreißend aus, wenn sie wütend war. Augenblicklich schämte er sich für seine billigen Gedanken. Die geschmacklosen Gedanken eines alten, einsamen Mannes.

»Hörst du mir überhaupt zu?«

Ja, er hörte ihr aufmerksam zu, als sie ihre eigene Biografie schilderte: »Abitur in Bremen, Bachelor of Arts in Medienproduktion an der Hochschule Ostwestfalen-Lippe, Gesamtnote sehr gut, Master of Arts in Filmbusiness an der Kingston University in London.«

Wo auch immer sie anschließend ihre Bewerbung hinschickte, erhielt sie Absagen, in den meisten Fällen gar keine Antwort, im besten Fall Angebote für Praktika, das bislang letzte Angebot von einer Hamburger Medienagentur: Die bot ihr ein

Halbjahrespraktikum an, eigenverantwortliche Leitung eines neuen Projekts, 45-Stunden-Woche, 600 Euro brutto im Monat. Oschatz fragte sich, welchen Beruf sie wohl in dieser langen Ausbildungszeit erlernt haben mochte, wie dieser Beruf wohl hieß. Aber er traute sich nicht, sie danach zu fragen.

»Bernd, sag mal: Wie arrogant können Menschen in Chefetagen nur sein? 3,30 Euro brutto als Stundenlohn für eine verantwortungsvolle Projektleitung. Da habe ich denen geschrieben, was für Idioten sie doch sind. Und wo sie sich ihr Projekt reinschieben können. Nützt zwar nichts, aber mir ging es danach besser. Stattdessen habe ich anschließend lieber drei Nächte in der Woche im Callcenter gearbeitet. Das ist regelrecht fair dagegen. Aber dann hätte ich mir auch die jahrelange Ausbildung sparen können. Die ist ohnehin bald nichts mehr wert, wenn ich noch eine Weile draußen bin. Wenn du nämlich keinen lückenlosen Lebenslauf vorweisen kannst, der möglichst steil nach oben weist, bist du raus aus dem Spiel.«

»Und Matthias?«

»Ach, die Eule. Diplominformatiker. Nichts als Computer im Kopf. Auf dem Gebiet ist er allerdings ein Genie. Ein echtes Genie, der Junge. Aber ansonsten... schau ihn dir doch an: zu klein, zu dick, zu hässlich. Wenn er dreißig Jahre früher geboren wäre, hätte er ein zweiter Bill Gates oder so werden können. Aber heute? Der müsste schon sein Bewerbungsfoto fälschen, um überhaupt zu einem Gespräch eingeladen zu werden.«

»Aber wenn er doch so gut ist in seinem...«

»Vergiss es. Wissen und Können reichen nicht mehr aus. Du wirst es nicht glauben, aber man muss heute schön, schlank, sportlich und vor allem skrupellos sein, um überhaupt eine Chance zu kriegen. Und die richtig interessanten Jobs, die mit Aufstiegschancen in die Führungspositionen, die kriegen ohnehin nur die Leute mit den richtigen Eltern, die in der Lage sind, ihrer Brut die Privatschulen und privaten Hochschulen zu finanzieren. Salem am Bodensee, danach vielleicht die Otto Beisheim School in Vallendar oder die European Business School im Rheingau. 35000 Euro Internatsgebühr oder 50000 Euro Studienkosten pro Jahr sollte es Eltern heutzutage schon wert sein, wenn sie ihre Kinder in die Führungselite katapultieren wollen.«

»Aber das können doch nur Eltern bezahlen, die selbst schon zur wirtschaftlichen Elite gehören.«

»Eben. Allmählich begreifst du, wie das Spiel funktioniert. Ist ja auch nicht so schwierig. In Potsdam gibt es einen privaten Kindergarten, habe ich kürzlich gelesen, da lernt der Nachwuchs schon mal Englisch, für 1000 Euro im Monat, inklusive Wellnessbereich und eigenem Fitnesstrainer für die Kleinen. In erster Linie entscheidet eben die soziale Herkunft über dein Schicksal, nicht die persönliche Leistung. Das mit der Leistungselite ist doch ein Märchen, das uns die Politiker gerne erzählen. Damit wir weiter fleißig ackern und rackern und an den Aufstieg glauben. Was ist? Warum schüttelst du den Kopf, Bernd? Glaubst du mir nicht?«

»Doch, doch. Aber manchmal...«

Sie beugte sich vor und legte ihre Hand auf seinen Unterarm. Die Hand war angenehm warm. Die Wärme tat gut.

»Pass auf: Es gibt eine Studie von Wissenschaftlern der Technischen Universität Darmstadt. Die haben 6500 Lebensläufe von promovierten Juristen, Ingenieuren und so weiter untersucht. Das Ergebnis ist niederschmetternd. Selbst der Doktortitel schützt nämlich nicht vor der anschließenden Auslese nach sozialer Herkunft. Wie heißt es so schön nach erfolgreichen Bewerbungsgesprächen: Die Chemie hat gestimmt. Anders ausgedrückt: Der Stallgeruch hat gestimmt. Habitus, Dresscode, die richtigen Hobbys, Souveränität im Auftreten, Rhetorik, eine gehörige Portion Standesdünkel... alles Dinge, die man nicht in der Schule lernt, sondern mit der Muttermilch eingeimpft bekommt. Und mit der Kreditkarte des Vaters. Kapiert?«

»Aber das würde ja bedeuten, dass es überhaupt keine Durchlässigkeit im System gibt.«

»Bernd, du Traumtänzer, sei doch nicht so naiv! Man bleibt eben gern unter sich, gleich und gleich gesellt sich gern.«

Es klingelte.

Nicht die Haustür.

Ein Handy.
Sonjas Handy.
Irgendwo.
Auf dem Küchentresen.
»Moment. Bin gleich wieder bei dir.«

Sie sprang vom Tisch auf und lief zum Tresen, griff nach dem Handy, drückte es an ihr Ohr, sagte aber nichts, meldete sich nicht mal mit Namen. Sie hörte einfach nur zu.

Er betrachtete sie. Wie sie so dastand und zuhörte. Ihre Mimik, die sich von wachem Interesse in Verärgerung wandelte.

»Das war so nicht abgesprochen! ... Was sagst du? Blödsinn! Ich stelle einfach nur fest, dass wir das anders abgesprochen... Jetzt mach mal einen Punkt. Ich bin nicht zickig, mir gehen nur deine ständigen Alleingänge auf die Nerven. Und die Nummer hier wirst du auch den anderen erklären müssen. Ich kann mir jedenfalls nicht vorstellen, dass... Hallo?«

Das Gespräch war beendet.

Sie legte das Handy wieder auf dem Tresen ab.

Sie war wütend.

»Ärger?«

Sonja schüttelte unwirsch und geistesabwesend den Kopf. Sie wollte also nicht darüber reden. Sie lehnte sich an den Tresen, dachte eine Weile nach, dann gab sie sich einen Ruck, ging zu dem linken der beiden Arbeitstische und kramte in einem Stapel Papier. Schließlich fand sie, was sie suchte, kehrte mit einem einzelnen Blatt an den Tisch zurück, setzte sich und nahm einen Schluck Wein. Als wäre nichts gewesen.

»Pass auf, es gibt noch eine andere aufschlussreiche empirische Untersuchung: Von den aktuellen Vorstandsvorsitzenden der 100 größten deutschen Unternehmen stammen 85 Prozent aus großbürgerlichen Familien. Zum Großbürgertum zählen aber nur 3,5 Prozent der Deutschen. Lediglich 15 Prozent der Vorstandsmitglieder stammen aus der Mittelschicht oder aus Arbeiterfamilien, die aber zusammen rund 96,5 Prozent der Bevölkerung ausmachen. Bernd, wir leben doch schon längst wieder in einer Klassengesellschaft. Die obere Klasse entscheidet über das Schicksal dieser Gesellschaft, die mittlere Klasse zittert täglich um den Job, um den mühsam erworbenen Lebensstandard, um das Reihenhäuschen, das ohnehin noch der Bank gehört, handelt sich Magengeschwüre und Bluthochdruck ein. Und die untere Klasse? Die ist längst abgehängt und aufs Abstellgleis geschoben. Zu der unteren Klasse zählen wir.«

»Wer ist wir?«

»Meine Generation. Zumindest der Großteil. Gut ausgebildet, perspektivlos, hoffnungslos. Die Soziologen nennen uns das Prekariat. Was für ein hässliches Wort. Es soll bedeuten: Menschen, die sich in prekären Lebenssituationen befinden. Prekariat. Patrick liebt dieses Wort. Er trägt es vor sich her wie einen Orden. Ich nicht. Ein schrecklicher Euphemismus. Ich nenne uns anders: Wir sind der Pöbel der globalisierten Welt. Wir sind das Lumpenproletariat der Moderne.«

Ihre Wangen waren gerötet, vom Alkohol und weil sie so wütend war. Ihre Augen glänzten. Bernd Oschatz war verwirrt, mit einem Mal müde und erschöpft und wünschte sich auf sein Zimmer zurück. Aber diesen Wunsch zu äußern, wäre ihm unhöflich erschienen. Und so sagte er, um etwas zu sagen:

»Das klingt so aussichtslos.«

»Ja. Ist es auch... wenn man alles still erduldet, wie das Lamm, das zur Schlachtbank geführt wird. Aber damit ist jetzt Schluss. Wir haben nämlich begonnen, uns zu wehren. Und wir werden immer mehr, von Tag zu Tag mehr.«

»Wer ist wir?«

»Rebmob natürlich. Die Abkürzung stammt übrigens von mir. Den vollständigen Namen hat sich natürlich Patrick ausgedacht: *Rebellierende Massen/Deutsche Internet-Aktionsplattform des internationalen Prekariats*. Grauenhaft, oder? Sag was, Bernd.«

»Ja, ganz grauenhaft.«

»Patrick ist mächtig stolz darauf. Aber zum Glück hat sich in der Szene inzwischen die Abkürzung durchgesetzt.«

»Rebmob. Rebellierender Mob...« Das Wort *Mob* bereitete ihm Unbehagen. Bernd Oschatz war sein Leben lang Einzelgänger gewesen. In der Schule schon, erst recht als Erwachsener. Er hatte nie einem Verein angehört, er hatte keine Freunde, er war nie mit Kollegen nach Feierabend noch auf ein Bier in die nächste Kneipe gezogen. Und von Menschenansammlungen hielt er sich grundsätzlich fern, weil sie ihn ängstigten.

»Das klingt so nach gesichtsloser Masse, nach Gewalt...«
»Bernd, Namen sind doch nichts als Schall und Rauch.«
»Ich weiß nicht. Sprache spiegelt das Denken, Sprache verrät viel über die innere Haltung...«
»Viel wichtiger ist jetzt die Diskussion im Internet, welche Mittel der Zweck heiligt. Wir wollen nämlich auf keinen Fall die Fehler der RAF wiederholen. *Rote Armee Fraktion*. Auch so ein bescheuerter Name. Das waren privilegierte Kinder der Mittelschicht, die mal was erleben und Räuber und Gendarm spielen wollten und sich dann wunderten, wieso alles aus dem Ruder lief. In eine Orgie der Gewalt mündete. Dabei musste das ja zwangsläufig so enden.«
»Wieso zwangsläufig?«
»Ist doch klar... ohne die Rückendeckung der Öffentlichkeit. Die hatten doch null Sympathiewerte. Deshalb musste das ja schiefgehen. Die haben sich selbst ins Abseits geschossen. Den Fehler dürfen wir auf keinen Fall wiederholen. Wir wollen und brauchen die Unterstützung der Öffentlichkeit.«
»Also keine Gewalt...«
»Stopp! Andere Baustelle. Was ist Gewalt? Wo beginnt Gewalt? Wer übt eigentlich Gewalt aus? Die Herrschenden oder wir? Das genau ist Gegenstand der Debatte in der Rebmob-Gemeinde. Die Politik und die meisten Medien ignorieren einfach unsere Existenz und unsere Ziele. Das werden wir ändern.«
»Und wie? Mit Gewalt?«
»Ach, Bernd. Entscheidend ist vielmehr: Die nächsten Aktionen werden unübersehbar und unüberhörbar sein. Sie werden alles verändern. Dank deiner Hilfe.«

Ursprünglich war Zeki Kilicaslan fest entschlossen gewesen, gleich nach der Beerdigung zurück nach Istanbul zu reisen. Stattdessen saß er nun den zweiten Abend in der Bar des Bolu Prestige Hotels und leerte schweigend eine Flasche Rotwein.

Was für eine Frau.

Ein Mann musste sich glücklich schätzen, eine solche Frau an seiner Seite zu wissen.

Herr Professor?
Ja?
Ich bin Filiz.
Sie sind...
Ja. Ich habe Ihnen den Brief geschrieben.

Die Männer hatten sich auf dem langen Weg durch den Wald hinauf zum Friedhof damit abgewechselt, den in weißes Leinen gehüllten Leichnam zu schultern. Eine Frage der Ehre für jeden männlichen Dorfbewohner, Erol Ümit wenigstens ein Stück des Weges tragen zu dürfen. Gelegentlich sahen sich die Frauen des Dorfes, die nicht zum engsten Familienkreis gehörten, in einer Mischung aus Neugierde, Scheu und Misstrauen nach dem fremden, älteren Herrn in dem vornehmen Anzug um, der dem Trauerzug in respektvollem Abstand folgte und auch auf dem Friedhof Distanz hielt. Jedesmal, wenn er die Blicke der Frauen erwiderte, sahen sie rasch weg.

Bis auf eine.

Sie war jung. 18, 19 vielleicht. Sie war wunderschön. Sie war nicht besonders groß, nicht besonders schlank, aber sie hatte das Gesicht eines Engels und verfügte trotz ihres jugendlichen Alters über die verschwenderisch erotische Ausstrahlung einer reifen, sinnlichen Frau. Während der Imam seiner Arbeit nachging, beobachtete sie den Fremden ohne Unterlass. Nicht wie die anderen, nicht scheu oder misstrauisch, sondern mit einer Spur von Trotz in den großen, braunen, blitzenden Augen.

Sie wusste, wer er war.

Als sich die Trauergemeinde zerstreute, löste sie sich aus dem Pulk der wehklagenden Frauen, eilte zu einem jungen Mann, legte ihre Hand beschwichtigend auf seinen kräftigen Unterarm und flüsterte ihm etwas ins Ohr. Der Mann blickte auf, fixierte Zeki Kilicaslan mit scharfem, schneidendem Blick, eine halbe Ewigkeit lang. Schließlich entfernte er sich widerwillig.

Sie wartete geduldig, bis ihr Ehemann den Friedhof verlassen hatte. Dann schritt sie auf Zeki Kilicaslan zu.

Herr Professor?
Ja?
Ich bin Filiz.
Sie sind...
Ja. Ich habe Ihnen den Brief geschrieben.

Er hatte keine befriedigenden Antworten auf ihre Fragen finden können, sosehr er sich auch mühte. Seine eigenen Worte klangen nun, noch während sie seinen Mund verließen, in seinen Ohren wie dreiste Lügen: *Diese Krankheit ist leider unheilbar. Es gibt keine Arznei, die Ihren Erol hätte retten können. Es tut mir leid. Glauben Sie mir, ich habe alles versucht, um die Behörden in Istanbul auf das Problem aufmerksam zu machen. Aber niemand scheint sich dafür zu interessieren. Niemand. Da ist einfach zu viel Geld im Spiel. Die türkische Textilindustrie schafft jedes Jahr zig Milliarden Euro an Devisen ins Land. Sobald es um so viel Geld geht, ist die Moral automatisch der Verlierer. Das ist doch überall auf dieser Welt so...*

Professor Zeki Kilicaslan leerte das bauchige Glas in einem Zug und goss sich aus der Flasche nach. Dann griff er in die Tasche seines Jackets und zog das zusammengefaltete Blatt Papier heraus, das Filiz ihm noch rasch zugesteckt hatte, bevor sie davongelaufen war. Er entfaltete es, legte es auf den Tresen der Bar und strich es bedächtig und sorgfältig glatt.

Den Inhalt kannte er inzwischen auswendig.

Ein Lieferschein.

Beziehungsweise die Kopie eines Lieferscheins. Hauchdünnes, billiges Papier, fleckig, schmutzig.

Es ging um 12 600 Jeanshosen. Amerikanische Inch-Maße, Damengrößen, verschiedene Weiten und Längen. Sie sollten nach einem bestimmten, auf dem Papier skizzierten Muster per Sandstrahler künstlich altern. Das war der Auftrag.

Erol Ümit hatte den Durchschlag in der Kellerfabrik gefunden und eingesteckt, aus einer Laune heraus, und später, auf dem Sterbebett, Filiz gegeben. Beide hatten sie mit dem Inhalt wenig anfangen können, denn der Text war in englischer Sprache verfasst. Zeki Kilicaslan hingegen war ein hochgebildeter Mann, der fünf Sprachen fließend beherrschte. Und so hatte der Professor keine Mühe, den Auftraggeber der Sandstrahlung auf dem Lieferschein zu identifizieren:

Hellberg-Moden, Eupener Straße, D-51149 Köln, Germany

Christian Mohr hätte ein großartiger Polizist werden können. Davon waren jedenfalls seine Ausbilder felsenfest überzeugt gewesen. Und umso enttäuschter, als er die Polizeischule mit Bestnoten verließ, um nur drei Monate später den Dienst zu quittieren. Aber Christian Mohr teilte nun mal nicht das einhellige Urteil seiner Vorgesetzten.

Dabei war er eher zufällig bei der Polizei gelandet. Weil ihm nach dem Abitur partout nichts einfiel, was ihn interessiert hätte. Besser gesagt: Seine Interessen und Leidenschaften deuteten auf keine spezifische berufliche Neigung hin, wie ihm auch der Berufsberater vom Arbeitsamt bescheinigte. Joints rauchen, Gras in Amsterdam besorgen, Party machen, Allman Brothers, Jefferson Airplane und Grateful Dead hören, am Kartentisch und beim Basketball auf dem Freiplatz am Güterbahnhof zocken – davon passte nichts so richtig ins Portfolio des Berufsberaters. Christian Mohrs Berufswunsch ergab sich schlicht aus der Zufälligkeit, dass sein Schulfreund und Streetball-Kumpel David Manthey sich entschloss, zur Polizei zu gehen. Mit David zusammen was losmachen? Warum nicht?

Also bewarb er sich ebenfalls.

Nur so zum Spaß.

Aus dem Spaß wurde dann überraschend Ernst.

Sie hatten sich schon vorher gemocht. Aber während der Ausbildung wurden und waren sie unzertrennlich. Sie teilten sich das Zimmer, sie hatten den gleichen Sinn für Humor, der ihnen half, die körperlichen Strapazen durchzustehen.

Während der Ausbildung lernten sie, wie man mit der Schusswaffe umging – und wie man einen Gegner auch ohne Einsatz der Schusswaffe außer Gefecht setzte. Letzteres bereitete Christian Mohr so viel Freude, dass er privat einem Karateverein beitrat, es später, als er die Polizei längst verlassen hatte, bis zum schwarzen Gürtel brachte und inzwischen den 5. Dan erreicht hatte, ein hoher Meistergrad in der Welt der fernöstlichen Kampfkunst. Christian Mohr beschäftigte sich seither intensiv mit Zen-Buddhismus und achtete auch im Alltagsleben die 20 Regeln der Karateka. Vor allem die sechste Regel hatte es ihm angetan und sein weiteres Leben bestimmt: *kokoro wa hanatan koto o yōsu – Es geht einzig darum, den Geist zu befreien.*

Während der Ausbildung und vor allem in den ersten Monaten danach kapierte Christian Mohr schnell, was Polizeiarbeit in der Praxis bedeutete. Er sah es schon den Gesichtern der älteren, erfahrenen Kollegen an, von den vertraulichen Gesprächen während der Nachtschichten ganz zu schweigen: Enttäuschung, Frust, Überlastung, Migräne, Magengeschwüre, Depressionen, Herzinfarkte, hohe Scheidungsraten.

Da kannte er schon Claudia. Seine große Liebe. Die Frau seines Lebens, mit der er glücklich und in Frieden alt werden wollte. Also quittierte er den Dienst, hangelte sich durch verschiedene Jobs bei privaten Detekteien, die es zu schätzen wussten, wenn jemand vom Fach war und Bestnoten vorweisen konnte. Schließlich bewarb er sich, als der Konrad-Adenauer-Flughafen im Herbst 2001 einen neuen Leiter der Abteilung Sicherheit suchte. Die Abteilung sollte unmittelbar nach dem Schock des 11. September 2001 neu strukturiert und professionalisiert werden. Mohr bekam den Job. Inzwischen hatte er vier Kinder und war immer noch glücklich mit Claudia.

Ein Job war ein Geschäft.

So sah das jedenfalls Christian Mohr.

Man verkaufte eine Leistung, und dafür kassierte man Geld in Gestalt eines Gehalts. Mohr hatte noch nie leidenschaftlich für einen Job gebrannt. Das schützte ihn davor, jemals ausgebrannt zu sein und Poker mit seiner seelischen Gesundheit zu spielen. Christian Mohr brannte nur für seine Familie. Und seine Leidenschaft sparte er sich für Claudia auf. David Manthey hatte erst sehr spät begriffen, vor vier Jahren erst schmerzlich am eigenen Leib erfahren müssen, dass Christian Mohrs Einstellung zum Job nichts anderes und nicht weniger war als eine lebensverlängernde medizinische Maßnahme.

Sie tranken Kaffee, während sie auf die beiden Monitore starrten. Die eine Woche alten Videoaufzeichnungen der für den Abschnitt T2/D, Ebene 0, Gepäckband, Zollschleuse und Ausgang zuständigen Überwachungskameras. Die Maschine aus Fuerteventura war am 7. November mit dreiminütiger Verspätung um 13.58 Uhr Ortszeit gelandet.

»David, was macht dich eigentlich so sicher, dass er in dieser Maschine saß? Wenn er doch immer noch nicht in seiner Wohnung aufgetaucht ist, liegt es doch viel näher, dass er zwei oder drei Wochen gebucht hat. Vielleicht ist er auch schon Rentner und überwintert dort. Das muss nämlich nicht teurer sein als das Leben hier, habe ich mir sagen lassen.«

»Ich weiß inzwischen, dass er nur eine Woche gebucht hat. Ich habe mit dem Taxifahrer gesprochen, der ihn am 31. Oktober zum Flughafen gefahren hat. Bernd Oschatz hat ihm sogar seine Reiseunterlagen gezeigt, weil er so unsicher war, zu welchem Terminal er musste. Die erste Flugreise seines Lebens. Pauschal, Halbpension, gebucht im Reisebüro. Das war übrigens auch das Thema ihres Gesprächs während der Fahrt. Er machte wohl einen außergewöhnlich unbeholfenen Eindruck. Deshalb kann sich der Taxifahrer auch so gut an das auf dem Voucher eingetragene Datum des Rückflugs erinnern: der 7. November. Und das hier ist, wie du selbst sagtst, die einzige Maschine aus Fuerteventura, die am 7. November in Köln gelandet ist.«

»Vielleicht hat er seinen Urlaub kurzfristig verlängert. Einfach umgebucht. Ist doch technisch gar kein Problem heutzutage. Weil es ihm auf Fuerteventura so gut gefällt. Das angenehme, milde Klima. Vielleicht hat er sich ja verliebt und turtelt jetzt am Strand rum, genießt den Sonnenuntergang...«

»Möglich. Aber er scheint mir nicht der Typ dafür zu sein. Er war Buchhalter von Beruf. Er ist jemand, für den alles seine Ordnung haben muss. Jede Wette, dass er nicht improvisiert, dass er Veränderungen im Plan hasst wie die Pest.«

Christian Mohr deutete auf den rechten Monitor. »Da kommen sie. Das sind die Passagiere aus Fuerte.«

Wie von einer rätselhaften Choreografie gesteuert, verteilten sich die Menschen in Windeseile ameisengleich um das noch bewegungslose Gepäckband, jeder felsenfest überzeugt von seiner idealen Pole Position, die es nun tapfer gegen nachrückende Mitreisende zu verteidigen galt, als hätte dies entscheidenden Einfluss darauf, zu welchem Zeitpunkt der eigene Koffer auf dem Band landete und das schnellstmögliche Verlassen des Flughafens ermöglichte.

Manthey beugte sich vor.

Mohr stoppte den schnellen Vorlauf und ließ das Video auf Normalgeschwindigkeit weiterlaufen.

Gepäckwagen wurden in Positur geschoben und in die Kniekehlen des Nachbarn gerammt, Handys reaktiviert, Pullover aus dem Handgepäck gezerrt.

Manthey konzentrierte sich auf die wenigen Reisenden, die abseits standen, sich dem allgemeinen Gedränge, Geschiebe und Gezerre entzogen. Das waren in der Regel Ehefrauen, die schon mal mit den Lieben daheim telefonierten und es ihrem Gatten überließen, das eigene Hab und Gut heldenhaft zurückzuerobern, sowie ein Trupp junger Surfer beiderlei Geschlechts in fröhlichen Hippieklamotten, ganz entspannt im Hier und Jetzt.

Und ein einzelner, älterer Herr im Anzug.

Christian Mohr begriff, noch bevor Manthey es aussprechen konnte, und stoppte das Bild.

»Ich hole ihn mal ran. Aber das ist jetzt natürlich ein digitaler Zoom. Das Bild wird also ganz schön grobkörnig.«

Kein Zweifel, trotz der schlechten Qualität. Die Ähnlichkeit war frappierend. So wie Günther es prophezeit hatte: *Du wirst ihn problemlos erkennen, David. Schon als Jugendliche hat man uns für Zwillinge gehalten, trotz des Altersunterschieds.* Bernd Oschatz trug sein spärliches Haar allerdings wesentlich kürzer, zudem akkurat gekämmt und gescheitelt. Das ließ ihn etwas älter als Günther wirken, obwohl er in Wahrheit drei Jahre jünger war. Außerdem konnte David sich Günther beim besten Willen nicht in Anzug und Krawatte vorstellen. Eine Krawatte hatte Günther nicht mal bei seiner Hochzeit getragen. Aber sein Bruder reiste so zum Strandurlaub.

»Und? Ist er's?«

David griff wortlos in seine Jacke, zog ein Foto von Günther hervor und schob es Christian zu.

Christian kratzte sich am Kopf. »Tja... das könnte er sein. Hundertprozentig sicher bin ich mir aber nicht. Die Gesichtszüge stimmen zwar auffällig überein, aber die Gesamterscheinung ist doch irgendwie...«

»Das Foto zeigt seinen jüngeren Bruder.«

»Ach so. Verstehe. Hast du kein Foto von ihm selbst?«

»Nein.«

»Sein Bruder besitzt kein Foto von...«

»Nein.«

»Verstehe.«

Verstehe bedeutete in diesem Fall: Ich verstehe zwar kein Wort, aber ich halte jetzt mal besser die Klappe und hänge mich nicht in fremde Familiengeschichten rein. Mohr ließ das Video in Normalgeschwindigkeit weiterlaufen.

Bernd Oschatz hob plötzlich den Kopf, stellte sich kurz auf die Zehenspitzen, dann bahnte er sich mit Mühe einen Weg durch die Masse der Griesgrame und erntete unterwegs eine Menge böser Blicke, bevor er das Rollband erreichte. Im letzten Moment bekam er den riesigen Koffer zu fassen und zog ihn vom Band. Hartschale mit Rollen und Teleskopgriff. Oschatz kämpfte sich zurück und blickte sich suchend um, bis er den Ausgang entdeckte. Wenig später verschwand er aus dem Bild.

»Dem Koffer nach zu urteilen war er nicht eine Woche, sondern ein halbes Jahr lang in Urlaub.«

Mohr lenkte Mantheys Aufmerksamkeit auf den linken Monitor. Zeitsynchron öffnete sich dort in diesem Moment die per Bewegungsmelder elektronisch gesteuerte Tür, und Bernd Oschatz trat hinaus in die Halle, den riesigen Koffer im Schlepp, offenbar unsicher, wohin er seine Schritte lenken sollte.

»Da! Sieh dir das an.«

Eine junge Frau winkte Oschatz zu. Dann stürzte sie los, mit ausgebreiteten Armen geradewegs auf ihn zu. Sekunden später fiel sie ihm um den Hals und küsste ihn zärtlich auf die Wange. Sie strahlte übers ganze Gesicht, als sie sich bei ihm unterhakte und aus dem Blickfeld der Kamera dirigierte.

»Aber hallo! Wer war denn das? Was meinst du, David: seine Geliebte oder seine Enkelin?

»Weder noch. Nach Aussage seines Bruders hat er keine Kinder, also auch keine Enkel. Und nach Aussage seines Bruders hat er ein verkorkstes Verhältnis zur Sexualität. Sie ist schätzungsweise vierzig Jahre jünger als er. Welche junge, hübsche Frau findet Gefallen an einem vierzig Jahre älteren Mann?«

»David, das gibt es. Ehrlich. Wenn der Mann zum Beispiel über Status, Macht und Geld verfügt. Die Kombination finden nicht wenige Frauen äußerst erotisch.«

»Eben. Bernd Oschatz verfügt weder über Macht noch über Millionen. Ich sagte doch, er war Buchhalter von Beruf.«

»Okay. Ich nehme alles zurück. Bis auf...«

»Was?«

»Vielleicht ist sie eine Prostituierte. Vielleicht lebt er so seine verkorkste Sexualität aus. Indem er bezahlt.«

»Sieht sie vielleicht aus wie eine Prostituierte? Schau sie dir an: Schlabberpullover, Schal bis zu den Knien, flache Schuhe. Außerdem das Verhalten. Eine Professionelle achtet auf emotionale Distanz, spielt erst im Bett die Leidenschaftliche, allenfalls dort, schon aus Selbstschutz.«

»Okay. Ich gebe mich geschlagen. Aber in welcher Beziehung steht sie zu ihm? Hast du eine bessere Idee?«

Nein, hatte er nicht.

Sie schauten sich die Aufzeichnung ein zweites Mal an.

»Siehst du, was ich sehe, David?«

»Ja. Die Verwirrtheit, dann die Verlegenheit. Bernd Oschatz kennt die junge Frau gar nicht.«

»Exakt. Außerdem: dieser zärtliche Kuss auf die Wange. Dauert viel zu lange. Ein Kuss auf den Mund, ein Zungenkuss mag vielleicht ewig dauern. Aber auf die Wange… ich wette, sie hat ihm gerade was ins Ohr geflüstert.«

»Wie kommen sie vom Flughafen weg, Christian?«

»Sechs Möglichkeiten, also deutlich zu viele Möglichkeiten, um auf diese Weise bei deinen Ermittlungen weiterzukommen: der ICE-Bahnhof im Untergeschoss, wo aber auch die Regionalzüge und die S-Bahn stoppen. Außerdem die Shuttle-Busse, die über die Autobahn pendeln, ferner die Taxis, oder sie hat ihren Wagen in einem unserer Parkhäuser abgestellt.«

»Kann ich die Aufzeichnungen der Außenkameras sehen?«

»Tut mir leid, David. Aber die werden bereits nach drei Tagen automatisch gelöscht.«

»Auch das noch.« Manthey rieb sich die Stirn.

»Ganz schön verflixte Sache, das hier. Kann ich sonst noch was für dich tun, Junge?«

»Ja. Mach mir doch bitte ein paar Screenshots, von ihm, von der jungen Frau, solo und von beiden.«

»Kein Problem. Dauert nur ein paar Minuten, kannst du drauf warten. Noch einen Kaffee?«

Ehrenfeld und Braunsfeld waren tatsächlich einmal Felder gewesen. Landwirtschaftliche Nutzflächen, ein Dutzend Bauernhöfe, für die der Name *Dorf* schon hochgestapelt gewesen wäre. Dann kam die industrielle Revolution, und Köln brauchte dringend Platz für Fabriken und Arbeitersiedlungen.

1862 erwarb Ferdinand Braun westlich der damaligen Stadtgrenze große Ländereien, um eine Ziegelei zu errichten. Der clevere Fuhrunternehmer hatte früh begriffen, in welcher Branche seine persönliche wirtschaftliche Zukunft lag: Die rasant wachsende Stadt würde Baustoffe benötigen. Gleich neben der Ziegelfabrik ließ er eine Arbeitersiedlung bauen. Und wenn diese Arbeiter gefragt wurden, wo sie denn wohnten, dann sagten sie: *auf Brauns Feld.* So hatte der Stadtteil schon einen Namen, bevor er überhaupt Kölner Stadtteil wurde. Ehrenfeld hingegen hatte seinen Namen weg, weil die nördlich an Braunsfeld grenzende Agrarlandschaft gleich vor dem Ehrentor begann, dem Westtor der einstigen mittelalterlichen Stadtmauer.

Die Namen der Industriellen, die sich im neuen Westen niederließen, um dort zu produzieren, sind lokale bis globale Legende. Audi-Urvater August Horch zog 1899 nach Ehrenfeld, um dort Automobile zu bauen, nachdem Nicolaus August Otto zwei Jahrzehnte zuvor in Köln den modernen Verbrennungsmotor erfunden hatte. Parfümfabrikant Ferdinand Mülhens mixte von 1874 an sein Kölnisch Wasser 4711 an der Vogelsanger Straße. Herbrandt baute vor dem Westtor der Stadt Eisenbahnwaggons, Herbig mischte Herbol-Farben, Helios sammelte fleißig Patente auf dem damals hochmodernen Gebiet der Wechselstromtechnik, elektrifizierte Europas Straßenbahnen sowie die Leuchttürme der Nordsee, bis Siemens und AEG das Unternehmen 1904 erwarben und 1930 liquidierten.

Von Braunsfeld aus beglückten die Sidol-Werke mit ihren Reinigungsmitteln einst die Herzen der deutschen Hausfrauen, und die Firma Hellberg-Textilien war stolz darauf, für die halbe Bundesregierung der Adenauer-Ära die Anzüge maßgeschneidert zu haben, auch wenn das Geheimnis des Unternehmenserfolgs nach dem Krieg nicht die Maßschneiderei, sondern eine für die damalige Zeit revolutionäre Innovation war: die erschwingliche Konfektionsware von der Stange, mit der man die Kaufhäuser und die Versandhäuser belieferte.

Die sechsstöckige Verwaltungszentrale des Hellberg-Konzerns an der Eupener Straße war dem eigentlichen Fabrikgelände als

Sichtschutz vorgelagert und allem Anschein nach in den fünfziger Jahren entstanden. David Manthey stellte Günthers R4 links von der Einfahrt zum Werksgelände auf einem für Geschäftskunden reservierten Parkplatz ab. Er stieg die Freitreppe zum Portal hinauf, das von einer nierenförmigen Überdachung beschattet wurde, die wiederum von zierlichen, cremeweißen Säulen getragen wurde. Ein klassischer Nachkriegsbau, wie so viele Bürogebäude im Grenzland zwischen den Stadtteilen Ehrenfeld und Braunsfeld. Die Architektur dokumentierte das deutsche Wirtschaftswunder, die Nachfolgereligion des Nationalsozialismus: nüchtern, sachlich, und inbrünstig fortschrittsgläubig. Die Denkmalschutzplakette neben der gläsernen, in Messing gefassten Eingangstür galt offenbar nur für die Außenfassade. Denn in der Lobby hielt David Manthey vergeblich Ausschau nach Nussbaumvertäfelungen, Nierentischchen und Gummibäumen.

»Guten Tag, was kann ich für Sie tun?«

»Guten Tag, Sie können mir den Weg zur Personalabteilung weisen, vielen Dank.«

»Haben Sie einen Termin?«

»Nein.«

»Sind Sie ein Bewerber?«

»Nein.«

Die junge Frau hinter dem erhöhten Empfangstresen blickte hilfesuchend nach rechts, zu der älteren Kollegin, die jedoch telefonierte und nicht den Eindruck erweckte, als wäre das Telefonat innerhalb der nächsten dreißig Sekunden beendet. Die Kollegin redete englisch und versuchte ihrem Gesprächspartner klarzumachen, dass sie keineswegs die richtige Ansprechpartnerin für seine Beschwerde sei, sondern vielmehr die Vertriebsabteilung, zu der sie gerne durchstellen könne. Soweit David Manthey dies aus den aufgeschnappten Bruchstücken der fernmündlichen Unterhaltung schließen konnte, beherrschte ihr Gesprächspartner am anderen Ende der Leitung die englische Sprache wesentlich schlechter als sie, weil sie sich ständig wiederholen musste und verzweifelt nach Synonymen rang.

So ein Mist, dachte die jüngere Frau.

So ein Mist, dachte auch Manthey. Denn die telefonierende Kollegin machte einen kompetenten Eindruck. Eine Frau aus dem Leben. Kein Abziehbild aus der Modezeitschrift.

Die jüngere Frau warf einen Blick auf ihre sorgfältig maniküren und lackierten Fingernägel, als erhoffte sie sich, aus dem Anblick neue Kraft und Zuversicht schöpfen zu können. Schließlich hob sie ruckartig den Kopf, guckte möglichst trotzig und haarscharf an dem Besucher vorbei und fragte eine Spur zu laut und zu schrill:

»Ihr Name?«

»Manthey. David Manthey. Und wie heißen Sie?«

Sie ignorierte die Frage, griff beherzt zum Hörer, die gefährlich langen Fingernägel der linken Hand schwebten bereits über dem Ziffernfeld, als ihr doch noch etwas einfiel:

»In welcher Angelegenheit?«

»Es geht um einen langjährigen Mitarbeiter Ihres Hauses. Bernd Oschatz. Buchhalter.«

»Bernd... wie war der Nachname?«

»O-S-C-H-A-T-Z.«

Sie wählte eine Nummer. Der Name Oschatz sagte ihr gar nichts, so viel verriet die düstere Leere in ihrem puppenhaft hübschen, viel zu stark geschminkten Gesicht. Entweder interessierte sie sich grundsätzlich nicht für Menschen, die Buchhalter von Beruf waren, oder sie war neu in der Firma, oder sie war nicht besonders helle. Manthey dachte, nur um sich die Wartezeit zu vertreiben, eine Weile darüber nach und entschied sich schließlich dafür, dass bei ihr vermutlich alle drei Möglichkeiten zugleich zutrafen.

»Ja, Empfang hier. Da steht ein Herr Manthey und will jemanden von der Personalabteilung sprechen. Wie? Keine Ahnung. Es geht um einen Herrn Oschatz. Bernd Oschatz. Der soll angeblich... was? Ja gut, ich bleibe in der Leitung.«

Sie atmete einmal tief durch. Dann fasste sie sich ein Herz und schaute David Manthey in die Augen. Der quittierte ihren Mut mit einem freundlichen Lächeln.

»Einen Augenblick noch. Die Sekretärin des Personalleiters erkundigt sich, wer Sie empfängt und...«

Dann ging ihr der Text aus.

»Kein Problem. Lassen Sie sich Zeit. Nur kein Stress.«

Die ältere Kollegin legte auf.

»Meine Güte. Wenn Chinesen englisch reden. Ich kann dir sagen, das ist die reinste Hölle.«

Die jüngere Frau hob abwehrend die Hand, um die Kollegin zum Schweigen zu bringen.

»Ja, hallo? Ja, natürlich bin ich noch dran, wo soll ich denn sonst sein? Oh... Entschuldigung... guten Tag, Herr Hellberg, ich wusste nicht, dass Sie... Ja, klar, der ist noch da. Wie bitte? Wo genau? Er steht hier direkt vor mir.«

Am anderen Ende der Leitung wurde es unüberhörbar laut, und sie lief augenblicklich rot an und bekam hektische Flecken im Gesicht, dagegen war selbst die dicke Schminke machtlos. Ihr überraschter Gesichtsausdruck verriet, dass die Verbindung ohne Grußformel jäh unterbrochen worden war. Sie legte den Hörer zurück auf die Gabel, zögernd, in Zeitlupe, und erholte sich nur mühsam von dem Schock.

»Ärger?«

»Herr Hellberg junior wird Sie persönlich abholen. Wenn Sie sich noch einen Augenblick gedulden. Bitte nehmen Sie doch Platz, dort drüben, in der Besucherlounge. Möchten Sie einen Kaffee? Espresso? Macchiato?«

»Nein, danke. Ich warte hier. Ich stehe schon so lange hier rum, da kommt es jetzt auf ein paar Minuten...«

»Entschuldigen Sie bitte, dass ich mich einmische«, sagte die ältere Dame. Sie zauberte ein äußerst charmantes, entwaffnendes Lächeln hervor. »Wenn Sie vielleicht meiner noch unerfahrenen Kollegin helfen wollen, dann nehmen Sie doch bitte Platz und lassen sich einen Kaffee bringen.«

Manthey verstand. Er verstand ihre Worte, und er verstand, was er in ihren Augen lesen konnte.

»Einen Espresso, bitte.«

»Sehr gern.« Sagte die junge Frau, sprang auf und stöckelte

davon, vermutlich in Richtung Teeküche. Klack, klack, klack, klack. Schöne Beine. Um mal was Positives zu sagen. Der Rock war eindeutig zu kurz für den Job, so wie die Bluse mindestens einen Knopf zu weit geöffnet war und die Absätze der Schuhe mindestens zwei Zentimeter zu hoch waren.

Gefühlte zehn Sekunden später war sie zurück. So schnell konnte kein guter Espresso gelingen. Designerporzellan. Sogar einen Keks gab es dazu. Und einen überflüssigen Löffel. Denn den Zucker hatte sie in der Eile und Aufregung vergessen.

Manthey bedankte sich höflich und beschloss, die Brühe besser nicht anzurühren. Er sah auf die Uhr und schätzte, dass der Vorstandsvorsitzende eines Konzerns es vermutlich für angemessen hielt, einen unangemeldeten Gast mindestens zwanzig Minuten warten zu lassen, um die immense Bedeutung eines Vorstandsvorsitzenden zu unterstreichen. Hellberg war keine Aktiengesellschaft, sondern ein als GmbH organisiertes Familienunternehmen. Warum dann eine Führungsstruktur mit Vorstand und Aufsichtsrat statt Geschäftsführung und Gesellschafterversammlung? Auch der Begriff *Konzern* erschien Manthey reichlich hochtrabend: eine Mutterfirma als Holding und ein halbes Dutzend Tochterfirmen, die vermutlich aus steuerlichen Gründen erfunden worden waren, vielleicht aber auch, um die Größe und den Einfluss des Betriebsrates zu minimieren. Vermutlich mussten in solch kleinen Tochterfirmen auch nicht zwangsläufig Tariflöhne gezahlt werden.

Manthey griff sich eines der Wirtschaftsmagazine vom Couchtisch und blätterte lustlos darin herum, Schließlich legte er das Heft beiseite und zog aus der Innentasche seiner Jacke ein gefaltetes Blatt Papier mit den telegrammartigen Notizen seiner Recherchen, die er am Abend zuvor per Internet und mithilfe einiger Telefonate angestellt hatte. Er ging bei Ermittlungen nie unvorbereitet in ein Gespräch. Alte Gewohnheit. Vielleicht war das bei der Suche nach einem harmlosen Buchhalter ein völlig überflüssiger Aufwand. Vielleicht auch nicht. Manthey entfaltete den Zettel und überflog die Notizen:

Alles begann mit August Hellberg (1913–1976), jüngster

Sohn eines katholischen Bauern vom Niederrhein, der in Köln das Schneiderhandwerk erlernte. 1937 erlitt sein Meister einen tödlichen Schlaganfall, und Hellberg pachtete von dessen Witwe die kleine Werkstatt in der Schildergasse.

1939 wurde er als Soldat gemustert und eingezogen, aber schon gleich zu Beginn des Überfalls auf Polen durch Granatsplitter schwer verwundet, sodass ihm das rechte Bein über dem Knie amputiert werden musste, was ihm immerhin den Heldentod oder aber fünfeinhalb weitere entbehrungsreiche Jahre als Soldat sowie die traumatische Erfahrung einer langjährigen Gefangenschaft ersparte. Das Holzbein beeinträchtigte seine Tätigkeit als Maßschneider von Herrenanzügen nicht sonderlich, und schon bald zählte August Hellberg die lokale Nazi-Prominenz zu seinen Stammkunden. Alternativen in nennenswerter Zahl blieben den örtlichen NS-Größen auch nicht, denn das Kölner Schneiderhandwerk war bis 1933 eine Domäne der Juden gewesen. Das hatte schon im 19. Jahrhundert dem Kölner Priester Adolph Kolping, Gründer der katholischen Gesellenvereine, missfallen: Kolping wetterte, die Juden seien der Untergang des deutschen Schneiderhandwerks.

Nachdem die älteste jüdische Gemeinde Deutschlands nicht mehr existierte, waren die Kölner Nazi-Bonzen ihrem neuen Maßschneider gerne behilflich, die konfiszierte Ware jüdischer Tuchhändler und Kaufhausbesitzer preisgünstig zu erwerben. August Hellberg steckte sein ganzes Geld in die textilen Rohstoffe aus reiner Schurwolle, weit mehr, als er überhaupt für seine Kunden verarbeiten konnte. Er sparte sich die Aufkäufe vom Munde ab, verzichtete für sich und seine junge Familie auf Butter und Rindfleisch, sparte sogar bei den Briketts im Winter, nur um wieder einige Bahnen Tweed von den schottischen Hebriden, fünfzig laufende Meter feinstes Mohair von türkischen Angoraziegen oder kostbare Kaschmirtuche aus dem Hindukusch zu erwerben.

Seine Schätze brachte er in einer angemieteten, trockenen Scheune in der nahen Eifel unter, auf dass sie den Krieg heil überstanden. Denn August Hellberg glaubte nicht an die tausendjährige Dauer des Tausendjährigen Reiches.

Als der Krieg schließlich vorbei war, im Rheinland bereits Anfang März des Jahres 1945, ließ er seine Schätze dennoch unangetastet in der Eifel ruhen...

Eine Stimme.

Die Stimme kam ihm bekannt vor.

Manthey sah auf.

Am gut zwanzig Meter entfernten Empfangstresen lehnte mit dem Rücken zu ihm ein Mann und scherzte mit der jungen Naiven, der die plumpe Anmache offenbar gefiel, dem fröhlichen Gackern nach zu urteilen. Die Entfernung war zu groß, als dass Manthey auch nur ein einziges Wort hätte verstehen können.

Der Mann war groß, schätzungsweise über 1,90 Meter, und deutlich übergewichtig. Der mausgraue Anzug spannte hässlich um die ausladenden Hüften und den breiten Hintern. Der Mann trug schwarze Sneakers, die ziemlich bequem und zugleich völlig unpassend zu einem klassisch geschnittenen Anzug wirkten. Der Mann hatte einen speckigen Stiernacken und eine Glatze, was den Schädel überdimensioniert wirken ließ.

Diese Stimme.

Sowohl die tiefe Baritonstimme als auch der joviale Tonfall erinnerten Manthey an einen Menschen, dem er zuletzt vor vier Jahren in Frankfurt begegnet war – und dem er nie wieder zu begegnen wünschte. Aber die Glatze passte nicht. Das enorme Übergewicht ebenfalls nicht. Und dieser Ort schon gar nicht. Also wandte sich Manthey wieder den Ergebnissen seiner Recherche zu. Als er das nächste Mal aufblickte, war der Mann verschwunden.

Im Juni 1948 kam die Währungsreform: Die neue D-Mark wurde am 21. Juni, einem Montag, alleiniges Zahlungsmittel, und die alte Reichsmark war quasi über Nacht nichts mehr wert, denn die Bevölkerung wurde über den streng geheimen Plan erst drei Tage zuvor, am Freitag, informiert. Zu spät, um noch zu reagieren, zumal das Wochenende dazwischen lag. Wohl dem, der zu diesem Zeitpunkt bereits über Sachwerte verfügte. So wie August Hellberg. Am 22. Juni 1948 ließ er seine sorgsam gehorteten Tuche von einem Fuhrunternehmer, wie man Spediteure damals noch nannte, nach Köln transportieren und startete durch. Ins lukrative Wirtschaftswunder.

Da war sein Sohn Otto neun Jahre alt. Seine Frau und seine kleine Tochter, Ottos jüngere Schwester, waren 1944 bei einem Luftangriff ums Leben gekommen. Hellberg junior absolvierte die Volksschule, anschließend die höhere Handelsschule sowie eine Lehre als Großhandelskaufmann bei Neckermann, ebenfalls ein Gewinner der Arisierung jüdischer Unternehmen während der Nazi-Herrschaft. Josef Neckermann hatte sich gleich drei jüdische Firmen unter den Nagel gerissen, unter anderem die Wäschemanufaktur von Karl Joel, Großvater des amerikanischen Pianisten und Sängers Billy Joel. Karl Joel, einst Eigentümer des viertgrößten Versandhandels Deutschlands, ließ notgedrungen alles zurück und floh vor der Gestapo in die USA.

Nach der Lehre bei Neckermann kehrte Otto Hellberg nach Köln zurück und überredete seinen Vater, in die Produktion von Konfektionsware für Versandhäuser und Kaufhäuser einzusteigen. Anzüge von der Stange.

Der Markt der Zukunft.

Das Geschäft lief bald wie geschmiert.

Das Surren der Aufzugtür riss David Manthey erneut aus seinen Gedanken. Aus dem Lift schritt ein Mann, der etwa in Mantheys Alter war; aber damit endeten die Gemeinsamkeiten auch schon: weiche, fast feminine Gesichtszüge, teurer Haarschnitt, teure Brille, guter Anzug, Einstecktuch, handgenähte Schuhe.

Lars Hellberg.

Manthey erkannte ihn sofort, denn auf der Website des Konzerns gab es ein Foto von ihm. Otto Hellbergs Sohn Lars. Vorstandsvorsitzender des Konzerns, seit sich Otto Hellberg vor fünf Jahren in den eigens gegründeten Aufsichtsrat zurückgezogen hatte. Zielstrebig durchquerte Lars Hellberg die Halle und steuerte auf die Besucherlounge zu. Manthey warf einen Blick auf die Uhr: Keine Viertelstunde hatte er warten müssen. Erstaunlich. Aber er ahnte, dass dies nicht seiner Person, sondern allein den beiden Zauberworten geschuldet war:

Bernd Oschatz.

Was machte einen Buchhalter nur so interessant, dass sich der Vorstandsvorsitzende persönlich darum kümmerte?

»Herr Manthey?«

»So ist es.«

»Schön, Sie kennenzulernen.«

Manthey erhob sich aus dem Sessel und schüttelte die ihm entgegengestreckte Hand. Sie war weich und feucht.

»Nett, dass Sie Zeit für mich erübrigen.«

»Das ist doch selbstverständlich. Herr Oschatz war schließlich ein langjähriger und über alle Maßen geschätzter Mitarbeiter unseres Hauses. In welcher Beziehung stehen Sie zu ihm?«

»Ich bin sein Neffe.«

»So, der Neffe. Interessant. Herr Manthey, darf ich Sie zum Aufzug geleiten? In meinem Büro spricht es sich doch etwas leichter als hier in der Lobby.«

Gestern Abend. Sie hatte ihn berührt. Sein Gesicht. Und seine Seele. Ja, sie war betrunken gewesen. Sehr betrunken sogar.

Na und?

Es war spät geworden, gestern Abend. Irgendwann hatte sie damit aufgehört, über die deprimierende wirtschaftspolitische Lage in Deutschland zu reden. Sie hatte von der Liebe erzählt, einfach so, und von der Liebe ihres Lebens, die ihr vor drei Jahren abhanden gekommen war.

Einfach so.

Sie trauerte immer noch. Das war ihr deutlich anzumerken.

Jannis war zurück nach Griechenland gegangen, vor drei Jahren, zurück in seine Heimat, ohne ihr zuvor auch nur ein einziges Wort des Abschieds zu sagen.

Zwei Wochen vor seiner überraschenden Abreise hatten sie sich eines Abends furchtbar gestritten, aus einem völlig banalen Anlass, wie sie heute fand. Damals jedoch fand sie den Anlass alles andere als banal. Sie hatte ihn angeschrien. Da war er aufgestanden, hatte seine Schuhe angezogen, seine Jacke und hatte wortlos ihre Wohnung verlassen. Sie ließ ihn ziehen. Sie war wütend, in ihrem Stolz verletzt. Sie rief ihn nicht an, er rief sie nicht an. Drei Wochen später traf sie zufällig einen der Mitbewohner seiner WG, und der erzählte ihr unaufgefordert, dass Jannis vor sechs Tagen völlig überraschend ausgezogen und zurück nach Thessaloniki geflogen sei.

Kein Abschiedsbrief, nicht mal eine E-Mail.

Sie hatte doch schon Zukunftspläne geschmiedet, Luftschlösser gebaut, sogar mit Kinderzimmern darin.

Sechs Wochen später hatte sie eine Abtreibung. Dass sie schwanger war, hatte sie bis zu seiner Abreise nicht gewusst.

Was hätte sie stattdessen tun sollen?

Aufs Geratewohl nach Thessaloniki fliegen?

Ja!

Sie wusste doch nicht einmal, wo er dort wohnte.

Sie wusste nichts über ihn, außer seinen Namen. Und dass er in einem Restaurant im Belgischen Viertel, das einem Griechen aus Athen gehörte, als Koch gearbeitet hatte. Jannis, der Koch. Er hatte nie von Griechenland erzählt. Warum eigentlich nicht? Er genieße die Gegenwart, sagte er dann stets. *Mit dir, Sonja.* Jannis, der Genießer. Jannis, der perfekte Liebhaber. *Mit dir, Sonja.* Wenn er nur ihren Namen aussprach, wurde ihr schon heiß und kalt. Er lebe hier und jetzt. *Mit dir, Sonja. Kein Gestern, kein Morgen.* Jannis, der Philosoph, würdiger Nachfolger seiner antiken Landsleute Sokrates, Platon, Aristoteles, Heraklit.

Jannis, der Mann ohne Vergangenheit.

Na und?

Was, na und? Sie war noch nie besonders mutig gewesen. Hätte sie die Wahrheit überhaupt verkraftet? Jeder Mensch besaß eine Vergangenheit. Selbst Jannis, der Koch. Vielleicht hatten ja in seiner Heimat eine liebende Ehefrau und drei reizende Kinder am Flughafen von Thessaloniki auf seine Rückkehr gewartet.

Zu spät.

Vorbei.

Aus und vorbei.

Bernd Oschatz legte seine Hand auf ihre Hand, voller Mitgefühl. Er betrachtete seine von Altersflecken übersäte Hand und zog sie rasch wieder weg. Sie lächelte.

Und du?

Was... und ich?

Die Liebe. Hattest du schon mal die große Liebe deines Lebens gefunden? Und wieder verloren?

Ich weiß es nicht.

Oschatz wusste es wirklich nicht. Er wusste ja noch nicht einmal, ob es jemals einen Menschen gegeben hatte, der ihn geliebt hatte. Inbrünstig und bedingungslos geliebt.

Manchmal schlafe ich mit Patrick.

Sagte sie.

Ab und zu. Nur so zum Spaß.

Sie lachte.

Hat nichts mit Liebe zu tun. Er kann zwar manchmal ein richtiges Arschloch sein, aber er fickt gut.

Warum sagte sie das so? Weil sie betrunken war? Oder wollte sie ihn verletzen? Vor den Kopf stoßen, abstoßen, auf Abstand halten. Ihn, den Rentner und ehemaligen Buchhalter. Oder sagte sie es, um sich selbst auf Abstand zu halten?

Sie begleitete ihn bis zur Treppe.

Gute Nacht, Bernd. Danke, dass du mir so geduldig zugehört hast, ohne mir kluge Ratschläge zu erteilen. Es gibt nicht viele Männer, die das können.

Dann legte sie ihre Hand zärtlich auf seine stoppelige Wange, stellte sich auf die Zehenspitzen, küsste ihn mit ihren weichen, warmen Lippen auf den Mund, grinste frech und verschwand im Badezimmer. Oschatz stieg die Treppe nach oben. Er brauchte lange, bis er einschlafen konnte.

Es gibt nicht viele Männer, die das können.

Bevor er einschlief, dachte er an Inge. Die Frau, der er auf Fuerteventura begegnet war. Und die er vor den Kopf gestoßen hatte, womöglich tief verletzt hatte.

Am nächsten Morgen brachte Sonja ihm zum ersten Mal kein Frühstück. Er brauchte nach dem Aufwachen eine Weile, bis er sich erinnerte, dass er ja seit gestern nicht mehr in seiner Gefängniszelle eingesperrt war.

Zehn Uhr. Du meine Güte. Er konnte sich nicht erinnern, jemals in seinem Leben so lange geschlafen zu haben.

Er wusch sich am Waschbecken von Kopf bis Fuß, rasierte sich ganz besonders gründlich, kämmte sorgfältig die Haare, putzte die Zähne und stieg die Treppe hinunter.

Patrick und Eule waren zurück.

Zu dritt starrten sie in einen der Computerbildschirme. Sie wirkten angespannt. Eule rückte nervös die Brille zurecht, Patrick stemmte die Fäuste auf die Arbeitsplatte wie ein Feldherr im Gefechtsstand beim Betrachten der Landkarte und des Frontverlaufs, Sonja hatte gedankenverloren einen Arm um Patricks Schultern gelegt. Oschatz wünschte einen *guten Morgen allerseits*, aber niemand außer Sonja erwiderte seinen Gruß. Sie sah ihn dabei allerdings kaum an. Sie wirkte seltsam kühl. Vielleicht hatte sie ja Kopfschmerzen. Vom Alkohol.

Oschatz entschied sich für einen Spaziergang.

Er holte seinen Mantel. Er hatte die Klinke der Haustür bereits in der Hand, als ihn Patricks herrische Stimme stoppte:

»Wo willst du hin?«

»Ich mache einen Spaziergang.«

»Nichts da! Kommt gar nicht infrage!«

Sonja beschwichtigte ihn.

»Lass ihn doch, Patrick. Der arme Kerl hockt doch schon seit mehr als einer Woche nur in seiner Bude rum.«

Bernd Oschatz sah nicht hin. Er wollte nicht wissen, mit welcher Gestik, mit welcher Mimik sie Patrick beschwichtigte.

»Übrigens: Wenn ich zurückkomme vom Spaziergang, dann will ich bis ins Detail über eure Pläne unterrichtet werden.«

Oschatz trat hinaus und schloss die Tür hinter sich.

Er konnte selbst nicht glauben, was er da gerade gesagt hatte: *Ich will.*

Draußen war es grau und kalt. Feiner Nieselregen. Oschatz

schlug den Mantelkragen hoch, vergrub die Hände in den Außentaschen und stapfte los. Über den gepflasterten Hof bis zum Tor. Doch das Tor war verschlossen. Er machte kehrt und entdeckte zwischen der rechten Außenmauer des Fabrikgebäudes und einem offenen Lagerschuppen, der als Garage diente, einen schmalen Weg. Am Ende des Weges begrenzte eine brusthohe Mauer aus Bruchsteinen das Gelände. Dahinter war leise, aber deutlich das beruhigende Tuckern eines schweren Dieselmotors zu vernehmen. Das vertraute Geräusch ließ Bernd Oschatz augenblicklich ahnen, was sich jenseits der Mauer befand, noch bevor er über sie hinwegblicken konnte.

Der Rhein.

Durch die Nebelschwaden kämpfte sich ein Schubverband stromaufwärts. Die Fließrichtung war eindeutig an der gewaltigen Bugwelle zu erkennen. Ein niederländisches Containerschiff, gut 200 Meter lang. Eines der rund 5000 Frachtschiffe auf dem Rhein. Er hatte mal gelesen, dass pro Jahr etwa 240 000 Tonnen Fracht auf dem Rhein transportiert wurden. Sein Gehirn merkte sich automatisch alles, was mit Zahlen zu tun hatte.

Aus seiner Perspektive fuhr das Schiff von rechts nach links. Stromaufwärts. Also musste die Fabrik am östlichen Ufer des Flusses stehen. Flachland im Rücken. Demnach musste die Fabrik nördlich des Mittelrheins stehen. Bonn war die Grenze zwischen Mittelrhein und Niederrhein. Bis Bonn waren die Ufer des Rheins von steilen Berghängen gesäumt.

Hier war es flach.

Befand er sich noch in Köln? Oder in einem der kleineren Nachbarorte? Östlich des Rheins kannte er sich nicht besonders gut aus. Außerdem machte der dichte Nebel eine exakte Standortbestimmung unmöglich.

Waren das nicht die Schlote der Wesselinger und Godorfer Ölraffinerien, die er jenseits des 400 Meter breiten Flusses zu erkennen glaubte? Irgendwann musste der Nebel ja mal verschwinden. Wie lange hatte damals die Fahrt vom Flughafen bis zur Fabrik gedauert? Dem Gefühl nach nicht länger als eine halbe Stunde. Wenige Stopps, also kaum Ampeln.

Nein, er würde sich nicht einmischen in ihre Pläne. Er wollte nur wissen, was sie vorhatten. Er hatte ein Recht darauf, fand er. Denn ohne ihn, ohne sein Geld, ohne seine Informationen und seine Dokumente gäbe es keine Pläne. Aber er würde nichts kommentieren, nahm er sich vor. Denn er hatte nicht die geringste Ahnung von Rebellion. Er war nun mal kein Held. Nur ein Buchhalter, der zu viel gesehen hatte, um noch stillhalten zu können. Nur ein Mensch mit einem Funken Moral.

Und einer so nie gekannten Sehnsucht nach Zuneigung und Wärme. Aber das wusste er erst seit gestern. Und seit heute Morgen wusste er, dass der gestrige Abend mit Sonja nichts weiter als eine trügerische Illusion gewesen war. Die Schöne und der Greis. Wie peinlich. Die schwülstigen Wachträume eines alten, grauen, faltigen Mannes, der nicht einmal wusste, ob er noch zu einer Erektion fähig war.

Vielleicht sollte er es herausfinden. Vielleicht sollte er, wenn das alles vorbei war, zurück nach Fuerteventura fliegen. Und am Strand auf Inge warten. Sie um Verzeihung bitten, dass er sich so einfach davongestohlen hatte.

Wenn das alles vorbei war.

Der Regen wurde stärker. Bernd Oschatz fröstelte. Er machte kehrt. Er wünschte sich zurück nach Fuerteventura. Die Sonne. Die Wärme. Die Sehnsucht.

Dabei fing doch alles gerade erst an. Und er hatte nicht die geringste Ahnung, wie das Ende dieser Geschichte aussehen würde. Bernd Oschatz stapfte zurück und öffnete die Tür.

Patrick stand da und grinste.

Was gab es da zu grinsen?

Hätte er am liebsten gesagt. Laut und deutlich. Aber auch das würde er noch lernen.

Oschatz trat über die Schwelle, drehte sich um und schloss die Tür. In diesem Moment schmiegte sich Patricks Armbeuge um seinen Hals, Oschatz spürte den warmen Atem in seinem Nacken.

»Hallo? Was soll das?«

Ehe er begriff, was das sollte, drückte die freie Hand einen feuchten Lappen auf sein Gesicht. Oschatz zappelte und schlug wild um sich. Vergebens. Der Lappen stank nach Krankenhaus. Ihm wurde augenblicklich speiübel. Das war das Letzte, woran sich Oschatz erinnerte, bevor er das Bewusstsein verlor.

In dem schätzungsweise achtzig Quadratmeter großen Büro, dessen Panoramafenster bei einem besseren als diesem grauenhaften Novemberwetter sicher einen fantastischen Blick über Köln gewährten, hatte sich offenbar ein Innenarchitekt nach Herzenslust austoben dürfen. Alles in diesem Raum war, was Materialien und Farbgebung anbetraf, sorgsam aufeinander abgestimmt; Möbel, Teppiche, Beleuchtung, sogar die voluminösen Kunstwerke an den Wänden. Manthey erkannte einen Uecker, einen Baselitz, einen Immendorff. Bei den anderen war er sich nicht so sicher. Manthey vermutete, dass das quadratische, an ein missglücktes, unscharfes Foto erinnernde Bild hinter Lars Hellbergs Schreibtisch von Gerhard Richter stammte, und die Collage neben der Tür von Sigmar Polke. Jedenfalls hing da ein Vermögen an den Wänden. Nur das zauberhafte Aquarell über der Couch konnte Manthey keinem Künstler zuordnen. Falls ihm der Gesprächsstoff ausgehen sollte, würde er Lars Hellberg danach fragen.

»Interessieren Sie sich für deutsche Gegenwartskunst?«
»Nicht sonderlich.«
»Wie geht es denn Ihrem Onkel?«
Die Frage klang viel zu harmlos und zu beiläufig, um tatsächlich harmlos gemeint zu sein.
»Tja... das wissen wir eben nicht. Die Familie macht sich große Sorgen. Onkel Bernd ist nämlich verschwunden.«
»Verschwunden?«
Weit aufgerissene Augen und ein völlig übertriebenes Stirnrunzeln. Lars Hellberg mochte ein guter Kaufmann sein. Ein guter Schauspieler war er auf keinen Fall.

»Ja. Spurlos verschwunden. Seit mehr als zwei Wochen. Wir hatten zum letzten Mal am Abend des 30. Oktober telefonischen Kontakt. Seither ist er ...«

Manthey unterbrach sich abrupt mitten im Satz, um Hellbergs Reaktion zu testen.

»Also ... der 30. Oktober, sagen Sie. Am 31. Oktober hatte Herr Oschatz ja seinen letzten Arbeitstag. Moment mal ... da war doch noch was ... Augenblick, bitte.«

Hellberg erhob sich aus dem Sessel, eilte hinter seinen Schreibtisch, griff nach dem Telefon.

»Hellberg hier. Sagen Sie: Wann genau hatte Herr Oschatz seinen letzten Arbeitstag bei uns?«

Er hörte angestrengt zu.

»Sind Sie sicher? Gut. Nein, das war alles. Danke.«

Er legte auf.

»Die Personalabteilung. Also, Herr Manthey: Seinen letzten offiziellen Arbeitstag vor der wohlverdienten Rente hatte Herr Oschatz, wie ich schon sagte, am 31. Oktober. Allerdings ist er an diesem Tag nicht zur Arbeit erschienen, sondern hat sich morgens überraschend krank gemeldet.«

»Aha. Was heißt *überraschend*?«

»Nun ja, das war für uns alle hier im Haus insofern überraschend, als dass sich Herr Oschatz in all den Jahren zuvor noch nie krank gemeldet hatte. Können Sie sich das vorstellen? Kein einziges Mal. In all den Jahren. Ein Phänomen, der Mann. Herr Oschatz war von einem Pflichtbewusstsein und einem Arbeitsethos durchdrungen, wie man das heutzutage bei jüngeren Generationen nicht mehr antrifft.«

»Ja, das klingt ganz nach Onkel Bernd.«

»Wie sind Sie eigentlich mit ihm verwandt?«

»Er ist der jüngere Bruder meiner Mutter.« Das war nicht einmal gelogen, wenn man es recht besah.

»Seltsam: Da glaubt man einen Mitarbeiter zu kennen ... und stellt am Ende doch fest, dass man in Wahrheit rein gar nichts über ihn weiß. Schade, sehr schade ist das. Ich bedaure das sehr. Aber das scheint wohl ein Phänomen unserer Zeit zu sein. Wie gesagt: Seit dem 30. Oktober haben wir so wie Sie nichts mehr von ihm gesehen oder gehört. Aber das hatte uns natürlich bis zum heutigen Tage nicht weiter beunruhigt. Aus unserer Sicht war er ja nicht verschwunden, sondern regulär in Rente.«

»Verstehe.«

»Und in Ihrem Familienkreis hat er nicht erwähnt, dass er beispielsweise eine Urlaubsreise plante?«

»Kein Wort.«

»Waren Sie schon bei der Polizei?«

Auch diese Frage stellte Lars Hellberg eine Spur zu beiläufig. Und während er sie stellte, schaute er David Manthey nicht in die Augen, sondern aus dem Fenster. Das Thema schien ihn also ernsthaft zu interessieren.

»Nein. Meinen Sie, das bringt was?«

»Offen gesagt: Da bin ich ebenfalls skeptisch. Herr Oschatz ist ein erwachsener Mensch und kann tun und lassen, was er will. Solange kein Hinweis auf ein Verbrechen vorliegt, wird die Polizei vermutlich gar nicht tätig werden. Ich vermute mal stark, dass Herr Oschatz kurzfristig Lust bekam, eine schöne Reise zu unternehmen, etwas von der Welt zu sehen, jetzt, wo er die Zeit dazu hat und noch rüstig ist. Vielleicht ist er...«

In diesem Augenblick flog die Tür auf. Otto Hellberg betrat das Büro seines Sohnes, gefolgt von einer Frau, die Manthey dank des Studiums der Website des Konzerns am Vorabend ebenfalls identifizieren konnte: Dr. Nina Hellberg, Lars Hellbergs Frau, promovierte Mathematikerin, Mitglied des Vorstandes, verantwortlich für Controlling und Finanzen.

Nina Hellberg schloss die Tür ebenso geräuschvoll, wie ihr Schwiegervater sie geöffnet hatte. Manthey fragte sich, wen die beiden mit dem dramatischen Auftritt einschüchtern wollten: ihn oder Lars Hellberg. Der sprang augenblicklich wie von der Tarantel gestochen aus dem Sessel.

»Vater... darf ich vorstellen...«

Otto Hellberg brachte seinen Sohn mit einer einzigen knappen Handbewegung zum Schweigen, während seine Augen ohne Unterlass David Manthey fixierten. Die 73 Jahre sah man ihm nicht an. Groß, schlank, breite Schultern, aufrechter Gang, das noch volle Haar nur an den Schläfen leicht ergraut. Die Frau in seinem Windschatten mochte Ende dreißig sein, auch wenn das streng nach hinten gekämmte und zu einem Pferdeschwanz gebundene Haar sowie der anthrazitfarbene Hosenanzug sie älter wirken lassen sollten. Auch sie würdigte Lars Hellberg keines Blickes. Ihr Ehemann war jetzt offenbar abgemeldet, sein Büro von einer fremden, feindlichen Macht okkupiert.

Otto Hellberg hielt sich nicht lange mit Vorreden auf. Auch sich und seine Schwiegertochter der Höflichkeit halber vorzustellen, hielt er für überflüssig. Und umgekehrt musste ihm der Besucher im Büro seines Sohnes nicht vorgestellt werden. Otto Hellberg war bereits umfassend informiert:

»Herr Manthey, ich will gar nicht lange um den heißen Brei herumreden. Im Gegensatz zu meinem Sohn liegt mir das nicht so. Und im Gegensatz zu meinem Sohn werde ich jetzt auch kein Hohelied auf Herrn Oschatz singen. Ich mache es also kurz: Sollten Sie Kontakt zu Ihrem Onkel herstellen können, dann bitten Sie ihn doch, in seinem eigenen Interesse wohlgemerkt, schleunigst Kontakt mit uns aufzunehmen. Wissen Sie, nicht nur Ihr Onkel ist verschwunden. Mit ihm sind einige hochsensible Dokumente aus der Firma verschwunden. Dokumente, die unserem Unternehmen sehr großen Schaden zufügen können, wenn sie... in die falschen Hände geraten.«

»In falsche Hände?«

»Nun... in die Hände unserer Mitbewerber zum Beispiel.«

»Und Sie sind sicher, dass mein Onkel die Dokumente mitgenommen hat? Warum sollte er das tun?«

»Was ihn dazu bewogen haben könnte, entzieht sich meiner Kenntnis. Wir können nicht in die Seelen sämtlicher Mitarbeiter blicken. Wir sind keine psychosoziale Auffangstation. Wir sind ein Wirtschaftsunternehmen. Wir schließen Verträge mit Arbeitnehmern, um Geld gegen Arbeitsleistung zu tauschen. Den Preis für diese Leistung regelt der Markt über Angebot und Nachfrage. Eine saubere Sache. So sehe ich das. Zum Leistungspaket eines Chefbuchhalters gehören selbstverständlich Loyalität und

Verschwiegenheit… natürlich auch über die Dauer des Vertragsverhältnisses hinaus. Leider gehören menschliche Enttäuschungen zur alltäglichen Erfahrung eines Unternehmers. Die Menschen sind nun mal…«

»Haben Sie Beweise?«

»Beweise?«

»Eindeutige Beweise für Ihre Vermutung, dass mein Onkel die Dokumente entwendet hat.«

»Nennen wir es Belege. Indizien. Eine an Sicherheit grenzende Wahrscheinlichkeit. Fragen Sie unseren Sicherheitsbeauftragten, der in wenigen Minuten zu uns stoßen wird.«

»Waren Sie schon bei der Polizei?«

»Ich verstehe nicht…«

»Anzeige erstatten. Diebstahl ist eine Straftat. Bei der Kripo gibt es Profis, die wissen, wie man Straftäter ausfindig macht.«

»Das sagen Sie als sein Neffe?«

»Nein. Das sage ich als jemand, der vergeblich versucht, in Ihre Haut zu schlüpfen und Ihre Motivation zu ergründen. Wie sagten Sie doch eben selbst: Ein Wirtschaftsunternehmen ist keine psychosoziale Auffangstation. Was also macht Sie ausgerechnet in dieser Angelegenheit zum Philanthropen?«

»Lassen Sie das getrost unsere Sorge sein, Herr Manthey. Wir haben nun mal gute Gründe dafür, die Angelegenheit gütlich zu regeln. Vorerst noch. Wenn Ihr Onkel unser Eigentum unversehrt zurückgibt, werden wir das alles vergessen, als wäre es nie geschehen, und er kann seinen Ruhestand genießen. Andernfalls werden wir tatsächlich die Polizei einschalten. Ich bezweifle stark, dass es der körperlichen Gesundheit und dem seelischen Wohlbefinden Ihres Onkels förderlich wäre, mit 65 Jahren als Straftäter vor Gericht zu stehen. Und erst der Medienrummel. Ein schrecklicher Gedanke. Sie sollten ihm also dringend zuraten, unser großzügiges Angebot anzunehmen. Das Angebot gilt allerdings nicht unbefristet.«

»Wenn er also diese… Dokumente zurückbringt…«

»Nicht nur die Dokumente.«

»Was denn noch?«

Otto Hellberg nickte seiner Schwiegertochter zu. Dr. Nina Hellberg klappte ihre schwarzlederne Schreibmappe auf, die sie bei sich trug wie andere Frauen ihre Handtaschen. Sie räusperte sich kurz, bevor sie loslegte:

»Herr Manthey, wie Sie wissen, war Herr Oschatz lange Jahre Chef der Abteilung Buchhaltung und Mahnwesen. Eine absolute Vertrauensposition. Eine Aufgabe, die nur extrem gewissenhafte und integre Menschen ausfüllen können. Als einen solchen Menschen haben wir Herrn Oschatz lange Zeit betrachtet. Sonst hätten wir ihm ja wohl auch nicht diese Aufgabe anvertraut. So kann man sich täuschen.«

»Ich glaube, das habe ich eben schon einmal gehört. Kommen Sie zum Punkt: Wie viel hat er mitgehen lassen?«

»Etwas über drei Millionen Euro. Um genau zu sein: 3 242 723 Euro und 86 Cent.«

David Manthey atmete tief durch.

Günthers Bruder.

Der rechtschaffene Buchhalter.

Die Sache lief aus dem Ruder.

Manthey spürte deutlich, dass er von diesem Moment an Gefahr lief, die Kontrolle über den Gesprächsverlauf zu verlieren. Er warf einen Blick hinüber zu Lars Hellberg. Der hatte sich inzwischen einen Cognac eingegossen und saß da in seinem Sessel wie ein Häufchen Elend. Warum? Irgendetwas stimmte hier nicht, stimmte ganz und gar nicht. Also musste er dieses Feuer schüren, solange es noch glomm.

»Drei Millionen. Die wird er vermutlich nicht in bar und per Schubkarre aus dem Gebäude bugsiert haben...«

»Nein.«

»Sondern?«

»Ohne allzu sehr ins Detail gehen zu wollen: Oschatz ist denkbar geschickt vorgegangen. Die Summe wurde über einen Zeitraum von acht Monaten in etwa zwei Dutzend kleineren Chargen elektronisch umgeleitet. An insgesamt acht verschiedene Privatbanken, anonyme Nummernkonten in Steuerparadiesen rund um den Globus. Von da an verliert sich die Spur.«

»Das heißt: Das Geld ist von dort aus längst weitergeflossen?«
»So ist es.«
»Mit unbekanntem Ziel?«
»Ja.«

Der Verlust von drei Millionen Euro konnte ein höchst rentables Unternehmen wie Hellberg nicht in den Abgrund stürzen. Das erklärte aber immer noch nicht, warum sich die Familie scheute, zur Polizei zu gehen. Manthey warf einen Blick auf Hellberg junior und den bereits geleerten Cognacschwenker. Entwickle eine plausible These, stelle sie als Tatsache dar und versuche es mit einem Schuss ins Blaue:

»Anders als bei den Dokumenten fehlen Ihnen aber bei den entwendeten drei Millionen Euro juristisch belastbare Belege, die den Verdacht gegen meinen Onkel stützen. Weil ein Mitglied Ihrer Familie die Überweisungen offiziell abgezeichnet hat.«

Schweigen.

Otto Hellberg verzog keine Miene, ballte aber seine auf dem Konferenztisch ruhenden Fäuste, bis die Knöchel weiß wurden.

Nina Hellberg starrte in ihre Ledermappe.

Lars Hellberg sackte noch mehr in sich zusammen.

Volltreffer.

Lars Hellberg war also nicht nur ein miserabler Schauspieler, sondern auch ein mittelmäßiger Kaufmann. Und offenbar jemand, der regelmäßig so viel Geld für private Zwecke ausgab, dass sich niemand über die einzelnen, von Bernd Oschatz in seinem Namen abgezweigten Summen gewundert hatte. Manthey spürte, wie er die Kontrolle zurückgewann. Schnell nachlegen, nicht lockerlassen, offensiv bleiben, den Druck erhöhen:

»Frau Dr. Hellberg, selbst Sie als das für Controlling und Finanzen verantwortliche Vorstandsmitglied haben nichts bemerkt? Interessant.«

Nina Hellberg räusperte sich, um etwas zu entgegnen, aber ihr Schwiegervater kam ihr zuvor:

»Um die leidige Sache abzukürzen: Wir bitten Sie, Ihrem Onkel unser großzügiges Angebot zu übermitteln, sobald er Kontakt zu Ihnen und Ihrer Familie aufnimmt.«

In diesem Augenblick wurde die Tür geöffnet.

»Tag allerseits.«

»Guten Tag, Herr Detmers. Herr Manthey, das ist Rolf Detmers, der Sicherheitsbeauftragte des Konzerns. Herr Detmers, setzen Sie sich doch bitte einen Augenblick zu uns. Das ist übrigens Herr Manthey. Der Neffe von Oschatz.«

Diesmal hätte sich Otto Hellberg die Vorstellungsrunde tatsächlich sparen können. Aber das konnte er nicht wissen. Er wunderte sich nur über die verblüfften Gesichter.

Kein Wunder. Denn Manthey und Detmers kannten sich. Lange her. Vor vier Jahren hatten sie sich zum letzten Mal gesehen. In Frankfurt. Und David Manthey erkannte in Detmers schlagartig den Mann wieder, der vor knapp einer Stunde mit dem Rücken zu ihm die junge Naive am Empfangstresen angebaggert hatte. Manthey hatte sich auf die Entfernung von der Glatze und dem Übergewicht täuschen lassen.

Beide, David Manthey wie auch Rolf Detmers, besaßen immer noch triftige, wenn auch völlig unterschiedliche Gründe, einander bis aufs Blut zu hassen.

Der Airbus 320-200 der Freebird Airlines aus Istanbul landete pünktlich um 17.50 Uhr auf der Querwindbahn. Zwanzig Minuten später betrat der untersetzte Herr in dem altmodischen Zweireiher und dem für diese Jahreszeit viel zu dünnen Regenmantel das Erdgeschoss des Terminal 2, ließ den Blick durch die Halle schweifen und wandte sich schließlich dem Gepäckband unter dem Display mit der Flugnummer FHY 143 zu. Er trug einen prächtigen grauen Schnauzer, wie die meisten älteren Männer unter den Mitpassagieren. Sein Koffer hingegen war wesentlich kleiner und leichter als die Gepäckstücke der meisten Mitreisenden. Denn dem Herrn im Zweireiher fehlte die Zeit, um länger als ein paar Tage in Deutschland zu bleiben.

Im Untergeschoss des Flughafens bestieg Zeki Kilicaslan den Regionalzug, der ihn zum 20 Kilometer entfernten Kölner Hauptbahnhof brachte. In der Bahnhofsbuchhandlung kaufte der Professor einen Stadtplan. Die 600 Meter bis zum Hotel am Rande des Eigelstein-Viertels, das er von Istanbul aus im Internet gebucht hatte, waren ein angenehmer Spaziergang. Beim Anblick der Leuchtreklame über dem Eingang huschte ein Lächeln über das Gesicht des Professors: Der Name *Hotel DeLuxe* schien ihm für ein Drei-Sterne-Hotel doch etwas zu hoch gegriffen. Aber das Zimmer war im Internet als modern, hell und funktional gepriesen worden und der Preis – 53 Euro pro Nacht inklusive Frühstück – war sensationell günstig. Außerdem gehörte die schamlose Übertreibung zur zentralen Wesensart des Rheinländers, wie Zeki Kilicaslan aus eigener Beobachtung wusste. Schließlich hatte er lange genug als Gastarbeiterkind in Königswinter und später als Student der Medizin in Bonn gelebt, um sich diese Beobachtung zuzutrauen.

Der Professor füllte das Meldeformular aus und plauderte noch eine Weile mit dem jungen Mann hinter dem Tresen, der sich als Student der Medizin entpuppte und als Nachtportier in dem Hotel jobbte, um sein mageres BAföG aufzubessern. Nachts war relativ wenig los, und so blieb ihm genügend Zeit, während der Nachtschicht fürs Physikum zu pauken.

»Dann sind wir ja sozusagen Kollegen.«

Der junge Mann wurde rot, lächelte verlegen und revanchierte sich postwendend, indem er den Wortschatz und die akzentfreie Aussprache des Gastes aus Istanbul lobte.

Das Zimmer entsprach voll und ganz der Beschreibung im Internet. Professor Zeki Kilicaslan räumte seine Wechselkleidung aus dem Koffer in den Einbauschrank und die Toilettenartikel ins Bad. Vielleicht hätte man die Ablageflächen im Bad etwas großzügiger dimensionieren können. Anschließend machte sich Kilicaslan mit der Handhabung des winzigen Safes vertraut. Erst als er nach intensivem Studium der konsequent im bürokratiedeutschen Infinitiv abgefassten Bedienungsanleitung zu wissen glaubte, wie man die vierstellige Geheimzahl programmierte, legte er den abgegriffenen, zerknitterten Lieferschein aus der Kellerfabrik sowie den Brief, den er von Filiz erhalten hatte, in das Fach und schloss die Safetür. Weil er seinem technischen Verständnis in Alltagsdingen selten vertraute, unterzog er den Safe einem Test und tippte die vier Ziffern ein. Die Tür sprang auf. Nicht ohne Stolz, das System begriffen zu haben, schloss er sie erneut, machte sich im Bad etwas frisch und verließ schließlich das Zimmer, weil er Hunger hatte.

»Herr Kollege, können Sie mir ein Restaurant empfehlen, das ich gut zu Fuß erreichen kann?«

Der junge Mann empfahl ihm ein türkisches Restaurant. Der Professor schüttelte den Kopf. Er schätzte die türkische Küche, aber er liebte die Abwechslung. Also empfahl ihm der junge Mann einen Italiener ganz in der Nähe.

»Sind Sie beruflich in Köln?«

»Ja. Nein. Beides. Eine lange Geschichte. Kennen Sie die Eupener Straße? Da muss ich nämlich morgen hin.«

»Soll ich Ihnen ein Taxi bestellen?«

Der Professor schüttelte den Kopf. »Geht das auch mit öffentlichen Verkehrsmitteln? Wissen Sie, ich studiere auf diesem Wege gerne Land und Leute.«

Der junge Mann griff in eine Schublade unter dem Tresen. Gemeinsam beugten sie sich über den Plan mit den Linien der städtischen Busse und Bahnen.

Wie lächerlich. Der Neffe von Bernd Oschatz. Was für eine billige Jahrmarktsnummer. *Herr Mantheys Mutter ist die Schwester von Oschatz.* Versicherte ihm der alte Hellberg, kaum dass Manthey gegangen war. *Das war doch einen Versuch wert, Herr Detmers, was meinen Sie? Manchmal bewirkt der Druck der Familie erstaunliche Wunder.* Er hatte den Alten erst mal in Ruhe ausreden lassen, seinen tollen Plan erläutern lassen – und ihn dann darüber aufgeklärt, dass sein Exchefbuchhalter Bernd Oschatz gar keine Schwester hatte. Detmers kannte das Privatleben und die Familienverhältnisse aller Angestellten in leitenden Positionen. Das war sein Job.

Die Miene des Alten hatte sich zunehmend verfinstert, als Detmers ihn anschließend darüber in Kenntnis setzte, dass David Manthey zudem nur einen einzigen Onkel hatte: Felix Manthey, eine bekennende Tunte, vor ein paar Jahren gestorben. An was eigentlich? Detmers hatte keine Ahnung. Vermutlich an Aids, was sonst. Detmers hatte damals in der Zeitung von der Beerdigung gelesen. Im Kölner Lokalteil. *Der gute Mensch vom Stavenhof.* Der halbe Eigelstein war damals zum Friedhof gepilgert, um die Tunte zu begraben.

Der Alte war ganz schön bedient. Aber warum kapierte selbst ein cleverer, abgebrühter Hund wie Otto Hellberg immer noch nicht, dass man nie genug über seine Beschäftigten wissen konnte? Vielleicht war das heutige Erlebnis der notwendige heilsame Schock. Hoffte Detmers inständig. Vielleicht ließ sich sein Plan, am Betriebsrat vorbei und ohne Wissen der Personalabteilung eine geheime Datenbank aufzubauen, nun endlich bei der Konzernspitze durchsetzen: eine elektronische Akte über jeden einzelnen Mitarbeiter. Jeden, ohne Ausnahme. Familienverhältnisse, Vermögensverhältnisse, teure Hobbys, politische Präferenzen, sexuelle Vorlieben, flotte Sprüche beim Mittagessen in der Kantine. Fakten, Gerede, Gerüchte. Alles, was half, ein Persönlichkeitsprofil zu erstellen.

Man musste sämtliche Beschäftigte wie potenzielle Kriminelle begreifen. Sonst war man nicht gerüstet für den Ernstfall. Das zeigte der Fall Oschatz ganz deutlich.

Später. Eins nach dem anderen.

Denn jetzt musste er erst mal das Dossier schreiben, auf das der Alte wartete. *Erstellen Sie unverzüglich ein Dossier über diesen Manthey und legen Sie es mir spätestens morgen Mittag vor.* Vieles wusste er noch aus der Erinnerung, einiges hatte er in den vergangenen drei Stunden nachrecherchiert. Keine große Kunst.

David Manthey.

Geboren am 8. März 1970 in Berlin.
Vater unbekannt.

Mutter: Elke Manthey, geboren 1949 in Köln. Berufsangabe der Mutter zum Zeitpunkt der Geburt: Studentin der Soziologie an der FU Berlin. Psychisch labil. Ziemlich durchgeknallt. Promiskuitiv. Schlief sich damals kreuz und quer durch die Kommune 1, bis sie mit 21 Jahren schwanger wurde. Elke Manthey gehörte zeitweilig zum erweiterten Unterstützerkreis der RAF. Füllte die Kühlschränke in konspirativen Mietwohnungen, besorgte Klamotten und Perücken und Campingbetten, lauter solches Zeug. Entdeckte irgendwann diese Bhagwan-Sekte für sich. Der nächste Familienersatz. Tantra-Sex und Massenorgien. Zog mit ihrem Bastard in den Ashram nach Amsterdam, schob ihn aber schon bald in ein Kinderheim der Sekte in den Bergen Andalusiens ab, damit sie sich unbeschwerter ihrer Selbstverwirklichung widmen konnte. Landete schließlich in der Nervenklinik, wurde ein halbes Jahr später entlassen, fuhr zu ihrem Bruder Felix Manthey, einem Speditionsunternehmer in Köln, und bat ihn, den Bastard aus dem Heim zu holen. Der Homo wusste davon bis dahin gar nichts, wusste noch nicht einmal, dass seine Schwester einen Sohn hatte, fuhr auf der Stelle los und kehrte nach einer Woche mit seinem 14-jährigen Neffen zurück nach Köln. Aber da hatte sich das Miststück schon erhängt, ausgerechnet in der Küche ihres Bruders.

Das war sicher kein schöner Anblick. Garantiert ein traumatisches Erlebnis für einen 14-jährigen Bengel. Hieße der nicht zufällig David Manthey, hätte Rolf Detmers womöglich so etwas wie Mitleid empfinden können.

Der Bastard soll später, in seiner Jugend, eine ziemliche Sportskanone gewesen sein, als Basketballer in dem Team, das die schwule Tunte coachte. Wer weiß, vielleicht hatte der liebe Onkel Felix den Club ja nur zu dem Zweck gegründet, um sich unauffällig an kleine, drahtige Jungs ranmachen zu können. Detmers waren diese Schwuchteln einfach zuwider. Es wurden immer mehr, vor allem in Köln.

Offiziell war das Ganze allerdings ein soziales Projekt gewesen, um armen Ausländerkindern bei der Integration zu helfen. Der Versuch war grandios gescheitert, wie sollte es auch anders sein. Diese Traumtänzer mit ihren sozialromantischen Flausen im Kopf. Vor allem Zoran Jerkov, damals David Mantheys engster Freund, nutzte die einmalige Gelegenheit, um aus dem Team den Nachwuchs für seine berüchtigte Eigelstein-Gang zu rekrutieren. Diebstahl, Brüche, Überfälle. Später, als Erwachsener, versorgte der Kroate die Schönen und Reichen Kölns mit Kokain und wurde schließlich wegen Mordes an einer Prostituierten verhaftet und zu lebenslanger Haft verurteilt.

So viel zur sozialen Herkunft und zu den besonderen Freunden des ehrenwerten Herrn Manthey.

Otto Hellberg würde Augen machen.

Dass Zoran Jerkov, Mantheys Jugendfreund, in Wahrheit unschuldig gewesen sein soll, angeblich einem Justizirrtum zum Opfer gefallen und zwölf Jahre später rehabilitiert und aus der Haft entlassen worden war, musste er dem Alten ja nicht unbedingt auf die Nase binden. Hauptsache, dieser Drogendealer war seit zwei Jahren mausetot. Hatte sich dummerweise mit einem serbischen Mafiapaten angelegt, erzählte man sich. Einem Menschenhändler. Auch egal. Ein toter Zoran Jerkov war eine Ratte weniger auf dieser Welt.

Detmers spürte: Das Dossier für den Alten war seine ganz große Chance, seine Unentbehrlichkeit unter Beweis zu stellen. In elf Wochen lief sein Jahresvertrag aus, der zweite schon, und Detmers hegte große Hoffnungen, endlich in ein unbefristetes Arbeitsverhältnis übernommen zu werden. Auch beim Gehalt würden sie deutlich drauflegen müssen, da hatte Detmers schon sehr konkrete Vorstellungen. Außerdem würde er darauf beharren, dass seine Vollmachten erheblich ausgeweitet wurden. Er war schließlich kein billiger, angelernter Kaufhausdetektiv. Er war ein Profi. Ein Meister seines Fachs.

Den Alten zu überzeugen, dürfte nicht so schwierig werden. Aber sein Sohn würde sich garantiert querlegen. Lars Hellberg befürchtete, der Alte habe den Posten des Sicherheitsbeauftragten auch deshalb geschaffen, um seinen Sohn bespitzeln zu lassen.

So ganz falsch lag er damit nicht.

Weiter im Text. Heute zählte nur das Dossier:

Manthey kriegte überraschend die Kurve, schaffte gerade noch rechtzeitig den Absprung aus der Gang. Und schließlich noch das Abitur. Er jobbte eine Weile in der Spedition seines Onkels, trampte drei Monate durch Europa und bewarb sich schließlich bei der Polizei. Ausgerechnet. Nicht zu fassen.

Die Ausbildung schloss Manthey als Jahrgangsbester ab. Diverse Stationen in Nordrhein-Westfalen, schließlich das MEK in Düsseldorf. Nebenbei Ausbildung zum Nahkampfspezialisten. Im Ruhrgebiet verdeckter Ermittler bei der Drogenfahndung. Nächste Station: das Bundeskriminalamt in Wiesbaden. Der jüngste Kriminalhauptkommissar in der Geschichte des BKA. Wieder Drogenfahndung. Und OK. Sorry, Otto: Das bedeutet Organisierte Kriminalität. Dann ging das los mit den Auslandseinsätzen. BKA-Verbindungsmann zunächst in Amsterdam, dann in Sevilla. Galt als besonders sprachbegabt. 1997 ging Manthey für vier Jahre nach Bangkok. Studium der Transportwege aus dem Goldenen Dreieck. Anschließend, nach einem kurzen Zwischenstopp in Wiesbaden, schickte man ihn für zwei Jahre nach Washington. Als BKA-Verbindungsmann zum FBI und zur DEA. Steile Karriere. Wieso nur war diesem Typen immer alles in den Schoß gefallen?

Während andere Kollegen angesichts solch einer Karriere von morgens bis abends jubiliert und alle fünf Minuten stolz ihre Visitenkarte betrachtet hätten, verlor Manthey zunehmend seinen Idealismus und seinen Enthusiasmus. Er checkte, wie das System funktionierte, warum die Großen, die Drahtzieher immer wieder davonkamen, und wie die Politik über das bewilligte Budget die Aufklärungsrate steuerte und damit die offizielle Statistik in Bezug auf Drogen und Organisiertes Verbrechen manipulierte.

Na und? So lief die Sache nun mal.

Den moralischen Rest gab ihm dann die Zeit in Washington, als er aus nächster Nähe die Politik der Bush-Regierung studieren durfte. Wie die Bush-Leute die verbündeten Warlords der Nordallianz in Afghanistan gewähren ließen, die das Kriegsland schon während der ersten Jahre der US-Besatzung mit ihren gigantischen Schlafmohnplantagen im Handumdrehen wieder zum Weltmarktführer im Heroingeschäft machten.

Manthey, du Traumtänzer.

Ein Traumtänzer wie dein verdammter Onkel.

Detmers war anders. Detmers hatte den Staat und das System immer gestützt, sich solidarisch mit den Mächtigen erklärt. Komme, was wolle. Manthey hatte das politisch-ökonomische System und seine Nutznießer stets infrage gestellt. Warum nur hatte Detmers am Ende trotzdem verloren? Warum ließ man ausgerechnet ihn fallen wie eine heiße Kartoffel?

Ganz einfach. Weil Manthey es so wollte. Weil Manthey alles darangesetzt hatte, ihn zu Fall zu bringen. Aber diese Episode ging Hellberg einen feuchten Dreck an.

2006 liefen sie sich über den Weg. In dem Jahr kam Manthey als neuer Leiter der Drogenfahndung zum PP Frankfurt. Die Truppe, in der Rolf Detmers arbeitete. Detmers hatte sich große Hoffnungen auf den Chefposten gemacht. Warum nur verließ man freiwillig das BKA? *Ich wollte unbedingt wieder zurück an die Front*, erzählte Manthey den neuen Kollegen in Frankfurt. Die Deppen beeindruckte das mächtig. Diese Deppen liebten ihren neuen Chef bald abgöttisch, wären für ihn jederzeit durchs Feuer gegangen. Nur Detmers liebte ihn nicht. Und machte daraus auch kein Geheimnis.

Auf die Retourkutsche musste er nicht lange warten.

Im Dezember 2007, drei Tage vor Weihnachten, hatte Detmers einen frisch festgenommenen Soldaten aus dem Fußvolk der albanischen Drogenmafia in der Mangel. So ein junges, rotzfreches Bürschlein aus der untersten Kaste der Hierarchie, der sich seine ersten Sporen als Transportfahrer verdiente. Detmers nahm sich das Bürschlein in der Arrestzelle vor. Keine Zeugen. Das kleine, arrogante Arschloch machte einfach nicht die Fresse auf. Da polierte Detmers ihm die Fresse. Brach ihm zwei Rippen und das Schambein. Eher versehentlich knallte der Kopf gegen die Betonwand, daraufhin stürzte das kleine albanische Arschloch zu Boden, mit dem Gesicht voran, wie ein nasser Sack, und

blieb bewegungslos liegen. Hatte sich im Fall nicht rechtzeitig abstützen können, wie denn auch, mit auf dem Rücken gefesselten Händen. Detmers beugte sich über ihn, tastete nach der Halsschlagader. Nichts. Rasch löste er die Handschellen und ließ sie in dem Futteral an seinem Gürtel verschwinden. Erst da bemerkte er, dass jemand in der Zellentür stand.
Manthey.
Verpiss dich, Manthey. Ist nichts für schwache Nerven.
Du bist festgenommen, Detmers.
Was? Hast du noch alle Tassen im Schrank, Manthey?
Das kleine Arschloch war tot.

Die Landesregierung wollte die Sache eigentlich unter den Teppich kehren. Bis irgendwer die Medien informierte. Wer wohl? Es kam nie heraus, aber wer außer Manthey sollte es schon gewesen sein? Blitzschnell vollzog die Landesregierung eine 180-Grad-Wende und trat die Flucht nach vorne an, wollte nun unbedingt ein Exempel statuieren. Und Kriminaloberkommissar Rolf Detmers war draußen.
Zunächst suspendiert.
Bis zum Ausgang des Verfahrens.
Fahrlässige Körperverletzung mit Todesfolge. Besser ging's nicht, jubelte sein Anwalt nach dem Urteil.
Bewährungsstrafe.
Da können Sie aber zufrieden sein, Herr Detmers.
Aus dem Polizeidienst verabschiedet.
Detmers jubelte nicht.
Manthey, das vergesse ich dir nie.
Anfang Januar 2008, knapp drei Wochen nachdem Detmers der albanischen Ratte den Schädel geknackt hatte, wurde Mantheys Kollegin und Exgeliebte Astrid Wagner bei einem Einsatz als verdeckte Ermittlerin von einem Killerkommando der albanischen Mafia in eine Falle gelockt und hingerichtet. Die Rache für den Tod des kleinen Soldaten. So viel war jedem in der Truppe klar. Auge um Auge, Zahn um Zahn. So war das nun mal. Und David Manthey verließ drei Tage später, nach achtzehn Dienstjahren, die Polizei. Freiwillig. Dieser Idiot.

Sie hatten sich Anfang Dezember getrennt, Manthey und diese Astrid Wagner. Sie war schwanger gewesen, ergab die Obduktion. Das hatte sie wohl selbst nicht gewusst.

Manthey verzichtete auf Beamtenstatus und Pensionsanspruch, zog auf die winzige Baleareninsel Formentera und schrieb ein Buch über das internationale Drogenkartell, den Zynismus der Politik und die Ohnmacht der technisch wie personell miserabel aufgestellten Polizei. Ganz schön arrogant. Das Buch wurde in Deutschland zum Bestseller, zum Mega-Medienereignis, zum Politikum. Seitdem waren auch im Polizeikorps eine Menge Leute nicht mehr gut auf Manthey zu sprechen. Ein Nestbeschmutzer, ein Verräter.

Ja, auch Rolf Detmers hielt ihn für einen Verräter. Kein Korpsgeist, keine Ehre im Leib. Ehre heißt Treue.

Nur eines konnte Detmers halbwegs nachvollziehen: Dass David Manthey ihm den Tod seiner kleinen, schwangeren Gespielin niemals verzeihen würde.

Aber das ging ihm nun wirklich am Arsch vorbei.

Ein seltsam beklemmendes Gefühl. Den nüchternen Zweckbau am Walter-Pauli-Ring hatte er zum letzten Mal vor zwei Jahren betreten. Als man ihn zwingen wollte, seinen Jugendfreund Zoran Jerkov ans Messer zu liefern.

»Guten Tag. Mein Name ist David Manthey. Ich bin mit Kriminalhauptkommissarin Antonia Dix verabredet.«

Der uniformierte Polizeibeamte ließ sich den Personalausweis des Besuchers geben und stellte einen Hausausweis aus. Er war noch sehr jung. So jung, dass ihm der Name des Besuchers gar nichts sagte. Manthey war das ganz angenehm so.

»Frau Dix holt Sie ab. Bitte nehmen Sie doch so lange Platz.«
»Danke. Ich stehe lieber.«
Er musste nicht lange warten.

Drei Minuten später stieß eine energiegeladene Frau von Mitte bis Ende dreißig schwungvoll die Glastür zur Lobby auf. Etwa 1,70 Meter groß, schlank, durchtrainiert, dunkle Hautfarbe, raspelkurz geschnittenes, kohlrabenschwarzes Haar. Einzelne Strähnen frühzeitig ergraut. Schönes Gesicht. Ernste Augen, die schon viel gesehen hatten.

»Herr Manthey?«

»Ja.«

»Kommen Sie doch bitte mit.«

Sie ging voran. Sie trug eine schwarze, weit geschnittene Workout-Hose mit aufgesetzten, ausgebeulten Taschen, ein schwarzes, hautenges T-Shirt, Handschellen an ihrem breiten Ledergürtel. Im Schulterholster eine Sig-Sauer P228, wie sie gewöhnlich nur die SEK-Leute benutzten. Die Füße steckten in derbem Schuhwerk, wie es von Bauarbeitern getragen wurde. Stahlkappen. Dicke, griffige Profilsohlen. Manthey begriff erst jetzt, was Willi Heuser gemeint hatte, als er am Telefon sagte: *Wenn du sie zum ersten Mal siehst, wirst du nicht glauben, dass die Leiterin des KK 11 Tötungsdelikte, Brandstiftung, Sexualstraftaten, Vermisstensachen der Kripo Köln vor dir steht. Sie ist nicht gerade konventionell. Sie ist in jeder Hinsicht außergewöhnlich.*

Während Manthey ihr durch die Flure folgte, fragte er sich, wie man diesen eleganten Gang in solchen Schuhen hinkriegte. Schnell, kraftvoll und grazil zugleich. Manthey registrierte ihren muskulösen Rücken, ihre kräftigen Schultern und Arme. Willi Heuser hatte erwähnt, dass sie in ihrer Freizeit Kickboxen als Leistungssport betrieb.

»Bitte schön. Nach Ihnen.«

Manthey betrat ihr Büro und setzte sich auf einen der beiden billigen Besucherstühle vor dem Schreibtisch. Antonia Dix nahm hinter dem Schreibtisch Platz und faltete die Hände.

»Kaffee?«

»Nein. Danke.«

»Willi Heuser hat mich angerufen.«

Manthey nickte.

»Ich weiß also in groben Zügen, um was es geht. Willi bat

mich, Ihnen zu helfen. Ich sagte ihm, dass ich noch nicht wisse, ob und wie ich Ihnen helfen kann.«

»Verstehe.«

Ihre dunklen Augen fixierten ihn. Es fühlte sich an, als blickte sie geradewegs bis zum Grund seiner Seele.

»Willi Heuser war schon ein ganz besonderer Kollege. Eine echte Sauerei, wie man ihm hier nach seiner schweren Beinverletzung so übel mitgespielt hat. So stellt sich wohl niemand seine letzten Berufsjahre bis zur Pensionierung vor. Ich habe ihn vor vielen Jahren kennen und schätzen gelernt. Da war ich noch im Bonner PP. Ein ziemlich verzwickter Fall, der von Köln nach Bonn rüberschwappte. Das Verhältnis zwischen Kripo und uniformierter Schutzpolizei ist ja nicht immer frei von eitlem Konkurrenzdenken. Aber Heuser war anders. Ganz anders. Immer an der Sache orientiert. Am Ergebnis.«

»Ja. Willi war ein wundervoller Kollege.«

»Sie kennen ihn sicher besser als ich. Als er am Telefon von Ihnen sprach, war sehr viel Wärme in seiner Stimme. Er scheint Sie ganz außerordentlich zu schätzen. Ich nehme mal an, Sie haben inzwischen nicht mehr allzu viele Freunde im Polizeikorps, seit Ihrem Buch... und dieser Sache vor zwei Jahren...«

»Waren Sie da schon in Köln?«

»Nein. Ich bin erst vor knapp einem Jahr vom Bonner PP hierhergewechselt. Ich hatte mich für die Leitung des KK 11 beworben und den Job tatsächlich bekommen, wie Sie sehen.«

»Wo haben Sie in Bonn gearbeitet?«

»Mordkommission.«

»Bei Josef Morian?«

»Ja. Er war mein Chef. Und mein Mentor.«

»Netter Kerl. Kompetent. Klug. Und ein ausgezeichneter Polizist. Einer mit Rückgrat und Moral.«

»Sie kennen Jo Morian?«

»Wir hatten mal miteinander zu tun. Auch so ein verzwickter Fall. Wie geht's ihm denn?«

»Nicht so gut. Er hat sich vor einem Jahr vorzeitig pensionieren lassen. Hat mit seiner Moral zu tun.«

Sie lehnte sich zurück. Das erste, vorsichtige Abtasten war also hiermit beendet. Sie hatte sich ein Bild von ihrem Gegenüber gemacht. Manthey wartete ab. Sie wirkte nun etwas entspannter. Aber sie ließ ihn nicht aus den Augen.

»Herr Manthey, Sie kennen sich doch aus in der Branche. Bei den Dienststellen des Kölner Polizeipräsidiums werden jeden Tag etwa sechs bis 40 Jugendliche als vermisst gemeldet. Tag für Tag! Je nach Wetterlage. Im Sommer mehr, im Winter weniger. Davon tauchen 95 Prozent schon am nächsten Tag wieder unversehrt auf. Oder spätestens nach dem turbulenten Wochenende. Die Party war so schön und ging bis sechs Uhr morgens, oder man hat bei der Freundin übernachtet und vergessen, Bescheid zu geben, oder man hat sich Hals über Kopf verliebt und darüber alles andere vergessen...«

»Was wollen Sie mir damit sagen?«

»Hören Sie mir einfach einen Moment lang zu. Weil diese jungen Leute aber noch minderjährig sind, sind wir verpflichtet, uns auf der Stelle zu kümmern. Hält uns ganz schön auf Trab. Völlig anders sieht die Sache aus, wenn kleine Kinder spurlos verschwinden. Oder Erwachsene, die suizidgefährdet sind, oder dement. Auf Ihren Vermissten, Herr Manthey, trifft aber nichts davon zu. Wir haben nach Willi Heusers Anruf schon mal prophylaktisch sämtliche Krankenhäuser im Umkreis von 50 Kilometern abgefragt. Negativ. Und wir haben im Kühlkeller der Rechtsmedizin derzeit auch keine unidentifizierte Leiche, die zu der Beschreibung passt.«

»Ich weiß, ich weiß: Nichts deutet aus Ihrer Sicht auf ein unfreiwilliges Verschwinden hin. Und ich würde wohl, wenn ich auf Ihrer Seite des Schreibtisches säße, dasselbe sagen: Bernd Oschatz ist ein erwachsener Mensch, ein freier Mann, der niemandem Rechenschaft schuldig ist und der tun und lassen kann, was er will – sogar spurlos verschwinden.«

»So ist es. Jeder Erwachsene im Vollbesitz seiner geistigen Kräfte hat das Recht, seinen Aufenthaltsort frei zu bestimmen, und er muss auch niemandem Rechenschaft darüber ablegen. Das garantiert schon das Grundgesetz. Wir würden uns sogar strafbar machen, einem solchen Menschen nachzuschnüffeln. Die einzige Ausnahme bei Erwachsenen: Es besteht der dringende Verdacht, dass diesem von den Angehörigen vermissten Menschen Gefahr für Leib und Leben droht oder dass er nicht freiwillig aus seinem bisherigen Leben verschwunden ist. Ich sehe aber bislang keine Anhaltspunkte für einen solchen Verdacht.«

»Und dennoch sage ich Ihnen als jemand, der eine Menge Jahre in Ihrem Beruf gearbeitet hat: Da stimmt etwas ganz und gar nicht. Es passt einfach nicht zu ihm.«

»Manchmal kann man sich in Menschen täuschen. Ehemänner täuschen sich in ihren Ehefrauen. Oder umgekehrt. Eltern in ihren Kindern. Das kommt vor. Wie gut kennen Sie ihn denn?«

Manthey schwieg.

»Okay. Verstehe. Kennen Sie ihn überhaupt?«

Vielleicht war es ein Fehler gewesen, zur Polizei zu gehen. Er hätte es besser wissen müssen. Er konnte sich auch jetzt nur auf sich selbst verlassen. Wie so oft.

Nina Hellberg hasste es zutiefst, aus wichtigen Besprechungen gerissen zu werden. Allerdings war ihre Sekretärin erfahren genug, um genau dies zu wissen. Also musste es einen triftigen Grund für ihren Anruf geben. Nina Hellberg schenkte den beiden Inhabern des Architektenbüros ein entschuldigendes Lächeln und verließ den Konferenzraum. Sie eilte durch den langen Flur, betrat das Vorzimmer zu ihrem Büro, baute sich vor dem Schreibtisch ihrer Sekretärin auf und stemmte die Hände in die Hüften.

»Was gibt's?«

»Unten im Empfang wartet ein alter Mann, der will unbedingt mit der Unternehmensleitung sprechen. Er…«

»Bei mir steht nichts im Kalender. Mit wem hat er denn einen Termin? Mit meinem Schwiegervater? Mit meinem Mann?«

»Mit niemandem. Er sagt...«

»Wie bitte? Er hat keinen Termin? Und deshalb holen Sie mich eigens aus der Besprechung?«

»Er lässt sich nicht abwimmeln. Er will...«

»Rufen Sie Detmers an. Er soll sich darum kümmern.«

»Herr Detmers ist vor einer halben Stunde mit Ihrem Schwiegervater zu den Kranhäusern am Hafen gefahren, um die Sicherheitsaspekte in den neuen Büros...«

»Dann rufen Sie den Abteilungsleiter Allgemeine Dienste an. Oder den Hausmeister. Herrgott noch mal, muss ich mich denn hier um alles selbst kümmern?«

»Das habe ich bereits getan. Aber der Mann lässt sich nicht abwimmeln. Er sagt...«

»Dann rufen Sie die Polizei.«

»Bitte lassen Sie mich doch einmal kurz ausreden, Frau Dr. Hellberg. Der Mann sagt, genau das tut er selbst, wenn er nicht augenblicklich vorgelassen wird.«

»Wie bitte? Was tut er selbst?«

»Er sagt, dass er die Polizei verständigt, wenn er nicht...«

»Ich habe Sie schon verstanden. Ich bin ja nicht taub. Wer ist der Mann? Wie heißt er?«

Die Sekretärin schaute auf ihren Notizblock.

»Dr. Zeki Kilicaslan. Er sagt, er ist Professor für Medizin an der Universitätsklinik in Istanbul. Er sagt, er will mit uns über das Sterben der jungen Männer in den Kellerfabriken reden. Ich habe keine Ahnung, was er damit meinen...«

»Halten Sie mal einen Moment die Klappe.«

Die Sekretärin schwieg und senkte ängstlich den Blick. Auf ihrer Stirn bildeten sich feine Schweißperlen.

»Wo ist mein Mann?«

»Bei einem Model-Casting in...«

»Verschonen Sie mich bitte mit Details. Holen Sie diesen Herrn jetzt persönlich im Empfang ab und bringen Sie ihn unverzüglich in mein Büro. Ich will nicht, dass er auch nur eine Sekunde länger mit irgendwelchen Mitarbeitern des Hauses spricht. Zweitens: Die Architekten müssen eine halbe Stunde warten.«

»Oder soll ich einen neuen Termin vereinbaren?«

»Sie tun, was ich sage. Das Denken können Sie getrost mir überlassen. Ich will keinen neuen Termin. Die Sache muss jetzt schleunigst über die Bühne. Drittens: Sollte mein Mann zufällig in der nächsten halben Stunde hier auftauchen, was eher unwahrscheinlich ist, so lassen Sie ihn auf keinen Fall in mein Büro, solange dieser Professor noch da ist. Klar?«

Die Sekretärin sprang auf und eilte hinaus.

Dr. Nina Hellberg betrat ihr Büro. Sie durchquerte den großzügig bemessenen, aber im Vergleich zum Büro ihres Mannes weitgehend schmucklosen Raum, öffnete die Seitentür zu dem kleinen, büroeigenen Badezimmer und betrachtete sich im Spiegel über dem Waschbecken.

Was sie dort sah, gefiel ihr ganz und gar nicht. Die leichenblasse Gesichtsfarbe. Die roten, nervösen Flecken am Hals. Die hervortretende, wild pochende Schlagader. Die geweiteten Augen. Die hässliche, entstellende Fratze der blanken Angst.

Sie hatte an diesem Morgen ohnehin um die Ecke zu tun gehabt, in einem der tristen Betonsilos am Raderthalgürtel. Ein Brand im Aufzug. Extreme Rauchentwicklung. Die Feuerwehr war die halbe Nacht auf den Beinen gewesen, hatte vorsorglich 14 Stockwerke evakuiert, die Bewohner wurden von freiwilligen Hilfskräften des Arbeiter-Samariter-Bunds und des Deutschen Roten Kreuzes in einer nahe gelegenen Schulturnhalle versorgt. Die in weiße Overalls gehüllten Kriminaltechniker vom Erkennungsdienst tippten auf Brandstiftung. Vandalismus. Gelangweilte, frustrierte Jugendliche. Lustgewinn durch Zerstörung. Nichts Besonderes also. Alltag in dieser Gegend. Ein Fall für die Versicherungsakten.

Wo sie doch schon mal in der Gegend war...

Heidekaul 5.

Antonia Dix parkte ihren Cooper wenige Meter entfernt,

stieg aus und zog den Reißverschluss ihrer alten, ledernen Kradmelderjacke bis zum Kinn hoch. Das Novemberwetter ging ihr gehörig auf die Nerven und schlug ihr aufs Gemüt. Jedes Jahr aufs Neue. Vielleicht lag das an den Genen, die ihr brasilianischer Vater bei der Zeugung hinterlassen hatte. Die Gene und die in einem Kölner Secondhandladen erstandene Kradmelderjacke aus dem Zweiten Weltkrieg, die er getragen hatte, als er ihre deutsche Mutter kennenlernte, waren alles, was er seiner Tochter hinterlassen hatte. Er war gegangen, als sie noch ein Baby war. Nicht mal ein Foto existierte von ihm.

Vor der Haustür stand eine alte Frau und kramte in ihrer Handtasche, offenbar auf der Suche nach ihrem Schlüssel. Die Suche gestaltete sich als gar nicht so einfach, weil sie in der rechten Hand nicht nur ihre Handtasche hielt, sondern zudem eine Hundeleine, an deren Ende ein betagter, dickköpfiger, zunehmend ungeduldig werdender Rauhaardackel zerrte.

»Guten Tag…«

»Halt endlich still, du verdammter Köter. Du raubst mir noch den letzten Nerv. Was ist?«

Die beiden letzten Worte galten wohl nicht dem Dackel, vermutete Antonia Dix und zückte ihren Dienstausweis.

»Kripo Köln. Ich würde gerne…«

»Kripo?«

»Ja. Kripo. Kriminalhauptkommissarin Antonia Dix.«

»Sie sind von der Kripo?«

Die Alte heftete ihre zu schmalen Schlitzen mutierten Augen auf den Ausweis, dann ließ sie ihren Blick misstrauisch über den Körper der fremden Frau wandern, von den Haarspitzen bis zu den Schuhspitzen und wieder zurück. Antonia Dix war das nicht neu. Menschen aus der Generation der Dackelbesitzerin waren felsenfest davon überzeugt, dass Kriminalpolizisten gefälligst männlichen Geschlechts zu sein hatten.

»Sind Sie wegen dem Oschatz hier?«

»Ja. Wie kommen Sie darauf?«

»Na, weil der Oschatz doch spurlos verschwunden ist. Und weil schon zwei Kollegen von Ihnen hier waren.«

»Aha.«

»Ja, zuerst dieser gut aussehende Mann. Groß. Schlank. Sehr nett. Sehr charmant. Da fühlt man sich als Frau gleich zwanzig Jahre jünger. Ein Mann mit Manieren. Das hat ja Seltenheitswert heutzutage. Wir haben sogar zusammen Kaffee getrunken. Am nächsten Tag kam dann dieser Rüpel. So ein riesiger Fleischkloß mit Glatze. Hat mich behandelt wie einen Schwerverbrecher beim Verhör. Sie wissen sicher, wen ich meine.«

Antonia Dix nickte. Sie hatte nicht die geringste Ahnung, wen die alte Frau meinte. Bei dem ersten Mann tippte sie vage auf Manthey. Aber ein riesiger Fleischkloß mit Glatze – das sagte ihr im Moment gar nichts. Außer dass die Beschreibung auf keinen ihrer eigenen Leute passte.

»Haben Sie den Herrn Oschatz inzwischen noch mal gesehen?«
»Nä.«
Im Hausflur roch es penetrant nach Putzmittel.
Der Briefkasten war leer.
Selbst wenn jemand einsam wie ein Eremit lebte und generell nur wenig Post bekam, müsste der winzige Briefkasten dennoch spätestens nach zwei Wochen überquellen.
Wer leerte ihn?
Das Treppensteigen bereitete der alten Frau zum Glück große Mühe, sodass sich ihre Wege nach wenigen Stufen bereits im Hochparterre trennten, ohne dass Antonia Dix sie brüskieren musste. Sie wünschte einen schönen Tag und eilte ohne neugierige Begleitung hinauf in den zweiten Stock.
Vier Wohnungen.
Keine Türschilder.
Auch das noch. Antonia Dix verspürte wenig Lust, an jeder Tür zu klingeln. Sie war schon versucht, umzukehren und die alte Frau nach der richtigen Wohnung zu fragen, als sie bemerkte, dass die zweite Tür von links einen Spalt offen stand.
»Hallo.«
Niemand antwortete.
»Ist da jemand?«
Totenstille.

»Herr Oschatz?«

Sie hatte keinen richterlichen Beschluss, um eine fremde Wohnung zu betreten. Na und? Gefahr im Verzug. Schutz von Leib und Leben. Irgendetwas würde ihr schon einfallen, wenn es im Nachhinein Probleme mit einem eifrigen Juristen gäbe. Sie benutzte den Ellbogen, um den schmalen Spalt zu weiten, sodass die Wohnungstür den Blick auf die Diele freigab.

Antonia Dix hatte in ihrem Erwachsenenleben schon eine Menge fremder Wohnungen gesehen. Das brachte der Job so mit sich. Wohnungen, die verlorene Illusionen spiegelten, zerstörte Kinderseelen, nackte Angst und unsägliches Leid. Wohnungen, die nach abgestandenem Bier rochen. Nach Schweiß. Nach Pisse. Nach Tod und Verwesung.

Diese Wohnung roch nach Zerstörung.

Antonia Dix zog die Sig-Sauer aus dem Holster und glitt lautlos durch den Türspalt in die Diele. Ein schneller Blick ins Schlafzimmer bestätigte ihren Verdacht. Ein Schlachtfeld. Aus der Matratze quoll der Schaumstoff wie eine bösartige Geschwulst. Auch das Kissen und das Plumeau waren aufgeschlitzt worden. Der komplette Inhalt des Kleiderschranks lag auf dem Fußboden verstreut, der Schrank selbst war ein Stück von der Wand weggeschoben worden.

Ein ähnliches Bild der Verwüstung bot sich im Wohnzimmer, im Bad und in der Küche. Erst als sie sämtliche Räume gecheckt hatte und sicher sein konnte, dass sich der Urheber der Verwüstung nicht mehr in der Wohnung befand, schob sie die schwere Pistole zurück ins Holster, kramte in den Taschen ihrer Lederjacke nach einem Paar hauchdünner Wegwerfhandschuhe aus Latex und streifte sie über, während sie durch das Fenster des Wohnzimmers die Straße betrachtete.

Das kaum wahrnehmbare Knirschen in ihrem Rücken konnte nur bedeuten, dass jemand auf eine der Glasscherben der zerbrochenen Blumenvase auf dem Teppichboden der Diele getreten war. Sie wirbelte um die eigene Achse und hielt die Sig-Sauer schon wieder in ihrer Faust, noch bevor sie die blitzschnelle Drehung um 180 Grad vollendet hatte.

Manthey.

Er lehnte am Türrahmen zum Wohnzimmer, die Hände in den Taschen seiner Daunenjacke vergraben, und grinste.

»Ich bin's doch nur. Könnten Sie das Ding bitte wieder wegstecken?«

»Mein Gott.«

»Eindeutig zu viel der Ehre. Aber Sie können mich gern David nennen, wenn Sie mögen.«

»Wie witzig. Was machen Sie hier?«

»Das könnte ich Sie ebenso fragen. Sie zeigten doch zunächst null Interesse an der Sache.«

»Mein Interesse wurde soeben geweckt.«

»Schön. Und jetzt?«

»Wissen Sie noch, wie das geht?«

»Klar. Das verlernt man nicht.«

»Gut. Fangen wir an. Hier!«

Sie fingerte ein zweites Paar Latexhandschuhe aus der Jackentasche und schleuderte es ihm entgegen. Dann machten sie sich an die Arbeit.

Bernd Oschatz lag da wie tot. Aber das beunruhigte Patrick nicht weiter. Alles in Ordnung. Der Puls des alten Mannes ging regelmäßig, und er atmete gleichmäßig. Das war die Hauptsache. Patrick hatte Puls und Atem erst vor einer Viertelstunde überprüft. Vorschriftsmäßig, wie aus dem Lehrbuch für angehende Krankenschwestern.

Während Bernd Oschatz bewusstlos in seinem Bett lag, stöberte Patrick in dessen Habseligkeiten, unterzog den Koffer und den Spind einer ausgiebigen Prüfung.

Vertrauen ist gut, Kontrolle ist besser.

Hatte schon Lenin gesagt.

Ein Notizbuch. Interessant.

Patrick ließ sich auf dem Schemel neben dem Bett nieder, schlug das Buch mittendrin auf und begann zu lesen.
Saubere Handschrift.
Die Handschrift eines ewigen Musterschülers.

Prekariat (Definition): die neue gesellschaftliche Schicht der ungeschützt Arbeitenden; Menschen mit einer atypischen Beschäftigungsform in einer materiell prekären Lebenssituation. »Das Prekariat ist in der postindustriellen Gesellschaft, was das Proletariat in der frühindustriellen Gesellschaft war.« (Alex Foti, italienischer Politologe)

Nach einer Studie des Deutschen Instituts für Wirtschaftsforschung (DIW) von 2010 arbeiten 7,84 Mio. Menschen in Deutschland im Niedriglohnsektor – rund 25 % aller Erwerbstätigen. Nirgendwo in Westeuropa ist diese Quote höher. Von 1995 bis 2008 ist der Niedriglohnanteil in Deutschland um 43 % gestiegen. Knapp 2 Mio. Arbeitnehmer erhalten Stundenlöhne von unter 5 €. Nach einer DGB-Studie breitet sich die als »prekär« bezeichnete Beschäftigung weiter aus: 21 % aller Hartz-IV-Empfänger sind erwerbstätig, doch reicht ihr Verdienst nicht zum Überleben. Das bedeutet doch: Der Staat subventioniert das Lohndumping der Unternehmen.

Sieh einer an. Auf die Tour beruhigte der alte Sack also sein schlechtes Gewissen. Patrick schüttelte belustigt den Kopf. Dieser Oschatz konnte nicht mal eben nur so zum Spaß ein paar Millionen und ein paar geheime Dokumente aus der Firma mitgehen lassen. Sein Geschreibsel verschaffte ihm den ethischen Überbau, das Richtige zu tun.

Besonders betroffen sind junge Arbeitnehmer: Trotz guter Ausbildung und überwiegender Vollzeitarbeit beziehen 47 Prozent der Beschäftigten unter 25 Jahren (ohne Azubis) ein Bruttoeinkommen von unter 1500 € monatlich.

Währenddessen schrumpft die Mittelschicht unaufhörlic Nur noch 51 % der Deutschen gehören zur Gruppe der Durchschnittsverdiener (die Spanne von 70 bis 150 % des statistisch mittleren Einkommens). Im Jahr 2000 waren es immerhin noch 62 %.

Bernd Oschatz stöhnte im Schlaf auf. Patrick warf einen kurzen Blick aufs Bett, dann las er ungerührt weiter:

Die Zahl der Einkommensmillionäre in Deutschland (durchschnittliche Jahreseinkünfte pro Person in dieser Gruppe: 2,8 Mio. Euro) erhöhte sich von 7200 Personen (Mitte der 90er Jahre) auf 12 400 Personen im Jahr 2001. Was die Zahl der Vermögensmillionäre betrifft, liegt Deutschland mit 767 000 Personen weltweit auf Platz drei. Bei den Milliardären (insgesamt 55 Personen, Gesamtvermögen 245 Mrd. US-Dollar) liegt Deutschland hinter den USA auf Platz zwei.

Gleichzeitig erlebte die deutsche Volkswirtschaft im ersten Jahrzehnt des neuen Jahrtausends trotz der Finanzkrisen satte Rekordgewinne und explodierende Managergehälter. So kletterten die Jahresgehälter der Vorstandsvorsitzenden in Deutschland zwischen 2003 und 2006 um jährlich 20 Prozent auf durchschnittlich 4,4 Millionen Euro pro Person. Binnen zehn Jahren haben deutsche Manager ihre Einkünfte im Verhältnis zu Facharbeitern im selben Betrieb vom 19-fachen Verdienst (1996) auf den 44-fachen Verdienst (2006) gesteigert.

Im von der Bundesregierung und den Medien umjubelten Jobwunderjahr 2010 waren laut Angaben des Statistischen Bundesamtes von den insgesamt 322 000 in jenem Jahr neu geschaffenen Jobs 182 000 Leiharbeiterstellen – also 57 Prozent.

Patrick kratzte sich nachdenklich am Kopf, während er las. Nicht gerade taufrisch, die statistischen Erhebungen, die Oschatz da eingesammelt hatte. Das konnte nur bedeuten, dass er sich schon seit geraumer Zeit mit dem Thema beschäftigte. Ein hochmoralischer Mensch. So wie die Eule. Hochmoralische Menschen waren Patrick suspekt. Sie waren mit äußerster Vorsicht zu genießen. Auch Sonja hatte mitunter seltsame Moralvorstellungen. Aber Sonja hatte er im Griff.

Rund zwei Drittel der Bevölkerung in Deutschland besitzen so gut wie kein Vermögen. Die reichsten 10 % unter den Erwachsenen besitzen fast 60 % des gesamten deutschen Privatvermögens. Allein auf das oberste Prozent entfallen 20 % des Gesamtvermögens.

Auch der Staat fördert diese Entwicklung: Im Jahr 2006 wurden die Bruttolöhne im Durchschnitt mit 17,5 % Steuern und 17,1 % Sozialbeiträgen belastet. Für die Einkünfte aus Vermögen und Unternehmensgewinnen lag die Steuerlast durchschnittlich bei 7,1 %, die Abgabenlast bei 2,1 %. Nach Angaben der Deutschen Bundesbank stecken inzwischen mehr als 390 Milliarden Euro ausländisches Kapital in der deutschen Wirtschaft. Dies hat zur Folge, dass die ...

»Was machen Sie da?«
Patrick klappte das Notizbuch zu und sah auf die Uhr.
»Pünktlich wie die Maurer. Und? Wie fühlst du dich?«
»Kopfschmerzen.«
»Ist völlig normal. Ich gebe dir gleich eine Tablette.«
»Legen Sie bitte das Notizbuch weg!«
»Nur kein Stress.«
»Ich habe keinen Stress. Ich möchte nur, dass Sie das Notizbuch weglegen. Das ist mein Privateigentum.«
»Hört, hört. Privateigentum. Was für ein böses Wort. Wenn ich die richtigen Schlüsse aus deinem Gekritzel da ziehe, dann ist die Gier nach Privateigentum der Grund allen Übels.«

Bernd Oschatz richtete sich mühsam auf.

»Mir ist schwindlig. Was ist passiert? Wieso liege ich am hellichten Tag im Bett?

»Du kannst dich an nichts mehr erinnern?«

»An was sollte ich mich denn erinnern?«

Patrick grinste triumphierend. »Fantastisch. Das Zeug wirkt perfekt. Besser geht's nicht.«

Oschatz fasste sich an den Kopf und verzog das Gesicht vor Schmerzen. »Mein Kopf...«

»Ich sagte doch, ich hole dir gleich eine Tablette. An was kannst du dich noch erinnern?«

»Ich war spazieren... Ich habe ein Schiff auf dem Rhein gesehen. Ein Frachtschiff. Und Nebel...«

»Und dann?«

»Und dann... nichts mehr...«

»Das ist ja fantastisch. Die Kopfschmerzen kommen vom Chloroform. Eine leider unvermeidliche Folgeerscheinung. Aber das Zeug, das ich dir anschließend per Spritze in die Blutbahn gejagt habe, ist quasi völlig frei von Nebenwirkungen. Genial. Sorgt lediglich für einen tiefen, traumlosen Schlaf. Und fördert zudem das Vergessen der Nahereignisse.«

»Sie haben... was haben Sie getan?«

»Sorry. Beruhige dich wieder. War nur ein Test. Ich hatte leider gerade keine andere Testperson zur Verfügung. War echt wichtig. Ich musste dringend was ausprobieren.«

»Ich will Sonja sprechen.«

»Geht im Moment nicht. Die ist unterwegs. Mit der Eule.«

»Okay. Ich steige aus. Das Spiel ist beendet. Spielt von mir aus alleine weiter. Ich werde jetzt packen und dann gehen.«

»Das wirst du nicht.«

»Willst du mich etwa daran hindern?«

Oschatz kniff die Augen zusammen. Das wilde Pochen in seinem Schädel wurde immer schlimmer. Als er die Augen wieder öffnete, bemerkte er die Pistole in Patricks Schoß.

»Lieber Bernd, das Spiel fängt doch gerade erst an. Ich hole dir jetzt mal was gegen die Kopfschmerzen.«

Patrick stand auf, steckte die Pistole in seinen Hosenbund und ging. Oschatz hörte, wie die Eisentür von außen abgesperrt wurde.

Zeki Kilicaslan saß auf der Bettkante und sah zum wiederholten Mal auf seine Armbanduhr. 21.54 Uhr. Noch sechs Minuten. Sechs Minuten bis zum Ablauf des Ultimatums, das er dieser Frau gestellt hatte. Nina Hellberg.

Dr. Nina Hellberg. Auf die Nennung ihres Doktortitels legte sie großen Wert, hatte er festgestellt.

Zunächst hatte sie ihn behandelt wie einen kleinen, dummen Schuljungen. Arrogant, von oben herab. In Deutschland hatten die Menschen keine Achtung vor dem Alter. Nicht mal ein Glas Wasser hatte sie ihm angeboten, geschweige denn einen Kaffee oder einen Tee. Erst als er seine akademischen Titel und seinen beruflichen Status nannte, wurde sie etwas höflicher.

Kilicaslan berichtete zusammenfassend von seinen empirischen Untersuchungen am pneumologischen Institut des Istanbuler Universitätsklinikums, er erzählte von seinen Patienten, von den jungen Männern mit den alten Lungen, zum Sterben verurteilt. Die Frau schaute ihn dabei an, als langweilte sie das alles ganz furchtbar. Schließlich erzählte der Professor von der Erbärmlichkeit und Grausamkeit des Erstickungstodes und schilderte das qualvolle Sterben seiner Silikosepatienten in allen erdenklichen Einzelheiten. Da wurde die Frau sichtlich unruhig, veränderte ständig ihre Sitzposition und begann, nervös mit einem Kugelschreiber herumzuspielen. Als Zeki Kilicaslan begann, vom Tod des 21-jährigen Erol Ümit und dessen Beerdigung zu erzählen, unterbrach sie ihn mitten im Satz:

»Was wollen Sie?«

»Ich will, dass Sie ein Schriftstück unterzeichnen, in dem Sie erklären, ab sofort und für alle Zukunft auf das Sandstrahlen zu verzichten. Ferner will ich, dass die Firma Hellberg den Familien eines jeden Opfers 10 000 Euro zahlt. Und zwar bis zum Jahresende. Auch das versichern Sie mir in dem Schriftstück.«

»Herr…«

»Kilicaslan.«

»Herr Professor Kilicaslan, wie kommen Sie nur darauf, dass die Firma Hellberg irgendetwas damit zu tun hat, was da Schreckliches in Ihrer Heimat passiert?«

Der Professor griff in die Innentasche des Regenmantels, der auf seinem Schoß ruhte. Diese Frau hatte ihm nicht einmal den Mantel abgenommen. Er entfaltete den fadenscheinigen Durchschlag des Lieferscheins und hielt ihn in die Höhe. Die Frau hinter dem Schreibtisch wurde augenblicklich noch blasser, als sie ohnehin schon gewesen war.

»Darf ich mir das mal genauer ansehen?«

»Nein.«

Kilicaslan ließ den Lieferschein wieder verschwinden. Er hätte Fotokopien davon anfertigen sollen. Zu dumm. Aber er war nun mal kein Profi in solchen Dingen.

»Wie viele Opfer… erwähnten Sie eben?«

Die Zahl hatte er doch erst vor wenigen Minuten genannt. Diese Frau war im Vorstand für die Finanzen zuständig. Promovierte Mathematikerin. Zahlenmensch. Unglaublich. Offenbar wurde die Zahl erst jetzt für sie interessant.

»Mindestens 700 Patienten alleine in den Archivakten meines Instituts. Aber insgesamt…«

»Das wären ja sieben Millionen Euro!«

»…insgesamt dürfte die Zahl der türkischen Opfer in Istanbul und anderswo bei ungefähr 5000 liegen.«

»Fünfzig… Millionen… Euro?«

»Ja und?«

»Das wäre unser Ruin!«

»Das glaube ich Ihnen nicht. Außerdem: Es interessiert mich auch nicht. Es interessiert mich überhaupt nicht.«

»Haben Sie eine Ahnung, wie viele Arbeitsplätze auf dem Spiel stehen, wenn wir das Unternehmen schließen müssen?«

»In Köln? Oder in der Türkei? Oder in Bangladesch?«
Sie schwieg.
»Ich habe mich erkundigt, Frau Dr. Hellberg. Die Arbeitsplätze in Köln und das Wohl Ihrer hiesigen Mitarbeiter waren Ihnen in der jüngsten Vergangenheit gar nicht so wichtig. Vor zwanzig Jahren arbeiteten hier noch mehr als 4000 Menschen. Heute sind es noch knapp 600. Dank der Billiglöhne in...«
»Wir mussten Kosten sparen.«
»Sicher.«
»Und wie erhalten wir die Gewähr, dass die Zahlungen auch tatsächlich bei den Betroffenen ankommen? Die Türkei ist schließlich nicht Deutschland.«
»Die Türkei ist aber beileibe auch keine lateinamerikanische Bananenrepublik mit einem allmächtigen Operettenoffizier an der Spitze. Die Türkei möchte Mitglied der EU werden. Ich schlage vor, dass der Rote Halbmond das Geld treuhänderisch verwaltet. Der Rote Halbmond hat in der Türkei einen vergleichbar seriösen Ruf wie das Rote Kreuz in Deutschland. Ich nehme Kontakt zu den anderen Universitätskliniken meines Landes auf, und wir lassen aus den Patientenakten eine Liste mit den Namen und Adressen der Betroffenen erstellen und dem Roten Halbmond zukommen. Über die Auszahlungen der Teilbeträge wird genauestens Buch geführt.«
»Was ist, wenn wir uns weigern?«
Der Professor legte den Regenmantel über seinen linken Arm und erhob sich. »Eine dumme Frage. Ich werde noch heute die deutschen Medien einschalten. Fernsehen, Radio, Zeitungen. Die haben sicher viel Freude an der Geschichte.«
»Warten Sie!«
»Ja?«
»Eine solche Summe... Da muss ich mich mit den restlichen Vorstandsmitgliedern und dem Aufsichtsrat kurzschließen. Das kann ein paar Tage dauern...«
»Nein. Ein paar Stunden räume ich Ihnen ein. Aber nicht ein paar Tage. Die Opfer haben keine Zeit...«
»Okay. Bis 22 Uhr.«

»Einverstanden.«

»Wie kann ich Sie telefonisch erreichen?«

»Heute Abend? In meinem Hotel. Das Hotel DeLuxe in der Nähe des Hauptbahnhofs. Der Nachtportier wird Ihren Anruf gern auf mein Zimmer durchstellen.«

Den Rest des Tages war er von großer Unruhe getrieben. Er besichtigte eher lustlos den Dom und das Museum Ludwig, schlenderte ziellos durch die Fußgängerzone, nur um die Zeit totzuschlagen, aß am späten Nachmittag eine Kleinigkeit in einer spanischen Tapasbar, kaufte bei einem Herrenausstatter in der Schildergasse ein auf die Hälfte herabgesetztes Hemd und fand sich um kurz vor acht in seinem Hotel ein.

21.57 Uhr. Professor Zeki Kilicaslan starrte abwechselnd seine Armbanduhr und das Telefon auf dem Miniaturschreibtisch an.

Noch drei Minuten.

Um 21.58 Uhr klingelte das Telefon. Nur ein einziges Mal, denn bevor es ein zweites Mal klingeln konnte, hatte Zeki Kilicaslan schon den Hörer abgehoben.

»Guten Abend, Herr Professor. Ein Gespräch für Sie.«

Der nette junge Mann von der Nachtschicht.

»Ich danke Ihnen.«

Ein schwaches Klicken.

»Spreche ich mit Herrn Zeki Kilicaslan?«

Eine Baritonstimme, laut und voluminös.

»Ja. Und mit wem spreche ich?«

»Ich rufe im Auftrag von Frau Dr. Hellberg an. Ich soll Ihnen ausrichten, sie wird all Ihre Wünsche erfüllen.«

»Wunderbar. Dann muss ich sie treffen.«

»Selbstverständlich. Sie wartet in der Bar des Hotel Savoy auf Sie. Das ist gleich um die Ecke.«

»Jetzt? Sofort?«

»Wenn es Ihnen nichts ausmacht... Sie brauchen zu Fuß nur fünf Minuten. Sie überqueren den Ursulaplatz vor der Kirche und biegen nach links ab, in die Turiner Straße. Das Savoy finden Sie nach 20 Metern auf der linken Straßenseite.«

»Gut. Ich komme sofort.«

»Bitte bringen Sie den Durchschlag des Lieferscheins mit. Frau Dr. Hellberg möchte noch einmal kurz einen Blick darauf werfen, nur sicherheitshalber, bevor Sie Ihnen dann gleich vor Ort die bereits vorbereitete schriftliche Erklärung aushändigt.«

»Natürlich. Kein Problem.«

Ein Klicken, und die Leitung war tot.

Zeki Kilicaslan stand auf, griff nach seinem Regenmantel, verließ das Zimmer und ging zum Aufzug.

Plötzlich beschlich ihn eine unbändige Angst.

Physikum. Die entscheidende Hürde nach den ersten vier Semestern des vorklinischen Studiums. Übermorgen war die schriftliche Prüfung. Vier Stunden Zeit, um 320 Fragen aus den Fächern Physiologie, Biochemie, Anatomie und Psychologie zu beantworten. Eine Woche später dann die mündliche Prüfung. Durchfallquote 25 Prozent. Jeder vierte Kandidat schaffte das Physikum nicht. Hannes Groote hatte plötzlich das sichere Gefühl, zu diesen 25 Prozent zu gehören. Er stieß das Buch beiseite, lehnte sich auf seinem Stuhl zurück und rieb die angestrengten, müden Augen.

Der Aufzug wurde in den dritten Stock gerufen. Wenig später rumpelte er zurück ins Erdgeschoss. Die Tür des Lifts wurde aufgestoßen, und der türkische Professor trat heraus.

»Guten Abend, Herr Professor.«

Die Miene des Gastes hellte sich auf, als er einen Blick auf das Buch erhaschte. »Ahhh. Ich sehe schon. Biochemie. Pauken Sie unbedingt den Zitronensäurezyklus. Den müssen Sie intus haben. Den müssen Sie im Schlaf herunterbeten können. Denn der kommt jedes Mal. Glauben Sie mir!«

»Danke für den Tipp. Machen Sie noch einen Spaziergang, Herr Professor?«

Zeki Kilicaslan wurde wieder ernst.

»Wie heißen Sie, junger Mann?«

»Hannes. Hannes Groote.«

»Herr Groote, Sie machen Ihre Arbeit hier sehr gut. Vielen Menschen wird es eine Freude sein, Ihnen zu begegnen. Ich bin sicher, Sie werden Ihren Weg gehen. Aber Sie müssen an sich glauben. Sie werden das Physikum bestehen, und Sie werden später ein guter Arzt werden. Dessen bin ich mir sicher.«

»Danke.«

»Herr Groote, wenn ich in einer Stunde nicht zurück bin, würden Sie dann bitte die Polizei verständigen?«

»Ja... aber...«

»Ich habe eine Verabredung in der Bar des Savoy. Kennen Sie zufällig das Hotel Savoy?«

Hannes Groote nickte. »Schicker Laden. Gleich hier um die Ecke. Zu Fuß sind das nur fünf Minuten von hier. Sie überqueren den Ursulaplatz vor der Kirche und biegen nach links ab, in die Turiner Straße. Das Savoy liegt dann nach 20 oder 30 Metern auf der linken Straßenseite.«

»Ich habe in der Bar des Savoy eine Verabredung mit Dr. Nina Hellberg, Vorstandsmitglied des Hellberg-Konzerns. Können Sie sich das merken, Herr Kollege?«

»Ich schreibe es mir sofort auf.«

»Danke. Ja, das ist gut. Schreiben Sie es auf. Wenn ich also in einer Stunde nicht zurück bin, dann verständigen Sie bitte die Polizei. Und denken Sie an den Zitronensäurezyklus.«

Der untersetzte, ältere Herr mit dem prächtigen, grauen Schnauzer, dem altmodischen Zweireiher und dem für diese Jahreszeit viel zu dünnen Regenmantel öffnete die gläserne Tür und verschwand in der Nacht.

Lustlos schlug Hannes Groote das Inhaltsverzeichnis des mehr als 600 Seiten dicken Buches über Biochemie auf. Seite 246. Der Zitronensäurezyklus. Würde er später als Arzt diesen ganzen Quatsch jemals wieder brauchen?

Zeit für eine Zigarette.

Hannes Groote nahm seinen Anorak aus der Kammer für

die Gepäckaufbewahrung. Dr. Nina Hellberg. Der Name sagte ihm nichts. So, so, die Bar des Savoy. Ziemlich nobler Schuppen. Aber dort zu arbeiten, wäre nichts für ihn. Zweifellos interessant, wegen der Gäste; viele Schauspieler und Künstler stiegen im Savoy ab, aber dort fände er nie und nimmer die Ruhe, während der Arbeitszeit fürs Studium zu büffeln.

War das kalt hier draußen. Eisig kalt. Das Rauchen würde er wohl als Arzt aufgeben müssen. Hannes Groote zog an seiner Zigarette und inhalierte den wärmenden Rauch, während er dem Professor nachblickte, der auf dem rechten Bürgersteig fast schon das Ende der menschenleeren Straße erreicht hatte. Hatte er ihm den Weg ausführlich genug erklärt? Du musst jetzt nach links, dachte Hannes Groote noch, als Zeki Kilicaslan sich auch schon nach links wandte, um die Straße zu überqueren. Der Professor hatte die Mitte der Fahrbahn noch nicht ganz erreicht, als ein Motor gestartet wurde. Scheinwerfer flammten auf. Der Motor brüllte, das grelle Licht schoss auf Zeki Kilicaslan zu. Der Professor blieb mitten auf der Fahrbahn stehen und hob die Hand, um nicht geblendet zu werden. Doch das Auto hielt mit unverminderter Geschwindigkeit auf Zeki Kilicaslan zu. Der Aufprall erzeugte ein hässliches Geräusch, ein Klatschen und Schmatzen, der kleine, schmächtige Körper verschwand unter dem Wagen, als wäre er aufgesaugt worden. Das Auto rollte zum Straßenrand und stoppte. Die Fahrertür wurde aufgestoßen, ein großer, korpulenter Mann stieg aus, lief zurück, bückte sich und durchsuchte die Taschen des Professors. Hannes Groote traute seinen Augen nicht. Zeki Kilicaslan bewegte sich noch. Groote warf die Zigarette weg und rannte los.

Der große, korpulente Mann stieg wieder in den Wagen. Ein Mercedes? Ein Audi? Die Scheinwerfer blendeten ihn. Was machte der Fahrer denn jetzt? Hatte der tatsächlich den Rückwärtsgang eingelegt? Hannes rannte, so schnell er konnte. Der große, dunkle Wagen schoss mit aufheulendem Motor rückwärts, rumpelte mit dem linken Hinterrad und dann mit dem linken Vorderrad über den epileptisch zuckenden Körper hinweg, raste weiter rückwärts auf die Kreuzung zu, schleuderte kunstvoll um 90 Grad herum, schoss nur den Bruchteil einer Sekunde später nach vorne, beschleunigte und verschwand über den Ursulaplatz in den Häuserschluchten.

Hannes Groote ging neben dem leblosen Körper auf die Knie. Er prüfte den Puls. Er konnte ihn schwach, aber deutlich spüren. Der Professor lebte. Hannes riss sein Handy aus der Hosentasche, wählte die 112 und gab die Adresse durch. Dann zog er seinen Anorak aus und deckte den Professor damit zu, um ihn zu wärmen. Mehr traute er sich nicht zu unternehmen. Alles, was er einmal vor Jahr und Tag im Erste-Hilfe-Kurs gelernt hatte, schien nun völlig unbrauchbar zu sein. War die Wirbelsäule gebrochen? Arme und Beine lagen seltsam verdreht auf dem Asphalt. Der Brustkorb war völlig zerquetscht. Seinen ersten eigenverantwortlichen Kontakt zu einem Patienten hatte sich der angehende Arzt ganz anders vorgestellt. Hannes legte seine Hand auf die Stirn des Professors und sprach beruhigend auf den Bewusstlosen ein, bis sieben Minuten später Rettungswagen und Notarzt eintrafen. Hannes machte den Profis Platz. Nach einer Ewigkeit, so schien es Hannes, erhob sich der Notarzt aus der Hocke und schüttelte den Kopf. Hannes wusste, was das Kopfschütteln zu bedeuten hatte: Professor Zeki Kilicaslan, Chefarzt und Leiter der pneumologischen Abteilung am Istanbuler Universitätsklinikum, war tot.

Günther Oschatz ging es von Tag zu Tag besser. Zumindest körperlich. Die größte Sorge bereitete dem medizinischen Personal des Reha-Zentrums der Klinik allerdings nicht die durch den Infarkt abgestorbene Muskelmasse im Herzen des 68-Jährigen, die zu Vernarbungen im Gewebe und damit höchstwahrscheinlich zu einer chronischen Herzschwäche führten. Damit ließ sich bei einer entsprechenden Umstellung der Alltagsroutine durchaus leben. Nein, die größte Sorge bereitete ihnen Günthers erkrankte Seele. Eine *schwere depressive Episode* nannten das die Mediziner.

»Das ist nichts Ungewöhnliches bei Infarktpatienten«, erläuterte der psychiatrische Facharzt, als David Manthey beim Termin mit ihm Günthers traurige Augen erwähnte. »Das erleben wir leider häufig. Je nach Intensität der seelischen Erkrankung kann die Depression sogar alle Bemühungen um ein künftiges beschwerdefreies Leben mit dem beschädigten Herzen zunichte machen. Ihr... Angehöriger sollte sich unbedingt einer psychotherapeutischen Betreuung unterziehen. Sowohl Einzelgespräche als auch Gruppensitzungen. Wir können das organisieren. Allerdings beruht der Erfolg jeder Psychotherapie auf der Freiwilligkeit und auf dem Willen zur Veränderung. Außerdem ist eine gesunde, harmonische Familienstruktur von ganz entscheidender Bedeutung...«

Eine gesunde, harmonische Familienstruktur.

Auch vier Jahre nach dessen Tod trauerte Günther immer noch um Felix Manthey. Die große Liebe seines Lebens.

Und David, der Günther so viel zu verdanken hatte, war bislang nicht imstande gewesen, den einzigen Herzenswunsch des alten, kranken Mannes zu erfüllen.

Bernd, seinen Bruder, zu finden.

Bernd Oschatz, das Phantom.

Günther fragte nicht nach. David Manthey war selten ein so bescheidener Mensch wie Günther Oschatz begegnet. Günther würde den Herzenswunsch, seinen Bruder wiederzusehen, kein zweites Mal aussprechen, so viel war sicher. Günther würde sich auch stillschweigend damit zufriedengeben, wenn er nie wieder etwas von David in dieser Angelegenheit hörte.

Aber David Manthey konnte und wollte sich nicht mit dem dürftigen Ergebnis der bisherigen Recherchen zufriedengeben. Das war er Günther schuldig.

»Stell dir vor, was die hier aus mir machen wollen, David. Ich war doch immer ein Nachtmensch, mein Leben lang, und die machen jetzt einen Frühaufsteher aus mir. Ich war immer ein Stadtmensch, und die scheuchen mich hier jeden Tag durch den

Wald. Ich war ein Genussmensch, und die haben mir so ziemlich alles verboten, was im Leben Spaß macht. Tee statt Kaffee, ausgerechnet ich. Nicht mal Trompete lassen die mich spielen. Das sei viel zu anstrengend. Ich soll in Zukunft besser auf Klavier umsteigen, raten die mir allen Ernstes. Ist das denn zu fassen! Ich bin doch kein Hobbymusiker...«

Günther gab sich größte Mühe, einen fröhlichen Eindruck zu hinterlassen, wenn David ihn besuchte. Er machte Scherze; das Pflegepersonal liebte ihn, weil er so charmant war, und manchmal flirtete er mit ihnen.

Nur seine Augen konnten nicht lügen.

David und Artur wechselten sich ab. Einer kam morgens für eine Stunde, einer am frühen Abend für zwei Stunden. Sie gingen mit Günther spazieren, unterhielten sich über Gott und die Welt und die Sinnhaftigkeit des Lebens.

Als Artur gegen 22 Uhr aus der Reha-Klinik zurückkehrte, saß David in der Küche und hatte die Screenshots der Überwachungskameras des Flughafens, die Christian Mohr für ihn hergestellt hatte, auf dem Tisch ausgebreitet.

Bernd Oschatz, der einzige Passagier der Chartermaschine aus Fuerteventura, der Anzug und Krawatte trug. Das dünne Haar akkurat gekämmt und gescheitelt. Gesenkter Blick, hängende Schultern, gebeugter Rücken.

Günther besaß keine Krawatte, Günthers Gang war aufrecht, seine gesamte Körperhaltung strahlte Würde aus, sein wesentlich längeres, fast schulterlanges Haar trug er nach hinten gekämmt. Dennoch war die Ähnlichkeit frappierend. So wie Günther es prophezeit hatte: *Du wirst ihn sofort erkennen. Problemlos. Schon als Jugendliche hat man uns für Zwillinge gehalten, trotz des dreijährigen Altersunterschieds.*

Der gigantische Hartschalenkoffer.

Die junge Frau, die fröhlich winkend auf ihn zueilt und ihm schließlich um den Hals fällt.

Hübsches Gesicht. Strahlendes Lächeln.

Die Freude ist nicht echt.

Die Freude ist gespielt. Kein Zweifel.

Und Bernd Oschatz hat sie zuvor noch nie gesehen. Die Verblüffung in seinem Gesicht ist unübersehbar, als sie ihn zärtlich auf die Wange küsst.

Viel zu lange küsst. Der Kuss ist Maskerade. Sie flüstert ihm etwas ins Ohr. Der Gesichtsausdruck des 65-Jährigen verändert sich. Verstehen. Erkenntnis. Nun weiß er, wer vor ihm steht, auch wenn er die junge Frau noch nie gesehen hat.

»Wie oft willst du dir die Fotos noch ansehen?«

»Bis ich begreife, was geschehen ist, Artur.«

»Ich denke, es wäre vielleicht besser, Günther langsam mal reinen Wein einzuschenken.«

»Bist du sicher, dass sein lädiertes Herz die Wahrheit verträgt? Was soll ich ihm sagen? Lieber Günther, dein Bruder ist spurlos verschwunden, und ich bin außerstande, ihn zu finden. Lieber Günther, dein Bruder ist ein infamer Dieb und ein elender Betrüger. Er hat seinen Arbeitgeber um ein paar Millionen Euro betrogen. Lieber Günther, falls dein Bruder deswegen angezeigt und verurteilt wird, kommt er garantiert ins Gefängnis.«

»Ist ja schon gut.«

»Lass mir einfach noch etwas Zeit, Artur.«

Sie schwiegen. Mit niemandem auf dieser Welt konnte man so gut schweigen wie mit Artur.

Das zaghafte Klopfen riss sie aus ihren Gedanken.

David öffnete die Tür.

Draußen stand der Junge mit den feuerroten Haaren. Günthers Posaunist. Wie hieß er noch gleich?

»Benjamin. Erinnern Sie sich noch an mich?«

»Klar erinnere ich mich noch an dich. Deutschlands Antwort auf Trombone Shorty. Komm rein.«

»Störe ich auch nicht?«

»Dann hätte ich dich nicht hereingebeten. Das ist übrigens Artur. Ein Freund der Familie. Und außerdem Kölns begnadetster Restaurator von britischen Sportwagen der Nachkriegszeit. Er macht gerade Kaffee. Willst du auch einen?«

Benjamin schüttelte den Kopf.

»Ich wollte nur mal fragen, wie es Günther geht.«

»Den Umständen entsprechend. Von Tag zu Tag besser.«
»Wann kommt er nach Hause?«
»Bald... hoffen wir.«
»Ja dann... Meinen Sie, ich könnte ihn mal besuchen?«
»Klar. Da würde er sich sehr freuen. Übrigens haben wir uns beim letzten Mal geduzt. Warte, ich schreibe dir die Adresse der Klinik auf. Und seine Telefonnummer.«

David verließ die Küche. Benjamin sah sich verlegen um, um Arturs prüfendem Blick auszuweichen. Artur machte sich gerne ein Bild von fremden Menschen, indem er sie schweigend und stirnrunzelnd anstarrte. Das machte Benjamin Angst; das Stirnrunzeln wie auch die hünenhafte Statur. Das machte vielen Menschen Angst, die Artur nicht kannten. Aber darauf konnte Artur keine Rücksicht nehmen. Weil Artur nicht die leiseste Ahnung hatte, welche Signalwirkung er auf fremde Menschen ausübte. Unmittelbar bevor David in die Küche zurückkehrte, fiel Benjamins Blick auf den Tisch. Er öffnete den Mund, seine Augen weiteten sich.

»Stimmt was nicht, Benjamin?«
»Woher haben Sie die Fotos?«
»Pardon, aber... was geht dich das an?«
»Ist das Günther? Er sieht so anders aus.«
»Nein. Das ist nicht Günther. Das ist sein Bruder. Aber noch einmal: Ich wüsste nicht, was dich das...«
»Die Frau.«
»Die Frau?«
»Die Frau auf den Fotos.«
»Was ist mit ihr?«
»Das ist Sonja.«
»Wer ist Sonja?«
»Sonja ist meine Schwester.«

Erst als um 7.53 Uhr die Sonne aufging, bemerkte der Pförtner der Frühschicht das Transparent.

Es war auf der gegenüberliegenden Straßenseite exakt in Höhe der Einfahrt zum Hellberg-Gelände an einem seit Monaten leer stehenden Bürogebäude befestigt und bedeckte abgesehen vom Erdgeschoss die komplette Fassade des sechsstöckigen und gut zwanzig Meter breiten Gebäudes. Es erinnerte an die Banner, mit denen man die Gerüste an Großbaustellen verhüllte und mitunter zu Werbezwecken nutzte.

Dieser Donnerstag würde ein schöner, sonniger und für den Monat November ungewöhnlich warmer Tag werden, hatten die Meteorologen versprochen. Der Pförtner der Frühschicht, seit knapp zwei Stunden im Dienst, hatte von seinem Schreibtisch aus die Schranke in der Einfahrt im Blick, wenn er geradeaus schaute. Er musste schon den Kopf nach rechts drehen, um durch das zweite Fenster hinaus auf die Straße sehen zu können. Das tat er, vielleicht aus Langeweile, vielleicht aus einer inneren Eingebung heraus, in dem Augenblick, als er zum ersten Mal in sein Frühstücksbrot biss, um 7.53 Uhr, als die aufgehende Sonne das Transparent aus dem schützenden Dunkel der Nacht riss:

**Wir ziehen um!
Nach Rumänien!**

Den Umzug lassen wir uns vom deutschen Volk
bezahlen – aus Steuergeldern der EU-Kasse.
Wir ziehen natürlich nicht alle um:
Der Großteil der Kölner Belegschaft
kriegt vorher die Kündigung. Denn:
Rumänische Arbeiter sind viel billiger.

Hellberg – so machen wir Millionen!

Der Pförtner las die letzte Zeile ein zweites Mal. Erst da begriff er die ironische Anspielung: *Hellberg – Mode für Millionen* war der Slogan der Firma in den 70er Jahren gewesen. Er legte die angebissene Stulle beiseite, griff zum Telefon und wählte die Privatnummer des Alten – in dringenden Notfällen war dies nicht nur erlaubt, sondern ausdrücklich erwünscht und sogar vorgeschrieben. Denn der Alte verließ sich bei wichtigen und dringlichen Entscheidungen ungern auf seine Führungskräfte – und schon gar nicht auf seinen Sohn. Das wusste so ziemlich jeder in der Firma. Auch die Pförtner.

Just in dem Moment bog Otto Hellbergs schwarzer Mercedes in die Einfahrt und rollte auf die Schranke zu. Der Pförtner ließ den Hörer fallen, sprang auf und rannte hinaus. Die Schranke schwang nach oben, das erledigte der Chauffeur des Alten per Fernbedienung, der Wagen rollte schon wieder an, als der Pförtner gegen die abgedunkelte Seitenscheibe der hinteren Tür hämmerte. Die Limousine stoppte, die Scheibe schwebte augenblicklich nach unten.

»Was gibt's?«

»Da!« Mehr brachte der Pförtner in seiner Aufregung nicht heraus. Stattdessen streckte er Arm und Zeigefinger aus. In Richtung Straße. Otto Hellberg ließ die Zeitung neben sich auf das Lederpolster sinken und drehte sich mit einem leisen Ächzen um, bis er durch die Rückscheibe sehen konnte.

Sein Gesicht gefror zu einer Maske.

»Lassen Sie das augenblicklich entfernen.«

Er gab dem Fahrer ein Zeichen, der Mercedes glitt durch die Einfahrt und verschwand um die Ecke. Der Pförtner stapfte zurück in seine Loge, wählte die Nummer des Hausmeisters und gab den Auftrag des Alten weiter.

Dann biss er ein zweites Mal in seine Stulle. Während er kaute, blickte er aus dem Fenster über die Straße und las den in riesigen, feuerroten Lettern aufgedruckten Text ein drittes Mal.

Und ein viertes Mal.

Kündigung?

Er hatte noch sechs Jahre bis zur Rente.

Er konnte nicht früher aufhören.
Das Haus war noch nicht abbezahlt.
Er hatte eine Familie zu ernähren. Seine schwerkranke Frau, seine alleinerziehende Tochter, sein erst zwei Monate altes Enkelkind. Und er selbst hatte Bluthochdruck und Diabetes. Niemand würde ihm mit 59 einen neuen Job geben.
Kündigung?

Leichter gesagt als getan. *Lassen Sie das augenblicklich entfernen.* Der Hausmeister stemmte die Hände in die Hüften, besah sich die Bescherung, verschwand wieder, kehrte mit einer Leiter zurück, trug sie über die Straße, stieg umständlich ein paar Stufen hinauf, sah nach oben, schüttelte den Kopf, stieg wieder hinab, zückte sein Handy und rief seinen unmittelbaren Vorgesetzten an, den Verantwortlichen für die Abteilung Allgemeine Dienste, Einkauf und Gebäudemanagement. Der erschien wenige Minuten später, nahm ebenfalls das Transparent aus nächster Nähe in Augenschein, setzte sich mit einer schon häufiger beauftragten Spezialfirma für Baukräne in Verbindung und bestellte einen Kranwagen. Der traf auch um kurz nach neun ein, doch der Truppführer weigerte sich nach kurzer telefonischer Rücksprache mit seinem Chef, ein fremdes Grundstück zu betreten und ohne Genehmigung des Eigentümers an einem fremden Gebäude zu arbeiten, und zog wieder ab.
Wer war der Eigentümer?
Der Abteilungsleiter Allgemeine Dienste bat den Justiziar des Unternehmens zu einer Kurzkonferenz in den zweiten Stock, ebenso den Sicherheitsbeauftragten der Firma, den ehemaligen Polizeibeamten Rolf Detmers. Die beiden führten noch im Konferenzraum rasch ein paar Telefonate, mit wem auch immer, und kamen zu einem identischen Ergebnis: Der ehemalige Eigentümer des Gebäudes, eine Firma, die mit Ersatzteilen für Landma-

schinen gehandelt hatte, war seit fünf Monaten pleite. Das Gebäude gehörte zur Insolvenzmasse. Der vom Gericht bestellte Insolvenzverwalter war ein Düsseldorfer Rechtsanwalt. Und der hatte gestern seinen zweiwöchigen Urlaub angetreten. Ein Segeltörn in der Karibik. Dort musste es wohl das eine oder andere Funkloch geben. Vielleicht hatte er auch einfach keine Lust, im Urlaub mit beruflichen Angelegenheiten belästigt zu werden. So etwas sollte es ja merkwürdigerweise geben. Über Handy war er jedenfalls nicht erreichbar.

»Und was jetzt?«, fragte Lars Hellberg, der noch während der telefonischen Recherchen eingetroffen war und sich am Konferenztisch niedergelassen hatte. Wie immer sah er aus wie aus dem Ei gepellt. Nur die der extremen nervlichen Anspannung geschuldeten roten Flecken im Gesicht störten die perfekte Illusion des smarten, erfolgreichen Geschäftsmannes. Lars Hellberg stand sichtlich unter Druck.

»Da haben wir im Augenblick nicht die geringste Handhabe«, urteilte der Justiziar mit ernster Miene und im Brustton der Überzeugung, gewohnt, wie immer das letzte Wort zu sprechen, als sei er nicht Justiziar eines Industrieunternehmens, sondern Senatsmitglied am Bundesgerichtshof.

»Das darf doch wohl nicht wahr sein«, polterte Lars Hellberg. Der Tonfall sollte männlich entschlossen wirken, doch seine Stimme klang dünn und erbärmlich, fand Detmers. Was war dieser Mann doch nur für ein Jammerlappen.

»Keine Sorge«, beruhigte ihn Detmers. »Mir fällt da schon was ein. Das nehme ich auf meine Kappe.«

»Warum reißen wir das Ding nicht einfach runter?«, wollte Hellberg junior wissen. »Oder schicken einfach ein paar unserer Arbeiter aufs Dach und ... ja, was denn?«

Der Abteilungsleiter Allgemeine Dienste streckte den Zeigefinger wie ein Mahnmal in die Luft. »Unmöglich. Wir haben das schon geprüft. Das Material. Mesh-Gewebe aus Polyester. Ultraleicht, durch die feine Netzstruktur, maximal 300 Gramm pro Quadratmeter, aber extrem reißfest. Die Ränder sind umlaufend verschweißt und geöst. Circa alle fünfzig Zentimeter befindet sich eine genietete Öse aus Metall. Vom Erdboden bis zum Dach verlaufen entlang der Kanten des Gebäudes Blitzableiter. Stabile Aluminiumrohre. An denen ist das Teil befestigt. Mit einzelnen Kabelbindern aus Kunststoff. Wie schon gesagt, circa alle fünfzig Zentimeter. Da müssten sich Profis in Bergsteigermanier abseilen und alle fünfzig Zentimeter mittels einer starken Schere oder einer Zange...«

»Abfackeln!«

»Wie bitte?« Der Justiziar wollte nicht glauben, was Detmers da soeben gesagt hatte. Eigentlich wollte er sich seit diesem Moment auch nicht mehr mit diesem Proleten zusammen in einem Raum aufhalten. Er hatte keine Lust, seine Zulassung als Anwalt zu verlieren oder gar wegen Beihilfe zur Brandstiftung zu einer Haftstrafe verurteilt zu werden, nur weil er unfreiwillig Ohrenzeuge bei der Planung eines Verbrechens geworden war.

»Das meinen Sie hoffentlich nicht ernst...«

»Machen Sie sich da mal keine Sorgen. Ich kenne genügend Leute, die für ein kleines Taschengeld...«

Der Abteilungsleiter Allgemeine Dienste schaltete sich ein: »Keine Chance. Brandschutzklasse B1. Da müssten Sie schon eine Menge Benzin als Brandbeschleuniger einsetzen, und das würde bedeuten, dass ruck, zuck das ganze Gebäude...«

»Na und? Sekt oder Selters!«

Detmers grinste, lehnte sich breitbeinig in seinem Stuhl zurück und rückte den Hosenbund über seinem fetten Wanst zurecht.

Jetzt war eine Entscheidung fällig.

Ein Machtwort.

Alle Augen waren plötzlich auf Lars Hellberg gerichtet.

Nicht lange. Nur für wenige Sekunden.

Denn dann wurde die Tür aufgestoßen, und Otto Hellberg füllte den Raum. Der Alte schäumte vor Wut.

»Ich stelle fest, das Ding hängt immer noch da drüben an der Hauswand. Ich stelle ferner fest, dass meine Anordnungen missachtet werden. Statt eine Lösung zu finden und diese unverzüglich umzusetzen, wurde hier offensichtlich ein Debattierclub eröffnet. Ich stelle ferner fest, dass mein Sohn außerstande ist, auch nur die geringste Verantwortung für eine überschaubare Aufgabe zu übernehmen.«

Lars Hellberg öffnete den Mund, um zu widersprechen, schloss ihn aber rasch wieder.

»Detmers, welche Lösung hatten Sie vorgeschlagen?«

»Abfackeln. Das wäre…«

»Sie sind ein Idiot, Detmers. Aber jetzt ist es ohnehin zu spät für eine diskrete Lösung. Wenn ich die Herren einmal bitten dürfte, sich zu erheben und aus dem Fenster zu schauen.«

Wenn Otto Hellberg um etwas bat, war es segensreich, dies nicht als Bitte, sondern als Befehl zu deuten.

Unten, auf der Straße, vor der Einfahrt zum Fabrikgelände, hatte sich die Meute versammelt. Etwa zwei Dutzend Reporter, Fotografen, Kameraleute. Zwei Ü-Wagen parkten wenige Meter entfernt, einer vom WDR, einer von RTL.

Der Justiziar durchbrach die allgemeine Stille: »Das ist ja eine Katastrophe. Wer hat denn die Medien alarmiert?«

Otto Hellberg glaubte, die Antwort zu wissen. Sein heiliger Zorn auf den ehemaligen Chefbuchhalter Bernd Oschatz schlug in diesem Augenblick in blinden Hass um.

Antonia Dix dachte noch einige Minuten über die Puzzleteile nach, die sie in den wenigen Stunden seit dem frühen Morgen hatte ermitteln können, dann wählte sie die Mobilnummer, die David Manthey ihr hinterlassen hatte.

»Wir müssen reden.«

»Okay. Wann?«

»Sofort. Wo sind Sie?«

»Auf einem Schrottplatz in Worringen.«

Sie notierte die Adresse, steckte den Zettel in die Hosentasche und griff nach ihrer Kradmelderjacke. Das Telefon auf ihrem Schreibtisch klingelte. Sie ließ es klingeln, verließ das Büro und zwei Minuten später das Präsidium, lief über den Parkplatz, stieg in ihr Auto, startete den Motor und drückte das Gaspedal durch. Sie überquerte den Rhein über die Zoobrücke, schlug einen Haken über die Innere Kanalstraße und nahm die A57 in den Nordwesten Kölns. 26 Minuten später war sie am Ziel.

Ein Schrottplatz, wie angekündigt.

Kein Firmenschild, keine Reklametafel. Die beiden Torflügel aus Wellblech standen weit offen. Der Mini Cooper S passierte die Durchfahrt und rollte auf den Hof. Links und rechts waren verbeulte Autos zu meterhohen Mauern gestapelt. Antonia Dix steuerte durch die Gasse auf das zweistöckige Gebäude am Kopfende zu, stoppte etwa zehn Meter vor einem Rolltor, schaltete den Motor ab und starrte durch die Windschutzscheibe.

Sie hatte vor nicht allzu vielen Menschen Angst.

Aber vor Hunden.

Und sie hatte eine geradezu panische Angst vor frei laufenden, verwilderten, räudigen, vierbeinigen Monstern, die zähnefletschend ihr Revier verteidigten.

Sie hupte, einmal kurz.

Keine Hunde.

Stattdessen rasselte das Rolltor aufwärts und gab den Blick frei auf ein zweibeiniges Ungetüm mit feuerroten Haaren. Ein Riese. Mindestens zwei Meter groß, breitschultrig, Röntgenaugen, auf die Windschutzscheibe des Mini geheftet.

Hinter dem Riesen erschien Manthey aus dem Dunkel der Werkstatt, umarmte das Ungetüm zum Abschied und steuerte auf ihren Wagen zu. Sekunden später wurde die Beifahrertür geöffnet, und Manthey ließ sich in den Schalensitz fallen.

»Hallo. Schicke Schleuder.«

»Hallo. Beeindruckende Erscheinung.«

»Wer?«

»Der Riese.«

»Das ist Artur. Ein Freund.«

»Aus alten Zeiten? Aus der Eigelstein-Gang?«

»Fahren wir lieber ein Stück. Haben Sie Lust auf einen kleinen Spaziergang? Die Sonne, der blaue Himmel... man mag gar nicht glauben, dass wir November haben.«

Manthey lotste sie zum Niehler Hafen. Sie ließen den Wagen zurück und gingen am Kai spazieren.

»Also? Was gibt's?«

»Manthey, Sie haben mir eine schlaflose Nacht bereitet.«

»Das tut mir leid. Was ist passiert?«

»Was passiert ist? Sie sind gestern Abend um kurz vor elf mit diesem völlig verschüchterten Knaben in meiner Wohnung aufgetaucht. Erinnern Sie sich noch?«

»Klar doch. Mit Benjamin.«

»Woher haben Sie eigentlich meine Adresse?«

»Ich hatte keine Lust, bis heute zu warten, denn vielleicht hätte Benjamin es sich über Nacht anders überlegt, und ich hatte keine Lust, den Jungen ins Präsidium zu schleppen und dem Ganzen einen offiziellen Anstrich zu geben. Protokollierte Vernehmung und so. Der Junge ist schon verstört genug. Er hat höllische Angst, seiner Schwester zu schaden.«

»Das war keine Antwort auf meine Frage.«

»Ich weiß, ich weiß. Sie kriegen auch keine. Was also hat Sie um den Schlaf gebracht?«

»Das Nachdenken über die entscheidende Frage, ob ich meine Kollegen vom Staatsschutz einschalten soll oder nicht.«

»Verstehe.«

»Ihnen muss ich ja wohl nicht bis ins Detail erklären, wie die Sache läuft. Das müssten Sie doch noch wissen.«

»Ich erinnere mich dunkel: Es gibt offizielle, von jedem Polizeibeamten einsehbare Datenbanken. Da sind zum Beispiel jene Personen gelistet, die schon mal strafrechtlich relevant in Erscheinung getreten sind.«

»Korrekt.«

»Und es gibt eine weitere, inoffizielle, geheime Datenbank, aus der sich die Staatsschutzkommissariate der Präsidien, der Landeskriminalämter und des Bundeskriminalamts bedienen. Dort sind jene Personen gelistet, denen man juristisch nichts vorwerfen kann, die aber schon mal so weit auffällig geworden sind, dass ihre Personalien erfasst wurden. Aus welchem Anlass auch immer. Weil sie an einer Demo teilgenommen haben, die aus dem Ruder gelaufen ist, beispielsweise. Jedenfalls eine Datenbank am Rande der Legalität...«

»Am Rande, Manthey? Seit Nine Eleven kennt die Sammelwut keine Grenzen mehr. Nine Eleven war so was wie der Freibrief. Es reicht völlig, zum falschen Zeitpunkt am falschen Ort zu sein, und schon bist du für immer und ewig registriert. Außerdem habe ich nicht den blassesten Schimmer, inwieweit die Geheimdienste freien Zugang zu dieser Datenbank haben.«

»Für die Geheimdienste ist sie höchst interessant. Die ideale Materialsammlung für Erpressungsmanöver, zum Beispiel beim Anwerben von Maulwürfen...«

»Jedenfalls habe ich mir die halbe Nacht mit der Frage um die Ohren geschlagen, ob ich bei meinen lieben Kollegen vom Staatsschutz eine Anfrage stelle oder nicht. Ab diesem Zeitpunkt hätte ich nämlich den Lauf der Dinge nicht mehr unter Kontrolle. Wie Sie schon sagten: Der Junge wird zur Genüge vom schlechten Gewissen geplagt, seiner Schwester mit seiner Aussage geschadet zu haben. Alle Achtung: Der Junge muss Sie schon sehr mögen, Manthey.«

»Falsch kombiniert, Frau Dix. Ich kenne Benjamin Stiller kaum. Der Junge liebt Günther Oschatz abgöttisch. Sein großes Vorbild, als Musiker und als Mensch. Nur so wird ein Schuh draus. Er redet, weil er glaubt, damit Günther zu helfen. Weiter im Text: Ich schließe aus Ihren Worten, dass in der offiziellen Datenbank nichts über Sonja Stiller...«

»Korrekt. Ich bin nämlich nach Ihrem Überraschungsbesuch noch mal schnell ins Präsidium gefahren und habe das am Computer in meinem Büro gecheckt.«

Antonia Dix setzte sich auf einen der Poller und ließ den Blick über den Rhein schweifen. Sie sprach weiter, während ihre Augen ein Containerschiff verfolgten, das seine tonnenschwere Last stromaufwärts schob.

»Zum Glück erinnerte ich mich im Halbschlaf um sechs Uhr morgens an einen Kollegen, mit dem zusammen ich mal vor neun Jahren ein Profiling-Seminar absolviert habe. Der hatte sich damals unsterblich in mich verliebt. War aber überhaupt nicht mein Typ. Hing zudem in einer unglücklichen Ehe fest und wollte mich vermutlich als Sprungbrett benutzen. Als Sprungfedermatratze... das Wort trifft's wohl noch besser. So sind die Männer halt...«

Sie betrachtete ihn lauernd von der Seite.

Manthey hatte keine Lust auf eine ausgiebige Geschlechterdiskussion. Sozusagen als verkappter Kennenlern-Test. Stattdessen fragte er: »Hat die Geschichte auch eine Pointe?«

Sie grinste. Test bestanden.

»Irgendwann bekam ich zufällig mal mit, dass er inzwischen Karriere beim Staatsschutz im LKA Düsseldorf gemacht hat. Also bin ich heute Morgen aus dem Bett gehüpft, habe mich unter die kalte Dusche gestellt, eine Thermoskanne Kaffee gemacht und war um kurz nach sieben im Büro.«

»Respekt.«

»Keine dummen Sprüche bitte. Um halb acht hatte ich ihn dann tatsächlich an der Strippe.«

»Und?«

»Er ist immer noch mit derselben Frau verheiratet.«

Manthey klappte den Mund zu.

Antonia Dix lachte auf. Sie genoss seine Verblüffung und das Gefühl, ihn erfolgreich auf den Arm genommen zu haben.

»Manthey, ich habe Hunger.«

»Sie haben noch nichts gefrühstückt?«

»Nein. Wann denn?«

»Kommen Sie. Ich lade Sie ein. Außerdem wird es langsam zu kalt. Die Novembersonne hat keine Kraft mehr.«

David Manthey lotste sie zu einem kleinen Café an der Venloer Straße. Sie bestellten Milchkaffee, Rührei, Brot und Käse.

»Männer. Ich habe ihn gleich zu Beginn des Telefonats gefragt, ob er immer noch unglücklich verheiratet sei. Das hat ihn so sehr in Verlegenheit und aus dem Konzept gebracht, dass er sein blödes Machogehabe um Geheimhaltung und Herrschaftswissen und all den Quatsch schlicht und einfach vergessen hat.

Und mir anschließend die komplette elektronische Akte gemailt hat. Allerdings will er mich unbedingt zum Abendessen ausführen, wenn er das nächste Mal in Köln zu tun hat.«

»Nehmen Sie mich als Anstandsdame mit.«

»Gute Idee. Das Rührei ist übrigens köstlich.«

»Es hat also offiziell keine Anfrage gegeben. Niemand wird nun die Stirn runzeln und nachhorchen, warum sich eine Kölner Kriminalbeamtin für Sonja Stiller interessiert.«

»Korrekt. Und trotzdem wissen wir nun eine Menge mehr.«

»Zum Beispiel?«

Antonia Dix zückte ihr Notizbuch.

»Sonja Stiller. Ledig, keine Kinder. Vor 28 Jahren in Bremen geboren. Vater Sonderschullehrer, Mutter Krankenschwester, beide seit Jahr und Tag in der Friedensbewegung aktiv, Mitgründer einer ökologischen Einkaufsgenossenschaft. Geschwister: ein Bruder. Benjamin, 21 Jahre alt, Jazzposaunist und Student an der Musikhochschule Köln.«

»Ökologische Einkaufsgenossenschaft... steht das etwa alles in der Datenbank der Staatsschützer?«

»Dies und noch viel mehr, Manthey. Wenn du da einmal registriert bist, wird deine Akte laufend ergänzt und aktualisiert. Abitur in Bremen, mit 1,4 übrigens, was die nicht alles wissen, Bachelor of Arts in Medienproduktion an der Hochschule Ostwestfalen-Lippe, Gesamtnote sehr gut, Master of Arts in Film-Business an der Kingston University in London, Gesamtnote gut. Umzug nach Köln. Seither de facto arbeitslos. Diverse unbezahlte Praktika, diverse 400-Euro-Jobs, zuletzt in einem Callcenter. Ach ja, und seit sechs Wochen ist sie abgetaucht.«

»Abgetaucht? Was heißt abgetaucht?«

»Vom Radar der Staatsschützer verschwunden. Ihr Kölner WG-Zimmer mitsamt der Möbel hat sie für ein Semester an eine Germanistikstudentin aus Mexiko vermietet. Stipendiatin des Goethe-Instituts. Sonja Stiller hat vor sechs Wochen ihre Koffer gepackt und ist seither spurlos verschwunden. Angeblich für ein Studiensemester nach Guadalajara. Behaupten jedenfalls ihre Mitbewohner in der WG.«

»Wäre sie in Guadalajara, dann hätte sie ja Bernd Oschatz wohl kaum vom Flughafen abholen können. Das wissen die Staatsschützer aber nicht. Die haben das Problem, dass Mexiko kein Visum mehr von EU-Bürgern verlangt, wenn der Aufenthalt nicht länger als 180 Tage dauert und der Reisepass noch mindestens sechs Monate gültig ist. Okay: Sonja Stiller hat also gelogen. Aber eine Lüge ist kein Verbrechen. Wie ist sie denn überhaupt in die Datenbank geraten?«

»Das Übliche. Sitzblockade beim Castor-Transport, ein paar rohe Eier gegen eine gepanzerte Limousine beim G8-Gipfel in Heiligendamm vor fünf Jahren. Der Videobeweis war allerdings nicht eindeutig. Könnte auch einer der anderen Demonstranten gewesen sein. Und vor zwei Jahren, bei der Eröffnung der Wagner-Festspiele in Bayreuth, da hat sie einen jungen Beamten der Einsatzhundertschaft als Faschistenschwein bezeichnet.«

»Uiii. Das kann teuer werden.«

»Wurde es aber nicht. Wie gesagt, der Bursche war noch sehr jung. Mehr Testosteron als Verstand. Und eine Menge Adrenalin zu dem Zeitpunkt. Es gab Zeugen, die vor Gericht glaubhaft versicherten, dass der Beamte sie zuvor als dreckige Fotze bezeichnet hatte. Das Verfahren wurde eingestellt.«

»Das war's?«

»Nicht ganz. Jetzt wird's erst richtig interessant. In ihrer Akte wird eine Verbindung zu einem Patrick Kahle erwähnt.«

»Wer ist das nun?«

»Vor dreißig Jahren als Sohn eines Chemiefacharbeiters in Leverkusen geboren. Abitur mit Ach und Krach, anschließend eine Lehre als Drucker. Dann Maschinenführer im Kölner Druckzentrum des Bauer-Zeitschriftenverlags. Bis die Hamburger Konzernleitung beschloss, das Werk in Köln zum 31. Dezember 2010 zu schließen. Seither arbeitet Patrick Kahle hin und wieder als Leiharbeiter für eine Zeitarbeitsfirma.«

»Und was an ihm ist für den Staatsschutz interessant?«

»Seine politischen Aktivitäten.«

Antonia Dix blätterte in ihrem Notizbuch. »Von seinem 17. bis zu seinem 24. Lebensjahr Mitglied in diversen autonomen

Zellen, die sich bei NPD-Kundgebungen wilde Schlägereien mit Skinheads und mit Polizeibeamten lieferten. Dann wird's eine Weile still um ihn, jedenfalls steht nichts in der Akte. Bis er plötzlich als Aktivist bei Attac auftaucht.«

»Das weltweite Netzwerk der Globalisierungsgegner. Stehen die etwa auch unter Beobachtung?«

»Scheint so. Aber bei Attac war es ihm wohl auf Dauer zu langweilig. Zu brav. Zu basisdemokratisch. Zu legal. Zu viel Arbeit für zu wenig Action. Also machte er seinen eigenen Club auf. In der Akte wird die Vermutung geäußert, dass er zusammen mit Sonja Stiller vor etwa zwei Jahren eine politische Organisation namens Rebmob gegründet hat.«

»Rebmob? Wo habe ich das schon mal gehört?«

»Die Abkürzung für: *Rebellierende Massen – Deutsche Internet-Aktionsplattform des internationalen Prekariats*. Die organisieren politische Flashmobs. Die sind in der Lage, über E-Mail, SMS, Twitter oder Facebook blitzschnell Hunderte junger Leute auf Trab zu bringen. Haben Sie vielleicht mitbekommen, was beim Bundespresseball im Berliner InterConti los war? Das war zum Beispiel eine Rebmob-Aktion, über Facebook organisiert. Und anschließend über YouTube verbreitet. Aber da kommen wir später noch zu. Ich habe nämlich eine weitere Verbindung zu Bernd Oschatz entdeckt. Von Patrick Kahle existieren Fingerabdrücke in der Datenbank. Die habe ich im Computer abgeglichen mit den Fingerabdrücken, die wir beide in der verwüsteten Wohnung gefunden und sichergestellt haben.«

»Ich werd verrückt. Er war da?«

»Er war nicht nur da. Er hat alles angefasst. Und wenn ich alles sage, meine ich A-L-L-E-S.«

»Das heißt, dieser Patrick Kahle ist vermutlich derjenige, der die Wohnung auf den Kopf gestellt hat.«

»Korrekt. Ein gewöhnlicher Besucher zu der Zeit, als Bernd Oschatz noch dort wohnte, hätte zum Beispiel im Schlafzimmer wohl kaum seine Fingerabdrücke auf dem Lattenrost unter der Bettmatratze hinterlassen.«

»Kein Profi also. Sonst hätte er Handschuhe getragen. Soweit ich mich erinnern kann, hatten Haustür und Wohnungstür Sicherheitsschlösser vom Feinsten. Keine Chance für einen Amateur, mit einem Dietrich oder der Payback-Karte da reinzukommen. Da das Schloss der Wohnungstür unbeschädigt war, muss Patrick Kahle die Schlüssel also von Bernd Oschatz bekommen haben.«

»Korrekt.«

»Wir wissen nur nicht, ob…«

»…Oschatz die Schlüssel freiwillig oder unfreiwillig rausgerückt hat. 'tschuldigung, ist so eine Unart von mir, anderen ins Wort zu fallen. Grauenhafte Angewohnheit, ich weiß. Manchmal geht's mir einfach nicht schnell genug. Darüber hatte sich schon mein alter Chef immer beklagt.«

»Josef Morian? Gedanken-Pingpong war seine Spezialität. Ich erinnere mich. Darin war er Meister.«

»Ja. Lautes Denken beflügelt den Geist, hat er immer gesagt. Mit dir funktioniert das aber auch fantastisch.«

»Sind wir jetzt offiziell beim Du angekommen?«

»Meinetwegen. Außerdem falle ich grundsätzlich nur Leuten ins Wort, denen ich vertraue.«

»Das beruhigt mich. Sollte es mich auch ehren?«

»Weiter! Warum stand die Wohnungstür offen, als ich kam? Hat Patrick Kahle vergessen, sie zu schließen?«

»Er ist ein blutiger Amateur. Und Amateuren passieren solche Fehler. Er war vermutlich wahnsinnig aufgeregt. Die Nerven lagen blank. Vielleicht ist er gestört worden. Vielleicht hat ihn auch nur irgendein Geräusch aufgeschreckt, das Anspringen des Warmwasserboilers im Bad oder die Klospülung in der Nachbarwohnung, und er hat panikartig die Flucht ergriffen. Er hat beim Hinauslaufen vermeintlich die Tür hinter sich zugeworfen, aber nicht bemerkt, dass sie nicht genug Schwung hatte, um ins Schloss zu fallen.«

»Vielleicht ist er aber auch ganz einfach größenwahnsinnig. Hält sich seit den ersten erfolgreichen Rebmob-Flashmobs für unangreifbar, unverletzbar, unbesiegbar. Solche Leute gibt es. Und solche Leute werden im Lauf der Zeit immer nachlässiger, sie machen zunehmend Fehler... je mehr sie davon überzeugt sind, ihnen könne nichts passieren.«

»Interessanter Gedanke. Durchaus möglich. Jedenfalls haben wir ihn nur knapp verpasst.«

»Sehe ich auch so, David. Denn das Handtuch im Bad war noch feucht. Er hat sich also zwischendurch die Hände gewaschen oder etwas umgestoßen und aufgewischt.«

»Jedenfalls ist jetzt klar, dass Bernd Oschatz am Flughafen freiwillig Sonja Stiller gefolgt ist. Niemand leert seinen Kühlschrank komplett, taut ihn ab und schaltet ihn aus, nur weil er für eine Woche in Urlaub fliegt. Er wusste, dass er längere Zeit abwesend sein würde. Dafür spricht auch der riesige Koffer. Und: Bernd Oschatz wusste, dass er am Flughafen abgeholt wird. Er wusste nur nicht, von wem. Nach was hat Patrick Kahle wohl in der Wohnung gesucht, Antonia?«

»Das wüsste ich auch zu gerne. Aber auf diese Frage werden wir heute keine Antwort finden. Wir wissen einfach zu wenig über die Verbindung zwischen den drei Personen. Ist es möglich, dass ein durch und durch langweiliger Mensch, der ein Leben lang fleißig als Buchhalter gearbeitet hat, sich als Rentner urplötzlich einer revolutionären Bewegung anschließt?«

»Vielleicht treibt ihn das schlechte Gewissen. Vielleicht ist dieser Bernd Oschatz ein durch und durch anständiger Mensch, der an seinem Arbeitsplatz einer Riesensauerei auf die Spur gekommen ist. Eines ist mir beim Besuch im Konzern klar geworden: Der gesamte Hellberg-Clan hat Angst. Große Angst vor einem kleinen, spurlos verschwundenen Buchhalter.«

In diesem Moment schaltete der Wirt den Fernseher ein. Ein Flatscreen, der keine vier Meter von ihrem Tisch entfernt an der Wand hing. WDR. Das regionale Nachrichtenmagazin am späten Vormittag. Der Ton war zwar auf minimale Lautstärke gedrosselt, aber die nervös flimmernde Lichtquelle störte dennoch Antonias Konzentration.

»Ob ich will oder nicht, ich muss dauernd dahin gucken. Das nervt. In ganz Köln gibt es fast keine Kneipe mehr, in der nicht permanent der Fernseher läuft.«

Ihr Handy klingelte. Antonia Dix warf einen Blick auf die Nummer im Display, bevor sie den Anruf entgegennahm.

»Was gibt's?«

David Manthey stand auf, um den Wirt zu bitten, das Ding doch bitte wieder auszuschalten, als er auf dem Bildschirm einen Menschen wahrnahm, der ihm bekannt vorkam.

»Und wieso erfahre ich das erst jetzt?«

Eine Frau.

Ende dreißig vielleicht, auch wenn das streng nach hinten gekämmte und zu einem Pferdeschwanz gebundene Haar sowie der anthrazitfarbene Hosenanzug sie älter wirken lassen sollten. Die Kamera folgte ihr auf dem Weg zum Podium, wartete geduldig, bis sie hinter dem Tisch Platz genommen und mit Leichenbittermiene ihre schwarzlederne Schreibmappe aufgeklappt hatte, dann zoomte das Objektiv die Frau auf Porträtformat heran.

»Ich komme sofort. Ja, ich weiß, wo das ist. Wir treffen uns in zwanzig Minuten vor dem Hotel.«

David starrte weiter auf den Bildschirm.

»Manthey, ich muss leider sofort los. Todesermittlung. Ziemlich übler Fall von Fahrerflucht.«

Natürlich kannte er diese Frau.

Das war Nina Hellberg.

Seine Schwiegertochter der Meute zum Fraß vorzuwerfen, war Otto Hellbergs Idee gewesen. Eine einsame Entscheidung, aus dem Bauch heraus getroffen, wie so viele Entscheidungen im Laufe seines Lebens als Unternehmer.

Eine Entscheidung, die nicht gerade seiner familiären Sozialisation entsprach. Otto Hellberg war noch so erzogen worden, dass Männer sich stets tapfer, ritterlich und schützend vor Frauen stellten. Aber er hatte seine Entscheidung nicht aus ethischen, sondern aus rein taktischen, erfolgsorientierten Gründen getroffen. So wie die meisten seiner unternehmerischen Entscheidungen. Da war auch keine Zeit für langes Überlegen geblieben. Otto Hellberg hatte sich nämlich spontan entschlossen, in die Offensive zu gehen.

Er ließ den auf der Straße versammelten Reportern, Fotografen und Kameraleuten mitteilen, dass man sie in einer halben Stunde zu einer improvisierten Pressekonferenz in der Lobby erwarte. Aus der Kantine ließ er Kaffee in Thermoskannen und kalte Getränke kommen. Und den Hausmeister ließ er das mobile Podium aufbauen, das gewöhnlich für Betriebsversammlungen benutzt wurde. Ein Tisch, ein einsamer Stuhl, ein Mikrofon. Mehr nicht. Otto Hellberg wusste, dass er zu cholerischen Ausfällen neigte, sobald ihm jemand den Respekt verweigerte, den er aufgrund seiner gesellschaftlichen Position für angemessen hielt. Es war also klüger, wenn er sich im Hintergrund hielt. Aber eine einzelne Frau auf dem Podium: Vielleicht würde das bei der Meute eine gewisse Beißhemmung auslösen.

Sie schlug sich tapfer. Trotz ihrer sichtbaren Nervosität. Sie wirkte souverän und überzeugend, ohne arrogant zu erscheinen. Otto Hellberg liebte sie in diesem Augenblick mehr denn je. Stolz beobachtete er seine Schwiegertochter aus sicherer Distanz, durch die herabgelassene Jalousie der gläsernen Trennwand zur Teeküche im hinteren Teil der Lobby. Sie hatten kaum zehn Minuten Zeit gehabt, um eine Strategie abzusprechen, aber Nina spulte alles professionell ab: Dass von einem Umzug und von einer Schließung des Kölner Standorts überhaupt keine Rede sein könne. Vielmehr beabsichtige man, trotz der wirtschaftlich schwierigen Zeiten zu expandieren und ein zusätzliches Werk in Rumänien aufzubauen, um den speziellen Bedürfnissen des wachsenden osteuropäischen Marktes Rechnung zu tragen. Das Unternehmen fühle sich durch seine 75-jährige Geschichte in besonderem Maße der Stadt Köln verbunden, seit Firmengründer August Hellberg 1937 die kleine Schneiderwerkstatt in der Schildergasse übernommen hatte.

»Gibt es noch Fragen?«

Otto Hellberg konnte von seinem Beobachtungsposten aus

zwar seine Schwiegertochter, nicht aber die Journalisten beobachten. Aber er hatte seinen Sicherheitsbeauftragten Detmers angewiesen, am Ausgang zu warten und sich am Ende der Pressekonferenz von besonders unangenehmen Fragestellern die Presseausweise zeigen zu lassen, um ihre Auftraggeber ermitteln zu können. Im Notfall würde es immer noch die Möglichkeit geben, an höchster Stelle zu intervenieren, über die zahlreichen Netzwerke, die er im Lauf seines Lebens geknüpft hatte. Golfclub, Rotarier, kulturelle und soziale Stiftungen. Da war er spendabel. Das hatte sich schon häufiger bezahlt gemacht.

Es gab tatsächlich noch Fragen.

»Ein Werbebanner dieser Qualität, eine Einzelanfertigung: Das kostet doch locker 8000 Euro. Wer gibt so viel Geld aus, um Ihnen zu schaden und eine Lüge zu verbreiten?«

Dr. Nina Hellberg, promovierte Mathematikerin und im Vorstand verantwortlich für Finanzen und Controlling, runzelte kurz die Stirn, als ob sie die Frage nicht verstünde, aber dann hatte sie sich wieder im Griff. 8000 Euro waren nämlich nicht eben das, was sie unter *viel Geld* verstand.

»Sie werden verstehen, dass ich mich nicht an Spekulationen beteilige. Das ist nun die Angelegenheit der Polizei und der Staatsanwaltschaft. Unser Justiziar hat Anzeige gegen unbekannt erstattet. Verleumdung in der Öffentlichkeit ist kein Kavaliersdelikt, sondern kann nach Paragraf 187 Strafgesetzbuch mit bis zu fünf Jahren Freiheitsentzug bestraft werden.«

»Ich frage noch einmal: Wer nimmt dieses Risiko auf sich, nur um eine so durchsichtige Lüge zu platzieren?«

»Mein Schwiegervater sagt immer: Mitleid bekommt man geschenkt, Neid muss man sich verdienen. Je erfolgreicher Sie am Markt sind, desto größer ist die Zahl Ihrer Feinde.«

Otto Hellberg lächelte unwillkürlich. Nina, mein Engel. Er nahm sich vor, gleich im Anschluss an diese Pressekonferenz einen großen Strauß roter Rosen zu ordern.

»Wieso ist der Hellberg-Konzern denn so erfolgreich?«

Schon wieder derselbe Fragesteller. Der Stimme nach jung und männlichen Geschlechts.

»Wie habe ich Ihre Frage zu verstehen?«

»Nun... wenn man im Bundesanzeiger Ihre Konzernbilanz des vergangenen Jahres studiert, kann man leicht nachrechnen, dass Sie 20,8 Prozent Rendite erwirtschaftet haben. Da können viele deutsche Unternehmen nur von träumen. In der chemischen Industrie liegt die Umsatzrendite bei 6,2 Prozent, in der Kunststoffindustrie bei 3,2 Prozent, im deutschen Einzelhandel bei 1,5 Prozent. Die Gewinne steigen bei Hellberg, obwohl die Umsätze sinken. Wie machen Sie das?«

»Wir haben ein ausgeprägtes Kostenbewusstsein entwickelt. Sie haben es ja schon selbst gesagt: Die Umsätze sinken. Seit Jahren. Vergessen Sie nicht: Wir leben in einer globalisierten Welt, und die Konkurrenz der Billiglohnländer ist knallhart.«

»Das verstehe ich nicht.«

»Was verstehen Sie nicht?« Ihre Stimme klang gereizt.

»Nun, Hellberg profitiert doch von diesen Billiglohnländern. Mehr als 80 Prozent Ihrer Ware wird doch längst nicht mehr in Köln, sondern in Ihrem Auftrag in Bangladesch, in Pakistan, in China und in der Türkei hergestellt.«

»Das ist so nicht ganz richtig. Das gilt nur für die Rohfertigung. Die Endfertigung findet nach wie vor hier in...«

»Ja, das Einnähen der Hellberg-Etiketten...«

»...außerdem die gesamte Designentwicklung, die Produktentwicklung, also die komplette Kreativabteilung des Konzerns, ferner Vertrieb, Versand, Verwaltung...«

»Vor zwanzig Jahren arbeiteten hier mehr als 4000 Menschen...«

»Ich weiß nicht, was das...«

»...heute sind es noch knapp 600 Beschäftigte in Köln. Wie viele werden es übernächstes Jahr sein?«

»Ich bin keine Hellseherin. Niemand kann heute sagen...«

»Doch, das können Sie!«

Dieser drohende Unterton in der Stimme! Was für ein Flegel. Otto Hellberg ballte die Fäuste. Wer war dieser unverschämte Kerl? Was wusste er? Detmers musste ihn abgreifen. Nina, pass auf, lauf jetzt nicht in die Falle.

»Vielleicht sollten wir auch mal Ihren Kollegen die Gelegenheit geben, ein paar Fragen zu stellen. Bitte sehr.«
Sehr gut, Nina.
Schweigen.
Stille, bis auf ein gelegentliches Hüsteln und Räuspern.
Niemand sonst war so gut vorbereitet.
Niemand sonst hatte die Zeit dazu gehabt.
Wie auch?
Instinktiv überließen sie dem perfekt vorbereiteten Fragesteller freiwillig die Bühne, um davon zu profitieren.
Dieser Fragesteller war gar kein Journalist. Er wusste schon vorher, was heute hier passieren würde. Nur deshalb konnte er so gut vorbereitet sein. Der Kerl war ...
»Wenn es also keine Fragen mehr gibt, dann schließe ich hiermit die Pressekonferenz und wünsche Ihnen ...«
»Stopp! Frau Hellberg, wenn Sie nicht willens sind, meine Frage zu beantworten, wie viele der 600 Menschen im übernächsten Jahr noch hier in Köln Arbeit und Brot finden werden, dann werde ich den anwesenden Journalisten die Frage selbst beantworten. Das hier in meiner linken Hand ist die Kopie des Fazits einer Studie, die eine Unternehmensberatung im vergangenen Jahr in Ihrem Auftrag erstellt hat. Und das hier in meiner rechten Hand ist der vom Vorstand und vom Aufsichtsrat vor wenigen Monaten abgesegnete Projektplan für das kommende Kalenderjahr ...«
Otto Hellberg zückte sein Handy.
»Detmers! Schaffen Sie sofort diesen Irren raus. Hausverbot. Stellen Sie die Personalien fest. Und kassieren Sie die Papiere ein, die er bei sich trägt.«
In der Lobby wurde es laut. Otto Hellberg hielt es in seinem Versteck nicht mehr aus und verließ die Teeküche.
Der Anblick, der sich ihm bot, ließ ihn erstarren.
In der Nähe des Ausgangs hielt Rolf Detmers einen jungen Mann im Schwitzkasten, offensichtlich diesen vermeintlichen Journalisten, währenddessen etwa ein Dutzend junger Leute in dessen Alter, Männer wie Frauen, an ihm vorbei in die Halle

strömten und Papiere an die Journalisten verteilten. Otto Hellberg ahnte, was die Papiere beinhalteten. Ihm brach augenblicklich der kalte Schweiß aus. Eine Katastrophe für das Unternehmen. Sein Lebenswerk. Wo war Lars, dieser Feigling?

Der Hausmeister tauchte auf, mit drei, vier, fünf Arbeitern im Schlepptau, die nicht die geringste Ahnung hatten, um was es hier eigentlich ging, und die sich als eilig improvisiertes Rollkommando sichtlich unwohl in ihrer Haut fühlten. Otto Hellberg war fassungslos. Wofür bezahlte er eigentlich diese Leute? Offenbar nicht für ihre Loyalität.

»Schmeißt endlich diese Chaoten raus«, brüllte Detmers. Da rammte ihm der junge Mann, den er im Schwitzkasten hielt, den Ellbogen in die Rippen, Detmers ließ los, knickte ein und schnappte nach Luft, der junge Mann grinste siegesgewiss, streckte beide Mittelfinger in die Luft, grinste quer durch die Lobby Otto Hellberg frech ins Gesicht. Ja, er war gemeint, kein Zweifel. Dann trat der Bursche dem knienden Detmers in den Bauch. Detmers kippte vornüber und rührte sich nicht mehr. Plötzlich flogen ganze Salven roher Eier durch die Luft, abgefeuert von einem weiteren Dutzend junger Leute, die wie aus dem Nichts aufgetaucht waren und sich widerrechtlich Einlass verschafft hatten. Die zweite Angriffswelle. Das war Krieg. Otto Hellberg zuckte zusammen, als er am Kopf getroffen wurde. Der Dotter rann seine Schläfe hinab. Er packte eine dieser Schlampen am Arm und verpasste ihr eine schallende Ohrfeige. Sie ließ vor Schreck den Karton mit den Fotokopien fallen. Dann spuckte sie ihm ins Gesicht und trat ihm gegen das Schienbein.

Keine fünf Minuten dauerte das Spektakel.

Als das Gellen der Martinshörner angekündigte, dass sich die Polizei mit einem größeren Aufgebot der Eupener Straße näherte, waren die Invasoren längst verschwunden.

Sie schauten sich das Spektakel wieder und wieder an. Patrick hatte sich auf der ledernen Sitzlandschaft ausgebreitet, die Hände hinter dem Kopf verschränkt, die Schuhe auf dem roten Polster, mit sich und der Welt zufrieden. Sonja hockte im Schneidersitz neben ihm auf dem Fußboden, ihre rechte Hand ruhte auf seiner vor Stolz geschwellten Brust. Ihre linke Wange war immer noch geschwollen, trotz der Eiskompressen, die sie den ganzen Nachmittag über aufgelegt hatte. Bernd Oschatz und die Eule teilten sich den restlichen Platz auf dem kürzeren Abschnitt des L-förmigen Sofas. Oschatz betrachtete Sonjas geschwollene Wange, während alle anderen gebannt in den Fernseher stierten. Tagesthemen. Unmittelbar zuvor hatten sie sich im ZDF das Heute-Journal angesehen, und davor die Tagesschau der ARD, RTL-Aktuell und die WDR-Lokalzeit.

Eule stopfte unentwegt gesalzene Erdnüsse in sich hinein, während er die Zeit stoppte. Er führte Statistik über die Sendeminuten und zählte mit, wie oft Rebmob in den Beiträgen sowie in den Anmoderationen erwähnt wurde.

»Das ist endgültig der Durchbruch«, verkündete er stolz. »Zwölf Nennungen alleine im Fernsehen. An einem einzigen Abend. Hinzu kommen noch diverse Radiosender sowie die Homepages verschiedener Zeitungen und Zeitschriften im Internet.«

»Jau«, sagte Patrick.

»Du warst große Klasse«, sagte Sonja.

»Jau«, wiederholte sich Patrick.

»Nur eine einzige Frage bleibt bislang in allen Medien unbeantwortet«, stellte Sonja lakonisch fest.

»Welche?« Patrick richtete sich träge auf.

»Die Frage, wer Rebmob ist. Ich hab's ja prophezeit: Es hat nicht gereicht, einfach nur unseren Namen auf die Fotokopien zu stempeln. So bekannt sind wir noch nicht.«

»Die Frage, wer Rebmob ist und was Rebmob will, werden wir beizeiten beantworten«, sagte Patrick und kratzte sich den Bauch. »Nur Geduld. Die geheimnisvolle, rätselhafte Aura um Rebmob wird das Interesse der Medien noch eine Weile wachhalten. Unfassbar wie Robin Hood, unsichtbar wie Zorro. Sollen sie doch ruhig drauflosspekulieren.«

Nur Bernd Oschatz sagte nichts. Er hörte interessiert zu, was der aus Berlin zugeschaltete Bundeswirtschaftsminister im Interview mit der Tagesthemen-Moderatorin zu sagen hatte, nämlich dass die Bundesregierung grundsätzlich nicht gewillt sei, den Missbrauch von EU-Subventionen zu dulden, aber dass man den aktuellen Fall nun erst mal sehr sorgfältig prüfen müsse und dass man gegebenenfalls in Brüssel intervenieren werde.

Oschatz lächelte zufrieden.

Da stand jemand mächtig unter Druck.

Und Hellberg blieb kein regionales Thema, was er anfänglich befürchtet hatte, sondern wuchs sich durch die Subventionspolitik der Europäischen Union und durch den exemplarischen Charakter zu einem nationalen Thema aus.

Sämtliche Medien hatten dankbar und je nach Zielpublikum mehr oder weniger ausführlich aus den verteilten Fotokopien zitiert. Sowohl das Fazit der Studie der international tätigen Unternehmensberatung mit Hauptsitz in New York City als auch der daraus resultierende Projektplan des Hellberg-Konzerns für das kommende Jahr belegten, dass nach einer als angemessen erachteten Schamfrist von zwölf Monaten nach Eröffnung des neuen Werks in Rumänien fast alle Beschäftigten in Köln die betriebsbedingte Kündigung erhalten sollten. Kurz vor Weihnachten im kommenden Jahr. Kern der längst ausformulierten Begründung: die überraschend rückläufige Auftragslage, die eine deutliche Reduzierung der Personalkosten zwingend erfordere.

Die elektronischen Medien rückten vor allem Nina Hellberg in ein denkbar ungünstiges Licht, dankbar dafür, dass sich die hässliche Fratze der Globalisierung und der damit einhergehenden Ellbogengesellschaft anhand der Bewegtbilder aus der Pressekonferenz so schön personalisieren ließ. Schön im wahren Sinne des Wortes: Man weidete sich am attraktiven Äußeren der erst 38-jährigen Finanzchefin, der im Laufe der Veranstaltung zunehmend die Gesichtszüge entglitten. Manche machten sich auch die Arbeit, mit Schnitt und Gegenschnitt Nina Hellbergs

O-Töne aus der Pressekonferenz den entsprechenden, von einem Sprecher im Off verlesenen Auszügen aus den Geheimpapieren gegenüberzustellen.

Dabei hatte Otto Hellbergs Schwiegertochter dank ihrer sorgsamen Wortwahl nicht einmal gelogen, als sie versicherte, der Standort Köln bleibe erhalten. Tatsächlich, so war aus den an die Journalisten verteilten Geheimpapieren zu erfahren, war geplant, die Holding in Köln zu belassen, wenn auch nicht an der Eupener Straße, sondern in einem der neuen, schicken Glaspaläste im ehemaligen Zollhafen, mit Blick auf Rhein und Dom statt auf die Industriebrachen einer verloschenen Zeit. Das alte Fabrikgelände sollte verkauft werden. Am Rheinufer würden zwei Etagen völlig genügen, um Vorstand, Aufsichtsrat und den engsten Stab unterzubringen. Maximal zwanzig Personen.

Mindestens 580 Menschen sollten die Kündigung erhalten.

Auch Angelika Schmidt.

Zum ersten Mal seit seinem letzten Arbeitstag dachte Bernd Oschatz an seine langjährige und engste Mitarbeiterin. Angelika Schmidt war ihm so vertraut gewesen wie kein anderer Mensch auf der Welt. Aber sie hatten nie über Privates geredet. Oschatz wusste nichts über ihr Privatleben, und sie nichts über seines. Die Firma war für sie beide Familienersatz gewesen.

Was mochte Angelika Schmidt jetzt wohl denken, wenn sie das hier im Fernsehen sah?

Wie mochte es ihr jetzt gehen?

Und warum war Rebmob heute nicht mit dem gesamten Wissen über den Hellberg-Konzern, das Oschatz an sie preisgegeben hatte, an die Öffentlichkeit gegangen?

»Was ist eigentlich mit meiner Istanbul-DVD? Die Videoaufnahmen aus den Kellerfabriken?«

Patrick stieß Sonjas Hand weg, richtete sich auf und blickte Bernd Oschatz mitleidig an, so wie man ein kleines Kind anschaut, das gerade etwas ganz, ganz Dummes gesagt hat. Dann lächelte er gütig und sagte:

»Gemach, Bernd. Nur nicht ungeduldig werden. Wir wollen doch nicht unser ganzes Pulver auf einmal verschießen.«

Um Mitternacht war immer noch nicht an Feierabend zu denken. Antonia Dix stieß die Tür zu ihrem Büro im Präsidium auf, warf den Notizblock, den Autoschlüssel, das Diktiergerät und ihr Handy auf den von Papieren übersäten Schreibtisch, schälte sich aus ihrer Lederjacke, ließ sie achtlos zu Boden fallen, fuhr den Rechner hoch, setzte sich rittlings auf den Bürostuhl, verschränkte die Arme auf der Rückenlehne, legte ihr Kinn auf ihren gefalteten Händen ab und atmete tief durch.

Das hatte ihr gerade noch gefehlt.

Der Tote war türkischer Staatsbürger.

Als Professor ein Mitglied der besseren Kreise Istanbuls.

Ein Tourist. Getötet in Köln.

Sie wusste, was das bedeutete: Morgen früh würde der deutsche Botschafter in den Regierungspalast der Hauptstadt Ankara einbestellt werden. Der Sekretär des Ministerpräsidenten würde das Befremden des Regierungschefs über den unnatürlichen Tod des prominenten Landsmanns zum Ausdruck bringen und die Frage stellen, ob ein fremdenfeindlich motivierter Gewaltakt gegen einen türkischen Staatsbürger völlig auszuschließen sei. Der deutsche Botschafter würde diese Frage auf der Stelle an das Auswärtige Amt in Berlin weitergeben, das Auswärtige Amt wiederum an den Landesinnenminister in Düsseldorf, der wiederum an den Kölner Polizeipräsidenten, und der PP würde die Leiterin des KK 11 umgehend in sein Büro zitieren: *Frau Dix, können wir einen fremdenfeindlich motivierten Gewaltakt zu diesem Zeitpunkt bereits ausschließen?*

Gar nichts war zu diesem frühen Zeitpunkt auszuschließen, würde sie ihm antworten. Nur um ihn zu ärgern. Selbst ein gewöhnlicher Autounfall war nicht auszuschließen. *Vielleicht hatte der Fahrer ein Glas Kölsch zu viel getrunken und sich in Panik zur Flucht entschlossen…*

Das würde sie ihm antworten. Auch wenn sie inzwischen längst nicht mehr an diese Möglichkeit glaubte.

Frau Dix, ich muss Ihnen gegenüber wohl nicht eigens betonen, dass dieser Fall absolute Priorität hat. Alleine schon wegen der möglichen internationalen Verwicklungen…

Würde er morgen sagen. Garantiert. Nein, das musste er nicht eigens betonen. Das kannte sie schon: Alles, was seiner Karriere schaden könnte, hatte absolute Priorität.

Das musste sie morgen früh schamlos ausnutzen und die sofortige Aufstockung der heute Mittag gebildeten Mordkommission fordern. Sie brauchte dringend Verstärkung aus den anderen Kommissariaten. Sie hinkten ohnehin schon hinterher. Denn da waren gestern im Laufe des späten Abends eine Reihe erschreckender Fehler passiert. Unfassbar. Kommunikationsfehler. Falscheinschätzungen. Wertvolle Zeit war verstrichen, weil die uniformierten Kollegen der Streife vor Ort und auch die Kriminalwache im PP viel zu lange von einem Verkehrsunfall ausgegangen waren.

Die Aussage des Nachtportiers, den Antonia Dix heute Abend noch einmal an seinem Arbeitsplatz vernommen hatte, nachdem ihm am Vorabend offenbar niemand richtig zugehört hatte, bereitete ihr arges Kopfzerbrechen.

Der einzige Zeuge.

Hannes Groote, ein junger Medizinstudent. Das Erlebnis hatte ihn ganz schön mitgenommen. Wohl auch deshalb, weil er sich mit seinem Gast ein wenig angefreundet hatte. Der junge Mann hatte das Geschehen zwar zunächst nur aus großer Entfernung beobachten können, beschwor aber, dass der Fahrer sein Opfer ein zweites Mal überfahren habe, nachdem er ausgestiegen war und die Taschen des Professors durchsucht habe.

Eine große, dunkle Limousine. An die Marke konnte er sich nicht erinnern. Mercedes oder Audi. An das Kennzeichen sowieso nicht. Die Scheinwerfer hatten ihn geblendet. So wie zuvor schon das Opfer geblendet worden war. Wahrscheinlich war das Fernlicht eingeschaltet gewesen.

Auf dem Schreibtisch des Hotelzimmers war der türkische Reisepass gefunden worden. Dr. Zeki Kilicaslan. Auf dem Meldeschein des Hotels hatte er eine Adresse in Istanbul eingetragen. Über Interpol konnten sie ermitteln, dass der Tote keine nahen Angehörigen mehr hatte, keine Eltern, keine Ehefrau, keine Kinder, keine Geschwister; nur eine Cousine, die in den Vereinigten Staaten lebte. Frau und Sohn waren vor Jahren bei einem Verkehrsunfall ums Leben gekommen.

Das Gepäck ließ keine Rückschlüsse darauf zu, warum Zeki Kilicaslan nach Deutschland gereist war. Das im Zimmer gefundene Kombiticket der türkischen Fluggesellschaft Freebird Airlines für Hin- und Rückflug nährte die Vermutung, dass der Professor lediglich eine kurze Stippvisite in Köln geplant hatte. Von Interpol wussten sie, dass Zeki Kilicaslan einige Jugendjahre als Gastarbeiterkind in Königswinter zugebracht und anschließend in Bonn Medizin studiert hatte. Wollte er die Orte seiner Jugend aufsuchen, sich vielleicht mit alten Freunden treffen? Aber warum hatte er sich dann in Köln und nicht gleich in Königswinter oder in Bonn einquartiert?

Antonia Dix hatte am Nachmittag mit dem Presseamt der Stadtverwaltung telefoniert: Derzeit fanden in Köln weder eine Messe noch ein Kongress statt, die man ernsthaft in Zusammenhang mit dem Beruf des Toten hätte bringen können. Aber was wollte er dann in Köln?

Professor der medizinischen Fakultät der Universität Istanbul, Chefarzt und Leiter der pneumologischen Abteilung am Universitätsklinikum. Pneumologie. Lungenheilkunde. Sie musste den aus dem Altgriechischen entlehnten medizinischen Fachbegriff nicht nachschlagen. Der junge Nachtportier des Hotels war so nett und hatte ihr die Bedeutung des Begriffs und das Aufgabengebiet erklärt.

Und dann hatte Hannes Groote ihr von dem anonymen Anrufer erzählt, der Zeki Kilicaslan zu sprechen wünschte, um 21.58 Uhr, und vom letzten Kontakt mit dem Professor, kurz bevor der eilig das Hotel verlassen hatte:

»*Herr Groote, wenn ich in einer Stunde nicht zurück bin, würden Sie dann bitte die Polizei verständigen?*«

»*Ja... aber...*«

»*Ich habe eine Verabredung in der Bar des Savoy. Mit Dr. Nina Hellberg, Vorstandsmitglied des Hellberg-Konzerns. Können Sie sich das merken, Herr Kollege?*«

Heilige Scheiße.

Das Savoy lag gleich um die Ecke. Um sich nicht erneut einen Parkplatz suchen zu müssen, war Antonia Dix vom DeLuxe aus rasch zu Fuß dorthin gelaufen und hatte mit dem Barkeeper gesprochen, der glücklicherweise auch schon in der Nacht zuvor hinter dem Tresen gearbeitet hatte. Sie hielt ihm ihren Dienstausweis sowie die Abendausgabe des Express unter die Nase und tippte mit dem Finger auf ein Foto, das Nina Hellberg während der Pressekonferenz zeigte.

»War diese Frau gestern Abend hier?«

Der Barkeeper legte die Stirn in Falten, während er das Bild betrachtete. »Ist das die von dieser Betrügerfirma? Eine attraktive Frau. Sie strahlt so eine seltsame Art von sexueller Aggressivität aus, finden Sie nicht?«

»Ihre Menschenkenntnis in allen Ehren... aber könnten wir vielleicht beim Thema bleiben? Ich hatte Ihnen eine Frage gestellt: War diese Frau gestern gegen 22 Uhr hier?«

»An die könnte ich mich mit Sicherheit erinnern. Sehen Sie, von hier aus hat man die komplette Bar im Blick. Außerdem war es gestern Abend für unsere Verhältnisse ungewöhnlich ruhig. Ich lege mich fest: Nein, diese Frau war nicht hier.«

»Sind Sie sicher?«

»Ganz sicher!«

Anschließend war Antonia Dix zurück ins Präsidium gefahren, und nun saß sie hier, an ihrem Schreibtisch, vor einem Berg von rätselhaften Puzzleteilen.

Der geheimnisvolle Anrufer hatte eine öffentliche Telefonzelle im Hauptbahnhof benutzt, so viel war inzwischen klar.

Zeki Kilicaslan, was wolltest du in Köln? Was hast du den ganzen gestrigen Tag über getrieben?

Die Tagschicht an der Rezeption des DeLuxe versicherte, dass der Professor das Hotel gestern Vormittag so etwa gegen neun Uhr verlassen habe und den ganzen Tag nicht wieder aufgetaucht sei. Um kurz vor acht kehrte er dann zurück und ging gleich auf sein Zimmer, erinnerte sich der Medizinstudent. Und dann fiel Hannes Groote plötzlich wieder ein, dass sich der Professor am Vorabend, also am Abend seiner Ankunft, bei ihm erkundigt hatte, wie er am nächsten Morgen mit öffentlichen Verkehrsmitteln in die Eupener Straße komme. Die Erinnerung war durch den Schock für eine Weile verloren gegangen, eine temporäre Amnesie, das erlebte Antonia Dix immer wieder bei Zeugen eines emotional extrem belastenden Ereignisses. Und es bestätigte ihren Grundsatz, solche Zeugen mit zeitlichem Abstand ein zweites Mal zu vernehmen.

Die Eupener Straße.

Zufall?

Nein, das konnte kein Zufall sein.

Warum fuhr Zeki Kilicaslan morgens in die Hellberg-Zentrale an der Eupener Straße? Was hatte ein türkischer Mediziner und Wissenschaftler mit einem deutschen Textilhersteller zu schaffen? Wo war die Verbindung? Wen hatte er dort getroffen? Und wer hatte ihm abends am Telefon ein Treffen mit Nina Hellberg in der Bar des Savoy in Aussicht gestellt? Wenn Nina Hellberg doch gar nicht in der Bar war: Wollte man Kilicaslan auf diese Weise lediglich aus dem Hotel locken? Um ihn zu töten? Wusste Nina Hellberg davon? Hatte der Professor instinktiv geahnt, dass ihm etwas zustoßen könnte?

Köln. Istanbul. Hellberg. Zeki Kilicaslan. Gab es irgendeine Verbindung des Professors zu Hellbergs ehemaligem Buchhalter Bernd Oschatz? Zu dessen Verschwinden und zu dessen verwüsteter Wohnung?

Antonia Dix massierte ihre Schläfen.

Was hätte Josef Morian jetzt getan? Josef, ihr Exchef während ihrer Jahre in Bonn, ihr Mentor, ihr großes Vorbild.

Josef hätte sich jetzt zurückgelehnt, die Augen geschlossen und im Geiste die Persönlichkeit des Opfers visualisiert, um so einen Weg zum Täter zu finden.

Okay. Es war einen Versuch wert. Auch wenn es da nicht allzu viel zu visualisieren gab.

Das Hotelzimmer.

Der Koffer. Die Kleidung. Die Wäsche.

Das Nötigste für ein paar Tage.

Ein Herrenhemd, noch originalverpackt, gestern Nachmittag

erworben bei einem Herrenausstatter in der Schildergasse. Der Verkäufer erinnerte sich nur vage an den kleinen, älteren, unscheinbaren Herrn mit dem grauen Schnauzer, der plötzlich an der Kasse vor ihm stand und die Geldbörse zückte. Schließlich hatte er nur ein Hemd gekauft, zuvor keine Beratung in Anspruch genommen und auch nichts anprobiert.

Der Reisepass. Die Flugtickets.

Nichts, was ihre Fantasie sonderlich anregte. Keine Notizen, keine Restaurantbelege, keine Taxiquittungen.

Ein Stadtplan von Köln. Gekauft in der Bahnhofsbuchhandlung Ludwig, wie das Preisschild auf der Rückseite verriet. Allerdings bereits vorgestern, gleich nach der Ankunft in Köln. Antonia Dix ließ den Plan aus der Klarsichtfolie auf den Tisch gleiten, zog sich Latexhandschuhe über und entfaltete ihn. Manche Leute hatten ja die Eigenart, Wege zu markieren oder Ziele zu kringeln.

Nichts.

Sie nahm sich vor, den Stadtplan morgen vorsichtshalber im Labor auf Abdrücke untersuchen zu lassen. Vielleicht fanden sich ja unsichtbare Fingerzeige auf mögliche Ziele.

Weiter.

Das Hotelzimmer.

Nüchtern. Funktional.

Das Bett. Die Delle im Plumeau am Fußende des Bettes. Dort hatte Zeki Kilicaslan wahrscheinlich gesessen, während er telefonierte. Und vermutlich schon auf den Anruf gewartet. Denn der Nachtportier erinnerte sich, dass der Professor unmittelbar nach dem ersten Klingeln abgehoben hatte.

Das Bad.

Rasiermesser, Rasierpinsel, Rasierschaum, Zahnbürste, Zahnpasta, ein Deo, ein Haarwasser, ein Rasierwasser, ein Shampoo. Den Aufschriften nach zu urteilen, waren sämtliche Artikel in der Türkei erworben worden.

Die Diele mit dem Einbauschrank. Links eine Kleiderstange, rechts drei Schubfächer. Eine zusätzliche Wolldecke, orange. Ein kleiner Einbausafe. Auf dem Boden des Schranks ein Paar Schuhe zum Wechseln, schwarz, schlicht, Leder.

Moment mal.
Stopp!
Der Safe!

Minisafes in Hotelzimmern standen gewöhnlich offen, wenn der Gast sie nicht benutzte. Denn man musste sie programmieren, um sie schließen zu können.

Der Safe in Zeki Kilicaslans Zimmer war geschlossen.

Also befand sich noch etwas in dem Safe.

Etwas, das der Professor gut und sicher aufbewahrt wissen wollte. Vielleicht nur eine völlig uninteressante Banalität. Aber nicht mal seinen Reisepass hatte Kilicaslan eingeschlossen. Was auch immer er in den Safe gesteckt hatte: Es schien bedeutsamer und wertvoller als sein Reisepass.

Antonia Dix griff nach ihrer Jacke, stopfte Notizblock, Handy, Autoschlüssel und Diktiergerät zurück in die Taschen, verließ ihr Büro und machte sich erneut auf den Weg zum Hotel DeLuxe. Sie sah erst gar nicht auf die Uhr. Wer auf die Uhr sah, konnte keinen Mordfall lösen. Hauptsache, Hannes Groote war noch im Dienst und wusste, wie man den Safe öffnete.

Es gab lebendigere Gegenden auf diesem Erdball als das ehemalige Bonner Regierungsviertel an einem Winterabend um Mitternacht. Aber das war auch schon so gewesen, als Bonn noch Bundeshauptstadt war, selbst kurz nach acht an lauen Sommerabenden, soweit sich David Manthey erinnern konnte. Und es traf unvermindert, wenn nicht gar noch ausgeprägter auf das neue Regierungsviertel in Berlin zu. Ein steriles Raumschiff inmitten der größten, lebendigsten Stadt Deutschlands. Das Leben fand woanders statt. In Neukölln, in Friedrichshain, im Wedding. Regierende schienen sich danach zu sehnen, sich vom Rest der Welt abzukoppeln. Vielleicht half das dabei, sich die Welt nicht so genau anschauen zu müssen.

Auch in Bonn fand das Leben woanders statt. Jedenfalls nicht im ehemaligen Regierungsviertel, das David Manthey nach vier Stunden wieder verließ. Menschenleere Straßen, die vorzugsweise nach längst verstorbenen Politikern benannt waren. Der Post Tower, das neue Wahrzeichen der Stadt, wechselte ständig die Farbe, als sorgte sich der 41-stöckige gläserne Bau, sonst nachts nicht wahrgenommen zu werden. Nur in den Büros und Studios der Deutschen Welle brannte vereinzelt noch Licht. Manthey passierte das Hochhaus der Vereinten Nationen, das einst die Büros der Bundestagsabgeordneten beherbergt hatte, setzte den Blinker, bog vor der grauen, düsteren Bauruine des World Conference Center nach links in die Heussallee und anschließend, in Höhe der Bundeskunsthalle, als die Ampel endlich auf Grün sprang, nach rechts in die Adenauerallee. Der R4 quälte sich über die Reuterbrücke und nahm zehn Minuten später mit atemberaubender Schieflage die kurvige Auffahrt zur Autobahn nach Köln.

Was hatte der Abend gebracht?

Carlo hatte binnen vier Stunden zwei Flaschen Barolo aus dem Piemont gekillt, während David sich brav an einer Flasche Gerolsteiner festgehalten hatte.

»David, erinnerst du dich noch an Thomas Middelhoff?«

»Moment. Lass mich nachdenken. War das nicht der Chef von Karstadt und Quelle?«

»Genau. Oder noch genauer: der Vorstandsvorsitzende des Arcandor-Konzerns. Karstadt, Quelle, Thomas Cook, Condor und so weiter. Ein Riesenladen. Middelhoff legte im September 2008 eine verheerende Bilanz und tiefrote Zahlen vor. Ein sattes Minus von 746 Millionen Euro. Bankschulden in Höhe von 802 Millionen Euro. Gleichzeitig kündigte der smarte Herr Middelhoff großspurig für das kommende Geschäftsjahr einen satten Gewinn von 1,1 Milliarden Euro an. Wie wir heute wissen, wurde daraus leider nichts, stattdessen stürzte der Konzern im Sommer 2009 endgültig in die Pleite. Tausende Beschäftigte vor dem beruflichen, finanziellen, existenziellen Aus. Aber da hatte der Herr Middelhoff sich schon längst dünne gemacht. Und sich den Abschied vom Aufsichtsrat versüßen lassen.«

»Fürs Versagen.«

»Exakt. Kleine Angestellte kriegen fürs Versagen eine Abmahnung oder die Kündigung. Das ist der Unterschied. Wie die Bochumer Staatsanwaltschaft erst später zufällig bei ihren strafrechtlichen Ermittlungen gegen den Kölner Oppenheim-Esch-Fonds rausgefunden hat, gestattete der Aufsichtsrat dem Herrn Middelhoff trotz der verheerenden Bilanz vom September 2008 nur drei Monate später einen Sonderbonus von 2,3 Millionen Euro... für seinen *strategischen Weitblick*, so die offizielle Begründung. Ein halbes Jahr später meldete der Konzern die Insolvenz an. So viel zum strategischen Weitblick. Dazwischen, im Februar 2009, legte der Aufsichtsrat gemeinsam mit Herrn Middelhoff die finanziellen Modalitäten für die Aufhebung des Dienstverhältnisses fest: eine Abfindung in Höhe von 1,5 Millionen Euro plus eine sogenannte *Karenzentschädigung* in Höhe von 1,1 Millionen Euro plus Gehaltsfortzahlung für die nächsten zwölf Monate nach dem Abschied. Außerdem ließ sich Herr Middelhoff die Übernahme der Mietkosten seiner Düsseldorfer Wohnung in Höhe von 3500 Euro monatlich bis zum Umzug in seine Bielefelder Heimat zusichern. Der Umzug nach Bielefeld wurde natürlich ebenfalls von Arcandor bezahlt. Die monatliche Betriebsrente soll angeblich fast 13 000 Euro betragen. Ich wiederhole, David: pro Monat. Es gibt in Deutschland jede Menge Vollzeitbeschäftigte, die verdienen im ganzen Jahr keine 13 000 Euro.«

Manthey war es ein Rätsel, wie sich ein Mensch so viele Zahlen, Daten und Fakten merken konnte.

»Die Welt ist schlecht, die Menschen sind schlecht. Aber was willst du mir damit sagen, Carlo?«

»Ich möchte, dass du das System begreifst. Große Unternehmen sind zu Selbstbedienungsläden verkommen. Schau dir nur die Namenslisten der deutschen Aufsichtsräte an. Man bleibt unter sich, man tut sich nicht weh. Kaum noch ein Unternehmen wird von den Eigentümern geführt. Sondern von einer neuen Kaste empathieloser Manager, die als Geschäftsführer oder als Vorstände ihre Tantiemen und Boni kassieren, nur am kurzfristigen Erfolg per Kostenreduzierung interessiert sind und nach fünf Jahren das nächste Unternehmen entern. Moderne Piraten. Denen sind die Arbeitnehmer völlig egal. Denen ist in Wahrheit aber auch das Unternehmen völlig egal.«

Carlo Pellegrini, erstes und einziges Zeugnis der körperlichen Liebe eines italienischen Restaurantbesitzers am Eigelstein zu seiner deutschen Kellnerin aus dem Bergischen Land, war schon in Jugendtagen einer der besten Freunde von Onkel Felix gewesen. Die Freundschaft hatte ein Leben lang gehalten. Bis zu Felix Mantheys Tod. Trotz der unterschiedlichen Mentalität, trotz der völlig verschiedenen Lebensentwürfe. Carlo Pellgrini war ein intellektueller Überflieger. Einser-Abitur, Stipendium, Studium der Politikwissenschaft, Geschichte und Nationalökonomie an diversen europäischen Universitäten, Promotion in Bologna, Volontariat beim Berliner Tagesspiegel, Politikredakteur bei der Süddeutschen. Schließlich machte er sich in der Bundeshauptstadt Bonn als Auslandskorrespondent für italienische Zeitungen selbstständig, hatte eine regelmäßige Kolumne in der Wochenzeitung Die Zeit, schrieb nebenher Kochbücher und war gern gesehener Gast in deutschen TV-Talkshows, wegen seines messerscharfen Verstandes, seines beeindruckenden rhetorischen Repertoires und nicht zuletzt wegen seines charmanten italienischen Akzents, den er wie auf Knopfdruck nach Belieben ein- und ausssschalten sowie nach Bedarf dosieren konnte.

Im Sommer 1991 passierten zwei Dinge, die Carlos bisheriges, weitgehend sorgloses Leben völlig veränderten: Am 20. Juni entschied sich der Deutsche Bundestag mit hauchdünner Mehrheit für Berlin als künftigen Regierungssitz, und am 14. August entschied sich seine Frau, ihn für einen zwölf Jahre jüngeren Berliner Fotografen zu verlassen.

Carlo blieb in Bonn.

Er fühlte sich zu alt für einen Neuanfang in Berlin, zu alt für die wachsende Konkurrenz auf dem Nachrichtenmarkt, zu alt für den zunehmend härter und hektischer werdenden Handel mit einer höchst verderblichen Ware.

Das Häuschen war abbezahlt.

Und Carlo mutierte im Lauf der Jahre vom gern gesehenen Partygänger und charmanten Plauderer zum menschenscheuen Eremiten, der sein Selbstmitleid im Alkohol ertränkte.

»Wie geht es Günther?«

»Die Ärzte sind ganz zufrieden, gemessen an den Umständen. In der Nacht, als er eingeliefert wurde, hatten sie ihn fast schon aufgegeben. Sein Körper macht Fortschritte. Aber seine Seele hat Schaden genommen.«

»Mach dir nicht so viele Gedanken, David. Das wird schon wieder. Günther ist ein zäher Bursche.« Carlo sprach nicht gerne über Seelenzustände. Weder über fremde noch über eigene.

»Ich soll dir schöne Grüße von ihm ausrichten.«

»Oh. Danke. Eigentlich wollte ich ihn längst schon besucht haben. Aber vielleicht ist es ja noch zu früh.«

David sagte nichts. Er wusste, dass Carlo sich nie und nimmer dazu aufraffen würde, Günther in Köln zu besuchen. Der Besuch würde für Günthers Genesung allerdings auch nicht unbedingt förderlich sein. Der Tisch, an dem sie saßen, war übersät mit zerfledderten Zeitungen, deutsche, italienische, britische, amerikanische, von heute, von gestern, von vorgestern. Zeitungen und Bücher waren Carlos einzige Verbindung zur Außenwelt.

»Womit kann ich dir helfen?«

»Erzähle mir was über Rebmob.«

»Ach, du meine Güte. Rebmob. Zum Scheitern verurteilt. Eine traurige Eintagsfliege, wenn du mich fragst.«

»Wieso? Die Umfragen…«

»Die Umfragen. Meinungsumfragen sind Momentaufnahmen, morgen schon Schnee von gestern. Sobald das Thema Hellberg totgeritten ist, wird Rebmob ganz schnell die Luft ausgehen.«

»Weshalb bist du da so pessimistisch?«

»Rebmob hat keine atemberaubenden Visionen von einer besseren Welt, keine finanzielle Basis, keine vernünftige Organisationsstruktur, keine charismatischen Anführer und keines dieser Fernsehgesichter als prominente Unterstützer vorzuweisen. Außerdem ist Rebmob nicht international aufgestellt. Deshalb wird es vielleicht Occupy schaffen, wenigstens noch eine Weile öffentlich wahrgenommen zu werden, aber auf keinen Fall Rebmob. Eine rein nationale Protestbewegung, die lediglich aus einer Ansammlung von politisch vereinsamten Facebook-Usern besteht, hat auf Dauer keine Überlebenschance. Außerdem ist der Leidensdruck in Deutschland noch nicht groß genug. In Athen stürzen gerade Angehörige der Mittelschicht scharenweise in die Obdachlosigkeit. In Andalusien ist schon jeder zweite Jugendliche ohne Ausbildung und ohne Arbeit. In Paris und in London sind es die völlig perspektivlosen Migrantenkinder, die Autos und Häuser in den tristen Vorstädten anzünden. Hinzu kommt: Eine Revolution kannst du nicht basisdemokratisch organisieren, sondern nur totalitär. Das lehrt uns die Geschichte. Anschließend aber scheitert die postrevolutionäre Gesellschaft zwangsläufig, weil sie eben nicht demokratisch, sondern totalitär organisiert ist. Auch das lehrt uns die Geschichte.«

»Also bleibt alles so, wie es ist?«

»Keineswegs. Der Kapitalismus als Wirtschaftsform ist gerade dabei, sich selbst zu vernichten. Das ist meine Überzeugung. Da bedarf es gar keiner Protestbewegung.«

»Wie meinst du das?«

»Das System driftet zunehmend auseinander: Das Kapital fließt weltweit dorthin, wo die größten Renditen warten, die Arbeit hingegen wird dort nachgefragt, wo sie am billigsten ist. Einige wenige Jahrzehnte lang ging das zufällig mal in dieselbe Richtung, und alle hatten was davon. Aber das ist vorbei. Dieses System wird eines nicht allzu fernen Tages mit Volldampf gegen die Wand fahren. Das ist aber den derzeit handelnden Personen an den Schalthebeln völlig egal. Sie alle sind nur damit beschäftigt, sich die Taschen noch mal richtig vollzumachen und rechtzeitig abzuspringen, bevor der Zug mit Höchstgeschwindigkeit aus den Gleisen springt. Und die Politik überhört geflissentlich sämtliche Warnsignale. Seit Margaret Thatcher schafft sich der Staat als ordnendes Organ systematisch selbst ab. Das freie Spiel der Kräfte am Markt soll alles selbst richten. Was für ein billiger Zynismus, was für eine Volksverdummung. Die Bankenkrise hat doch gezeigt, wie gut das freie Spiel der Kräfte funktioniert: Die Gewinne werden privatisiert, die Verluste aber werden vergesellschaftet.«

»Aber das System hat doch mal funktioniert...«

»Wie lange denn? Klar, das war genau die Zeit, die dein bisheriges Leben geprägt hat, David. Deine subjektive Wahrnehmung, wie die Welt zu sein hat. In Wahrheit aber sind diese drei Jahrzehnte zwischen den Studentenrevolten und dem Einsturz des World Trade Center, die drei Jahrzehnte also, in der sich gesellschaftliche Freiheit mit materiellem Wohlstand für erstaunlich viele Menschen paarte, nichts weiter als ein sekundenkurzer Wimpernschlag in der Menschheitsgeschichte. Demokratie und Kapitalismus haben per se nichts miteinander zu tun. Kapitalismus funktioniert auch ganz wunderbar in einem totalitären Staat, wie das aktuelle Beispiel China beweist oder wie schon der Nationalsozialismus gezeigt hat.«

Carlo goss sich das nächste Glas Rotwein ein. Der Pullover war fleckig und hatte am Ellbogen ein kreisrundes Loch.

»Unsere Gesellschaft ist inzwischen völlig verkommen, David. Sie erinnert mich an den moralischen Zustand des römischen Imperiums kurz vor dem Untergang. Kürzlich hörte ich von der neuesten Masche, um unliebsame langjährige Führungskräfte aus der mittleren Ebene preiswert loszuwerden; Leute mit vielen Sozialpunkten, deren Arbeitsleistung zwar nicht zu wünschen übrig lässt, die aber von ihrer Persönlichkeit nicht mehr ins Profil passen, die nicht so geschmeidig und aalglatt sind, vielleicht die falschen Anzüge tragen, die falschen Dinge sagen, nicht bei allem mitspielen und sich möglicherweise auch noch vor ihre Mitarbeiter stellen und deshalb beim Fußvolk beliebt sind. Die neue Masche ist weitaus kostengünstiger als eine Abfindung oder ein langwieriger Arbeitsgerichtsprozess mit ungewissem Ausgang. Sie funktioniert folgendermaßen: Der Arbeitgeber geht einen Deal mit der Geschäftsleitung eines anderen Unternehmens ein. Dieses Unternehmen unterbreitet dem Mitarbeiter dann ein attraktives Abwerbeangebot, das der unmöglich ablehnen kann. Anschließend kündigt man dem neuen Mitarbeiter noch während der vereinbarten Probezeit. Das war's. Die Kosten für die Probezeit übernimmt das vorherige Unternehmen, die Kosten der anschließenden Arbeitslosigkeit übernimmt der Staat, der Steuerzahler, die Gesellschaft. Wir alle.«

»Du bleibst so gelassen, wenn du davon erzählst. Warum macht dich das alles nicht furchtbar wütend?«

»Wütend? Ach, David. Es ist der Lauf der Welt. Du kennst dich doch durch deinen Job mit dem Bösen aus. Dann müsstest du wissen: Das Böse ist dem Guten immer einige Schachzüge voraus. Ein Naturgesetz, so alt wie die Menschheit.«

Das war erst der Anfang. Otto Hellberg spürte es deutlich. Sein im Lauf der Jahrzehnte geschärfter Instinkt warnte ihn, dass der gestrige Tag erst der Anfang gewesen war. Und auf seinen Instinkt konnte er sich stets verlassen.

Die beiden guten Nachrichten:

Das Transparent war am frühen Morgen auf Anordnung des städtischen Ordnungsamts und mithilfe eines neuerlich bestellten Kranwagens entfernt worden. Und Nina hatte das Desaster der gestrigen Pressekonferenz seelisch besser verkraftet, als er zunächst befürchtet hatte.

Aber das konnte ihn unterm Strich nicht beruhigen. Wie ein Raubtier im Käfig ging er in seinem Büro auf und ab. Otto Hellberg spürte deutlich, wie sich die Katastrophe unaufhaltsam näherte. Er musste etwas unternehmen, bevor es zu spät war. Sein über Jahrzehnte fein gesponnenes Netzwerk schien sich jedenfalls dieses Mal nicht auszuzahlen. Niemand mochte nun noch in den Verdacht geraten, auf der moralisch falschen Seite zu stehen, und die bessere Gesellschaft Kölns ging bereits auf Distanz zu ihm. Selbst der Oberbürgermeister war denkbar kurz und knapp am Telefon gewesen, als Hellberg ihn abends privat angerufen und gebeten hatte, das Transparent entfernen zu lassen.

Aber immerhin spurte der noch.

Auf Hellbergs Schreibtisch lag ein Stapel zerfledderter aktueller Tageszeitungen. Keine großen Überraschungen. Die Printmedien käuten allesamt brav wieder, was die elektronischen Medien bereits gestern vorgebetet hatten.

Um den Lesern etwas Neues zu bieten, was sie noch nicht vom Vorabend aus dem Fernsehen kannten, schilderte eine Kölner Zeitung in ihrem Lokalteil genüsslich die geschäftliche Nähe des Gründervaters August Hellberg zu den örtlichen Nazis und dessen persönliche Bereicherung an der Not flüchtender jüdischer Geschäftsleute. Andere Zeitungen druckten auf ihren Hintergrundseiten zu Tränen rührende Features über die Kinderarbeit in Bangladesch, blieben aber den Nachweis schuldig, ob auch Hellberg-Textilien von Kindern produziert wurden. Otto Hellberg riss die Seiten aus den Zeitungen und schickte sie dem Justiziar zur Prüfung. Wer den Krieg gegen ihn wollte, sollte schmerzlich erleben, dass sich ein Hellberg so schnell nicht geschlagen gab.

Inzwischen hatte er auch in Erfahrung gebracht, wo sein Sohn gestern gesteckt hatte, als in der Lobby die Hölle ausbrach: Lars war unmittelbar vor Beginn der Pressekonferenz zu einem Casting-Termin nach Düsseldorf gefahren. Er suchte die Models, weibliche wie männliche, für die CPD, die größte Modefachmesse der Welt, immer gerne selbst aus. Das galt ebenso für die CPM in Moskau und die CPI in Istanbul. Damit konnte er sich wochenlang beschäftigen. Lars umgab sich gern mit schönen, jungen Menschen, die ihn anhimmelten, die mit ihren Augen an seinen Lippen hingen und aus nüchternem Kalkül in der Hotelsuite auch noch mit einigen anderen seiner Körperteile Kontakt aufnahmen. Otto Hellberg hatte genug von der Welt gesehen, um genau zu wissen, dass sein Sohn dies mit echtem Interesse an seiner Person verwechselte.

Lars war also nicht mal im Traum auf die Idee gekommen, diesen völlig belanglosen Termin in Düsseldorf wegen der aktuellen Ereignisse in Köln abzusagen. Unfassbar. Was für ein bizarres Wesen hatte er da vor 44 Jahren gezeugt?

Mit Sicherheit war es ein Fehler gewesen, dass er vor drei Monaten dem Vorschlag seiner Schwiegertochter zugestimmt hatte, keinen neuen PR-Profi einzustellen. Lars war anderer Meinung gewesen. Aber wann hatte er es schon einmal für ratsam gehalten, auf seinen Sohn zu hören? Zuvor hatte sich zwölf Jahre lang ein ehemaliger Vertriebsmann als Autodidakt um die Presse- und Öffentlichkeitsarbeit gekümmert. Der Job war dem Herrn irgendwann zu Kopf gestiegen: die Repräsentationstermine, die Reisen mit Journalisten, in dieser Branche vorzugsweise jung und weiblich, die Arbeitsessen in den teuersten Restaurants, die anschließenden Nachtclubbesuche – jedenfalls mussten sie ihn wegen fortgesetzten massiven Spesenbetrugs fristlos feuern. Bei der erdrückenden Beweislage waren auch dessen Anwalt und das Arbeitsgericht machtlos. Nina hatte gemeint, das teure Gehalt für einen Nachfolger könne man sich im Rahmen der allgemeinen Personalkostenreduzierung getrost sparen und die verbleibenden Aufgaben im Zuge der Arbeitsverdichtung auf mehrere andere Schultern verteilen. Weil Hellberg ja keine Markenartikel mehr herstelle und direkt vertreibe, sei das Risiko, ins Visier der Medien zu geraten, denkbar gering.

Meinte Nina.

Ein großer Irrtum.

Wie Otto Hellberg seit gestern wusste.

Was er aber an diesem späten Vormittag noch nicht wissen konnte, sondern nur ahnte: Der heutige Tag würde den gestrigen Tag noch in den Schatten stellen.

Um 13 Uhr brach die Katastrophe herein.

Bundesweit mehr als 12 000 Flashmobber stürmten pünktlich auf die Minute 83 Filialen großer Modeketten in den Fußgängerzonen der zwölf größten Städte Deutschlands. Die Demonstranten, die für das Personal zunächst gar nicht als Demonstranten zu erkennen waren, blockierten alleine durch ihre Anwesenheit in großer Zahl die Verkaufsräume für andere, zahlungswillige Kunden, verwickelten die Verkäuferinnen und Verkäufer in endlose Beratungsgespräche, um am Ende doch nichts zu kaufen, blockierten die Kassen mit bizarren Umtauschwünschen und vergessenen PIN-Nummern, reichten vor den Eingängen, in den Verkaufsräumen und sogar durch die geschlossenen Vorhänge ins Innere der Umkleidekabinen Flugblätter an die Kunden und animierten sie, auf die Etiketten zu schauen und keine von Hellberg produzierte Kleidung mehr zu kaufen, um sich solidarisch mit der von der Entlassung bedrohten Belegschaft in Köln zu zeigen. Mit handlichen Videokameras oder Handys filmten sie das Spektakel, um die Bilder später ins Internet zu stellen. Bis die Filialleiter begriffen, was da passierte, hektisch per Telefon Rücksprache mit ihren Zentralen genommen und schließlich jedem einzelnen Flashmobber persönlich Hausverbot erteilt hatten, so wie es das Gesetz vorschrieb, verging eine kostspielige Ewigkeit.

Nur zwei Stunden später, in den 15-Uhr-Nachrichten, erklärte der Deutschland-Boss einer auf preiswerte, unkonventionelle Jugendmode spezialisierten internationalen Kette in EinsLive, dem populären Jugendradiosender des WDR, man werde selbstverständlich ab sofort keine Ware mehr von Hellberg beziehen, bis die *massiven Vorwürfe in Bezug auf EU-Subventionsbetrug in Rumänien und vor allem der Verdacht der Kinderarbeit in Bangladesch überprüft* seien. Bis zum späten Nachmittag traten zwei weitere Modediscounter die Flucht nach vorne an und informierten darüber die Deutsche Presseagentur. Nun war das Thema Kinderarbeit in der Öffentlichkeit, untrennbar mit dem Namen Hellberg verknüpft, und ungeachtet der fehlenden Recherche nicht mehr aus der Medienwelt zu entfernen. Die Redaktionen machten es sich leicht und zitierten schlicht die Begründung der drei Discounter im Wortlaut. Nach Rücksprache mit Otto Hellberg delegierte der Justiziar des Konzerns den Auftrag der presserechtlichen Prüfung an einen befreundeten und in der Medienbranche gefürchteten Fachanwalt in Hamburg und machte sich selbst an die Prüfung der bestehenden Verträge mit den Discountern. Schließlich ging es jetzt um drohende Millionenverluste.

Doch die öffentliche Meinung in Deutschland gehorchte ihren eigenen, ungeschriebenen Gesetzen.

Gesetze, die Rebmob offenbar gründlich studiert hatte.

Die Zahl der bekennenden Rebmob-Sympathisanten im Netz war in nur 36 Stunden von 150000 auf 810000 User gestiegen. Aber schon unter den 150000 war es nicht allzu schwierig gewesen, arbeitslose Medienprofis als Berater zu gewinnen, ebenso wenig wie zuvor ein halbes Dutzend Freeclimbing-Sportler, die bereit und in der Lage waren, bei Nacht und Nebel ein Werbebanner an einem leer stehenden Bürogebäude an der Eupener Straße zu befestigen.

Rebmob wusste offenbar um die grenzenlose Macht der Bilder: Ereignisse waren für TV-Redaktionen nur dann wichtige Nachrichten, wenn dazu spektakuläres Filmmaterial existierte. Also wurden am Vormittag die Sender über die bevorstehende Aktion informiert und die Adressen von vier besonders attraktiven Filialen in Berlin, Hamburg, München und Köln genannt, wo zudem eigens mediengeschulte Rebmob-Aktivisten auf die Kamerateams warteten, allesamt handverlesene Sympathieträger, die in der Lage waren, Live-Interviews zu geben. Sie waren jung, attraktiv, adrett gekleidet, gut ausgebildet und arbeitslos. Die Medien fraßen ihnen aus der Hand, und noch am Abend desselben Tages wurde die TV-Nation darüber aufgeklärt, was zum Beispiel das Fremdwort *Prekariat* bedeutete. Denn Hellberg war für Rebmob nur der Testlauf auf dem Weg zur flächendeckenden Rebellion.

Im Laufe des Nachmittags drang eine Delegation des Betriebsrats nach eingehender interner Beratung darauf, unverzüglich zum Patriarchen vorgelassen zu werden. Otto Hellberg lehnte ein Gespräch kategorisch ab und ließ den Betriebsratsvorsitzenden über seine Sekretärin auf den folgenden Tag vertrösten. Er hatte sich noch nie von der Arbeitnehmerseite unter Druck setzen lassen. Und er sah keinerlei Veranlassung, seine grundsätzliche Haltung in dieser Hinsicht aufgrund der jüngsten Ereignisse zu ändern.

Um 18.30 Uhr versammelten sich trotz des plötzlichen Nieselregens mehr als 4000 Kölner Bürger zu einem Fackelzug, der um 19 Uhr vor dem Werkstor an der Eupener Straße mit einer offiziell angemeldeten und genehmigten Kundgebung endete. Die etwas steife Rede eines örtlichen Funktionärs der auch für die in der Textilindustrie Beschäftigten zuständigen IG Metall wurde mit höflichem Applaus bedacht. Anschließend scharten sich eine Reihe prominenter Kölner Musiker, Künstler und Schauspieler um das Mikrofon. Die Aufmerksamkeit der Kameraleute und Fotografen war ihnen gewiss. Ein beliebter deutscher Seriendarsteller mit spanischen Wurzeln schilderte die jüngsten Erfolge der im Internet entstandenen und stetig wachsenden Protestbewegung »Movimiento 15-M« in den Großstädten der Iberischen Halbinsel und rezitierte anschließend eindrucksvoll Passagen aus dem zornigen Essay »Empört euch!« des inzwischen 95-jährigen Lyrikers und ehemaligen französischen Widerstandskämpfers Stéphane Hessel. In dem nur 14-seitigen, im Oktober 2010 erschienenen Büchlein, das in Frankreich blitzschnell zum Bestseller avancierte, appellierte der alte Mann an die heutige Jugend, sich nicht still damit abzufinden, dass der internationale Finanzkapitalismus die Werte der europäischen Zivilisation zerstöre, sondern aktiv Widerstand zu leisten. Als der Schauspieler endete, brach unter den 4000 Teilnehmern des Fackelzugs frenetischer Jubel aus.

Der ohrenbetäubende Lärm drang mühelos durch die geschlossenen Isolierfenster in Otto Hellbergs Büro in der obersten Etage. Der Patriarch schwieg und schloss die Augen, bis der minutenlange Jubel auf der Straße abebbte. Dann fixierte er wieder seinen Sicherheitsbeauftragten:

»Morgen früh will ich eine Liste auf meinem Schreibtisch haben, wer von unseren Mitarbeitern an dieser Kundgebung teilgenommen hat. Aber zurück zum Thema. Um es kurz zu machen, Detmers: Sie wollen die unbefristete Festanstellung? Dann finden Sie eine Lösung für unser Problem.«

»Es könnte sein, dass ich dabei Hilfe benötige.«

»Hilfe? In welcher Form?«

»Ein paar Hilfskräfte, die über die nötige Robustheit und Risikobereitschaft verfügen...«

»Detmers, ersparen Sie mir bitte weitere Details. Geld spielt keine Rolle. Melden Sie mir den Erfolg, wenn Sie am Ziel sind. Vorher will ich nichts von Ihnen hören. Und über Ihre Wege zum Ziel will ich ebenfalls nichts wissen.«

Als der frenetische Jubel einsetzte, verließ Angelika Schmidt vorzeitig die Kundgebung und machte sich auf den Weg nach Hause. Fackelzüge, verzückt jubelnde Menschenmassen – das war ihr unheimlich. Das erinnerte sie an die Erzählungen ihrer Mutter. Erzählungen aus einer anderen Zeit, aber keiner anderen Welt. Schwarz-weiß-Erinnerungen.

Ihr Wagen stand nicht mehr auf dem Werksgelände geparkt. Sie hatte ihn nach Feierabend umgesetzt, in der nächsten Querstraße eine Parklücke unter einer Straßenlaterne gefunden. Auch diese Gegend hier war ihr unheimlich, vor allem abends, nach Einbruch der Dunkelheit. Abend für Abend mutierte das ohnehin marode Industrierevier zur Geisterstadt. Sie hatte es dennoch vorgezogen, ihren Nissan nach Feierabend umzuparken, damit niemand von der Firmenleitung womöglich darauf aufmerksam wurde, dass sie an der Protestkundgebung teilnahm.

Vor allem der Detmers nicht.

Sie fröstelte und zitterte immer noch, wenn sie sich an dessen überraschenden, überfallartigen Besuch in ihrer Wohnung erinnerte. In den ersten Nächten danach hatte sie sogar davon geträumt, trotz der Tabletten.

An der Demonstration teilzunehmen, hatte Angelika Schmidt als ihre Bürgerpflicht erachtet, trotz der bedingungslosen Loyalität, die sie ein Berufsleben lang gegenüber der Firma empfunden hatte. 39 Jahre lang. Du meine Güte. 39 Jahre. Gleich nach der Lehre als Industriekauffrau bei Ford war sie zu Hellberg gegangen. Um es künftig nicht mehr so weit zur Arbeit zu haben, jeden Morgen und jeden Abend. Und weil ihre Mutter gesagt hatte, Hellberg sei eine anständige Firma.

War es auch mal. Eine grundanständige Firma.

Bis sich auch dort das Denken veränderte. Und mit dem Denken veränderte sich die Sprache: Arbeitsverdichtung. Verschlankung. Flexibilisierung. Outsourcing. Überkapazitäres Personal. Belegschaftsaltlasten. Minderleister. Schlechtleister.

Feiner Nieselregen. Kalte Nadelstiche. Sie vergrub die Hände tief in den Taschen ihres Anoraks. Sie hätte vorhin den Schirm aus dem Wagen mitnehmen sollen.

Sie bog um die nächste Ecke, und mit einem Mal war der dumpfe Geräuschteppich der Kundgebung wie abgeschnitten.

Stille.

Sie hörte nur noch ihre eigenen Schritte.

Von den Straßenlaternen, die im Abstand von etwa dreißig Metern installiert waren, brannte nur jede dritte – zum Glück auch jene, unter der sie ihren Wagen abgestellt hatte. Der stand nun mutterseelenalleine an der Straße.

Noch dreißig Meter.

Irgendwo vor ihr zerschellte eine Fensterscheibe in der Dunkelheit. Johlendes Gelächter aus Männerkehlen. Angelika Schmidt blieb stehen und kramte in ihrer Handtasche, die an einem langen, quer über Brust, Schulter und Rücken drapierten Riemen hing, damit sie ihr nicht entrissen werden konnte.

Schritte. Hinter ihr.

Sie unterbrach die Suche und blickte sich um.

Ein Mann war um die Ecke gebogen und kam auf sie zu. Lederjacke, klobiges Schuhwerk. Angelika Schmidt konzentrierte sich wieder auf ihre Handtasche, kramte hastig weiter, bis sie ertastete, was sie suchte. Das Pfefferspray.

Wo war der Sicherungshebel? Wie funktionierte das Ding noch mal? Seit drei Jahren trug sie es in ihrer Handtasche spazieren, aber sie hatte es noch nie benutzt.

»Lassen Sie das besser stecken.«

Eine Frauenstimme. Angelika Schmidt hatte sich auf die Entfernung von der Kleidung und den raspelkurzen Haaren täuschen lassen. Der Mann in ihrem Rücken war eine Frau. Schlank. Jung. Mitte bis Ende dreißig vielleicht.

»Aber das habe ich mir extra…«

»Der Wind muss nur falsch stehen oder sich kurzfristig drehen, und schon haben Sie die ganze Ladung selbst im Gesicht. Aus und vorbei. Haben Sie Angst vor den drei Typen da vorne? Sie brauchen keine Angst zu haben. Bleiben Sie einfach dicht bei mir. Und wenn's Ärger geben sollte, bleiben Sie dicht hinter mir, dann wird Ihnen nichts passieren.«

»Woher wissen Sie, dass die zu dritt sind?«

»Ich habe drei verschiedene Stimmen gehört. Vielleicht sind auch noch ein, zwei Schweiger dabei. Aber die Schweiger sind in solchen Gruppen ungefährlich.«

Angelika Schmidt blieb gar keine Zeit, um über die seltsamen Worte dieser seltsamen Frau nachzudenken. Sie hatte genug damit zu tun, mit ihr Schritt zu halten und auf Tuchfühlung zu bleiben. Die Frau nahm die Hände aus den Jackentaschen und hakte sich bei Angelika Schmidt unter.

»Weiter. Immer weiter. Wo steht Ihr Auto?«

»Da vorne. Gleich da vorne. Unter der nächsten Laterne, die brennt. Der rote Nissan.«

Aus dem schwarzen Schatten einer Toreinfahrt lösten sich drei Gestalten und bauten sich breitbeinig auf dem Bürgersteig auf.

Noch zehn Meter.

»Guck mal: zwei Lesben!«

Junge Burschen. Der Wortführer stand in der Mitte. Er war größer und kräftiger als die beiden anderen. Und mit etwa Anfang zwanzig auch ein wenig älter als seine Gefährten. Er trug eine Baseballkappe auf dem Schädel, so unnatürlich hoch aufgesetzt, als brütete er darunter ein Straußenei aus. Sein muskulöser Körper war in einen hochglänzenden weißen Jogginganzug gehüllt. Dazu truf er schneeweiße Sportschuhe.

Noch fünf Meter.

»Ich schwör: Das sind echte Lesben. Ich schwör.«

Noch zwei Meter.

»Ey, ihr zwei Lesben. Habt ihr mal 'ne Kippe?«

»Wir rauchen nicht.«

»Hö, hö, hö. Ihr raucht nicht? Was macht ihr denn sonst… so

allein hier? Wollt ihr vielleicht geheilt werden? Richtige Frauen werden? Dann seid ihr bei uns genau richtig.«

»Wir wollen vor allem keinen Ärger. Gib den Weg frei.«

»Habt ihr das gehört?«

Während sich der Wortführer zu seinen beiden Kumpels umdrehte, schob sich die junge Frau vor Angelika Schmidt und schlug ihm mit dem Handrücken die Kappe vom Kopf. Der Typ wirbelte herum, Hass und Verachtung in den Augen.

»Hast du Todessehnsucht, Alte?«

»Nein. Ich will die Sache nur abkürzen.«

»Kannst du haben.«

Der Bursche holte zu einer Ohrfeige aus. Doch die Frau war schneller. Statt zurückzuweichen, stürzte sie sich nach vorne, in den Gegner hinein, sodass dessen Schlaghand sie nicht mehr erreichen konnte, rammte ihr linkes Knie in seinen Unterleib, drehte sich blitzschnell um ihre eigene Achse und donnerte ihren Ellbogen gegen seine Halsschlagader. Sie war bereit, ein drittes Mal zuzuschlagen, doch der Wortführer verdrehte bereits die Augen und klatschte wie ein nasser Sack zu Boden.

Die Frau zischte Angelika Schmidt zu:

»Los jetzt: Sie steigen in den Wagen, starten den Motor, öffnen von innen die Beifahrertür, legen den ersten Gang ein und lösen schon mal die Handbremse.«

Den beiden verdutzten Kumpels des bewusstlosen Wortführers rief sie mit selbstbewusst erhobenem Kinn und mit fester, dunkler, bedrohlich ruhig klingender Stimme zu:

»Wer ist der Nächste?«

David Manthey begriff es immer noch nicht: Wie hatte er das nur übersehen können? Zum wiederholten Mal studierte er den Papierausdruck mit der Firmengeschichte, die er sich vor seinem Besuch in der Eupener Straße aus dem Internet gezogen hatte.

Inzwischen hatte der Konzern die offizielle Website vom Netz genommen, wie er soeben festgestellt hatte. Zum Glück hatte er den Papierausdruck aufbewahrt.

Otto Hellberg hatte nicht nur einen Sohn, sondern auch eine Tochter. Otto Hellberg hatte zwei Kinder.

Lars und Ulrike.

Lars war inzwischen Vorstandsvorsitzender.

Ulrike war nichts.

Die Tochter wurde in der offiziellen Firmengeschichte, die in einem Familienunternehmen zwangsläufig auch die Familiengeschichte der Hellbergs war, lediglich ein einziges Mal erwähnt, und das in einem nicht gerade fröhlich stimmenden Zusammenhang: *Otto Hellbergs über alles geliebte Frau Hedwig wurde viel zu früh von ihm gerissen. Sie starb 1974, noch im Wochenbett, unmittelbar nach der Geburt ihrer Tochter Ulrike, an den Folgen der schweren Geburt.*

Fortan wurde die Tochter nicht mehr erwähnt. Warum fand sie keine weitere Erwähnung? Schämte man sich ihrer? Lebte sie überhaupt noch? Wenn ja: Was hatte sie zum schwarzen Schaf prädestiniert? War sie früh ins Ausland gegangen, um sich der Familie zu entziehen? Vielleicht hatte sie auch längst geheiratet und trug einen anderen Namen.

David Manthey versuchte es über Google: *Ulrike Hellberg.* Die Suchmaschine lieferte nur einen einzigen brauchbaren Hinweis: In Norddeutschland, südlich von Hamburg, arbeitete eine gewisse Ulrike Hellberg-Maurer als Gleichstellungsbeauftragte in der Verwaltung eines Landkreises. Manthey klickte auf die Website der Behörde. Die Gleichstellungsbeauftragte war jedoch deutlich jünger als Otto Hellbergs Tochter, und ihr Geburtsname war auch nicht Hellberg, sondern Maurer.

Manthey versuchte es mit der Kombination der Begriffe *Ulrike* und *Köln.* Ein blauäugiger Versuch. Mehr als 3,1 Millionen Suchergebnisse. Völlig aussichtslos.

Nur so eine verrückte Idee: Zwischen all den sündhaft teuren Werken prominenter zeitgenössischer Maler in Lars Hellbergs Büro hatte Manthey nur einige wenige Gemälde nicht eindeutig identifizieren können. Und bei dem Aquarell über der Couch hatte er völlig passen müssen. Würde sich Lars Hellberg das Werk eines völlig unbekannten Künstlers ins Büro hängen, wo er doch ansonsten auf kostspieliges Namedropping abfuhr? Oder wurde Ulrike Hellberg, falls sie tatsächlich eine brotlose Künstlerin und deshalb das schwarze Schaf der Familie war, ohne Wissen des Vaters von ihrem Bruder Lars heimlich unterstützt?

Manthey klapperte vergeblich die Websites der ihm bekannten Kölner Galeristen ab. Anschließend nahm er sich die gängigen Künstlervereinigungen vor. Nichts. Eine Ulrike Hellberg schien nicht zu existieren. Er wollte schon aufgeben, da kam ihm eine weitere Idee:

Das schwarze Schaf der Familie.

Würde das vom Vater verstoßene Mitglied der Familie sich weiter Hellberg nennen wollen?

Würde einer Künstlerin der brave, heute leicht spießig klingende Name Ulrike gefallen?

Picasso begnügte sich mit dem Mädchennamen seiner Mutter und ließ sowohl seinen Vornamen Pablo als auch seinen offiziellen Familiennamen Ruiz weg.

Ein einziger Name genügte völlig.

Wie hatten ihre Schulfreundinnen sie genannt?

Manthey tippte die Begriffe *Rike* sowie *Kunst* und *Köln* in die Suchmaschine. Klickte automatisch, ohne langes Nachdenken, die oberste Website in der Ergebnisliste an. Und traute seinen Augen nicht: Die Startseite des Online-Auftritts einer Künstlerin namens Rike schmückte ein wunderschönes Aquarell, das den Rhein im dichten Morgennebel zeigte.

Das Original hing in Lars Hellbergs Büro.

Angelika Schmidt machte Kaffee. Ganz altmodisch mit Wasserkessel und Filter auf der Kanne. Sie selbst trank gewöhnlich lieber Tee, vor allem um diese Uhrzeit, aber ihr Gast hatte sich Kaffee gewünscht, als sie fragte, und diesen kleinen Wunsch zu erfüllen, war doch wohl das Mindeste, was sie ihrem Gast als Dank schuldig war.

»Wie heißen Sie eigentlich?«

»Antonia Dix.«

»Ich bin Angelika Schmidt. Arbeiten Sie auch bei Hellberg? Ich habe Sie nämlich noch nie...«

»Nein. Und Sie?«

Angelika Schmidt nickte. »Buchhaltung.«

»Aha. Werden Sie denn auch entlassen?«

»Ich weiß nicht. Es hat ja bis heute noch niemand von der Geschäftsleitung mit uns gesprochen. Alles, was wir wissen, das wissen wir nur aus den Medien.«

»Aber in der Buchhaltung sitzen Sie doch an der Quelle, oder?«

Angelika Schmidt schwieg.

»Entschuldigen Sie. Ich wollte nicht indiskret sein.«

Angelika Schmidt deckte den winzigen Küchentisch, goss ihrem Gast Kaffee ein und setzte sich dazu.

»Möchten Sie vielleicht ein Stück Kuchen zum Kaffee? Ich habe noch Streuselkuchen. Sehr lecker.«

»Nein, danke. Nicht um diese Uhrzeit. Trinken Sie keinen Kaffee, Frau Schmidt?«

»Nein, nicht um diese Uhrzeit.«

Sie mussten beide lachen. Schließlich senkte Angelika Schmidt den Blick und betrachtete ihre gefalteten Hände.

»Was ist los, Frau Schmidt?«

»Ich verstehe nicht, wieso Sie vorhin keine Angst hatten. Ich hatte schreckliche Angst. Ich habe immer Angst...«

Antonia Dix griff über den Tisch und legte ihre rechte Hand auf Frau Schmidts gefaltete Hände.

»Das stimmt nicht. Ich hatte nämlich Angst. Sogar große Angst. Wissen Sie... Angst ist nämlich etwas völlig Normales.

Jeder Mensch... auch jedes Tier hat Angst. Wenn Sie eine Amsel auf der Wiese beobachten: Sie pickt, dann hebt sie den Kopf und schaut sich um, dann pickt sie, dann hebt sie wieder den Kopf... die ständige Angst rettet sie davor, gefressen zu werden. Die Angst hat mir geholfen, die Situation richtig einzuschätzen. Ohne Angst würden wir uns überschätzen und in jede Falle tappen. Die Kunst besteht lediglich darin, die Angst in unserem Interesse zu nutzen, statt uns von ihr hypnotisieren zu lassen.«

»Und wie kriegen Sie das hin?«

»Ich trainiere das regelmäßig. Kickboxen für die Kraft und die Kondition und die Beweglichkeit, Wing Tsun für die technische Fähigkeit, mich auch eines größeren und kräftigeren Gegners erwehren zu können. Außerdem praktiziere ich täglich zu Hause eine halbe Stunde Qi Gong, das ist eine chinesische Meditationsform.«

»Und was ist Wing...«

»Wing Tsun. Oder Wing Chun. Je nachdem, wie man die chinesischen Schriftzeichen transkribiert. Eine spezielle und höchst effektive Kunst der Selbstverteidigung, destilliert aus dem traditionellen Kung Fu der Shaolin-Mönche... der Legende nach wurde Wing Tsun von einer Nonne entwickelt.«

»Oje. Dafür bin ich wohl zu alt.«

»Blödsinn. Das kann wirklich jeder lernen. Unabhängig vom Alter und von der sportlichen Verfassung. Wenn Sie möchten, bringe ich es Ihnen bei. Zumindest die Grundzüge. Sie werden sehen, wie schnell Ihr Selbstvertrauen wächst.«

Angelika Schmidt sah erstaunt auf.

»Das würden Sie für mich tun?«

»Klar. Warum nicht?«

»Warum nicht? Weil noch nie jemand...«

Ihre Augen füllten sich mit Tränen.

Antonia Dix drückte ihre gefalteten Hände. Angelika Schmidt machte sich los, zauberte ein Papiertaschentuch aus dem Ärmel ihres Pullovers, tupfte die geröteten Augen trocken, schnäuzte umständlich und geräuschvoll die Nase.

»Frau Dix, das war heute alles ein bisschen viel für mich. Den ganzen Tag zu arbeiten, als ob nichts wäre, abends der Fackelzug und die Kundgebung, dann der Überfall...«

»Frau Schmidt?«

»Ja?«

»Ich biete Ihnen das Privattraining an, weil ich Sie mag. Sie waren mir auf Anhieb sympathisch. Aber ich war nicht zufällig auf der Demo. Eben weil ich Sie mag, will ich ganz ehrlich zu Ihnen sein. Ich war nicht aus privaten, sondern aus beruflichen Gründen auf der Demo. Ich...«

»Sie sind Journalistin. Sie wollten...«

»Nein. Ich bin Polizeibeamtin. Kriminalbeamtin. Ich bin Ihnen in der Hoffnung gefolgt, dass Sie bei Hellberg arbeiten. Reiner Zufall war lediglich der Überfall. Und die Tatsache, dass ich Sie so sympathisch finde.«

»Was wollen Sie von mir?«

»Ich suche Bernd Oschatz. Ich hoffte, bei der Demo mit einem Hellberg-Mitarbeiter ins Gespräch zu kommen. Mit jemandem, der ihn näher kennt und mir helfen kann, ihn zu finden.«

Angelika Schmidt presste die Lippen zusammen.

Die Enttäuschung war ihr deutlich anzumerken.

Die Enttäuschung, die Verbitterung und die Angst.

»Frau Schmidt, wir haben eine Vermisstenanzeige seines Bruders vorliegen...«

»Herr Oschatz hat keine Verwandten. Davon wüsste ich. Herr Oschatz hat niemanden mehr. Bitte gehen Sie!«

»Doch, er hat einen Bruder.«

»Bitte gehen Sie jetzt.«

»Frau Schmidt, ich will doch nur...«

»Hellberg hat Sie garantiert geschickt. Bitte gehen Sie jetzt. Ich weiß nicht, wo sich Herr Oschatz befindet.«

Angelika Schmidt schloss die Augen.

»Bitte rufen Sie mich an, wenn Sie es sich anders überlegen sollten. Danke für den Kaffee.«

Antonia Dix legte ihre Visitenkarte auf den Tisch und ging.

Arturs Situation war hoffnungslos. Er hatte bereits seine beiden Springer verloren, außerdem einen Turm und einen Läufer. Günthers nächster Zug könnte die Partie frühzeitig beenden. Vor zehn Minuten hatte Artur seinen König per Rochade in eine unmögliche Lage bugsiert, was ihm aber erst jetzt klar wurde. Maximal vier Züge bis zum unausweichlichen Schachmatt. Um die Schlussoffensive zu starten, musste Günther lediglich seine Dame zwei Felder nach vorne bewegen.

Günther ließ seine Dame wieder sinken.

»Es gibt zwei Möglichkeiten, Artur. Entweder lässt du mich extra gewinnen, was ich als Demütigung empfände... oder du bist mit deinen Gedanken ganz woanders.«

»Niemals würde ich dich extra gewinnen lassen.«

»Also: Wo bist du mit deinen Gedanken?«

»Die Geschäfte gehen gerade schlecht, Günther.«

»Das tut mir leid. Kann ich dir helfen? Brauchst du Geld?«

Artur schüttelte den Kopf und tätschelte Günthers Hand. »Nein, nein, mein Lieber, lass mal. Wird schon wieder.«

»Aber ich könnte dir mal meinen R4 zur Inspektion bringen.«

»Gerne.«

»Ich nehme an, dass ihn David im Augenblick fährt.«

»So ist es.«

»Ist auch gut so. Besser, er wird bewegt, als dass er die ganze Zeit nutzlos rumsteht. Gerade bei diesem nasskalten Wetter. Das bekommt ihm nämlich nicht.«

»Ja. Fürs Auto ist es besser, es wird bewegt.«

Beide machten sie einen großen Bogen um das Thema. Das Thema, das unentwegt ihre Gehirne beschäftigte.

»Die Platte ist ganz zauberhaft. Vielen Dank. Das tut so gut, endlich mal wieder Musik zu hören.«

Süß. Günther sagte immer noch ganz altmodisch *Platte*. Manu Katché. Third Round. Das Stück, das gerade lief, hieß Springtime Dancing. Artur hatte einen Ghettoblaster mitgebracht, in den er seinen MP3-Player stöpseln konnte.

»Wenn du willst, lasse ich dir das alles hier.«

»Geht leider nicht. Bin nur noch diese Nacht alleine. Morgen kriege ich wieder einen Zimmernachbarn. Und die Nachtschwester hat eben schon ganz komisch geguckt.«

Nicht komisch, sondern missbilligend hatte sie geschaut. Für einen Moment. Bis Artur ihr einen Blick schickte, der ihr Herz zum Schmelzen brachte.

»Dann lasse ich dir aber den MP3-Player hier. Ich habe nämlich noch Kopfhörer für das Ding dabei.«

»Danke. Das ist sehr nett von dir.«

»Bald bist du ja wieder daheim. Und kannst gute Musik hören, so oft und so laut und so lange du willst.«

»Ja.«

Sie schwiegen eine Weile. Artur schwieg eigentlich ganz gerne, auch in Gesellschaft. Aber in einem Krankenzimmer fand er das Schweigen unerträglich.

»Artur?«

»Ja?«

»Ich hatte David gegenüber einen Wunsch geäußert...«

»Ja...«

»Du weißt vermutlich Bescheid...«

»Ja.«

»Der Umstand, dass David die Sache bisher noch nicht wieder angesprochen hat, kann nur bedeuten, dass ich ihm unwissentlich viel Arbeit aufgehalst habe. Das wollte ich nicht.«

»Überraschenderweise ist es nicht so ganz einfach, deinen Bruder zu finden. Aber das konnte ja niemand ahnen.«

»David soll die Suche abbrechen. Sagst du ihm das?«

»Kann ich machen, Günther. Aber du weißt genau, dass es nichts bringt. Er wird die Sache zu Ende bringen. Was er einmal anfängt, bringt er immer zu Ende.«

»Was ist passiert, Artur?«

»Wir wissen es noch nicht. Dein Bruder hat all die Jahre brav als Buchhalter gearbeitet. Am Ende sogar als Chefbuchhalter. Er war nie krank, er hat sogar seinen Urlaub meistens dem Arbeitgeber geschenkt, weil er damit nichts anzufangen wusste.«

»Das sieht ihm ähnlich...«

»Bis zur Rente. Fast bis zur Rente. Vor seinem letzten Arbeitstag ist er verschwunden, ohne irgendwem auch nur ein Wort zu sagen. Zuerst für eine Woche nach Fuerteventura. Pauschalurlaub. Dann kommt er zurück, wird hier am Flughafen von einer jungen Frau abgeholt, von da an verliert sich seine Spur. Die Frau gehört zu einer politischen Protestbewegung namens Rebmob. Globalisierungsgegner...«

»Rebmob. Nie gehört.«

Arturs Gehirn lief auf Hochtouren. Sollte er Günther die ganze Wahrheit erzählen? Sollte er ihm erzählen, dass die junge Frau die Schwester seines Posaunisten war? Sollte er ihm erzählen, dass Bernd Oschatz seinen Arbeitgeber um mehr als drei Millionen Euro erleichtert hatte? Und außerdem ein paar Dokumente gestohlen hatte? Sollte er ihm erzählen, dass die Wohnung seines Bruders verwüstet worden war?

Nein. Nicht einem Mann, der soeben mit viel Glück einen Herzinfarkt überlebt hatte.

»Das passt alles nicht zu Bernd. Du kennst ihn nicht. Mein Bruder ist ein konfliktscheuer Konformist. Er war immer darauf bedacht, mit dem Strom zu schwimmen, nur ja nicht anzuecken, nur ja keine Fehler zu machen. Das ist nicht gerade die ideale Mentalität für einen Rebellen.«

»Ich habe den Eindruck, er passt auch nicht zu dir. Ein braver Buchhalter und ein verrückter Jazztrompeter...«

»Man sucht sich seine Familie nicht aus.«

»Wem sagst du das. Hast du noch mehr Geschwister?«

»Nein. Nur Bernd.«

»Warum ist er damals nicht zu deiner Hochzeit gekommen?«

»Ich weiß es nicht.«

»Weil du schwul bist?«

»Vielleicht. Artur, du hast keine Ahnung, wie es bei uns zu Hause zuging. Alles hatte seine von Gott gewollte Ordnung, und was Gott wollte, das wusste und bestimmte unser Vater. Christliche Fundamentalisten, so selbstgefällig und unerbittlich wie die Taliban. Es war die Hölle. Mich hatten sie irgendwann abgeschrieben. Mit 16 bin ich ausgezogen. Ich habe meinen Rucksack gepackt und bin einfach weg, ohne ein Wort zu sagen. Aber

Bernd... der hat sich immer so viel Mühe gegeben, meinen Eltern zu gefallen, damit sie stolz sein konnten...«

Günther brach mitten im Satz ab.

Artur schwieg.

Die Nachtschwester öffnete die Tür.

»Herr Oschatz, ich denke, Ihr Besuch muss sich jetzt verabschieden. Sie brauchen Ihren Schlaf.«

Günther nickte.

Artur nickte.

Die Nachtschwester verschwand wieder.

»Artur, weißt du... meine Familie... das seid in Wahrheit ihr... du... und David... und...«

»Ja. Geht mir doch genauso. Deshalb wird es auch Zeit, dass du wieder ganz gesund wirst und nach Hause kommst. Und bei der nächsten Schachpartie kannst du dich warm anziehen!«

Für die 95 Kilometer würde David Manthey knapp anderthalb Stunden benötigen. Günthers klappriger R4 kämpfte sich tapfer die Steigungen vom Rheintal in die Eifel hinauf. Manthey nahm die A61 in Richtung Koblenz. Südlich von Bad Neuenahr klarte der Himmel auf, hin und wieder ließ sich die blasse Morgensonne blicken. Auf dem dreispurigen Abschnitt hinauf zur Raststätte Brohltal wurde der vierzig Jahre alte R4 reihenweise von deutschen, niederländischen, tschechischen und polnischen Lastwagen überholt. An der Abfahrt Mendig verließ Manthey die Autobahn und folgte der Schnellstraße in Richtung Nürburgring, bog schließlich von der L258 auf die L98 ab und folgte der kurvigen Landstraße hinunter ins Elztal.

Monreal. David Manthey hatte bis gestern Abend noch nie von dem Eifeldorf mit dem französisch klingenden Namen gehört. Er parkte vor einer Gastwirtschaft an der Bahnhofstraße und machte sich zu Fuß auf den Weg zu der Adresse.

Was hatte er erwartet? Eines dieser ärmlichen, seelenlosen Straßendörfer, wie es sie zuhauf in der südlichen Eifel gab, triste, abweisend wirkende Häuser aus grauem Basalt, die Wetterseite mit stumpfen, verwitterten Eternit-Platten verkleidet.

Eine angenehme Enttäuschung.

Die enge, gepflasterte Gasse hinunter zum Ufer der Elz war von pittoresken Fachwerkhäusern gesäumt, die allesamt den Eindruck erweckten, sie seien erst vorgestern renoviert worden. Mitten auf der allenfalls vier Meter langen und zwei Meter schmalen Brücke schaute Manthey nach links – und blieb wie angewurzelt stehen. Er stützte sich auf die aus Bruchsteinen gemauerte Brüstung und genoss die Postkartenidylle, die mit Leichtigkeit selbst die überbordende Fantasie der amerikanischen Disneyland-Architekten in den Schatten stellte.

Das war Liliput aus Jonathan Swifts Roman *Gullivers Reisen*, und er selbst fühlte sich in diesem Moment riesenhaft wie Gulliver, beim Anblick des winzigen, fröhlich glucksenden Flusses, der Miniaturbrücke, der schmalen, windschiefen Häuser, die sich in Reih und Glied entlang der beiden Uferseiten bis dicht an die Wasserkante schmiegten, der Rauchfähnchen, die aus den Kaminen in den Himmel stiegen. Am Ende der Sichtachse, dort, wo die Elz in einer Biegung aus dem Blickfeld verschwand, machte die Ruine einer mittelalterlichen Burg hoch oben auf einem tannengrünen Hügel die Idylle perfekt.

Die ehemalige Zwergschule, die eine Künstlerin namens Rike als Wohnhaus und Atelier nutzte, war eines der wenigen Steinhäuser des Ortes. In dem Gebäude waren bis weit in die 60er Jahre des 20. Jahrhunderts hinein sämtliche Kinder der Klassen 1 bis 8 der damaligen sogenannten Volksschule gemeinsam von einem einzigen Lehrer in einem Raum unterrichtet worden. Das wusste David Manthey von Rikes Internet-Website. Lieber hätte er dort mehr über die aktuelle Bewohnerin erfahren. Aber da waren die Informationen spärlich:

geb. 1974 in Köln
Studium der Bildhauerei an der Alanus-Hochschule Alfter
Studium der Malerei an der Kunsthochschule Köln
Reisen nach Nepal, Vietnam, Thailand, Kambodscha
Bekenntnis zum Buddhismus
freie Künstlerin und Kunstlehrerin
seit Sommer 2008 wohnhaft in Monreal/Eifel

Das war alles. Kein Wort über Familie oder Schulzeit, kein Hinweis auf ihren bürgerlichen Namen. Wenigstens passten Geburtsjahr und Geburtsort.

Das Haus war nicht zu übersehen. Bunt schillernde Fabelwesen bevölkerten den Vorgarten. Die Wände waren in einem warmen Gelb, die Fensterläden, die Rahmen und die Haustür in einem mediterranen Blau gestrichen. Links neben der Haustür thronte auf einem steinernen Sockel ein lebensgroßer Buddha im Lotussitz, versunken in der Meditation, ein sanftes Lächeln in dem schönen, geschlechtslosen, von schulterlangen Ohrläppchen gerahmten Gesicht, die Hände in Form einer Schale über den gekreuzten Füßen im Schoß verschränkt. Die schlanken Finger waren alle gleich lang, was auf einen Künstler schließen ließ, der sich der siamesischen Tradition verbunden fühlte.

»Gefällt er Ihnen?«

David Manthey sah nach oben.

Im offenen Fenster über der Haustür lehnte eine Frau. Ihr Lächeln war so sanft wie das des Buddha. Das von dicken, schwarzen Locken gerahmte Gesicht war genauso schön wie das des Buddha, aber keineswegs so geschlechtslos.

»Ja. Sobald man ihm in die Augen schaut, möchte man seinen Blick nie mehr abwenden. Diese Augen versöhnen mit der Welt, lassen für einen Augenblick all das Grauen vergessen.«

»Warten Sie. Ich komme runter und mache Ihnen auf.«

Zwei Minuten später öffnete sie die Haustür. Sie war mittelgroß und hatte gut und gerne zwanzig Kilo zu viel. Das war trotz des weit geschnittenen nordafrikanischen Kaftans und der orientalischen Pluderhose nicht zu übersehen.

»Den Buddha hat mir ein befreundeter Bildhauer aus Bangkok geschenkt. Es ist die exakte, wenn auch aus Rücksicht auf meinen überschaubaren Vorgarten und die religiösen Gefühle meiner Nachbarn etwas verkleinerte Kopie einer Buddha-Darstellung aus Ayutthaya, der einstigen Hauptstadt des Königreichs Siam. Ayutthaya war damals eine Weltstadt, bis weit ins 18. Jahrhundert hinein die kulturelle und wirtschaftliche Metropole des gesamten südostasiatischen Raumes...«

»Bis die feindlichen Truppen aus Birma, die über das Land herfielen, sie 1767 zerstörten.«

»Der Geist von Ayutthaya kann niemals zerstört werden. Aha, Sie kennen sich aus. Waren Sie schon mal in Thailand?«

»Ja. Ich habe einige Jahre dort gelebt.«

»Oh. Das verspricht ein interessantes Gespräch zu werden. Wo genau haben Sie in Thailand gelebt?«

»Die meiste Zeit im Norden, in Chiang Mai.«

»Chiang Mai. Die Rose des Nordens...«

»...und das Zentrum der Heroinproduktion im Goldenen Dreieck. Ich hätte Sie gerne angerufen und meinen Besuch angekündigt. Aber auf Ihrer Website ist keine Telefonnummer zu finden. Auch keine E-Mail-Adresse.«

»Kein Wunder. Ob Sie es glauben oder nicht: Ich besitze weder ein Telefon noch einen Computer, und ich vermisse beides nicht. Die Website hat ein Freund für mich erstellt. Ich weiß schon gar nicht mehr, was es da zu sehen und zu lesen gibt.«

»Sie macht zumindest neugierig.«

»Na, wenn Sie durch die Website den Weg hierher gefunden haben, dann hat sie ja ihren Zweck erfüllt. Ich liebe nämlich überraschenden Besuch.«

»Ich komme also nicht zur unpassenden Zeit?«

»Sie meinen, weil ich mich gerade mit einem meiner unzähligen jugendlichen Liebhaber im Bett gewälzt haben könnte?«

»Zum Beispiel.«

»Dann hätte ich einfach die Tür nicht aufgemacht. Nun kommen Sie doch endlich rein. Ist ganz schön kalt draußen.«

Drinnen, gleich hinter der Haustür, erwartete David Manthey

ein als Märchen aus Tausendundeiner Nacht ausstaffiertes Wohnzimmer. Sie hatte offenbar einiges eingesammelt während ihrer Reisen durch den Fernen Osten.

»Haben Sie das alles …«

»Daran hat sich doch seit der Steinzeit nichts geändert: Männer sind Jäger, Frauen sind Sammler. Nehmen Sie Platz. Wo immer Sie wollen. Mein Atelier zeige ich Ihnen später.«

Manthey entschied sich für einen mit burgunderrotem Samt gepolsterten persischen Diwan.

»Ich habe gerade Tee gemacht. Grüner Tee mit frischer marokkanischer Minze. Mögen Sie den?«

»Klar.«

»Interessieren Sie sich für Buddhismus?«

Noch während sie die Frage stellte, entschwand sie in die angrenzende Küche. Manthey hatte die Wahl, sich entweder von dem Diwan zu erheben und ihr in die Küche zu folgen oder aber mit seiner Antwort auf ihre Frage zu warten, bis sie mit dem Tee zurückkehrte. Er entschied sich schließlich für einen Versuch als dritte Möglichkeit und erhob seine Stimme, in der Hoffnung, dass sie bis in die Küche trug.

»Nicht besonders, wenn ich ehrlich bin. Religionen geben mir nicht mehr allzu viel, seit ich als Kind ein paar Jahre lang Zwangsmitglied einer Sekte war. Aber mir gefällt, dass sich der Buddhismus nicht so aggressiv und so missionarisch gebärdet wie die monotheistischen Weltreligionen.«

»Oh. Ein gebildeter und reflektierender Mann. Ich spüre deutlich den milden Glanz in meiner bescheidenen Hütte.«

»Machen Sie sich gerade über mich lustig?«

»Ja. Ist aber nicht böse gemeint.«

»Das beruhigt mich ungemein.«

Sie kehrte mit einem Tablett zurück. Sie bewegte sich für ihre Körperfülle außerordentlich grazil.

»Wie heißen Sie eigentlich?«

»David Manthey.«

»Darf ich Sie David nennen?«

»Natürlich.«

»Bitte nennen Sie mich Rike.«

»Gern.«

Der Tee tat bei diesem Wetter gut, auch wenn Manthey gewöhnlich selten Tee trank.

»Was haben Sie so lange in Thailand gemacht? Die wenigsten Deutschen zieht es in den Norden... ins Goldene Dreieck. Da gibt es eigentlich nur zwei Möglichkeiten...«

»Genau. Ich habe als Drogenfahnder gearbeitet.«

»Aha. In wessen Auftrag?«

»Ich war damals Verbindungsmann des Bundeskriminalamts zur thailändischen Drogenpolizei.«

»Aha. Sind sie immer noch Drogenfahnder?«

»Nein.«

»Das beruhigt mich. Obwohl... der Anbau von Marihuana gestaltet sich in der kalten Eifel äußerst schwierig.«

»Keine Sorge. Ich bin nicht hier, um Sie zu fragen, woher Sie das Gras beziehen, das ich deutlich riechen kann.«

»Aber Sie sind noch bei der Polizei...«

»Nein.«

»Was machen Sie inzwischen beruflich?«

»Rike, Sie hätten selbst zur Polizei gehen sollen. Ihre Fragetechnik ist wirklich fantastisch...«

»Das ist keine Antwort auf meine Frage.«

»Derzeit berate ich die spanische Regierung bei ihren Problemen mit der russischen Mafia an der Costa del Sol.«

»Interessant. Und jetzt haben Sie gerade Heimaturlaub?«

»So könnte man es nennen.«

»Und was führt Sie her, David? Das Interesse an Kunst?«

»Nein.«

»Nein?«

»Nein.«

»Was denn?«

»Das Interesse an Ihrer Person.«

»Oh. Ich fühle mich geschmeichelt.«

»Und das Interesse an einem ganz bestimmten Bild. Es ist auf Ihrer Homepage abgebildet.«

»Ein Bild, das ich gemalt habe? Ich sagte ja schon, ich habe gar keine Ahnung, was es da im Internet zu sehen gibt. Bitte helfen Sie mir auf die Sprünge, David.«

»Gern. Das Bild, das ich meine, ist ein ganz zauberhaftes Aquarell, das den Rhein im dichten Morgennebel zeigt. Das Original hängt im Büro Ihres Bruders.«

Sie wandte den Blick ab und betrachtete ihre zierlichen, nackten Füße. Eisiges Schweigen. Die Zimmertemperatur schien um einige Grad zu sinken. Sie nippte an ihrem Tee.

»Rike, ich würde mich gerne über Ihre Familie unterhalten.«

»Meine Familie? Ich habe keine Familie.«

Hätte man Antonia Dix gefragt, ob sie eventuell über die eine oder andere spezifische Charaktereigenschaft verfüge, die ihrer Umwelt gehörig auf die Nerven gehen konnte, so hätte sie selbstkritisch, sofern ihr an einer ehrlichen Antwort gelegen wäre, vermutlich eine genannt: ihre Ungeduld.

Der Übersetzerdienst des Landeskriminalamts hatte verdammte 32 Stunden lang gebraucht, um den Brief, den sie mit Hannes Grootes technischer Hilfe aus Zeki Kilicaslans Zimmersafe gefischt und noch in der Nacht nach Düsseldorf gefaxt hatte, in deutscher Sprache zurückzufaxen. Und sie hatte in dieser Zeit vier Telefonate mit Düsseldorf führen müssen, um dafür zu sorgen, dass der handschriftlich in türkischer Sprache verfasste Brief nicht in der Warteschleife der noch zu erledigenden Arbeiten landete und erst nach einer Woche den Weg zurück nach Köln gefunden hätte.

Natürlich hätte sie mit dem Brief auch gleich in den nächsten Dönerladen um die Ecke marschieren können. Antonia Dix hatte einen Moment lang mit dem durchaus verlockenden Gedanken gespielt. Aber Nina Hellberg bei der Vernehmung mit der Übersetzung aus der Feder eines Imbissbudenbetreibers zu konfrontieren, könnte dank eines cleveren Verteidigers bei einem späteren Prozess vor Gericht böse Folgen haben.

Jetzt lag die amtlich beglaubigte Übersetzung eines amtlich beglaubigten Übersetzers vor ihr auf dem Schreibtisch.

Sehr geehrter Herr Professor Kilicaslan,
bitte entschuldigen Sie, dass ich Ihre kostbare Zeit in
Anspruch nehme. Mein Name ist Filiz…

Filiz.
Eine junge Frau aus einem Dorf an der türkischen Schwarzmeerküste.

Dort lebte auch Erol Ümit…
Erol war für kurze Zeit Ihr Patient, Herr Professor…
Staublunge. Silikose.
Jetzt ist Erol tot.
21 Jahre.
Das ist doch kein Alter zum Sterben…

Antonia Dix hatte den Brief inzwischen ein halbes Dutzend Mal gelesen. Und konnte sich immer noch keinen Reim darauf machen. Der Brief trug kein Datum. War der Professor der Bitte nachgekommen und zu der Beerdigung gereist? Und wer war dieser Erol Ümit? Ein 21-jähriger Bursche, der als Gastarbeiter nach Istanbul gegangen, dort erkrankt und wenig später in seinem Heimatdorf gestorben war. An Staublunge. In Deutschland war das doch früher die klassische Berufskrankheit der Bergarbeiter in den Steinkohlegruben des Ruhrgebiets oder des Saarlands gewesen. Silikose. Aber die Bergarbeiter waren doch nicht als junge Männer daran gestorben. Oder?

Und was könnte die Berufskrankheit der Bergarbeiter mit dem Textilhersteller Hellberg zu tun haben? Gab es in Istanbul überhaupt Kohlebergwerke? Stand der Brief überhaupt in einem Zusammenhang mit der Reise des Professors nach Köln? Gab es einen Zusammenhang zwischen dem Medienwirbel um die geplante Verlegung des Kölner Werks nach Rumänien und der Reise des Professors? Gab es einen Zusammenhang zwischen dem Tod des Professors und dem spurlosen Verschwinden von Bernd Oschatz? Oder war das alles nur eine Kette scheinbar unglaublicher Zufälle?

Fragen über Fragen.

Wer hatte den Professor um 21.58 Uhr aus einer öffentlichen Telefonzelle im nahe gelegenen Hauptbahnhof angerufen und ihn aus dem Hotel auf die Straße gelockt, indem er ihm ein Treffen mit Nina Hellberg in der Bar des Savoy in Aussicht stellte? War der Anrufer der Mörder? In welcher Beziehung stand der Anrufer zu Nina Hellberg? Was wusste der Istanbuler Professor über den Kölner Hellberg-Konzern?

Bevor sie keine plausiblen Antworten gefunden hatte, würde sie Nina Hellberg nicht kontaktieren. Noch nicht. Um ihre Trümpfe nicht vorzeitig auszuspielen.

Trümpfe?

Welche Trümpfe?

Seit zwei Stunden wartete Antonia Dix auf den Rückruf eines Experten für Lungenkrankheiten der Kölner Universitätsklinik, und seit drei Stunden wartete sie auf einen Zwischenbericht oder wenigstens eine Bestätigung des Bundeskriminalamts, das versprochen hatte, die beiden von ihr nach Wiesbaden gefaxten Briefe sowohl im handschriftlichen Original als auch in der maschinenschriftlichen Übersetzung unverzüglich an den Verbindungsbeamten des BKA in Istanbul weiterzuleiten.

Geduldiges Warten war zweifellos nicht ihre Stärke.

Noch nie gewesen.

Die Ermittlungen in Köln liefen auf Hochtouren, wenn auch bislang ohne Ergebnis. Um die letzten 13 Stunden im Leben des Dr. Zeki Kilicaslan zu rekonstruieren, hatte sie das Foto des Professors aus dessen Reisepass in Kopie an die lokalen Medien weitergegeben. Außerdem hatten die Mitglieder der für diese Ermittlungen gebildeten Mordkommission mit dem dramatischen Namen SoKo Bosporus das Foto möglichst vielen Fahrern und Fahrgästen der öffentlichen Verkehrsmittel, die zwischen Hauptbahnhof, Ehrenfeld und Braunsfeld verkehrten, unter die Nase gehalten, ebenso den Anwohnern, Gastwirten und Ladenbesitzern rund um das Hotel DeLuxe.

Unterstützt von uniformierten Kollegen der Schutzpolizei, waren ihre Mitarbeiter von Haus zu Haus gezogen, hatten an jeder Wohnungstür geklingelt. Aber niemand konnte sich an den unscheinbaren, kleinen, älteren Herrn erinnern, der auf dem Asphalt der Straße gestorben war, nachdem die Räder eines Autos seine inneren Organe zerquetscht und seine Wirbelsäule zerbrochen hatten. Und auch den Autounfall hatten die Bewohner der unmittelbar angrenzenden Häuser mit einem Blick aus ihren Wohnungsfenstern erst registriert, als Notarzt und Rettungswagen mit lautem Sirenengeheul angerückt waren.

Schließlich entschied sich Kriminalhauptkommissarin Antonia Dix zu einem Verzweiflungsakt, der ihr später garantiert noch gewaltigen Ärger mit der Staatsanwaltschaft einbringen würde: Sie ließ Zeki Kilicaslans Foto aus dem Reisepass im Kopierer auf ein technisch gerade noch vertretbares Maximum vergrößern, auf DIN-A4-Zettel vervielfältigen und, mit einem entsprechenden Text und ihrer Telefonnummer versehen, rund um die Hellberg-Zentrale an sämtlichen Laternenpfählen entlang der Eupener Straße und der Nachbarstraßen aufkleben.

Warten. Sie hasste Warten.

Schließlich wählte sie David Mantheys Handynummer.

»Was gibt's?«

»Ich muss dich dringend sprechen. Ich brauche deine Hilfe. Kannst du ins Präsidium kommen?«

»Geht jetzt gerade leider nicht.«

»Wo bist du? Der Empfang ist miserabel.«

»In der Eifel. Was ist denn los?«

»Kennst du aus deiner Zeit bei der Drogenfahndung zufällig noch den BKA-Kollegen in Istanbul?«

»Ist lange her. Ich weiß nicht, ob das noch derselbe...«

»Wäre aber einen Versuch wert. Hast du seinen Namen und seine Nummer zufällig noch in deinem Handyspeicher?«

»Könnte sein. Wenn ja, hast du in spätestens zwei Minuten

eine SMS mit den Daten. Wie gesagt, ich kann nicht dafür garantieren, dass der noch derselbe ...«

»Ich danke dir.«

»Bis später dann. Ich melde mich bei dir, sobald ich wieder zurück in Köln bin.«

Die Leitung war tot.

Herr Manthey war offenbar sehr beschäftigt. In der Eifel. Wo Fuchs und Hase sich Gute Nacht sagten, wo die Welt noch in Ordnung war und nur Handys Probleme hatten.

Manthey, verheimlichst du mir was?

Was treibst du in der Eifel?

Warten.

Aber diesmal nicht lange.

Nach nur anderthalb Minuten traf die SMS ein:

+90 212 460 3277 – *Kriminalhauptkommissar Marcel Pawelka. Seine Privatnummer in Istanbul. Bei ihm kann es ausnahmsweise nicht schaden, einen schönen Gruß von mir zu bestellen.*

David Manthey steckte das Handy wieder weg. Gerade noch rechtzeitig, bevor Ulrike Hellberg zurück aus dem Bad kam. Ihre Augen waren verquollen, ihre Wangen gerötet. Die Erinnerungen waren wohl im kurzen Moment des Alleinseins zurückgekehrt und hatten sie überrollt wie eine mächtige Meereswoge. Offenbar hatte sie im Bad geweint und anschließend versucht, mit kaltem Wasser die Spuren zu verwischen.

»Ich erinnere mich übrigens noch gut an Herrn Oschatz. Wir sind ja als Kinder eines alleinerziehenden Vaters quasi auf den Büroftluren in der Eupener Straße aufgewachsen. Herr Oschatz. Er war geradezu schüchtern uns Kindern gegenüber. Und dessen Bruder ist Ihr Onkel?«

»Beziehungsweise der Bruder des Lebensgefährten... des Ehemanns... des Witwers meines inzwischen verstorbenen Onkels, der seit dem Tod meiner Mutter mein Vormund war, weil niemand wusste, wer mein Vater war... und Günther, also Bernds Bruder, war seither sozusagen meine Ersatzmutter.«

»Ich muss schon sagen, David: Ihre Familienverhältnisse hören sich ziemlich kompliziert an.«

Aus ihrem Mund klang es keineswegs herabwürdigend, sondern ehrlich, freundlich und voller Wertschätzung.

»Man sucht sich seine Familie nicht aus. Und die Verhältnisse auch nicht. Die erste Hälfte meiner Kindheit war eine einzige Katastrophe, die zweite Hälfte ein großes, wertvolles Geschenk. Manche haben mehr Glück, andere haben weniger Glück.«

»Das ist wahr!«

»Haben Sie mitbekommen, dass der Hellberg-Konzern derzeit in den Medien mächtig unter Beschuss steht?«

»Nein. Ich sehe nicht fern, ich habe kein Radio... ich will gar nicht mehr wissen, was so alles in dieser Welt geschieht. Und ich will vor allem nicht von irgendwelchen wildfremden Menschen vorgekaut kriegen, wie ich gefälligst zu interpretieren habe, was in dieser Welt geschieht.«

»Wen meinen Sie?«

»Regierungen, die um jeden Preis an der Macht bleiben wollen. Politiker, die meinen, ich sei blöd und könne mein Hirn nicht zum Denken benutzen. Journalisten, die alles ungeprüft nachbeten, was Politiker sagen.«

»Sie machen also lieber Augen und Ohren zu?«

»Wissen Sie, ich mache lieber mein eigenes, kleines Ding und versuche, in Frieden mit mir selbst und meinen Nachbarn zu leben. Ich habe nicht die Macht, eine bessere Welt zu schaffen. Aber die Möglichkeit, ein guter Mensch zu sein.«

»Der Hellberg-Konzern plant, den Kölner Muttersitz zu schließen und alles nach Rumänien zu verlegen.«

»Und warum?«

»Weniger Lohnkosten, weniger Sozialabgaben, weniger Steuern und obendrein satte EU-Subventionen.«

»Das heißt: Die Menschen in Köln werden entlassen?«

»Ja. Fast alle.«

Sie rutschte noch tiefer in die warmen, weichen Kissen des Sofas, zog die Füße an, umklammerte ihre Fesseln mit den Armen, legte ihr Kinn auf die Knie und starrte in die flackernden, zuckenden Flammen des Kaminfeuers.

»David, für die Hellbergs ist die Gier wie eine Sucht. Vielleicht wissen Sie, dass in der buddhistischen Ethik die Gier zu den drei Geistesgiften der Menschheit gehört, neben dem Hass und der Verblendung. Otto wird von der Gier nach Macht getrieben, Nina von der Gier nach Geld. Zur Befriedigung ihrer Gier ist ihnen jedes Mittel recht. Aber auch Lars wird von einer Gier getrieben: der Gier nach Liebe, Zuneigung, Aufmerksamkeit.«

»Unterstützt Ihr Bruder Sie finanziell?«

»Wie kommen Sie denn darauf?«

Die Überraschung in ihren Augen war nicht gespielt. »Meinen Sie, weil er ein Bild von mir besitzt? Ich wusste bis eben nicht mal, dass er es gekauft hat. Meine Bilder und meine Skulpturen kann jedermann bei einem der kleineren Kölner Galeristen im Belgischen Viertel erwerben. Da ist er vermutlich mal zufällig vorbeigelaufen und hat im Schaufenster meinen Künstlernamen und meine Kurzbiografie neben dem Aquarell gelesen. Er wird das Bild aus purer Sentimentalität gekauft haben. Als Erinnerung an seine Kindheit. Nicht meinetwegen, sondern seinetwegen. Um sich selbst ein gutes Gefühl zu verschaffen.«

»Das würde aber bedeuten, dass er wusste, wer sich hinter dem Künstlernamen Rike verbirgt.«

»Diese Abstraktionsleistung traue ich sogar meinem Bruder zu. Geboren 1974 in Köln, Studium der Bildhauerei an der Alanus-Hochschule… steht alles in meiner Vita. Er selbst hat mich immer Rike genannt, als wir noch Kinder waren und er sich unbeobachtet fühlte. Wenn der Alte dabei war, hat er sich das nicht getraut… selbst das nicht. Dann war ich Ulrike für ihn. Er hat mich nie beschützt, mein großer Bruder. Nie hat er sich vor seine kleine Schwester gestellt. Dafür hatte und hat er viel zu viel Angst vor dem Alten. Nicht dass Sie mich falsch verstehen: Lars ist kein schlechter Mensch. Aber er ist voller Angst, nicht geliebt zu werden. Meine Liebe war ihm sicher. Die meines Vaters nicht. Das ist vermutlich bis heute sein Problem.«

»Haben Sie auch zu ihm keinen Kontakt?«

»Nein.«

»Wann ist es zum Bruch gekommen?«

»Zum Bruch mit der Hellweg-Sippe?« Sie lachte. »Es gibt kein offizielles Datum, kein spezielles Ereignis. Wenn Sie so wollen: bei meiner Geburt. Otto hat mir nie verziehen, dass meine Geburt den Tod seiner geliebten Frau verschuldete. Ich glaube, er hat mich dafür immer gehasst. Schon als ich noch ein Baby war. Wissen Sie, David, ich war als Kind sehr einsam. Ich nehme an, Sie wissen, wie sich das anfühlt.«

»Ja. Das weiß ich. Sich den Unternehmer Otto Hellberg als alleinerziehenden Vater vorzustellen ...«

»Damals gab es den Begriff ja noch gar nicht. Otto war kein alleinerziehender Vater ... in dem Sinne, wie wir den Begriff heute verwenden. Otto war überhaupt kein Vater. Für die Brut hatte er Personal. Und wenn das Personal mal fehlte, dann nahm er uns mit in die Firma und stellte uns dort ab.«

»Hat er jemals wieder geheiratet?«

»Nein, hat er nicht. Das konnte er vermutlich seiner Hedwig nicht antun. Ich bin sicher, er hatte wechselnde sexuelle Affären, denen er außer Haus nachging. Wir Kinder bekamen ihn ohnehin fast nie zu Gesicht. Er arbeitete mindestens zwölf Stunden am Tag, und danach traf er sich regelmäßig mit wichtigen Leuten zum Abendessen. Oder stieg mit deren Ehefrauen ins Bett. Letzteres ist allerdings nur eine böswillige Vermutung.«

»Aber es würde zu ihm passen?«

»Tatsache ist: Manchmal blieb er die ganze Nacht weg, so drei- bis fünfmal im Monat. Dann sahen wir ihn auch nicht am Frühstückstisch. Das war übrigens die einzige Gelegenheit, ihn überhaupt mal zu sehen: der Frühstückstisch. Das heißt, wenn sein Kopf nicht gerade hinter der Zeitung verschwunden war. Selbst beim Frühstück hat er so gut wie kein Wort mit uns gewechselt. Mit mir sowieso nicht, und Lars hat er allenfalls nach seinen Noten in der Schule gefragt.«

»Wer hat sich um Sie und Ihren Bruder gekümmert?«

»Gekümmert? Das ist das falsche Wort. Wir wurden verwahrt. Von diversen Kindermädchen unterschiedlicher Qualität. Alle ein, zwei Jahre wurden sie ausgewechselt... damit unsere Bindung an sie nicht zu stark wurde, wie Otto später einmal Freunden erzählte. In unserem Beisein. Als wir alt genug waren, den Satz aufzuschnappen und zu verstehen.«

»Ich nehme mal an, Sie haben ebenfalls als Kind verzweifelt um seine Liebe gebuhlt...«

»Natürlich. Zunächst. Bis zur Pubertät. Danach nicht mehr. Kinder brauchen Zuneigung und Aufmerksamkeit wie die Luft zum Atmen. Außerdem: Halbwaisen und Scheidungskinder leben ohnehin in ständiger Angst, auch noch das letzte Elternteil zu verlieren. So verbiegen sie sich bis zur Unkenntlichkeit, nur um zu gefallen. Das gilt vor allem für Lars. Mich hat der Alte gehasst, aber das bedeutet noch lange nicht, dass er Lars geliebt hätte. Lars war nie gut genug.«

»Schwierige Sache für einen Jungen. Wenn man als Sohn es dem Vater nie recht machen kann...«

»Wenn ich es nüchtern und distanziert betrachte, was mir nicht immer gelingt, dann hatte ich es vielleicht sogar noch besser angetroffen als Lars. Denn mein Bruder ging permanent durch ein Wechselbad der Gefühle. Seit seine Hedwig tot ist, hat Otto in seinem weiteren Leben nur zwei Menschen auf der Welt je wieder geliebt: Nina und Jonas.«

»Nina Hellberg, seine Schwiegertochter?«

»Ja!« Verachtung in der Stimme.

»Und wer ist Jonas?«

»Ninas Sohn. Er müsste jetzt... lassen Sie mich rechnen... so etwa sechs Jahre alt sein.«

»Haben Sie Nina Hellberg noch kennengelernt?«

Ulrike Hellberg legte ihre Stirn in Falten und zog die Nase kraus. Ihr Gesicht verfügte über eine unglaubliche Bandbreite an mimischen Möglichkeiten.

»David, umgekehrt wird ein Schuh draus. Lars hat Nina erst durch mich kennengelernt.«

»Ach?«

»Ja. Nina und ich waren auf dem Gymnasium in derselben Klasse. Wir waren Freundinnen. Allerdings nicht sofort. Erst ab der siebten oder achten Klasse oder so. Denn eigentlich passten wir überhaupt nicht zusammen. Sie war groß und schlank, eine gute Leichtathletin und eine noch bessere Volleyballspielerin. Und die Jungs waren wie verrückt hinter ihr her. Ich hingegen war klein und dick und völlig unsportlich. Und die Jungs machten einen großen Bogen um mich. David, hatten Sie auch jemanden in der Klasse, der beim Bockspringen jedes Mal volle Pulle gegen den Bock rannte, statt locker drüberzuhüpfen? In meiner Klasse hatte ich diese schmerzhafte Rolle.«

»Und wie wurden Sie ihre Freundin?«

Sie strich sich eine Haarsträhne hinters Ohr. Sie trank einen Schluck Tee. Sie ließ sich Zeit damit, als müsste sie erst über die angemessene Antwort nachdenken.

»In Deutsch stand eine Klassenarbeit an. Gedichtinterpretation. Versmaß, Reimschema, Metrum, der ganze Kram. In der Pause erzählte sie ihren Freundinnen, dass sie daran noch verzweifle, Daktylus, Jambus, Trochäus, dass sie das alles einfach nicht auseinanderhalten könne. Ich hörte das zufällig und bot ihr an, sie könne mich doch mal nachmittags besuchen kommen, dann würde ich es ihr beibringen. Sie guckte einfach über mich hinweg, ignorierte mich völlig, als hätte sie mich gar nicht gehört. Wahrscheinlich war ihr das peinlich vor ihren Freundinnen.«

»Aber sie kam...«

»Am nächsten Tag schon. Und sie war sehr beeindruckt. Nicht von meinen germanistischen Kenntnissen und meinen didaktischen Fähigkeiten, sondern von unserem Haus. Die riesige Villa. Der Pool im Garten. Das Personal. Wir hatten damals einen Chauffeur, einen Gärtner und eine Haushälterin. Die machte uns Limonade, aus frisch gepressten Zitronen und Orangen, mit Eiswürfeln und Strohhalmen. Von diesem Tag an war ich Ninas beste Freundin. Das schmeichelte mir ungemein. Für Schmeicheleinheiten war ich damals sehr empfänglich. Ich war geradezu süchtig danach... so ausgedörrt, wie ich damals...«

»Und so begegnete sie Ihrem Bruder...«

»Ja. Bei ihrem zweiten oder dritten Besuch. Lars war ihr auf der Stelle verfallen. Nina war zwar fünf Jahre jünger als er, aber ihm damals schon haushoch überlegen. Außerdem hatte sie diesen Lolita-Charme, die Nummer hatte sie echt gut drauf. Heute bin ich davon überzeugt, sie übte das damals heimlich, abends, daheim vor dem Spiegel. Dieser Augenaufschlag. Und wie sie ihre Löwenmähne schüttelte.«

»Und Ihr Vater?«

»Otto war ebenfalls gleich hin und weg von Nina, nachdem er ihr zum ersten Mal begegnet war. Wenn sie Lust hatte, uns zu besuchen... und sie hatte fortan ständig Lust, uns zu besuchen... dann musste unser Chauffeur sie abholen und zurückbringen, mit dem großen Mercedes, obwohl der Weg vom Bayenthal zu uns nach Marienburg nun nicht gerade eine Weltreise war. Aber Otto bestand darauf. Sie schmeichelte sich in unsere Herzen, dieses Miststück. Sie wusste sehr genau, welche Knöpfe sie bei jedem Einzelnen von uns drücken musste, um uns zum Schmelzen zu bringen. Diese intrigante Schlange.«

»Sie haben keine besonders hohe Meinung von ihr.«

»Nein. Sie hat uns alle gegeneinander ausgespielt. Sie hat bei Otto und auch bei Lars jede Menge Lügen über mich verbreitet. Ich will das gar nicht erzählen. Ekelhafte Dinge. Aber das habe ich erst viel später kapiert. Viel, viel später. Zu spät.«

»Ich frage mich in solchen Situationen, wo und wie ein Mensch solche Charakterzüge erwirbt.«

»Ich nicht, David. Nicht mehr. Ich habe es mir abgewöhnt. Das ist bedeutend gesünder. Das habe ich durch die Beschäftigung mit dem Buddhismus gelernt: Sich in die Seelen solcher Menschen hineinzuversetzen, setzt nur negative, zerstörerische Energie in der eigenen Seele frei.«

»Aus welchen Verhältnissen stammt sie?«

»Sie lassen nicht locker, was?«

»Nein. Um Bernd Oschatz zu finden, muss ich mir ein detailliertes Bild machen von den Menschen, die ihn, wie auch immer, dazu bewogen haben, mit seiner bürgerlichen Existenz zu brechen und sich einer revolutionären Untergrundorganisation anzuschließen. Also: Wie war Ninas Elternhaus?«

»Kleinbürgerlich. Sagt man das so? Hört sich das arrogant an? Ich meine es aber keineswegs arrogant. Der Vater war Arbeiter bei der städtischen Friedhofsverwaltung, die Mutter Kassiererin im Supermarkt. Einzelkind, keine Geschwister. Die Tochter sollte es später einmal besser haben und wurde deshalb von den Eltern aufs Gymnasium geschickt. Das Zeug dazu hatte sie allemal. Sie war ein echtes Naturtalent in Mathematik, in Physik. Und in Sport. Schwach in Deutsch, Fremdsprachen, Kunst und Musik. Da fehlten wohl die frühkindlichen Anregungen aus dem Elternhaus. Aber das machte sie mit ihrem grenzenlosen Ehrgeiz mehr als wett. Den Ehrgeiz hat ihr die Mutter eingeimpft, soweit ich das mitbekommen habe. Sie hat es vielleicht nur gut gemeint. Und nicht geahnt, dass ihre Tochter notfalls über Leichen steigen würde, um nach ganz oben zu kommen.«

Ulrike Hellberg sah aus dem Fenster. Manthey folgte ihrem Blick. Da gab es nichts Außergewöhnliches zu sehen. Der Himmel hatte sich wieder zugezogen. Die Wolken hingen grau und bleischwer am Himmel. Sie schwiegen eine Weile.

»Die schmeißen wirklich alle raus?«

Das schien sie zu beschäftigen.

Manthey nickte. »Sieht so aus.«

»Auch die Angelika Schmidt? Obwohl ich natürlich nicht weiß, ob die Frau Schmidt überhaupt noch da ist.«

»Wer ist das?«

»Aus der Buchhaltung. Sie saß damals mit Herrn Oschatz in einem Büro. Sie war immer sehr nett zu uns. Sie gab uns Süßigkeiten, die sie eigens für uns in der untersten Schublade ihres Schreibtischs aufbewahrte. Herr Oschatz war immer distanziert. Unsicher. Ich glaube, er hatte Angst vor Menschen. Selbst vor uns Kindern hatte der Angst.«

»Rike, ich habe wirklich keine Ahnung, was mit Frau Schmidt passiert, falls sie noch in der Firma arbeitet. Aber nach den geheimen Plänen, die nun nicht mehr geheim sind, soll nur ein ganz kleiner Stab in Köln ...«

»Das sind Schweine. Verdammte Schweine!«

Sie schrie die Worte heraus und schlug dabei mit der flachen Hand wieder und wieder auf ihr Knie.

»Rike: Hellberg ist doch ein Familienunternehmen. Haben Sie kein Mitspracherecht... als Mitglied der Familie?«

»Nein. Ich bin draußen. Schon lange. Das war übrigens Ninas Idee gewesen. Sie hatte gerade promoviert und war als Trainee im Konzern eingestiegen, als ich per Einschreiben mit Rückschein zum Termin in die Eupener Straße zitiert wurde. Sie führte damals das Gespräch mit mir. Im Auftrag von Otto. Weder Lars noch Otto ließen sich bei dem Termin blicken. War ihnen wohl zu peinlich. 20 000 Mark hat Nina mir angeboten. Das war kurz vor der Einführung des Euro gewesen. Ich hab's genommen, meine Unterschrift beim Notar geleistet, das war's auch schon. Und dann habe ich mit dem Geld auf der Stelle eine Weltreise finanziert. Ich wollte mit dem Geld nichts von bleibendem Wert anschaffen. Das hätte mich nur erinnert. Jetzt erklären Sie mich wahrscheinlich für verrückt, dass ich mich mit lächerlichen 20 000 Mark habe abspeisen lassen. Aber ich wollte nur raus, nichts mehr mit denen zu tun haben.«

»Doch, ich verstehe Sie. Vermutlich hätte ich genauso reagiert. Wann hat Nina eigentlich Ihren Bruder geheiratet?«

»Erst als sie schwanger wurde. Also vor nicht ganz sieben Jahren. Jonas musste ja ein echter Hellberg werden. Amtlich beglaubigt und besiegelt. Der Stammhalter der Dynastie.«

»Ein Wunschkind?«

»Tja, David. Fragt sich nur, wessen Wunschkind.«

»Wie meinen Sie das?«

Sie lehnte sich in dem Sofa zurück und schloss die Augen.

»Rike, wenn Sie darauf nicht antworten möchten...«

»Doch, doch. In der Küche steht noch eine Flasche Spätburgunder von der Ahr. Deutzerhof. Cossmann-Hehle. Die wollte ich für eine besondere Gelegenheit aufbewahren. Heute ist so eine besondere Gelegenheit. Hätten Sie vielleicht Lust, ein Glas mit mir zu trinken?«

Manthey brauchte eine Weile, um den Korkenzieher zu finden. Als er mit der geöffneten Flasche und zwei Gläsern aus der Küche zurückkehrte, saß Ulrike Hellberg auf der Kante des Sofas, die Füße geerdet, Entschlossenheit im Blick.

Sie trank einen Schluck. Und noch einen.

»Ist der nicht fantastisch?«

Manthey nickte und nippte.

»David, ich hatte doch vorhin erwähnt, dass Nina damals ganz genau wusste, welche Knöpfe sie bei uns drücken musste.«

»Ja…«

»Sie… hat mich verführt, damals.«

Manthey schwieg.

»Nicht nur mich.«

Sie trank einen weiteren Schluck. Gierig.

»Wir waren damals fünfzehn. Sie übernachtete oft bei uns im Haus. Wir hatten mehrere Gästezimmer in dieser riesigen Villa in Marienburg. Es war in den Sommerferien. Sie verbrachte die kompletten Ferien bei uns. Sie liebte es, am Pool zu liegen und sich bedienen zu lassen, von unserer Haushälterin und von mir. Und eines Nachts ist es dann passiert…«

»Was?«

Sie trank, bevor sie antwortete.

»Ich wurde davon wach, dass sie neben mir in meinem Bett lag und mich streichelte. Sie war nackt, und sie hatte bereits mein Nachthemd nach oben geschoben. Ich kann nicht sagen, dass sie mich nötigen musste. Sie hatte mich zweifellos überrumpelt, und ich lag eine Weile schockstarr da und wagte nicht zu atmen. Aber nach der ersten Schockstarre habe ich es genossen. Danach haben wir es eine Weile jede Nacht getan. Getan. Blödes Wort. Was heißt *getan*? Wir haben uns nur gestreichelt, ganz sanft, nichts weiter. Und für eine Weile vergaß ich völlig, wie fett und hässlich ich doch war. Ich war sehr verliebt in sie. Richtig verliebt. Mir schlug das Herz schon augenblicklich bis zum Hals, wenn sie mich nur ansah. Ich war glücklich. Einfach nur glücklich. Können Sie das verstehen?«

»Sie sagten eben: Eine Weile…«

»Eine Weile?«

»Sie und Nina…«

»Ja. Etwa zwei Wochen lang. Sie kam immer kurz nach Mitternacht, wenn alle im Haus schliefen. Aber eines Nachts kam sie eben nicht mehr. Ich lag lange wach, starrte die Decke an, sagte mir, dass es ihr gutes Recht sei, mal ihre Ruhe haben zu wollen. Am nächsten Tag war sie sehr reserviert, kühl und schnippisch zu mir. Wir hatten ein paar Mädels und Jungs aus unserer Klasse zu einer kleinen Poolparty eingeladen. Sie beschäftigte sich nur mit den anderen, sah mich die ganze Zeit kein einziges Mal an. In der nächsten Nacht erschien sie wieder nicht. Da bin ich aufgestanden und habe mich über den Flur zu ihrem Zimmer geschlichen, um mit ihr zu reden, um sie zu fragen, was denn auf einmal los sei, ob ich irgendwas falsch gemacht hätte. Aber sie war nicht auf ihrem Zimmer. Und im selben Moment konnte ich hören, wo sie war. Sie war bei Lars. Die Geräusche, die durch die Zimmertür drangen, konnte man nicht missverstehen. Selbst ich nicht. Einen 20-Jährigen zu verführen, ist für eine 15-Jährige kein Kunststück, wenn man so aussieht, wie Nina damals aussah. Und wenn man so hemmungslos und völlig schamlos ist, wie Nina damals schon war.«

»Und Sie waren plötzlich abgemeldet.«

»Von einem Tag zum anderen. Von einer Nacht zur anderen. Lars hatte gerade mit Mühe und Not das Abitur auf einem teuren Privatinternat bestanden. Er verbrachte den Sommer bei uns. Tagsüber absolvierte er ein Praktikum in der Eupener Straße. In der Vertriebsabteilung. Um die Zeit bis zum Beginn des Studiums im Herbst sinnvoll zu nutzen.«

»Was hat er studiert?«

»BWL. Was sonst? Otto hatte dafür gesorgt, dass er weder vom Wehrdienst noch vom Zivildienst belästigt wurde. Nicht etwa aus Liebe zu seinem Sohn. Sondern weil er von schlecht bezahlter Arbeit fürs Allgemeinwohl nicht viel hielt. Er hielt das für pure Zeitverschwendung. Begriffe wie *Solidargemeinschaft* existieren in Ottos Wortschatz nicht. Lars sollte möglichst zügig sein Studium aufnehmen und möglichst rasch damit fertig werden, um in die Firma einsteigen zu können.«

»Wann wurde das Verhältnis offiziell?«

»Welches Verhältnis?«

»Na... das zwischen Nina und Lars.«

»Nie. Beziehungsweise, wenn Sie so wollen: mit der Hochzeit vor nicht ganz sieben Jahren.«

»Und während der ganzen Zeit hatten die beiden eine heimliche Beziehung? Das sind ja zwanzig Jahre.«

»Beziehung kann man das nicht nennen. Sie ließ ihn ab und zu in ihr Bett, wenn ihr danach war. Wissen Sie, ich war nur der Türöffner ins Paradies gewesen. Anschließend war ich für sie nicht mehr nützlich und wurde abserviert, zumal sie schnell begriffen hatte, welche untergeordnete Rolle mir in der Hackordnung dieser Familie zugewiesen war. Lars hingegen hielt sie sich auf kleiner Flamme warm, er konnte ja vielleicht noch irgendwann von Nutzen sein. Aber Nina ist ein Mensch, der sich nur mit dem Hauptgewinn in der Lostrommel zufriedengibt. Sie können sich schon denken, was das bedeutet.«

»Sie meinen... Nina verführte Ihren Vater?«

»Ich nenne ihn nicht Vater, wie Sie schon gemerkt haben werden. Er war nie ein Vater. Er war der Spermalieferant bei meiner Zeugung, nichts weiter. Und Nina musste ihn auch nicht verführen, nicht so wie mich und dann Lars. Otto Hellberg nimmt sich, was er braucht. Und im Fall Nina brauchte er eines Tages nur mit den Fingern zu schnippen, und sie machte gern für ihn die Beine breit. Wenigstens war er so clever und wartete, bis sie volljährig war und das Abitur in der Tasche hatte. Er finanzierte ihr ein schickes Studentenapartment, um sie fortan ungestört treffen zu können. Otto und Nina waren schon ein Liebespaar, bevor Nina als Trainee in die Firma einstieg.«

Die Frage lag Manthey auf der Zunge. Aber er wagte es nicht, sie zu stellen. Ulrike Hellberg grinste amüsiert.

»David, ich kann in Ihrem Gesicht ablesen, was Ihnen gerade durch den Kopf geht. Keine Sorge: Sie sollen auch den Rest der Geschichte erfahren. *Es gibt kein richtiges Leben im falschen*, hat Adorno in seinen ›Minima Moralia‹ geschrieben. Ich teile diese Ansicht. Deshalb musste ich später jeglichen Kontakt rigoros abbrechen, zur Familie wie zur Firma, um diesem Karma zu entkommen. Der Hellberg-Clan hat geschäftlich wie auch privat stets ein falsches, ein schlechtes, ein zutiefst unmoralisches Leben geführt. Otto wollte einen Stammhalter... vielleicht aber auch nur einen weiteren Beweis seiner Omnipotenz, seiner unsterblichen, ewig währenden Allmacht. Lars kann keine Kinder zeugen. Er ist unfruchtbar. Und Nina war scharf auf die endgültige Absicherung, nur für den Fall, dass eines Tages ihre Attraktivität schwinden oder sie aus einem anderen Grund bei Otto in Ungnade fallen könnte. Und damit der schöne Schein nach außen hin gewahrt blieb, befahl Otto seinem Sohn, die schwangere Nina zu heiraten. Was für eine Demütigung für Lars. Seither castet er sich durch die Betten seiner Models, statt sich um die Firma zu kümmern. Kleine Rache, kleine Fluchten für einen kleinen, schwachen Mann.«

»Rike, vielleicht bin ich zu einfach gestrickt für diese Welt. Nur damit ich nichts falsch verstehe...«

»Was willst du wissen, David?«

»Jonas ist also...«

»Der kleine, verhätschelte, verzogene Jonas, der von seinem Großvater mit falscher, alles erstickender Liebe überschüttet wird, hat zwei Väter: einen offiziellen und einen leiblichen. Sein leiblicher Vater ist sein Großvater.«

David Manthey blieb noch etwa zwei Stunden. Aus Höflichkeit, und weil er ein schlechtes Gewissen hatte.

Was hatte er mit seiner Reise in die Eifel und dem Besuch bei der verschollenen Tochter des Hellberg-Patriarchen erreicht? Er hatte diese liebenswerte, bedauernswerte Frau aus ihrer sorgsam errichteten Anonymität gerissen, in ihren alten, schlecht verheilten Wunden herumgebohrt, aber er hatte nichts, aber auch gar nichts erfahren, was ihn bei der Suche nach Bernd Oschatz auch nur einen Schritt weiterbrachte.

Manthey saß schweigend und mit schlechtem Gewissen neben Ulrike Hellberg auf der Couch, hielt ihre Hand und trocknete ihre Tränen. Schließlich legte er den Arm um die Schultern der unentwegt schluchzenden Frau, summte ein Kinderlied und wiegte sie sanft in den Schlaf. Er deckte sie zu, küsste sie flüchtig auf die Wange, schrieb auf die Kreidetafel in der Küche seine Telefonnummer unter die kurze Liste der dort verzeichneten noch zu erledigenden Einkäufe, pustete die Teelichter in den marokkanischen Windlichtern aus, verließ das Zimmer auf Zehenspitzen, wie ein Dieb, und zog die Haustür möglichst geräuschlos ins Schloss, um sie nicht zu wecken.

Die schiefergraue Farbe des Himmels kündigte den ersten Schnee des Jahres an, der in der Eifel deutlich früher fiel als im Rheintal. Während Manthey den Kragen seiner Jacke hochschlug, die Miniaturbrücke überquerte und durch die schmalen, menschenleeren Gassen des Dorfes zurück zum Auto marschierte, debattierte in Brüssel das Europäische Parlament bereits seit Stunden über die Sinnhaftigkeit von Subventionen. Und über Facebook hatte Rebmob vor zwei Stunden einen Aufruf in deutscher, englischer und spanischer Sprache verbreitet, sämtliche Einzelhändler zu boykottieren, die weiterhin Kleidung mit Hellberg-Etiketten anboten. Unterstützt von ihrer Gewerkschaft IG Metall, traten 86 Prozent der Kölner Hellberg-Beschäftigten in einen zunächst auf 24 Stunden befristeten Warnstreik. Zur gleichen Zeit machten in Köln die drei Vorstandsmitglieder der privaten Kölner Hausbank des Hellberg-Konzerns bei ihrem überraschenden Besuch in der Eupener Straße kein Hehl aus ihrer Sorge um die Validität ihres langjährigen Kunden in Zusammenhang mit dem Engagement in Rumänien, sollte Hellberg die EU-Subventionen zurückzahlen müssen. Schließlich ging es um einen 32-Millionen-Euro-Kredit, den die Bank ihrem Kunden Otto Hellberg eingeräumt hatte. Bei aller Freundschaft: Da hörte der Spaß auf. Ebenfalls an diesem Tag wunderten und freuten sich elf verschiedene gemeinnützige Organisationen in Deutschland, die sich für soziale Gerechtigkeit und Chancengleichheit, für ökologische Projekte, für fairen Handel mit den ärmsten Ländern dieser Welt und für die Bildung benachteiligter Kinder in Deutschland einsetzten, über einen großzügigen anonymen Spender. Eine Bank auf den Cayman Islands hatte im Auftrag des generösen Unbekannten jeweils 260 000 Euro an diese elf Organisationen überwiesen. Das Geld konnten sie alle dringend brauchen. Du liebe Güte, mehr als eine Viertelmillion! Die Verwunderung löste eher die Herkunft des Geldes aus. Denn George Town, die Hauptstadt der steuerfreien Inselgruppe in der Karibik, war der fünftgrößte Finanzplatz der Erde und beherbergte vierzig Prozent aller Hedge-Fonds dieser Welt. Spenden vom Klassenfeind, mitten aus dem Paradies des globalisierten Finanzkapitalismus? Sie alle konnten nicht ahnen, dass ein kleiner Buchhalter aus Deutschland bereits vor Wochen verfügt hatte, insgesamt 2,86 Millionen Euro von Steuerparadies zu Steuerparadies zu schleusen und schließlich am heutigen Tag auf die besagten elf Konten zu streuen.

Von all dem wusste David Manthey nichts, als er in Günthers R4 stieg, den Motor startete und das Eifeldorf Monreal verließ.

Von alldem wusste auch Lars Hellberg nichts. Er war den ganzen Tag in Düsseldorf gewesen, um die Präsentation vorzubereiten, und fuhr anschließend nicht mehr in die Firma, sondern gleich nach Hause. In dieses kalte, sterile, sündhaft teure Haus in Rodenkirchen, das er so sehr hasste. Rheinblick. 320 Quadratmeter Wohnfläche. Nina hatte es bauen lassen. Nina hatte auch den Innenarchitekten ausgesucht. Die Möbel. Die Bilder. Die Tapeten. Alles.

Jonas schlief schon.

Er gab der Nanny, die ein Appartement im Souterrain der Villa bewohnte, für den Rest des Abends frei.

Er schlich ins Kinderzimmer, setzte sich auf die Bettkante, betrachtete den schlafenden Jungen eine Weile.

Eine halbe Stunde saß er so da.

Schließlich drückte er Jonas einen Kuss auf die Wange und schlich sich wieder hinaus.

In der Küche nahm er eine Pizza aus der Tiefkühltruhe, schob sie in den Backofen, öffnete eine Flasche Bier und setzte sich auf einen der vier Barhocker.

Barhocker in der Küche. Wie ungemütlich.

Das Haus war allerdings nicht unter der Prämisse eingerichtet worden, dass es sich seine Bewohner darin gemütlich machen sollten. Das Haus war ausschließlich zu dem Zweck gebaut und ausgestattet worden, um Besucher zu beeindrucken.

Lars Hellberg schaute auf die Uhr. Kurz nach acht.

Was tat er hier?

Was hatte er hier zu suchen?

Wo war sie?

Bei ihm?

Nicht, dass er sie vermisste.

Er vermisste etwas völlig anderes.

Gewöhnlich verbrachte sie jeden Dienstagabend und jeden Donnerstagabend bei ihm.

Heute war Mittwoch.

Manche Leute stürzten im Umfeld eines runden Geburtstags in eine Lebenskrise. An seinem 40. Geburtstag hatte er nichts davon bemerken können. Aber jetzt, knapp einen Monat vor seinem 44. Geburtstag, übermannte ihn Tag für Tag eine Schwermut, die wie Blei auf seinem Brustkorb lastete.

Was für ein verpfuschtes, sinnloses, überflüssiges Leben.

Er trank das Bier aus.

Ohne darüber nachzudenken, was er da eigentlich tat, zog er sein Handy aus der Innentasche des Jacketts und tippte die Nummer der Telefonauskunft. Die Frau fragte, wie sie ihm helfen könne. Er nannte den Namen seiner Schwester. Wie hieß das Dorf in der Eifel noch gleich? Monreal. *Da finde ich keinen Eintrag unter dem Namen Ulrike Hellberg. Tut mir leid. Ich habe aber diverse Einträge unter dem Namen Hellberg in Köln ...*

Lars Hellberg bedankte sich und beendete das Telefonat. Der Galerist, bei dem er das Aquarell gekauft hatte, sagte also die Wahrheit: *Sie hat kein Telefon.* Aber ihre Adresse hatte er sich von dem Galeristen geben lassen.

Er schaltete den Backofen aus, weil er keinen Hunger mehr

verspürte, rutschte vom Barhocker, ging in sein Arbeitszimmer, schloss die Tür, setzte sich an den Schreibtisch, kramte den Zettel mit der Adresse hervor, nahm einige Bögen Papier aus dem Drucker und schrieb seiner Schwester einen langen Brief.

Antonia Dix traf pünktlich um zehn in dem vereinbarten Café im Severinsviertel ein. David saß an einem der hinteren Tische, einen Espresso und einen Stapel zerpflückter Zeitungen vor sich. Sie hängte ihre Lederjacke über den freien Stuhl und gab der Bedienung ein Zeichen.

»Vorsicht: Der Kaffee ist eine Katastrophe.«

Sie bestellte einen Minztee.

»Was Neues?« Sie deutete auf die Zeitungen.

»Nichts. Die Debatte in Brüssel um die Subventionen ist manchen ein paar Zeilen im Wirtschaftsteil wert. Das Thema Hellberg hat Pause. Du siehst müde aus.«

Sie ignorierte die Bemerkung. »Was du mir gestern Abend am Telefon über das bizarre Innenleben dieser ehrbaren Familie erzählt hast, geht mir nicht mehr aus dem Kopf.«

»Geht mir nicht anders.«

»Wenigstens haben wir jetzt eine vage Vorstellung, warum Zeki Kilicaslan nach Köln gekommen ist. Dein ehemaliger Kollege in Istanbul war außerordentlich hilfsbereit. Er bleibt weiter an der Sache dran, hat er mir versprochen. Er will mich heute im Laufe des Nachmittags wieder anrufen.«

»Gewöhnlich hält er, was er verspricht.«

»Du glaubst, dass Detmers den Professor umgebracht hat...«

»Ja. Das glaube ich.«

»Dummerweise muss ich im Gegensatz zu dir alles, was ich glaube, auch beweisen können.«

»Eine Razzia bei Hellberg. Kriminaltechnische Untersuchung aller Firmenwagen auf Spuren, Kontrolle der Fahrtenbücher, der Dienstpläne, systematische Befragung aller Mitarbeiter, vor allem der Pförtner und der für den Fuhrpark zuständigen Leute, Überprüfung sämtlicher eingegangener Rechnungen über Kfz-Reparaturen, Lack- und Karosserieschäden...«

»David! Ich brauche keine Nachhilfestunde in Polizeiarbeit. Habe ich versucht. Da bin ich bei der Staatsanwaltschaft so was von abgeblitzt. Man sieht keinen hinreichenden Tatverdacht, um einen richterlichen Durchsuchungsbeschluss zu erwirken.«

»Detmers hat Kontakt zu CgnSecServ aufgenommen.«

»Was? Woher weißt du das?«

»Artur war fleißig. Und du kannst sicher sein, dass Detmers deren Dienste nicht von seinem Gehalt bezahlt.«

Da hatte Antonia Dix keine Zweifel. Das von zwei russischen Brüdern und ihrem Cousin in Köln gegründete Unternehmen mit dem etwas sperrigen Firmennamen war offiziell spezialisiert auf Personenschutz und Objektschutz. Doch das Portfolio der Dienstleistungen, die CgnSecServ anbot, war damit bei Weitem nicht erschöpft. Die Russen waren klassische Troubleshooter. Sie lösten mit großem technischem und personellem Einsatz scheinbar unlösbare Probleme auch außerhalb der Legalität. Ihr Einsatzgebiet war unbeschränkt: von der Industriespionage bis zur Wiederbeschaffung von Erpressungsgeldern. Sie wussten, wie man Zeugen vor Gericht zum Verstummen brachte oder Mitarbeiter von einer freiwilligen Kündigung überzeugte. Ihre Dienstleistungen waren effizient und teuer.

»Antonia, du weißt, was das bedeutet?«

»Ja. Sie wollen Bernd Oschatz finden, bevor wir ihn finden.«

In der zweiten Hälfte des 19. Jahrhunderts fassten die Kölner Ratsherren den Entschluss, für ihre besonders wohlhabenden Bürger einen nagelneuen Stadtteil anzulegen, im Süden der Stadt, in gesunder Luft und grüner Umgebung, unmittelbar am Rhein gelegen. So entstand in parkähnlicher Landschaft rund um den bis dahin einsamen Landsitz Marienburg eine geschlossene Villenkolonie, ein inzwischen komplett unter Denkmalschutz stehendes Ensemble schmucker, frei stehender Gründerzeithäuser auf großzügig bemessenen Grundstücken an von prachtvollen Laubbäumen gesäumten Alleen.

Seither galt Marienburg als allerfeinste Adresse für den alten Kölner Geldadel, ein exquisiter Club, dessen Mitglieder über so klangvolle Namen wie Gerling, Oppenheim oder Pferdmenges verfügten. *Wenn in Deutschland einer Geld hat, denken die Leute immer gleich, er habe es gestohlen*, hatte Bankier Robert Pferdmenges einmal gesagt.

Im nördlich angrenzenden Stadtteil Bayenthal tummelten sich seit Beginn der Industrialisierung das Proletariat und später das Kleinbürgertum, und im Süden, jenseits des Forstbotanischen Gartens, hatte man zeitgleich mit der Gründung der Bundesrepublik den Hahnwald zum gigantischen Bungalowbauplatz für die neureichen Gewinner des Wirtschaftswunders erklärt. Doch die Marienburger blieben gern unter sich. Zum Glück war ihr grünes Paradies durch vier Transitschnellstraßen fein säuberlich von der Nachbarschaft abgegrenzt.

Zu Beginn des 21. Jahrhunderts lebten in Marienburg knapp 5700 der insgesamt eine Million Kölner völlig unberührt von den gewöhnlich lästigen und nervenden Nachteilen urbanen Lebens: Hier gab es Vogelgezwitscher statt Fluglärm, höfliche Nachbarn statt marodierender Jugendgangs, Jogger statt Penner, sonore Achtzylinder statt hysterisch aufjaulender Kleinkrafträder. Keine Dönerbude, kein Getränkediscounter, kein Handyladen störte das seit mehr als hundert Jahren unveränderte Straßenbild, und die Bewohner Marienburgs verfügten über genügend politischen Einfluss, um zu gewährleisten, dass sich daran auch die nächsten hundert Jahre nichts ändern würde.

Am südöstlichen Rand des Stadtteils endete die Ulmenallee in einem gepflasterten Rondell, dessen kreisrundes Zentrum ein neoklassizistischer Springbrunnen füllte. Am Kopf des Rondells hielt ein von zwei mächtigen steinernen Säulen gehaltenes schmiedeeisernes Tor unerwünschte Besucher von der spontanen Weiterfahrt ab. Der Kiesweg jenseits des Tors verschwand nach wenigen Metern und einer Linksbiegung im Dickicht der Büsche und Bäume. Vom Tor aus einen Blick auf die nach Angaben von Google Earth gut einen halben Kilometer entfernte Villa zu erhaschen, war ebenfalls unmöglich. Die rechte Säule des Tors beherbergte einen messingfarbenen Klingelknopf, eine ebenfalls messingfarbene Gegensprechanlage sowie ein modernes Videoauge, aber kein Namensschild. Denn in Marienburg wurden Namensschilder als störend empfunden.

Patrick Kahle benötigte kein Namensschild zur Orientierung. Er wusste, wer in der unsichtbaren Villa inmitten des Privatparks wohnte. Im Schutz der Dunkelheit hatte er in der Nacht zuvor das komplette Grundstück umwandert. Das trapezförmige Areal war fast komplett von einer schmucklosen, fast vier Meter hohen Mauer umgeben. Lediglich für die an die Ulmenallee angrenzende Schmalseite des Grundstücks links und rechts des schmiedeeisernen Tors hatte man sich im Interesse der Ästhetik für einen ebenfalls schmiedeeisernen, rund zehn Meter langen und knapp zwei Meter hohen Zaun entschieden.

Die einzige Möglichkeit.

Patrick Kahle suchte sich einen Platz, der im Schatten der Straßenbeleuchtung und außerhalb des Blickfelds der Videokamera lag, und wurde eins mit der schützenden Dunkelheit. Er trug eine schwarze Hose, eine schwarze Jacke, schwarze Turnschuhe, schwarze Motorradhandschuhe und eine schwarze Sturmhaube, wie sie Motorradfahrer unter ihrem Helm trugen. Und SEK-Einheiten. Und Autonome bei Demos. Er hatte den Stoff bis über die Nase gezogen, sodass nur noch die Augenpartie frei war. Patrick Kahle zog sein Handy aus der Innentasche der Jacke. Er musste erst den rechten Handschuh ausziehen, bevor er die Nummer der Eule wählen konnte.

Matthias Pfaff war sofort dran.

»Ja?«

»Keine Namen! Wie sieht's aus?«

»Der Alte ist noch da.«

»Bist du sicher?«

»Sein Büro im obersten Stock ist hell erleuchtet. Außerdem ist er eben kurz am Fenster aufgetaucht. Mit seinem Sohn. Meine Güte, ich hatte schon Angst, die sehen mich.«

»Verlier jetzt bloß nicht die Nerven, Junge. Sie können dich nicht sehen. Das ist schon physikalisch unmöglich, wenn sie in einem hell erleuchteten Raum stehen und du gegenüber in der stockdunklen Büroruine hockst. Außerdem schaust du durch ein Fernglas und sie nicht. Das irritiert dich zusätzlich, weil sie dir dadurch optisch auf die Pelle rücken. Hauptsache, du zündest dir keine Zigarette an. Die Glutspitze kann man im Dunkeln nämlich meilenweit sehen. Hast du kapiert? Wage es ja nicht, dir eine Zigarette anzustecken.«

»Ist ja schon gut. Spar dir deine Vorträge. Wenn mir eins schwer auf die Nerven geht, dann deine ständigen Belehrungen.«

»Wo ist die Frau?«

»Die ist gerade weggefahren.«

»Was? Wieso sagst du das jetzt erst?«

»Weil du mich nie ausreden lässt. Vor einer Minuten vielleicht. In dem Moment, als du angerufen hast. In dem dicken Mercedes des Alten. Vorne saß der Chauffeur, sie saß hinten, alleine, auf der rechten Seite.«

»Bist du sicher?«

»Natürlich bin ich sicher. Wozu habe ich schließlich das Fernglas dabei?«

»Und warum hast du mich nicht angerufen?«

»Wollte ich doch gerade. Aber genau in dem Moment hast du doch mich angerufen.«

»Bis später.«

Patrick Kahle unterbrach grußlos die Verbindung, steckte das Handy wieder ein und dachte nach.

Es gab drei gleichermaßen wahrscheinliche Routen von der Eupener Straße zur Ulmenallee. Zwischen 8,6 und 9,8 Kilometer lang. Sie hatten das gründlich gecheckt. Er lüftete den linken Ärmel der Jacke und spähte auf seine Armbanduhr. Kurz nach sieben, zeigten die Leuchtziffern an.

Um diese Uhrzeit würde der Wagen auf allen drei Strecken nicht viel länger als eine Viertelstunde brauchen.

Falls sie überhaupt auf dem Weg nach Hause war.

Nach Hause.

Denn eigentlich wohnte Nina Hellberg mit ihrem Mann und ihrem Kind in Rodenkirchen, hatten sie herausgefunden. Gar nicht weit weg von der Villa des Alten, nur knapp zehn Minuten mit dem Auto. Eine postmoderne Scheußlichkeit mit Rheinblick. Eine geradezu obszöne architektonische Demonstration grenzenlosen Reichtums.

Das Anwesen in Rodenkirchen verfügte über eine ultramoderne Alarmanlage. Die Villa in Marienburg nicht. Es gab nicht mal Kameras auf dem Gelände, außer der einen am Tor, die für das Videoauge. Der Alte vertraute wohl lieber seinen dicken, hohen, mit einzementierten Glasscherben bewehrten Mauern als der aktuellen Sicherheitstechnik. Und auf den privaten Sicherheitsdienst, der sechsmal pro Tag und viermal pro Nacht in einem japanischen Kleinwagen durch das Viertel patrouillierte.

Damit war die Sache entschieden.

Drei Wochen lang hatten zwei Dutzend Rebmob-Aktivisten rund um die Uhr jeden Schritt der Hellberg-Sippe beobachtet und ein brauchbares Bewegungsmuster erstellt. Nina Hellberg fuhr jeden Dienstag und jeden Donnerstag vom Büro in der Eupener Straße zu der Villa des Alten nach Marienburg und blieb dort einige Stunden, bevor sie sich gegen Mitternacht auf den Weg nach Rodenkirchen machte.

Heute war Donnerstag.

Das Ritual war immer gleich: Der Chauffeur setzte sie ab, fuhr wieder zur Konzernzentrale, kehrte gut eine Stunde später mit dem Alten zurück und machte anschließend Feierabend. Gegen Mitternacht tauchte dann ein Taxi auf und fuhr Nina Hellberg nach Rodenkirchen. Zu Mann und Kind.

Der Ablaufplan war bis ins kleinste Detail mit dem Exekutivrat der Rebmob-Aktivisten abgestimmt. Nach endlosen Laberrunden, die sie basisdemokratische Entscheidungsfindung nannten. Patrick Kahle fand das jedes Mal zum Kotzen.

Aber diesmal war er ganz gelassen geblieben. Denn das Ziel des Plans würde er ohnehin eigenmächtig ein klein wenig abändern, hatte er sich vorgenommen. Denn seit seinem Einbruch in die Wohnung des Buchhalters und dem überraschenden Fund hinter dem Kleiderschrank im Schlafzimmer hatte das Spiel für ihn eine völlig neue Dimension erhalten.

Heute war Donnerstag. Der Tag, der sein bisheriges, lausiges Leben unterhalb der Armutsgrenze ein für alle Mal ändern sollte.

19.10 Uhr. Höchste Zeit.

Er zog den rechten Lederhandschuh wieder an, zerrte die Pferdedecke hinter dem Gebüsch des angrenzenden Waldgrundstücks hervor, griff sie mit beiden Händen und nahm ein paar Schritte Anlauf. Er katapultierte sich mit einem kräftigen Tritt gegen die Stäbe des schmiedeeisernen Zauns nach oben, lenkte die Energie von der Horizontalen in die Vertikale, kriegte die pfeilähnlichen Spitzen zu packen und zog sich hinauf. Es tat höllisch weh, trotz der Decke und der gepolsterten Motorradhandschuhe. Wie ein Reckturner knickte er den Oberkörper ein, überschlug sich, ließ los und landete mit den Füßen voran im weichen Laub. Er zog die Pferdedecke vom Geländer, rollte sie zusammen und stopfte sie unter die nächste Hecke. Ein kurzer Blick auf den Kompass an seinem rechten Handgelenk, dann trabte er los, in die schützende Dunkelheit, durch das dichte Unterholz, tief gebückt, um sein Gesicht vor den Zweigen der Büsche zu schützen.

Das Satellitenbild bei Google Earth hatte nur erahnen lassen, wie groß die Villa in Wirklichkeit war, die da mitten auf der Lichtung stand, eingetaucht in das graublau schimmernde Licht des Vollmonds am Himmel.

Ein Monstrum.

Ein georgianisches Monstrum, wie aus einem Südstaatenepos entliehen, wenn auch lediglich von alten Buchenbeständen statt von endlosen Baumwollplantagen und windschiefen Hütten umgeben, aus denen in Hollywoodfilmen an schwülen Abenden der schwermütige Gesang der Sklaven drang.

Doch der Abend war nicht schwül, sondern lausig kalt. Und die Sklaven nannten sich Arbeitnehmer und hatten Feierabend.

Der Gärtner machte gewöhnlich gegen 17 Uhr Feierabend, die Haushälterin gegen 18 Uhr. Beide wohnten in Raderthal, und deshalb gab es auch keine windschiefen Hütten, sondern nur ein Gärtnerhaus zur Rechten und eine Garage zur Linken des von kugelförmig gestutzten Buchsbäumen und schmiedeeisernen Straßenlaternen gesäumten Vorplatzes.

Die beiden eingeschossigen Wirtschaftsgebäude waren ebenfalls dem angelsächsischen Kolonialstil des späten 18. Jahrhunderts nachempfunden. Durch das Fenster neben dem zweiflügligen Tor des Gärtnerhauses erspähte Patrick Kahle die Umrisse eines Miniaturtraktors. Die Flügel der vier Tore der verlassenen Garage standen weit offen.

Das Wohngebäude war zweigeschossig. Hochparterre, erster Stock, darauf ein nur schwach geneigtes Dach. Die großen Fenster ließen auf eine Geschosshöhe von gut vier Metern schließen. Eine Freitreppe führte hinauf zu dem von einem Ziergiebel und Pilastern gesäumten Portal. Patrick Kahle hockte sich hinter einen der mächtigen Buchsbäume am Fuß der Freitreppe, wartete und fror.

Nach knapp acht Minuten hörte er das sanfte Schnurren des Achtzylinders, Sekunden später flammten sämtliche Laternen rund um das Gebäude auf. Der S-Klasse-Mercedes bog auf den Vorplatz ein, der Kies knirschte unter der tonnenschweren Last. Die Limousine stoppte, der Chauffeur stieg aus, eilte um den Wagen herum und riss die rechte hintere Tür auf. Nina Hellberg beachtete ihn nicht weiter. Kein Wort, kein Blick, kein Dank. Sie schritt die Treppe hinauf, während der Chauffeur wieder in den Wagen stieg. Patrick Kahle zog die Pistole aus der Jacke. Verdammter Mist. Die gepolsterten Motorradhandschuhe waren viel zu dick, zwar für das Überwinden des Zauns perfekt, aber jetzt bekam er den Zeigefinger nicht durch den Ring, der den Abzug schützte. Nina Hellberg hatte die Haustür bereits erreicht. Kahle zog hastig die Handschuhe aus und stopfte sie in den Hosenbund. Der Mercedes wendete. Nina Hellberg kramte in ihrer Aktentasche. Der Mercedes rollte davon. Nina Hellberg steckte den Schlüssel ins Schloss. Der Mercedes verschwand aus dem Blickfeld. Nina Hellberg öffnete die Haustür. Patrick Kahle schnellte aus der Hocke und hetzte die zwölf Stufen hinauf. Unmittelbar bevor die Haustür ins Schloss fallen konnte, rammte er seinen Fuß in den schmalen Spalt. Die dicke Gummisohle ließ die Tür wieder aufschwingen. Nina Hellberg drehte sich um. Patrick Kahle drückte den Lauf der Pistole gegen ihre Stirn und warf die schwere Holztür hinter sich ins Schloss. Nina Hellberg riss entsetzt die Augen auf.

»Schnauze. Wenn du schreist, bist du tot. Klar?«

Sie wagte nicht, sich zu rühren und den Kopf zu bewegen. Aber ihre Augen nickten heftig.

»Gut. Ist sonst noch jemand im Haus?«

Sie zögerte einen Augenblick, als schien sie intensiv darüber nachzudenken, welche erfundene Antwort ihr möglicherweise einen Vorteil verschaffen könnte.

»Die Wahrheit!«

»Nein. Es ist sonst niemand im Haus.«

»Erwartest du noch jemanden heute Abend?«

»Nein.«

Er verpasste ihr eine Ohrfeige.

»Noch so eine Lüge, und du bist tot.«

»Meinen Schwiegervater... und meinen Mann... und ein paar Geschäftsfreunde. In einer Viertelstunde.«

Er grinste. Alle Achtung: Diese Frau log, ohne mit der Wimper zu zucken. Das nötigte ihm Respekt ab.

»Dann wollen wir keine Zeit verplempern.«

Er nahm die Pistole von ihrem Kopf und deutete mit dem Lauf auf den Ohrensessel. »Setz dich da hin.«

»Was wollen Sie von mir? Wollen Sie Geld? Ich kann mal nachschauen, was ich noch in meiner Geldbörse...«

»Schnauze! Setz dich da hin!«

Während sie sich setzte und die Beine übereinanderschlug, kontrollierte er den Inhalt der schmalen Aktentasche. Zwei Schnellhefter mit endlosen Excel-Tabellen. Ein Blackberry. Lippenstift. Ein Paar Lederhandschuhe, mausgrau, hauchdünn, zart und weich, noch weicher als das Leder der Aktentasche. Solche Handschuhe hätte er jetzt gut gebrauchen können. Leider waren sie viel zu klein. Egal. Sie würde den Überfall wohl kaum der Polizei melden. Patrick Kahle kramte weiter. Keine Waffe, nicht mal ein Pfefferspray. Eine Geldbörse. Darin zwei Kreditkarten, eine EC-Card, eine Kundenkarte von Aral, Personalausweis, Führerschein, zwei 50-Euro-Scheine, ein 20-Euro-Schein, etwas Münzgeld. Er nahm die Scheine an sich und stopfte sie in seine Hosentasche, steckte die Geldbörse wieder zurück und warf die Aktentasche vor ihre Füße, die in halbhohen, spitzen Pumps aus mausgrauem Wildleder steckten.

Dann sah er sich interessiert um. Was für ein Entree!

Wenn man in der Eingangshalle nach oben blickte, konnte man gut acht Meter hinauf bis unters Dach sehen. Eine dunkle, auf Hochglanz polierte Holztreppe mit einem kunstvoll gedrechselten Geländer kletterte die Wände entlang empor in die nächste Etage. Die Flügeltüren in der linken und in der rechten Wand waren geschlossen. Die Flügel der Tür exakt gegenüber dem Eingang standen offen und gaben den Blick auf den unbeleuchteten Salon frei. Das grelle Licht des Kronleuchters in der Eingangshalle spiegelte sich in den Scheiben der jenseitigen Terrassentüren, die vermutlich in den Garten mit dem Pool führten, den er auf den Satellitenfotos gesehen hatte.

Er zog eine hüllenlose DVD aus der Innentasche seiner Jacke und warf sie ihr in den Schoß.

»Was ist das?« Ekel in der Stimme. Sie starrte auf die silbrig glänzende Scheibe in ihrem Schoß, als wäre sie verseucht.

»Ein Film.«

»Was für ein Film?«

»Ein zehnminütiger Dokumentarfilm. Von einer Istanbuler Privatdetektei gedreht, wie man unschwer dem Abspann entnehmen kann. Die Qualität ist nicht gerade berauschend. Kleine Handkamera ohne Stativ, schlechte Lichtverhältnisse. Aber das Ding dokumentiert eindrucksvoll, unter welchen Arbeitsbedingungen Hellberg-Jeans hergestellt werden. Und wie die jungen

Arbeiter, die mit dem Sandstrahlen der Hellberg-Jeans beschäftigt sind, anschließend sterben wie die Fliegen.«

»Ich habe keine Ahnung, wovon Sie reden.«

»Nein?«

Er kramte erneut in seiner Jacke und warf ihr ein gefaltetes Stück Papier zu. Es landete nicht in ihrem Schoß, sondern vor ihren Füßen. Sie machte sich nicht die Mühe, es aufzuheben.

»Und was ist das?«

»Die Rechnung der Detektei. Beziehungsweise eine Kopie, so wie diese DVD natürlich nur eine Kopie ist. Laut Rechnung war der Hellberg-Konzern der Auftraggeber der Ermittlungen. Und der Stempel auf dem Rechnungsformular belegt, dass die Summe umgehend von der Buchhaltung beglichen wurde. Erinnerst du dich vielleicht jetzt wieder?«

Sie schwieg.

»Deine ehrenwerte Firma weiß demnach schon seit mehr als drei Jahren, was in Istanbul vor sich geht. Das hat Hellberg aber keineswegs dazu bewogen, an den grauenhaften Arbeitsbedingungen in den Kellerfabriken der türkischen Subunternehmer etwas zu ändern.«

»Wie Sie schon selbst sagten: Es sind Subunternehmer. Wir haben keinen Einfluss auf...«

»Ich bin nicht hier, um mit dir zu diskutieren.«

»Okay. Was wollen Sie?«

»Ganz einfach. Es gibt drei Möglichkeiten. Rebmob stellt den Film übermorgen früh um sechs Uhr ins Netz und sendet den entsprechenden Link mitsamt der eingescannten Rechnung per Mail an die großen Fernsehsender, die zehn auflagenstärksten Printmedien sowie an die deutschen Ableger der gängigen internationalen Organisationen, denen die Menschenrechte am Herzen liegen. Daraufhin geht der Hellberg-Konzern in die Offensive, gibt noch am selben Vormittag eine Pressekonferenz und erklärt, den Kölner Standort nun doch komplett zu erhalten, samt einer Beschäftigungsgarantie für die Belegschaft. Ferner erklärt der Hellberg-Konzern, die Zusammenarbeit mit den türkischen Kellerfabriken unverzüglich einzustellen und den

Familienangehörigen der armen Opfer eine beträchtliche Entschädigung zu zahlen.«

»Sie sind ja verrückt. Sie sind doch irre...«

»Sobald dies geschehen ist, stellen wir die deutschlandweiten Flashmob-Aktionen unverzüglich ein. Und alle sind glücklich. Der Konzern kommt mit einem blauen Auge davon, weil weder die Rumänien-Nummer noch die Istanbuler Kellerfabriken ernsthafte juristische Folgen für ihn haben werden. Die Öffentlichkeit ist glücklich und zufrieden, weil die Gerechtigkeit ausnahmsweise mal gesiegt hat. Und Rebmob ist aus gleich zwei Gründen glücklich: Erstens haben wir unseren Aktivisten ein für zukünftige Projekte motivierendes Erfolgserlebnis verschafft, und zweitens werden wir endlich von den Medien als eine neue, starke, ernst zu nehmende politisch-revolutionäre Kraft wahrgenommen. So weit klar?«

»Und wenn wir uns weigern, diese Pressekonferenz zu geben und uns selbst an den Pranger zu stellen?«

»Das ist dann Möglichkeit Nummer zwei. In diesem Fall gehen die Flashmobs weiter. Aber in einer neuen, völlig ungeahnten Dimension, was die Intensität und die Qualität anbelangt. Wie lange hält der Konzern das noch durch? Ein paar Wochen? Nein! Ich prophezeie dir: In nur wenigen Tagen wäre das Ende der glorreichen Hellberg-Ära besiegelt...«

»Oder?«

»Oder was?«

»Die dritte Möglichkeit.«

Wie konnte eine Frau, die von einem wildfremden Mann mit einer Pistole bedroht wurde, nur so gelassen, so kühl, so vollkommen abgebrüht reagieren? Er setzte sein Siegerlächeln auf, um den nachfolgenden, alles entscheidenden Sätzen emotionalen Nachdruck zu verleihen:

»Die dritte Möglichkeit: Die DVD wie auch die Rechnung verschwinden spurlos, noch bevor sie übermorgen ins Netz gestellt werden können. Die Originale und sämtliche bislang existierenden Kopien. Einfach weg, spurlos verschwunden, verstehst du? Die Medien erfahren kein Wort von der Sache mit den Kellerfabriken, und du zahlst mir als Gegenleistung einen kleinen Finderlohn aus.«

»Einen Finderlohn? Was haben Sie denn gefunden?«

»Das hier!«

Er zog das nächste gefaltete Stück Papier aus der Jackentasche und warf es ihr zu. Es landete ebenfalls neben ihren spitzen Pumps auf dem Fußboden statt in ihrem Schoß, weil sie nicht einmal den Versuch unternahm, es aufzufangen.

»Was haben wir denn diesmal?«

»Das ist die Kopie eines Kontoauszugs, der belegt, dass dein Schwiegervater 362 Millionen Euro auf einer Bank in Zürich gebunkert hat. Ein anonymes Nummernkonto. 362 Millionen Euro Schwarzgeld, das in Deutschland nicht versteuert wurde.«

Sie wurde auffällig blass um die Nase.

»Sag nur, du hättest nichts davon gewusst. Dein Schwiegervater und du, ihr macht doch so einen vertrauten Eindruck…«

Sie schwieg. Schmale Lippen.

Fantastisch. Jetzt habe ich dich an der Angel, du kleines, arrogantes Miststück.

»In Deutschland beträgt der übliche Finderlohn zehn Prozent, nicht wahr? Das wären also 36 Millionen Euro. Ich habe diese Dokumente gefunden. Ihr zahlt mir den Finderlohn, und die Sache mit Istanbul ist vergessen. Auch die deutsche Steuerfahndung wird niemals was von den 362 Millionen erfahren. So ist doch allen geholfen, oder?«

Sie studierte ihn. Sie fixierte ihn mit ihren grünen Augen. Nichts als Hohn und Verachtung im Blick.

»Weißt du, im ersten Moment hielt ich dich für einen ganz gewöhnlichen Kriminellen. Dann begriff ich, dass du zu diesen Rebmob-Anarchisten gehörst. Und jetzt, jetzt bist du tatsächlich wieder ein ganz gewöhnlicher Krimineller in meinen Augen. Ein kleiner Strauchdieb. Wissen deine Genossen, was du hier treibst? Oder spielst du dein eigenes Spiel? Was würden sie wohl dazu sagen, wenn sie wüssten, dass du gerade ihre Ideale verrätst?«

Sie duzte ihn.

Wieso duzte sie ihn plötzlich? Was bildete sie sich eigentlich ein? Er spürte, wie seine Autorität schrumpfte, wie sich seine Macht auf die Pistole in seiner Hand reduzierte. Er war dieser Frau nicht gewachsen.

»Und weiß Oschatz davon? Der ehrenwerte Herr Oschatz mit dem schlechten Gewissen. Weiß er, dass du nichts weiter als ein mieser, kleiner Strauchdieb bist?«

»Halt die Klappe!«, brüllte er zornig. Sie grinste breit. Sie hatte keine Angst mehr vor ihm. Jetzt nicht mehr.

»Eine Million.«

»Was?«

»Eine Million kannst du haben.«

»Ich sagte: 36 Millionen.«

»Eine Million und keinen Cent mehr. Wir verhandeln nicht mit Strauchdieben. Oschatz hat uns schon um mehr als drei Millionen betrogen. Es reicht. Drei Millionen für die Revolution, eine Million für dich allein. Ende der Veranstaltung.«

Sie sah auf die Uhr.

Er sah auf die Uhr.

Sie unterdrückte ein Gähnen. Sie schien sich zu langweilen.

Die Sache lief aus dem Ruder.

Seine Gedanken fuhren Achterbahn durch sein Gehirn.

Drei Millionen?

Oschatz hatte drei Millionen abgezweigt?

Oschatz hatte Rebmob 260 000 Euro zur Verfügung gestellt, zur Finanzierung der Hellberg-Aktion, über den Rest durfte Rebmob anschließend frei verfügen. Als Startkapital für die Revolution des Prekariats. 260 000 Euro. Eine unvorstellbar große Menge Geld für eine Handvoll frustrierter Unterbezahlter und Arbeitsloser. Wie großzügig! Oschatz, du Schwein. Hast fast drei Millionen für dich selbst beiseite geschafft...

»Was denn nun? Eine Million in bar. Morgen Abend schon, wenn du willst. Abgepackt in unverdächtigen 50-Euro-Scheinen. 20 000 braune Scheine. Mehr Geld, als du jemals in deinem Leben gesehen hast.« Sie griff in die rechte Außentasche ihres Jacketts. »Hier! Meine private Mobilnummer. Ruf mich an, und wir vereinbaren einen Termin.«

Entspannt lehnte sie sich wieder im Sessel zurück. Ihre Hand mit der Visitenkarte zwischen dem Zeigefinger und dem Mittelfinger ruhte bewegungslos auf der Armlehne. Er trat einen Schritt näher. Und zwangsläufig noch einen Schritt. Sie beugte sich nicht vor, sie kam ihm keinen Millimeter entgegen, sie hob nicht einmal die Hand. Er musste sich also zu ihr hinabbeugen, wie ein Vasall, der ein Almosen von der gnädigen Herrschaft empfing. Sie genoss die Demütigung. Lüsternheit im Blick. Die Fingerkuppen seiner linken Hand berührten für den Bruchteil einer Sekunde ihre scharfkantigen, makellosen, rotbraun lackierten Nägel, als er nach der Visitenkarte griff. Die kurze Berührung durchzuckte ihn wie ein Stromschlag.

In diesem Augenblick wurde die Haustür geöffnet. Patrick Kahle riss die Pistole hoch.

Rolf Detmers stand breitbeinig neben der Schranke vor der Panzerglasscheibe des Pförtnerhauses, stopfte die Hände tief in die Hosentaschen, um sie vor der Kälte zu schützen, und sah dem Mercedes des Alten nach, bis selbst das Rot der Rücklichter von der Dunkelheit geschluckt wurde.

Detmers, ich verlasse mich auf Sie.

Rolf Detmers hoffte, die Abendluft würde sein Gehirn ein wenig beflügeln. Aber statt neuer Einfälle kreiste lediglich die Gewissheit unentwegt durch seinen Kopf, dass er sich den unbefristeten Vertrag endgültig abschminken konnte, ja, dass er sich augenblicklich einen neuen Job suchen konnte, wenn ihm nicht bald etwas einfiel.

Gedankenverloren ließ er den Blick über die graue Fassade des seit Monaten verlassenen Bürogebäudes jenseits der Straße schweifen. Das Gebäude, an dem das Transparent gehangen hatte. Das Menetekel seines Untergangs. Mit dem verdammten Transparent hatte alles angefangen.

Was war das?

Ein Lichtpunkt in einer der schwarzen Fensterhöhlen.

Im vierten Stock.

Das dritte Fenster von links.

Winzig, schwach. Und weg.

Detmers rieb sich die müden Augen und starrte wieder auf die Fassade. Bildete er sich da was ein? Sah er schon Gespenster?

Nein.

Da! Da war es wieder.

Und wieder weg.

Das Glimmen einer Zigarette.

Kein Zweifel.

Da oben hockte offenbar jemand am Fenster und rauchte, während er das Hellberg-Gelände beobachtete.

Das Glimmen der Zigarette erschien Detmers mit einem Mal wie ein Hoffnungsschimmer.

Er senkte rasch den Blick, schob die Hände noch tiefer in die Hosentaschen und marschierte los. Nein, er musste schlendern, in aller Gemütsruhe, wie ein Mensch, der sich auf den Feierabend freute, auf die Couch vor dem Fernseher oder auf das frisch gezapfte Bier in der Eckkneipe. Auch wenn es reichlich unwahrscheinlich erscheinen mochte, dass da jemand ohne Mantel nach Hause marschierte. Aber wer bei einer Observierung seine glimmende Zigarette sehen ließ, war vielleicht auch bei der Analyse seiner Beobachtungen kein Profi.

Detmers folgte der Eupener Straße in Richtung Süden. Nach 200 Metern überquerte er gemächlich die verwaiste Fahrbahn, schräg, in Richtung Süden, machte aber auf dem jenseitigen Bürgersteig abrupt kehrt. Während er auf dem Rückweg das Tempo verdoppelte, zog er sein Handy aus der Hosentasche und wählte die gespeicherte Notfallnummer der Russen.

Dich krieg ich, du Ratte.

Dann sehen wir weiter.

Otto Hellberg öffnete die Haustür und blickte in den Lauf der Pistole, die geradewegs auf seine Brust zielte. Der Mann, der die Pistole auf ihn richtete, war komplett schwarz gekleidet. Das Gesicht konnte Hellberg nicht sehen, weil der Mann maskiert war. Die schwarze Sturmhaube ließ nur die Augenpartie frei. Der Mann war etwas größer als er und wirkte jung und durchtrainiert. Otto Hellberg kannte sich nicht aus mit Waffen, er war bei Kriegsende erst sechs Jahre alt gewesen, und später, als 1957 die ersten Wehrpflichtigen für die neu gegründete Bundeswehr eingezogen wurden, zwar idealerweise 18, aber schon viel zu beschäftigt mit der aktiven Teilhabe am Wirtschaftswunder und deshalb vom Wehrdienst befreit. Davon abgesehen war Otto Hellberg kein Held, sondern Realist und nüchterner Abwäger von Chancen und Risiken. Also ließ er den Aktenkoffer zu Boden fallen und hob die Hände.

»Da rüber«, befahl der Mann und winkte mit dem Lauf der Pistole in die Richtung, die er meinte.

Diese Stimme.

Er hatte diese Stimme schon einmal gehört.

Aber wo und wann?

Hellberg ließ zaghaft die bereits schmerzenden Arme sinken, setzte sich in Bewegung und bemerkte erst jetzt Nina. Er stellte sich neben den Sessel und wollte ritterlich ihre auf der Armlehne ruhende Hand ergreifen, um ihr Trost zu spenden und Schutz zu bieten. Doch sie zog ihre Hand rasch weg und legte sie in ihren Schoß. Sie beachtete ihn nicht einmal.

»Die Arme hoch.«

»Lass den alten Mann gefälligst in Ruhe. Er hat Arthrose in den Schultergelenken.«

Wieso duzte sie den Kerl? Und warum thematisierte sie seinen körperlichen Zustand gegenüber einem Wildfremden? Otto Hellberg hasste es, an sein Alter und an seine mit dem Alter zunehmenden Gebrechen erinnert zu werden. Und Nina wusste ganz genau, wie sehr er das hasste.

»Was wollen Sie von uns?«

»Schnauze halten, Alter. Ich hab keinen Bock und keine Zeit, alles noch mal von vorne zu erzählen. Deine Schwiegertochter weiß über alles Bescheid.«

»Jetzt erkenne ich Ihre Stimme wieder. Natürlich: Sie sind doch dieser Typ, der sich bei der Pressekonferenz unter die Journalisten gemischt hatte. Sie haben uns das alles eingebrockt. Wenn Sie nicht diese Pistole hätten, würde ich Sie jetzt eigenhändig erschlagen.«

»So, würdest du das gerne? Erschlagen würdest du mich gerne, du Kapitalistenschwein?«

Der Kerl riss sich die Sturmhaube vom Kopf. Ja, kein Zweifel, das war er. Die blond gefärbten Haare, die wie Borsten in alle Himmelsrichtungen abstanden. Das selbstherrliche Grinsen, das er ihm gerne aus der Fresse schlagen würde.

Was machte der da? Der Kerl ging in die Hocke, ganz langsam, ohne ihn aus den Augen zu lassen, legte die Pistole auf dem Fußboden ab und richtete sich wieder auf.

»So! Jetzt kannst du mich erschlagen. Na? Komm her! Was ist los? Traust du dich nicht mehr? Bist gar nicht gewöhnt, was alleine zu regeln, was? Hast für alles deine Sklaven...«

Wut. Heiliger Zorn. Otto Hellberg stürzte los, stürzte sich auf ihn, bekam ihn an der Kehle zu packen, drückte zu, so fest er konnte, zerkratzte ihm mit der freien Hand das Gesicht unter den weit aufgerissenen Augen, bis das Blut durch die Haut drang.

»Ich bringe dich um, du...«

Plötzlich blieb ihm die Luft weg. Der Kerl hatte ihm das Knie in den Bauch gerammt. Otto Hellberg sackte zu Boden, japste, rang gierig nach Atem. Er verspürte kaum noch Schmerz, als ihm der Kerl mit voller Wucht in die Rippen trat. Hellberg krümmte sich, zog die Beine an, schützte seinen Kopf mit den Händen und wartete auf den nächsten Tritt.

Nichts.

Otto Hellberg öffnete die Augen und schielte nach oben.

Über ihm stand Nina.

Sie presste dem Kerl den Lauf seiner eigenen Pistole gegen die Stirn. Der Kerl hatte die Augen weit aufgerissen. Nina trug ihre feinen Lederhandschuhe. Die von Roeckl, die er ihr vergangenen Januar in München gekauft hatte, als ihr so kalt war, feinstes Lammleder, mit hauchzarter Kaschmirfütterung, 349 Euro, die sie abends im Hotelzimmer anbehielt, sonst nichts trug außer diesen Handschuhen, als sie ...

Ihre Augen. Eiskalt.

Ihr Mund.

Nichts als Verachtung.

»Neuer Deal. Nicht verhandelbar. Hör jetzt gut zu, du kleines Arschloch: Nichts wird geschehen. Gar nichts. Keine Dokumente, und natürlich auch kein Finderlohn. Ihr sucht euch einen neuen Spielplatz. Hellberg ist für Rebmob ab sofort tabu. Kapiert? Dafür lasse ich dich am Leben. Du verschwindest jetzt und tauchst nie wieder auf. Die Pistole bleibt hier. Da sind deine Fingerabdrücke drauf. Solltest du dich nicht an den Deal halten, schalte ich die Polizei ein. Raubüberfall. Vorher werde ich hier alles hübsch dekorieren, ein paar Vasen fallen lassen, ein paar Schubladen auskippen. Der Familienschmuck wird fehlen. Die Münzsammlung. Wie bedauerlich. Dann gehst du für mindestens fünf Jahre in den Knast, wenn sie dich kriegen. Und sie werden dich kriegen, irgendwann, verlass dich drauf. Dann kannst du dir den Revolutionshelden abschminken, dann bist du nur noch, was du schon immer warst: ein kleines, völlig unbedeutendes Arschloch. Also?«

Der Kerl nickte.

»Verschwinde!«

Sie trat einen Schritt zurück. Der Lauf der Pistole hatte eine kreisrunde Kerbung auf seiner Stirn hinterlassen. Der Kerl stolperte rückwärts, drehte sich hastig um, riss die Tür auf und verschwand. Die Haustür fiel krachend ins Schloss.

»Nina, du warst großartig. Bitte hilf mir auf.«

Sie hatte immer noch diese Kälte in den Augen.

»Und bitte leg diese Pistole weg. Das macht mich ganz nervös.«

Diese Verachtung um die Mundwinkel.

»362 Millionen Euro.«

»Was bitte?«

»Du hast 362 Millionen Euro Schwarzgeld auf einer Bank in Zürich gebunkert. Wieso weiß ich nichts davon?«

»Woher...«

»Du hast mich belogen und betrogen.«

»Liebling, es war eine günstige Gelegenheit. Die Firma wird früher oder später am Ende sein. Ich habe dabei nur an dich gedacht. An dich und an den Jungen. Ich werde nicht ewig leben. Aber Jonas braucht eine Zukunft. Er soll Unternehmer werden, so wie ich. Er soll später nicht für andere ackern müssen. Und du wirst sein Startkapital verwalten und sinnvoll einsetzen. Ein neues Unternehmen aufbauen. Für dich und den Jungen. Du bist die alleinige Nutznießerin im Falle meines Ablebens. Das Geld und das Konto tauchen nicht im Testament auf. Lars wird also nie etwas davon erfahren. Im Safe liegt eine notariell beglaubigte Handlungsanweisung für die Bank, dir im Falle meines Ablebens das alleinige Verfügungsrecht über...«

In diesem Augenblick wusste Otto Hellberg, dass er soeben einen katastrophalen Fehler begangen hatte. Das Wissen um diesen Fehler spiegelte sich deutlich in Ninas Gesicht. Sie grinste triumphierend. So wie damals, als er sich ihr zum ersten Mal genähert hatte. Dieses triumphierende Grinsen, als sie seinem gewaltsamen Begehren überraschend bereitwillig nachgab.

Seine Hände zitterten. Ihre nicht.

»Nina, ich bitte dich, lass uns vernünftig darüber...«

Ihr Grinsen verschwand, als sie den ledernen Zeigefinger krümmte, langsam, ganz langsam.

»Nina! Ich...«

Alles aus.

Aus.

Mit Schallgeschwindigkeit verließ das Projektil den Lauf und durchbohrte nur drei Tausendstelsekunden später knapp über dem Nasenbein Otto Hellbergs Schädeldecke.

Die Notrufnummer 110 wurde im Einzugsgebiet des Kölner Polizeipräsidiums, in dem 1,2 Millionen Menschen lebten und zu dem außer Köln noch die Stadt Leverkusen sowie das dichte Autobahnnetz des Regierungsbezirks gehörten, durchschnittlich 450 000-mal pro Jahr gewählt. Im Schnitt waren das also 1233 Anrufe binnen 24 Stunden, 411 Anrufe pro Schicht, inklusive der Falschalarme irgendwelcher Witzbolde oder verwirrter Senioren sowie der Mehrfachalarmierungen verärgerter Anwohner bei nächtlichen Ruhestörungen. Die durchschnittlich 411 Anrufe pro Schicht führten laut polizeiinterner Statistik zu 319 realen Einsätzen. Insgesamt 70 besonders erfahrene und speziell geschulte Beamte mit einer überdurchschnittlichen Portion Menschenkenntnis sorgten für die Besetzung der 13 Arbeitsplätze der zentralen Leitstelle des Präsidiums im Schichtdienst rund um die Uhr an sieben Wochentagen.

Jeder von ihnen wusste, dass sich die durchschnittliche Gesamtstatistik aus eher ruhigen Schichten sowie atemberaubend hektischen Schichten zusammensetzte. Die Karnevalstage zum Beispiel waren die Hölle. Vollmondnächte waren die Hölle. Die Heimspieltage des FC waren die Hölle. Heiße Sommernächte waren die Hölle. Heiligabend war die Hölle.

In der Zeit von Anfang November bis Mitte Dezember hingegen war es gewöhnlich eher ruhig.

Abgesehen von heute.

Heute war die Ausnahme von der Regel.

Bewaffneter Raubüberfall auf einen Kiosk an der Zülpicher Straße. Einzeltäter, Mitte zwanzig, grauer Kapuzenpulli, Klappmesser. Besitzer erleidet Schnittwunde am Unterarm. Täter flüchtet ohne Beute zu Fuß, als zwei Kunden den Laden betreten.

Raubüberfall auf eine Rentnerin in deren Wohnung in der Merowingerstraße. Zwei männliche Täter, das 82-jährige Opfer steht unter Schock und verbringt die Nacht zur Beobachtung im Krankenhaus. Bargeld, EC-Karte und

Schmuck. Bislang keine Zeugen trotz intensiver Befragung der Nachbarschaft.

Massenschlägerei nach einer kurdischen Trauerfeier. Zwei Dutzend Beteiligte, sechs Streifenwagen im Einsatz, Feststellung der Personalien, acht vorläufige Festnahmen.

Häusliche Gewalt im Stadtteil Kalk, Vater prügelt mit einem Gürtel auf die Mutter ein, achtjährige Tochter alarmiert die Polizei über 110.

Verkehrsunfall mit Fahrerflucht am Ebertplatz, drei Zeugen, Fahndung nach schwarzem VW Golf GTI, vermutlich Kölner Kennzeichen, keine weiteren Angaben, 22-jähriger Radfahrer schwer verletzt, Notarzt und Rettungswagen.

Bewaffneter Raubüberfall in Marienburg, Ulmenallee...

Die Frau am Telefon klang emotional aufgelöst, ihre Angaben waren zunächst reichlich konfus, ihre Stimme überschlug sich hysterisch. Der Beamte redete beruhigend auf sie ein und animierte sie, in kurzen, klaren Sätzen den Grund ihres Anrufs zu schildern. Ihr Schwiegervater sei niedergeschossen worden, als er versuchte, sie vor dem Räuber zu schützen. Streifenwagen, Notarzt und Rettungswagen, Information an Kriminaldauerdienst und Erkennungsdienst. Name der Anruferin: Dr. Nina Hellberg.

Hellberg?

Als das Telefon endlich mal einen Moment Ruhe gab, öffnete der Polizeibeamte seine Aktentasche, zog die nagelneue Ausgabe der Zeitschrift Stern heraus, die er sich auf dem Weg zum Präsidium gekauft hatte, weil ihn die Titelgeschichte interessierte. Bisher hatte es nicht eine einzige stille Minute gegeben, um da mal reinzuschauen. Er sah auf die Uhr. Noch 25 Minuten bis zum Schichtwechsel. Er schlug das Heft auf.

DER FALL HELLBERG
DEUTSCHLAND AUF DEM WEG ZUR REVOLUTION?

ALLENSBACH-UMFRAGE IM AUFTRAG DES STERN:
73 PROZENT DER DEUTSCHEN BEFÜRWORTEN
REBMOB-AKTIONEN GEGEN TEXTILKONZERN.

68 PROZENT FORDERN AUSWEITUNG DER PROTESTE
GEGEN ALLE GLOBALISIERUNGSGEWINNER, FINANZHAIE
UND HEUSCHRECKEN.

54 PROZENT DER DEUTSCHEN WÄREN BEREIT,
SICH AN ENTSPRECHENDEN AKTIONEN ZU BETEILIGEN.

Der Beamte konnte das Heft gleich wieder zuklappen. Der nächste Anruf. Die Stimme eines älteren Herrn. In aller Ausführlichkeit, wenn auch in gehetztem Tonfall, erklärte er dem Beamten, dass er jeden Abend um diese Zeit seinen Hund, einen Golden Retriever namens Ben, am Aachener Weiher ausführe, und dass er gerade von seinem Handy aus anrufe – was der Beamte ohnehin auf seinem Monitor erkennen konnte – und dass sein Hund gerade einen jungen Mann entdeckt habe, der blutüberströmt auf der Wiese hinter einem Busch liege.

Aachener Weiher. Stricherzone.

Streifenwagen, Notarzt, Rettungswagen. Opfer ist männlich, etwa Mitte zwanzig, vollständig bekleidet, bei Eintreffen der Kollegen ohne Bewusstsein. Erster Befund des Notarztes: gebrochenes Schlüsselbein (Klavikulafraktur), gebrochene Rippen, Nasenbeinfraktur, mehrere Schnittwunden, stark blutende Platzwunden sowie Hämatome an Kopf, Gesicht, Hals und Brust. Späterer zusätzlicher Befund in der Klinik: Hodentorsion. Feststellung der Personalien über Ausweis, den das Opfer in der linken Innentasche seiner Jacke bei sich trägt. Name: Matthias Pfaff.

»Wo ist Matthias?«
»Keine Ahnung. Er müsste längst hier sein.«
»Er ist aber nicht hier. Ihr solltet doch Kontakt halten.«
»Haben wir auch.«
»Wann zuletzt?«
»Als die Hellberg losgefahren ist.«
»Was? Ihr solltet doch auch nach der Aktion zur Sicherheit ständig Kontakt zueinander halten. Das war doch so abgemacht. Das war so mit dem Exekutivrat besprochen.«
»Manchmal ändern sich Pläne.«
»Ja. Klar. Und du bist der unangefochtene Meister im eigenmächtigen Ändern von Plänen.«
»Kein Grund, mich so anzukeifen! Wer geht denn hier permanent volles Risiko? Dein Exekutivrat etwa?«

Bernd Oschatz ließ seine Augen von einem zum anderen Ende des Tisches wandern. Sonja und Patrick saßen sich gegenüber. Patrick mit verschränkten Armen und erhobenem Kinn, trotzig wie ein Schuljunge. Sonjas Hände und Lippen zitterten, als sie den Kaffeebecher zum Mund führte. Zornesröte im Gesicht. Sie machte sich Sorgen um Matthias. Sie hatte sich schon Sorgen um Matthias gemacht, kaum dass er und Patrick das Haus verlassen hatten. Matthias hatte sich geradezu um den Einsatz gerissen. Sonja war dagegen gewesen: *Eule, du bist unser Mann für die Koordination im Hintergrund. Keiner beherrscht das so perfekt wie du.* Patrick hatte ihr vehement widersprochen: *Ich kann das gut verstehen, dass die Eule mal was anderes machen will, als nur den ganzen Tag vor dem Computer zu hocken. Ich bin übrigens der Meinung, jeder hier sollte mal Verantwortung übernehmen und so unter Beweis stellen, wie wichtig ihm unsere Sache tatsächlich ist. Reden ist gut, handeln ist besser. Oder?* Patrick hatte dabei provozierend in die Runde geblickt.

Das war bei der gestrigen, für 19 Uhr anberaumten Sondersitzung des neunköpfigen Exekutivrats gewesen. Nach und nach waren sie in der Fabrik eingetrudelt; die Erste kam um fünf nach sieben, der Letzte um kurz nach halb acht. Von Pünktlichkeit schienen sie nicht viel zu halten. Kein Wort des Bedauerns, keine

Entschuldigung für die Verspätung. Oschatz hasste Unpünktlichkeit. Ein junger Krankenpfleger, eine ältere Sozialarbeiterin mit feuerrot gefärbtem Haar, ein promovierter Historiker, der als Mutterschaftsvertretung in der Stadtbücherei jobbte und sich ansonsten mit Honoraren für Vorträge an diversen Volkshochschulen im Umkreis über Wasser hielt, eine alleinerziehende Grafikerin, eine Taxifahrerin, die über ein Universitätsdiplom in Biologie verfügte, ein Anwalt mit schlohweißem Haar, Gehstock und Hosenträgern, der junge Hausbesetzer und Demonstranten, die mindestens vierzig Jahre jünger waren als er selbst, für wenig Geld vor Gericht verteidigte. Plus Sonja, Patrick und Matthias. Neun Menschen, basisdemokratisch gewählt und moralisch legitimiert von der Internetgemeinde der registrierten Rebmob-Sympathisanten. Manche hatten Oschatz freundlich begrüßt, ihm die Hand gegeben, die Sozialarbeiterin hatte ihn sogar stürmisch umarmt. Andere waren auf Distanz geblieben, hatten ihn den ganzen Abend verstohlen beäugt, Misstrauen im Blick. Vier Stunden lang hatten sie diskutiert, bis die Aktion verabschiedet werden konnte.

»Ich habe die Schnauze voll von deinen Alleingängen!«

Sonja schlug mit der Faust auf den Tisch und riss Bernd Oschatz aus seinen Gedanken an den vergangenen Abend.

»Kümmere dich lieber um unseren feinen Freund hier«, brüllte Patrick. »Sackt drei Millionen Euro ein, bevor er bei Hellberg die Biege macht, und speist uns mit 260 000 Euro ab.«

Sonja starrte erst Patrick und dann Oschatz an.

»Bernd?«

»Ja?«

»Stimmt das, Bernd?«

»3 242 723 Euro und 86 Cent, um genau zu sein.«

»Und was hast du mit dem Geld vor?«

»Gar nichts. Ich habe es nicht mehr. Es ist weg.«

»Weg? Was heißt weg?«

»Ich habe es gespendet.«

»Gespendet? An wen?«

»An Rebmob und an elf gemeinnützige Organisationen in

Deutschland. Jeder hat 260 000 Euro bekommen. Bleibt abzüglich der Gebühren für die Abwicklung über steuergünstige, diskrete Auslandskonten, die meine Anonymität schützen, eine Restsumme von knapp 100 000 Euro. Das ist meine Altersversicherung für den sehr wahrscheinlichen Fall, dass ich ins Ausland fliehen muss und meine Rente nicht mehr abbuchen kann, weil mich die deutsche Polizei den Rest meines Lebens via Interpol wegen Betruges sucht. Ist das so weit klar?«

Oschatz erschrak vor sich selbst, vor der Klarheit und Festigkeit seiner Stimme, vor der Bestimmtheit des Tonfalls. Zugleich erfüllte es ihn mit nie gekanntem Stolz.

Patrick schüttelte den Kopf. »Ich fasse es nicht.«

»Das musst du auch nicht, Patrick. Es geht dich nämlich nichts an, was ich mit dem Geld gemacht habe.«

»Ich frage dich noch einmal: An wen hast du gespendet? Ein Herz für Kinder oder so etwas? Welchen Clubs zur Beruhigung des permanent schlechten Gewissens des Großbürgertums und zur Stabilisierung des kapitalistischen Systems hast du das Geld in den Rachen geworfen?«

»Ich wiederhole mich, Patrick: Es geht dich nichts an. Es sind elf verschiedene Organisationen, die sich für soziale Gerechtigkeit und Chancengleichheit, für ökologische Projekte, für fairen Handel mit den ärmsten Ländern dieser Welt und für die Bildung benachteiligter Kinder in Deutschland einsetzen. Sie alle können das Geld gut gebrauchen, so wie es auch Rebmob gut gebrauchen kann.«

»Ja, natürlich: Uns brauchst du ja nur, um deinen persönlichen, kleinbürgerlichen Rachefeldzug gegen deinen ehemaligen Arbeitgeber in die Tat umzusetzen. Wir sind doch nichts weiter als deine willigen Handlanger. Unsere politischen Ziele sind dir doch in Wahrheit scheißegal...«

»Es geht mir nicht um Rache, Patrick.«

»Natürlich nicht. Um was denn sonst?«

»Um Gerechtigkeit.«

»Gerechtigkeit? Dass ich nicht lache. Gerechtigkeit gibt es nicht auf dieser Welt. Dafür ist der Mensch gar nicht geeignet.

Es gibt nur Sieg oder Niederlage. Die da oben oder wir da unten. Wer siegt, beherrscht nach seinen Regeln die anderen.«

»Das ist absolut keine Perspektive für mich. Eine Welt ohne Gerechtigkeit, das ist...«

»Klar doch. Deshalb warst du ja auch zeit deines Berufslebens so ein nützlicher Idiot für die herrschende Klasse.«

Oschatz sprang auf. Patrick lehnte sich entspannt zurück, hakte die Daumen in die Hosentaschen, streckte die Beine von sich, grinste breit und provozierend.

»Was denn? Wollen wir uns prügeln? Nur zu!«

Oschatz klappte den Mund auf und wieder zu. Dann drehte er sich abrupt um, ging durch den Raum davon, stapfte die Treppe hinauf und schlug die Tür seines Zimmers hinter sich zu.

Triumphierend wandte sich Patrick Sonja zu. Doch ihr Platz war verwaist. Sie saß nicht mehr am Tisch. Sie stand in der Küche und telefonierte. Sie stand da wie angewurzelt, presste ihr Handy an ihr Ohr, schwieg und lauschte.

»Sonja? Mit wem telefonierst du?«

Sie ließ das Handy sinken, legte es neben dem Herd ab und starrte aus dem Fenster in die Nacht.

»Sonja? Was ist los?«

»Diese Schweine!«

»Sonja, wovon redest du?«

»Matthias liegt schwer verletzt auf der Intensivstation.«

Der uniformierte Polizeibeamte nickte dienstbeflissen, nachdem er sie erkannt hatte. Er öffnete das schmiedeeiserne Tor und ließ sie passieren. Weißer Kies spritzte auf, als Antonia Dix das Gaspedal durchdrückte und den Cooper durch die Parklandschaft in Richtung Villa hetzte. Sie stoppte den Wagen zwischen zwei verlassenen Streifenwagen, deren Blaulichter in den schwarzen Abendhimmel zuckten. Links und rechts von den beiden Streifenwagen hatten die Kollegen vom Erkennungsdienst Flutlichtmasten aufgebaut. Die mächtige Gründerzeitvilla wirkte in dem gleißenden Licht wie eine Filmkulisse aus Styropor und Pappmaschée. Vor den Buchsbäumen rutschten Kriminaltechniker auf Knien herum. Sie trugen schneeweiße Synthetikoveralls, die das Flutlicht reflektierten. Antonia Dix bückte sich unter dem rot-weißen Absperrband hindurch, lief die Treppe hinauf und trat durch die offene Haustür.

In der Diele lag Otto Hellberg.

Auf dem Rücken. Die Gliedmaßen seltsam verkrümmt.

Offener Mund. Offene Augen. Erstaunen im Blick.

Ein blutrotes Loch mitten in der Stirn.

Der Rechtsmediziner und der Fotograf des Erkennungsdienstes hockten links und rechts neben der Leiche.

»Können Sie schon was sagen?«

Der Rechtsmediziner nickte. »Nicht aufgesetzt, aber aus nächster Nähe. Zwanzig Zentimeter vielleicht.«

»Wann?«

»Schätzungsweise vor einer Stunde. Meine Schätzung deckt sich übrigens mit der Aussage der Augenzeugin.«

»Welche Augenzeugin?«

»Dr. Nina Hellberg. Die Schwiegertochter.«

»Wo ist sie?«

»Nebenan. Im Salon. Ihr Mann und der Hausarzt sind bei ihr.«

»Waffe?«

»Kaliber 7.65.«

»Respekt, Doc. Wie genau ist die Schätzung?«

»Keine Schätzung. Und auch kein großartiges Kunststück. Die Waffe lag ja gleich neben dem Opfer.«

Der Rechtsmediziner erhob sich ächzend aus der Hocke, hinkte zu dem Wäschekorb neben der Haustür, griff mit spitzen Fingern hinein und reichte Antonia Dix mit ausgestrecktem Arm den durchsichtigen Plastikbeutel.

»Meine Knie bringen mich noch um.«

Eine Beretta Tomcat. Extrem kurzläufig, schwarz mattiert,

Stahlschlitten, Aluminiumgriffstück, die klassische Backup-Waffe für Handtasche oder Wadenholster. Klein, kompakt und effektiv. Sieben Schuss im Magazin, plus eine Patrone im Lauf. Antonia Dix musste die Frage erst gar nicht stellen. Der von Arthrose geplagte Rechtsmediziner las die Frage offenbar von ihren Augen ab:

»Das Magazin ist noch voll. Es fehlt lediglich die Patrone aus dem Lauf. An diesem Tatort wurde also definitiv nur einmal geschossen. Die Hülse haben wir übrigens auch. Lag gleich neben der Leiche. Ach ja, noch etwas: Das Geschoss trat hinten aus dem Schädel aus und fräste sich dann noch ein paar Millimeter fast senkrecht in den Dielenboden.«

»Moment mal. Heißt das etwa: Otto Hellberg lag schon am Boden, als ihn das Geschoss traf?«

»Sieht ganz danach aus.«

»Nach was?«

»Nach einer Hinrichtung.«

»Danke.«

In der Haustür erschien einer der Kriminaltechniker, eine schwere Decke auf dem Arm.

»Was ist das?«

»Eine Pferdedecke. Haben wir draußen gefunden, in der Nähe der Toreinfahrt. Die hat offensichtlich jemand benutzt, um über den schmiedeeisernen Zaun zu gelangen, ohne sich selbst aufzuspießen. Die Perforierungen im Stoff passen jedenfalls zum Muster der eisernen Spitzen.«

Antonia Dix öffnete die Tür zum Salon.

Der Raum war deutlich größer als ihre gesamte Wohnung. Die Szenerie hätte auch aus einem Roman von Rosamunde Pilcher stammen können. Ein Fußboden aus Schieferplatten. Dicke orientalische Teppiche. Altes, dunkles Holz. In vier Metern Höhe eine mit reichlich Stuck und ornamentaler Malerei geschmückte Decke. Links prasselte ein frisch entfachtes Feuer in einem offenen Kamin. Rechts nahm ein wohl gefülltes Bücherregal die gesamte Wandfläche ein. Am Ende des Raumes gaben bodentiefe Sprossenfenster den Blick frei auf einen dezent illuminierten japanischen Garten, der einen nierenförmigen Pool umrahmte. Das Wasser schimmerte türkisfarben.

Auf einem Biedermeiersofa mitten im Raum saß Nina Hellberg und hielt Hof. Sie trug einen knöchellangen Bademantel aus weinroter Seide. Ein Herrenbademantel, der vermutlich ihrem Schwiegervater gehört hatte. Sie war ungeschminkt, und ihr feines, langes Haar war noch nass. Sie taxierte Antonia Dix im Bruchteil einer Sekunde von Kopf bis Fuß. So wie man eine missliebige Konkurrentin taxiert.

Hinter ihr hatte sich Lars Hellberg postiert. Eine Hand ruhte auf der Rückenlehne des Sofas, die andere auf der Schulter seiner Frau. Perfekt sitzender Anzug, Weste, Einstecktuch. Hellberg wirkte gefasst, wenn auch angestrengt und blass. Kein Wunder, schließlich lag in der Diele die Leiche seines Vaters. Vor dem Sofa kniete ein älterer Herr mit schlohweißem Haar und prüfte Nina Hellbergs Puls. Er trug einen ausgebeulten Cordanzug und um den Hals ein Stethoskop. Schließlich erhob sich der Mann, beugte sich noch einmal vor, tätschelte verlegen ihren Unterarm, richtete sich auf und wandte sich an Lars Hellberg:

»Das Beruhigungsmittel wirkt bereits.«

»Vielen Dank, Doktor.«

»Herr Hellberg, sind Sie sicher, dass Sie...«

»Danke, nein. Ich brauche nichts. Alles in Ordnung.«

Der Arzt musterte Antonia Dix.

»Frau Hellberg kann jetzt wirklich keine Aufregung...«

»Kein Problem. Meine Mitarbeiter haben ja bereits die Personenbeschreibung für die Fahndung abgefragt. Frau Hellberg, ich schlage vor: Sie schlafen sich aus, und wir sehen uns morgen früh um neun im Präsidium.«

»Wie bitte?« Lars Hellberg zog die linke Augenbraue hoch. Die Geste wirkte zu einstudiert, um auch nur einen Funken natürlicher Autorität auszustrahlen. »Sie wollen doch wohl meiner Frau nicht zumuten, morgen in Ihrem...«

»In der Tat ist diese Umgebung weitaus angenehmer als mein Büro. Sie entscheiden: Die Zeugenvernehmung findet hier und jetzt statt... oder morgen früh im Präsidium.«

»Schon gut, Lars.« Nina Hellberg berührte beschwichtigend die Hand ihres Mannes, die auf ihrer Schulter ruhte. »Kein Problem. Die Polizei wird von unseren Steuern nicht für ihr Taktgefühl gegenüber den Angehörigen der Opfer bezahlt, sondern für ihre Effizienz bei der Verbrechensbekämpfung. Ich stehe das durch. Das wird ja wohl nicht ewig dauern.«

»Wie lange es dauern wird, hängt ganz und allein von Ihren Antworten ab«, entgegnete Antonia Dix kühl. »Ihr Arzt muss allerdings den Raum verlassen. Er kann gern in einem der Nachbarzimmer warten, und wir können ihn rufen, sollten wir seinen medizinischen Rat benötigen.«

Der Hausarzt sah Lars Hellberg fragend an.

Hellberg sah seine Frau fragend an.

»Fahren Sie nach Hause, Doktor.«

»Frau Hellberg, Sie wissen, Sie können mich jederzeit anrufen, und ich bin in fünf Minuten wieder hier...«

»Ich sagte doch: Fahren Sie nach Hause. Gute Nacht.«

Der Arzt verließ den Salon und schloss die Tür hinter sich.

»Ihr Ton gefällt mir nicht!«

Antonia Dix ignorierte Lars Hellbergs Bemerkung und kramte stattdessen in den Taschen ihrer Lederjacke nach Kugelschreiber und Notizblock. Niemand fragte sie, ob sie vielleicht ihre Jacke ablegen wollte. Keiner der beiden kam auf die Idee, ihr eine Sitzgelegenheit anzubieten. Einen Stuhl konnte sie nirgendwo entdecken, und die im Salon verteilten Sofas und Sessel sahen alle so aus, als wären pro Exemplar mindestens zwei Möbelpacker nötig, um sie in Hörweite zu rücken.

»Frau Hellberg, ich bin Hauptkommissarin Antonia Dix und leite die Ermittlungen. Sie haben den Mann, der hier eingedrungen ist, wiedererkannt...«

»Ja. Aber das habe ich alles schon Ihrem Kollegen erzählt. Das war zweifelsfrei dieser Aufwiegler, der sich vor zwei Tagen schon unberechtigt Zutritt zu unserer Pressekonferenz verschaffte. Er war auch in den Beiträgen, die anschließend im Fernsehen gesendet wurden, deutlich zu erkennen. Das kann doch wohl nicht so schwierig sein, diesen Kerl zu...«

»Was wollte er von Ihnen?«

»Wie bitte?«

»Was wollte er von Ihnen?«

»Wie meinen Sie das?«

»Ich meine es so, wie ich es sage. Ein politischer Wirrkopf, der von der Revolution träumt, dringt hier ein. Was wollte er? Was hat er gesagt? Er hat doch sicher mit Ihnen geredet.«

»Alles ging so schnell. Kaum war er da und bedrohte mich mit seiner Pistole, kam auch schon mein Schwiegervater und stürzte sich auf ihn, um mich zu beschützen. Da hat dieser Dreckskerl ihn kaltblütig erschossen.«

»Und Sie?«

»Ich?«

»Sie! Was haben Sie in diesem Moment getan?«

»Ich versuchte noch, dem Einbrecher in den Arm zu greifen und ihn daran zu hindern. Aber da löste sich auch schon der Schuss. Daraufhin ließ der Kerl die Pistole fallen und machte sich auf und davon. Es war grauenvoll.«

»Er ließ die Pistole fallen...«

»Ja.«

»Wo ist die Kleidung, die Sie vor dem Duschen trugen?«

»Oben, nehme ich an. Was weiß ich? Im Bad vermutlich. Ich hatte das dringende Bedürfnis zu baden.«

»Wir werden die Sachen mitnehmen müssen...«

»Sicher werden Sie Schmauchspuren am Ärmel des Kostüms oder der Bluse finden, weil ich ja in dem Augenblick sein Handgelenk gepackt hatte...«

»Schmauchspuren. Natürlich. Danke für den Hinweis. Mit welcher Hand haben Sie sein Handgelenk gepackt?«

»Mit welcher... mit der rechten Hand. Ja, mit der rechten Hand, ich bin ganz sicher.«

»Wo war Ihr Schwiegervater, als sich der Schuss löste?«

»Wie meinen Sie das?«

»Stand er? Kniete er? Lag er am Boden?«

»Er... er lag am Boden.«

Sie strich sich eine Strähne aus dem Haar. Warum brach sie

den Blickkontakt ab, obwohl sie die Wahrheit gesagt hatte? Warum hatte sie erst nachdenken müssen?

»Ihr Schwiegervater lag also bereits am Boden, als ihn der tödliche Schuss traf? Wie kam das?«

»Es hatte zuvor einen kurzen Kampf gegeben. Der Kerl hatte Otto das Knie in den Unterleib gestoßen, worauf Otto zu Boden sackte. Dann hat er...«

»Heißt das: Der Täter hat mit der Pistole in der Hand gekämpft, ohne sie zu benutzen, und ihren Schwiegervater erst zu Boden gebracht, um ihn dann zu erschießen?«

»Stopp!« Lars Hellberg räusperte sich umständlich. »Ist das ein Verhör? Ich bin einigermaßen erstaunt...«

»Kein Verhör, sondern eine Zeugenvernehmung. Herr Hellberg, hätten Sie vielleicht einen Stuhl für mich?«

»Oh. Ja, natürlich. Verzeihen Sie.«

Lars Hellberg verschwand durch eine schmale Tür gleich neben dem Kamin. Nina Hellberg zog ein Handy aus der Tasche des Bademantels und hackte mit atemberaubender Geschwindigkeit und unübersehbarer Aggressivität eine Textnachricht in das Gerät. Klackklackklackklackklack. Ihr Mann kehrte wenig später mit einem Stuhl zurück.

»Danke.«

Hellberg setzte sich neben seine Frau aufs Sofa und wartete geduldig, bis die SMS-Nachricht abgesetzt war und das Handy wieder in der Tasche des Bademantels verschwand. Dann legte er seine Hand auf ihre im Schoß gefalteten Hände. Sie ließ es geschehen, ohne ihn weiter zu beachten.

»Frau Hellberg, was glauben Sie: Hatte es der Täter auf Sie oder auf Ihren Schwiegervater abgesehen, als er hier eindrang?«

»Wie soll ich das wissen?«

»Na, vielleicht aus dem Gesprächsverlauf.«

»Ich sagte doch schon, dass ich mich kaum erinnere. Es vergingen nur wenige Minuten, bis mein Schwiegervater eintraf und sich gleich auf den Kerl stürzte.«

»35 Minuten.«

»Wie bitte?«

»Wir haben den Chauffeur befragt. Zwischen Ihrem Eintreffen im Haus und dem Eintreffen Ihres Schwiegervaters lagen etwa 35 Minuten. Sie waren also 35 Minuten mit dem Täter alleine im Haus.«

»Ich kann mich nicht mehr erinnern...«

»Verstehe. Partielle temporäre Amnesie. Erleben wir häufig. Weshalb waren Sie hierhergekommen?«

»Ich verstehe Ihre Frage nicht.«

»Nun, ich könnte mir vorstellen, dass eine Frau wie Sie nach einem langen, harten Arbeitstag nichts sehnlicher wünscht, als nach Hause zu Mann und Kind zu fahren.«

»Ich glaube, das geht Sie nichts an.«

»Da irren Sie sich.«

»Ich wollte noch rasch nach meinem Schwiegervater sehen. Ein alter Mann, alleinstehend, einsam...«

»Nur damit ich das richtig verstehe: Sie und Ihr Schwiegervater arbeiteten den ganzen Tag gemeinsam in einem Gebäude, auf einer Etage, quasi Tür an Tür. Sie verlassen beide die Firma, um sich hier in seiner Villa zu treffen, fahren aber bewusst nicht gemeinsam, sondern mit halbstündiger Differenz?«

»Ja. Um Gerede in der Firma zu vermeiden.«

»Über was könnten die Leute denn reden?«

»Ich glaube kaum, dass Sie das etwas angeht. Finden Sie den Mörder meines Schwiegervaters!«

»Um den Mörder zu finden, stelle ich diese Fragen. Haben Sie Ihren Schwiegervater regelmäßig besucht?«

»Ja. Zweimal die Woche.«

»An festen Tagen?«

»Jeden Dienstag und jeden Donnerstag um diese Zeit.«

»Der Ablauf war stets derselbe? Erst brachte der konzerneigene Chauffeur Sie hierher, nach Marienburg statt nach Rodenkirchen, fuhr anschließend zurück in die Eupener Straße und holte Ihren Schwiegervater in der Firma ab?«

»Ja. In der Regel war das so.«

»Wie lange blieben Sie gewöhnlich?«

»Etwa bis Mitternacht. Dann nahm ich in der Regel ein Taxi

nach Hause. Gewöhnlich traf mein Schwiegervater erst eine Stunde nach mir hier ein. Heute Abend kam er überraschend früher nach Hause. Dieser Umstand sowie seine ritterliche Art wurden ihm wohl zum Verhängnis.«

»Jeden Dienstag und jeden Donnerstag also. Bis Mitternacht, sagten Sie. In dieser Zeit passte dann sicher Ihr Mann daheim in Rodenkirchen auf Ihren Sohn auf?«

Lars Hellberg öffnete den Mund, um zu antworten, aber seine Frau kam ihm zuvor:

»Wir haben eine Nanny. Sie bewohnt ein kleines Souterrainappartement in unserem Haus. Ein wahrer Segen. So sind mein Mann und ich terminlich unabhängig. Außerdem ist Jonas schon sehr selbstständig für sein Alter.«

»Wie alt ist er jetzt?«

»Sechs. Ist sein Alter für Ihre Ermittlungen relevant?«

»Weshalb haben Sie sich mit Zeki Kilicaslan getroffen?«

»Mit wem?«

»Professor der medizinischen Fakultät der Universität Istanbul, Chefarzt und Leiter der pneumologischen Abteilung am dortigen Universitätsklinikum. Er hat Sie vor drei Tagen in der Firma besucht. Was wollte er von Ihnen?«

»Ich kenne keinen...«

»Zeki Kilicaslan...«

Sie sahen sich lange in die Augen.

Lasen darin, was es zu lesen gab.

»Ach... jetzt weiß ich, wen Sie meinen.« Sie quälte sich ein Lächeln ab. Antonia Dix mochte diese Frau nicht. Ganz und gar nicht. Aber sie nahm sich vor, im Lauf der weiteren Vernehmung höllisch aufzupassen, um sich nicht von ihren Gefühlen leiten zu lassen. Denn das würde sie schwächen. Und die eiskalte Frau im Bademantel unnötig stark machen.

»Dieser verrückte alte Mann. Der stand eines Morgens unten im Foyer und bestand lautstark darauf, unverzüglich jemanden aus dem Vorstand zu sprechen. Peinliche Situation. In der Lounge des Foyers saßen wichtige Geschäftskunden aus Mailand, die mit unserem Vertriebsleiter verabredet waren. Ich habe ihn schließlich empfangen. Nur um des lieben Friedens willen.«

»Was wollte er?«

»Das habe ich bis heute nicht begriffen, muss ich gestehen. Ich nehme an, er wollte Drittmittel für eine klinische Studie eintreiben. Ich empfahl ihm, es bei einem pharmazeutischen Unternehmen zu versuchen. Es klang alles ziemlich verworren. Vielleicht lag das auch an seinem schlechten Deutsch und an den daraus resultierenden Verständigungsschwierigkeiten. Ich spreche leider kein Türkisch. Außerdem hatte ich nicht viel Zeit. Er war ja unangemeldet erschienen, und nur aus reiner Höflichkeit hatte ich...«

»Zeki Kilicaslan war als Sohn türkischer Gastarbeiter in Deutschland aufgewachsen. Er legte hier das Abitur ab und studierte in Bonn Medizin, bevor er zurück in die Türkei ging. Sein Deutsch war also ausgezeichnet...«

»Aber doch wohl etwas eingerostet, wie ich behaupten möchte. Wie das gewöhnlich so ist, wenn man eine erlernte Fremdsprache längere Zeit nicht benutzt... Jahrzehnte lang... wie gesagt, ich hatte wenig Zeit an diesem Morgen, und er ging wieder.«

Antonia Dix nahm beiläufig zur Kenntnis, dass es die sprachgewandte Nina Hellberg nicht im Geringsten irritierte, wenn die fremde Polizistin über den Menschen Zeki Kilicaslan ausschließlich in der Vergangenheitsform sprach. Zwar eine Auffälligkeit, aber noch kein besonders starkes Indiz.

»Vielleicht kann ich Ihnen ja helfen, zu verstehen, was er von Ihnen wollte. Schätzungsweise 5000 blutjunge türkische Textilarbeiter aus den berüchtigten Istanbuler Kellerfabriken sind im Lauf der vergangenen Jahre binnen kürzester Zeit an Silikose gestorben. Durch das Sandstrahlen von Jeans und das ständige Einatmen des Quarzstaubs wurden sie dem sicheren Tod geweiht. Auch Hellberg-Jeans wurden dort behandelt, bevor sie in den Handel kamen. Professor Zeki Kilicaslan und seine Mitarbeiter haben die gemeinsame Ursache der tausendfachen tödlichen Erkrankungen entdeckt. Der Wissenschaftler hatte außerdem herausgefunden, dass der Hellberg-Konzern seit vielen Jahren zu den Stammkunden der Istanbuler Kellerfabriken gehört. Deshalb war er nach Köln gereist.«

»Können Sie diese ungeheuerlichen Vorwürfe beweisen?«

»Der Inhalt des Safes in seinem Kölner Hotelzimmer war ausgesprochen aufschlussreich.«

Eine Notlüge; wenn überhaupt. Denn der Brief der jungen Frau aus dem kleinen türkischen Dorf an der Schwarzmeerküste war in der Tat aufschlussreich – wenn auch für die Staatsanwaltschaft als Beweis völlig inakzeptabel. Davon abgesehen: Ein deutscher Geschäftskunde war wohl kaum für die Arbeitsbedingungen eines türkischen Dienstleisters rechtlich verantwortlich zu machen. Aber für das Image in der deutschen Öffentlichkeit konnte die Information extrem schädlich sein.

War das ein ausreichendes Motiv für einen Mord?

Kriminalhauptkommissar Marcel Pawelka, David Mantheys Kontaktmann vom Bundeskriminalamt in Istanbul, war so freundlich gewesen, die junge Frau namens Filiz in dem Dorf namens Bürnük aufzusuchen. *War nicht so schwierig, Frau Dix. Das Dorf hat gerade mal 240 Einwohner. Die Frau bestätigt, dass sie Professor Zeki Kilicaslan ein Dokument übergeben hat, vermutlich handelte es sich um einen Lieferschein. Der auf dem Lieferschein vermerkte Kunde sei eine Firma in Köln gewesen, da ist sie ganz sicher, weil sie Dorfbewohner kennt, deren Angehörige als Gastarbeiter in Köln leben und von dort regelmäßig Post schicken. Der Name der Stadt war ihr also geläufig. Aber an den Namen der Firma kann sie sich nicht mehr erinnern.* Marcel Pawelka hatte die Istanbuler Polizei bereits um Amtshilfe gebeten, in der Privatwohnung des toten Professors nach dem Dokument zu suchen, aber Antonia Dix glaubte nicht, dass die türkischen Kollegen dort etwas finden würden. Vielmehr wäre sie inzwischen jede Wette eingegangen, dass Professor Zeki Kilicaslan den Lieferschein bei sich getragen hatte, als er am Abend sein Hotelzimmer verließ.

Nina Hellberg schwieg immer noch. Schmale Lippen, krause Stirn. Ihr Gehirn lief sichtlich auf Hochtouren. Antonia Dix beschloss, noch einen kleinen Haken schlagen, bevor sie zum entscheidenden Punkt kam. Sie zog ein Blatt Papier aus der Tasche, entfaltete es und reichte es bewusst nicht Nina Hellberg, sondern deren Mann.

»Was ist das bitte?«

»Ein vom Bundeskriminalamt per Fax aus Istanbul übermitteltes Foto. Der Junge auf dem Foto heißt Erol Ümit. Er war erst 21 Jahre alt, als er an Silikose starb. Er arbeitete für Sie, Herr Hellberg. In einem Kellerloch bearbeitete er Ihre Jeansware mit einem Sandstrahlgerät. Das war sein Todesurteil.«

»Frau Dix, glauben Sie mir: Diese ganze Geschichte ist mir völlig neu. Kellerfabriken. Wenn das alles stimmen sollte, dann werden wir natürlich umgehend...«

»Halt doch endlich die Klappe, Lars. Du hast tatsächlich nicht die geringste Ahnung. Frau Dix: Wie viele westliche Firmen zählten denn zu den Kunden dieser speziellen Kellerfabrik? Ihnen ist doch wohl klar, dass nach unserem abendländischen Rechtsverständnis nur der Einzelbeweis zählt.«

»Frau Hellberg, Sie lassen unter anderem T-Shirts in der südindischen Stadt Tiruppur färben...«

»Keine Ahnung. Da müsste ich erst nachschauen. Wie Sie vielleicht wissen, bin ich im Vorstand für die Finanzen zuständig und nicht für die Produktion.«

»Aber das Produzieren in Billiglohnländern, in denen grausame, unmenschliche Arbeitsbedingungen herrschen, hat doch sicher unmittelbare, und zwar durchweg positive Auswirkungen auf Ihr Ressort Finanzen, Frau Hellberg. Oder? Die Arbeiter in den Färbereien der Stadt Tiruppur erkranken übrigens dreimal so häufig an Krebs wie der Durchschnitt der Gesamtbevölkerung im südindischen Bundesstaat Tamil Nadu.«

»Das ist sehr bedauerlich... falls dem so ist. Was wäre die Alternative? Es gibt keine Alternative. Versuchen Sie doch mal, in Deutschland ein T-Shirt zu verkaufen, das 49 Euro kostet. Würden Sie ein T-Shirt für 49 Euro kaufen?«

»In Kambodscha lassen Sie Einzelteile zu fertigen Pullovern zusammennähen. Die Frauen in der Fabrik leiden unter Atemnot sowie unter ständigen Ohnmachtsanfällen. Niemand kümmert sich um die Ursachen und die Folgen. Nicht nur erwachsene Frauen arbeiten dort. Zwölfjährige Mädchen ernähren ihre Familien, statt in die Schule zu gehen. Sie arbeiten täglich so lange, dass es ihnen nicht mehr möglich ist, nach der Arbeit noch nach Hause zu fahren. Bis zu 16 Stunden am Tag. Sie übernachten deshalb in der Fabrik. Tag und Nacht bringen sie also dort zu. Pausen sind während der Arbeitszeit nicht vorgesehen. Was würde es für den Hellberg-Konzern bedeuten, wenn all diese Informationen an die Öffentlichkeit drängten?«

Lars Hellberg starrte seine Frau ungläubig an.

»Nina... sag doch bitte was. Das entspricht doch nicht der Wahrheit, oder? Das kann doch alles nicht sein!«

Sie schob unwirsch seine Hand weg.

»Du Traumtänzer«, zischte sie. »Hat dich jemals interessiert, wie Hellberg trotz des Branchensterbens in Deutschland überleben konnte? Hat dich jemals interessiert, wie dein Vater die Firma gerettet hat? Hat dich jemals etwas anderes interessiert als deine verdammten magersüchtigen Models?«

»Frau Hellberg, was weiß Herr Oschatz darüber?«

»Oschatz?«

»Ihr langjähriger Chefbuchhalter, der vor wenigen Wochen in Rente ging und seither spurlos verschwunden ist. Könnte es eventuell sein, dass Bernd Oschatz Unterlagen besitzt, die jene diversen Geschäftsbeziehungen des Hellberg-Konzerns in Billiglohnländern dokumentieren? Brisante Dokumente, die dem Unternehmen einen erheblichen Imageschaden zufügen könnten, gelangten sie an die Öffentlichkeit?«

Wieder kam Nina Hellberg ihrem Mann zuvor:

»Wir vermissen keine Unterlagen. Aber was hat Oschatz mit dem Tod meines Schwiegervaters zu tun?«

»Frau Hellberg, das sind alles Fragen, auf die ich eine Antwort zu finden versuche.«

»Frau...«

»Dix...«

»Frau Dix, ich gewinne zunehmend den Eindruck, Sie verrennen sich in dieser Sache ganz fürchterlich. Sie scheinen Ihre eigentliche Aufgabe aus den Augen zu verlieren. Wissen Ihre Vorgesetzten, welches Spiel Sie hier treiben?«

Blanker Hass. Da war nichts als blanker Hass in ihren Augen. Ihr Mund verzog sich zu einem Lächeln, starr und künstlich. Diese Augen waren in der Lage, die Raumtemperatur binnen Sekunden um mehrere Grad zu senken. Antonia Dix jagte unwillkürlich ein eiskalter Schauer über den Rücken, trotz der dicken Kradmelderlederjacke, die sie immer noch trug, trotz des flackernden, knisternden Feuers im offenen Kamin. Diese Frau war völlig gefühllos. Und zudem eine begnadete Manipulatorin.

Der Mann neben ihr zitterte merklich.

»Frau Hellberg, kehren wir noch einmal zu dem Tag zurück, an dem Professor Zeki Kilicaslan vormittags in der Firma erschien. Am Abend verließ er sein Hotel, um sich mit Ihnen zu treffen.«

»Mit mir?«

»In der Bar des Savoy. Gleich um die Ecke.«

»Soweit ich mich erinnern kann, war ich noch nie in meinem Leben im Savoy.«

»Stimmt. Zumindest waren Sie an jenem Abend nicht dort. Das haben wir überprüft. Aber Zeki Kilicaslan wurde um 21.58 Uhr in seinem Hotel angerufen. Eine Männerstimme teilte ihm mit, Dr. Nina Hellberg warte auf ihn in der Bar des Savoy. Der Professor machte sich augenblicklich zu Fuß auf den Weg.«

»Das ist ja interessant. Verfügen Sie etwa über einen Mitschnitt dieses aufschlussreichen Telefonats?«

»Leider nein. Aber bevor der Professor sein Hotel verließ, teilte er dem Nachtportier mit, mit wem er sich treffen wolle.«

»Dem Nachtportier, so, so. Diese Geschichte wird ja immer abenteuerlicher, muss ich sagen.«

»Der Nachtportier, ein deutscher Medizinstudent, hatte übrigens keinerlei Verständigungsschwierigkeiten, dank der fantastischen Deutschkenntnisse des Gastes. Professor Zeki Kilicaslan teilte ihm mit, dass er sich nun mit Dr. Nina Hellberg vom Vorstand des Hellberg-Konzerns treffen werde, er bat ihn, sich dies gut zu merken, am besten aufzuschreiben, er ließ sich von ihm den Fußweg zum Savoy beschreiben und trug dem jungen Mann auf, unverzüglich die Polizei zu alarmieren, falls er nicht binnen einer Stunde wohlbehalten zurück sei.«

»Nina, was ist hier los?«

»Ich sagte doch schon, dass dieser Mensch bereits am Vormittag einen reichlich verwirrten Eindruck machte. Der alte Mann war ganz offensichtlich nicht mehr Herr seiner Sinne.«

»Nina, ich möchte auf der Stelle wissen...«

»Halt gefälligst die Klappe.«

»Frau Hellberg, ich möchte, dass unsere Kriminaltechniker die Gelegenheit erhalten, morgen früh auf Ihrem Gelände an der Eupener Straße sämtliche Firmenfahrzeuge zu überprüfen.«

»Haben Sie eine Ahnung, wie viele...«

»Ich meine nicht die Lastwagen, Lieferwagen oder Kombis mit Firmenlogo. Nur die neutralen Pkws, die großen, dunklen Limousinen. Das müsste doch eine überschaubare Zahl sein, angesichts der dramatischen Misere in Ihrer Branche, die Sie zu dem Plan veranlasst hat, aus Kostengründen nach Rumänien umzusiedeln. Ferner möchte ich eine Auflistung, welche dieser Fahrzeuge in den vergangenen Tagen mit Karosserieschäden oder Lackschäden in die Werkstatt geschickt wurden. Geht das in Ordnung, oder muss ich erst einen richterlichen Beschluss erwirken und die Autos beschlagnahmen lassen?«

Diesmal war Lars Hellberg schneller als seine Frau:

»Das geht in Ordnung, Frau Dix. Herr Detmers kann sich darum kümmern. Das ist unser Sicherheitsbeauftragter.«

»Rolf Detmers?«

»Ja. Kennen Sie ihn?«

»Herr Hellberg, mir wäre es lieber, der Hausmeister oder wer auch immer könnte sich um die Angelegenheit kümmern.«

»Warum das? Herr Detmers ist quasi ein Kollege von Ihnen. Er war lange bei der Frankfurter Kripo...«

»Ja. So lange, bis er einen 19-jährigen Festgenommenen, dem er zuvor die Arme mit Handschellen hinter dem Rücken gefesselt hatte, in der Arrestzelle totgeprügelt hatte.«

»Davon wusste ich nichts.«

»Das glaube ich Ihnen gerne, Herr Hellberg. So etwas erwähnt man ja auch ungerne in der Bewerbungsmappe.«

In diesem Augenblick wurde die Tür zum Salon aufgestoßen. Ein großer, stattlicher Mann, Mitte fünfzig, Smoking, Fliege, teurer Mantel, marschierte auf sie zu. Sein Beruf war so offensichtlich, als hätte er ihn auf seine Stirn tätowiert.

»Liebste Nina, ich bin untröstlich. Ich saß in der Oper, als ich deine SMS erhielt. Mein aufrichtiges Beileid.«

Dann wandte er sich Antonia Dix zu.

»Hier. Meine Karte. Ich bin Frau Hellbergs Anwalt. Die Unterredung ist jetzt wohl beendet.«

Ein trister, grauer Freitagmorgen. Nebelschwaden krochen durch das Rheintal, und die feuchte Kälte kroch bis in die Seelen der Menschen. Fast hätte David Manthey die junge Frau übersehen, die über den Parkplatz auf die Drehtür der Klinik zueilte. Seine Gedanken verharrten noch immer bei dem Gespräch mit dem Kardiologen, der Günther das Leben gerettet und David soeben auf Günthers Entlassung aus dem benachbarten Reha-Zentrum vorbereitet hatte. Am Montag würde Günther endlich nach Hause dürfen. *Keine Zigaretten, kein Alkohol, kein Kaffee, keine Trompete.* Du meine Güte. Wie sollte er das nur Günther beibringen? Und die Depressionen? *Die gehen vorüber. Das ist jetzt schon viel besser als noch zu Beginn seines Aufenthalts hier. Ausreichend Schlaf, gesunde Ernährung, viel Gemüse, maßvoller Sport, Gymnastik, da gibt es spezielle Koronargruppen, da ist man unter Gleichgesinnten, ein nicht zu unterschätzender therapeutischer Effekt. Vor allem aber darf Herr Oschatz nicht weiterhin die Nacht zum Tag machen. Schluss damit. Bettruhe spätestens um Mitternacht, besser noch um 23 Uhr. Sie werden sehen: Das wirkt Wunder.*

Wunder. Manthey glaubte nicht an Wunder. Günther zuliebe hätte er gerne an ein Wunder geglaubt.

Die Frau ließ mit einem kräftigen Stoß die Drehtür rotieren und steuerte schnellen Schrittes auf die Rezeption zu. Sie war Mitte zwanzig, vielleicht auch Ende zwanzig. Sie trug dünne Turnschuhe aus Leinen, eine knallenge Hose mit aufgeprägtem Leopardenmuster, einen unförmigen, zwei Nummern zu großen Pullover sowie einen dicken Schal, den sie sich zweimal um den Hals gewickelt hatte, dessen Enden aber dennoch fast bis zu ihren Knien reichten und fröhlich im Takt ihrer Schritte wippten.

Ihre Wege kreuzten sich.

Kurzer Augenkontakt.

Vorbei.

»Guten Tag. Ich möchte Matthias Pfaff besuchen.«

David Manthey hatte fast schon die Drehtür erreicht.

»Chirurgische?«

Diese Frau.

»Welche Etage?«

Er kannte diese Frau.

»Danke.«

Matthias Pfaff. Der Name sagte ihm gar nichts.

Aber das Gesicht der Frau hatte er schon einmal gesehen.

Aber wo?

Natürlich.

Im Video der Überwachungskamera am Flughafen.

Sonja.

Sonja Stiller.

Kein Zweifel. Manthey wirbelte herum. Just in dem Moment verschwand die junge Frau im Aufzug.

Manthey griff in die Jackentasche, zückte sein Handy und wählte Antonias Nummer.

Der Teilnehmer ist momentan nicht erreichbar…

Verdammter Mist.

Manthey wählte Arturs Nummer.

Sein Gesicht war kaum wiederzuerkennen. Eine unförmige, geschwollene Masse. Die Haut schimmerte tiefblau, violett, feuerrot. Schnittwunden, Platzwunden. Sonja schluckte schwer und rang sich mühsam ein Lächeln ab, während sie sich auf die Bettkante setzte und tapfer gegen die Tränen ankämpfte. Sie wollte jetzt um Gottes willen keine Tränen zeigen.

»Mensch, Eule. Neue Brille?«

»Die haben mir eine provisorische Ersatzbrille besorgt. Damit ich wenigstens was sehen kann. Die alte ist hinüber.«

»Steht dir gut.«

»Wie hast du mich so schnell gefunden?«

»Das Rebmob-Netzwerk funktioniert ausgezeichnet. Das müsstest du doch eigentlich am besten wissen. Du hast es schließlich entwickelt und aufgebaut.«

»Ich habe nichts ausgeplaudert, Sonja.«

»Das ist doch jetzt völlig unwichtig, Eule. Hauptsache, du wirst schnell wieder gesund. Wir vermissen dich alle.«

»Alle?«

»Musst du operiert werden?«

»Nein. Zum Glück nicht. Gebrochene Nase, gebrochenes Schlüsselbein, zwei gebrochene Rippen. Aber saubere Brüche, die Splitter haben keine Nerven verletzt, keine Blutbahn angeritzt. Ist also konservativ therapierbar, sagen die hier. Mit einem Rucksackverband. So nennen die das. Ich kann mir im Moment nicht mal 'ne Stulle selber schmieren.«

Das Sprechen bereitete ihm große Mühe.

Sonja legte zärtlich ihren Zeigefinger auf seine Lippen.

»Pssst. Alles wird gut.«

Matthias Pfaff küsste Sonjas Finger. Dann schob er ihn behutsam beiseite.

»Der Mann arbeitet für Hellberg. Ich habe ihn gesehen, als er die Schranke passiert und das Firmengelände verlassen hat. Ich dachte, da hat einer Feierabend und geht nach Hause. Er ist ja auch die Eupener Straße runtergegangen, Richtung Zentrum. Ich hab nicht weiter auf ihn geachtet und mich wieder auf die Einfahrt konzentriert. Plötzlich stand der hinter mir. Wie ein

Geist. Ich weiß gar nicht, wie der mich so schnell in dem verlassenen Bürohaus gefunden hat. Der war riesig, der Typ. Riesig und fett und brutal. Riss mir gleich das Fernglas aus der Hand und schlug es mir ins Gesicht, noch bevor er auch nur einen Ton gesagt hat. Noch nie in meinem Leben hatte ich solche Angst. Todesangst. Er hatte noch zwei Typen dabei. Keine Ahnung, woher die so schnell aufgetaucht sind. Jedenfalls nicht aus der Firma. Muskelpakete. Typ russischer Schläger, wenn du weißt, was ich meine. Der von Hellberg wollte wissen, wo die anderen sind, und wo Bernd Oschatz ist, und was wir vorhaben, und wo unser Versteck ist. Ich habe nichts gesagt, Sonja, ich schwöre. Irgendwann habe ich dann das Bewusstsein verloren. Ich hab gar nicht mehr mitgekriegt, dass die mich aus dem Gebäude bugsiert und in den Park gefahren haben. Ich bin erst im Krankenhaus wieder aufgewacht. Der Polizei habe ich einfach gesagt, ich könnte mich an überhaupt nichts mehr erinnern. Dann können die mir nämlich auch keine Fangfragen stellen. Jetzt denken die wahrscheinlich, ich bin ein Stricher, der sich regelmäßig am Aachener Weiher rumtreibt.«

»Du bist mein Held.«

Sonja küsste ihn zärtlich auf den Mund.

»Sonja?«

»Ja?«

»Es gibt da noch ein Problem.«

»Was für ein Problem?«

»Mein Handy ist weg.«

Der Präsident paradierte hinter seinem gewaltigen Schreibtisch auf und ab wie ein aufgescheuchter Gockel.

»Was haben Sie sich nur dabei gedacht?«

Die Frage stellte er nun schon zum dritten Mal. Deshalb sparte sich Antonia Dix zum zweiten Mal eine Antwort.

Ihr beharrliches Schweigen interpretierte der neben ihr hockende Pressesprecher des Präsidiums als Aufforderung, sich seinerseits in Szene zu setzen:

»Eben rief der Büroleiter des Düsseldorfer Innenministers an. Man will noch heute vor die Medien treten. Tenor so in etwa: Kapitalismusgegner erschießen Wirtschaftskapitän. Der Staat wird mit aller Macht und aller Härte gegen den neu aufkeimenden Linksterrorismus vorgehen und einen zweiten deutschen Herbst verhindern. Und Rebmob ist ab sofort in der Betrachtung kein harmloses Sammelbecken des Jugendprotests mehr, sondern eine Brutstätte und Kaderschmiede des Linksterrors mit dem alleinigen Zweck, unsere freiheitlich-demokratische Grundordnung zu vernichten.«

Der Pressesprecher hielt inne.

Kunstpause.

Schweigend und mit ernstem Blick fixierte er seine Kollegin.

Die Kunst der Pause und ihre psychologische Wirkung.

Lernte man das bei Seminaren für Pressesprecher?

Antonia Dix nutzte die Pause:

»Was für ein ausgemachter Blödsinn. Wer etwas gegen die Folgen der Globalisierung hat, ist doch damit nicht automatisch ein Gegner der Demokratie, oder? Was hat denn bitte schön das eine mit dem anderen zu tun?«

Der Pressesprecher, unversehens um die Früchte seines psychologischen Tricks gebracht, holte tief Luft und wandte sich wieder dem Präsidenten zu:

»Der Innenminister erwartet, dass ihm das Kölner Präsidium dabei nicht in den Rücken fällt.«

»Natürlich nicht!« Der Präsident blieb abrupt stehen, wippte mit hinter dem Rücken verschränkten Händen nervös auf den Fußballen und fixierte nun ebenfalls Antonia Dix.

»Sie sind raus!«

»Was soll das heißen?«

»Der Staatsschutz übernimmt die Federführung in der Mordsache Hellberg. In enger Kooperation mit dem Bundeskriminalamt und dem Verfassungsschutz.«

»Das ist doch wohl nicht Ihr Ernst.«

»Das ist mein voller Ernst, Frau Dix.«

»Sie machen einen Riesenfehler.«

»Vielen Dank für die Belehrung.«

»Sie legen sich also bei den Ermittlungen bereits auf einen einzigen Tatverdächtigen fest.«

»Wir haben eine Waffe, wir haben das dazu passende Geschoss, wir haben Fingerabdrücke auf der Waffe, wir haben dank der Fingerabdrücke und der dazu passenden Staatsschutzakte bereits einen Namen, wir haben eine Augenzeugin... und wir haben ein Motiv! In wie vielen Mordfällen Ihrer Laufbahn hatten Sie binnen zwölf Stunden mehr Beweise als in diesem?«

»Ein Motiv? Wie lautet denn das Motiv?«

»Sozialneid, Hass eines arbeitslosen Unterprivilegierten auf die Erfolgreichen im Wirtschaftsleben, ideologische Verblendung. Alles durchaus nachvollziehbare Motive.«

»Rebmob hat den Hellberg-Konzern doch längst an die Wand gedrückt. Rebmob war in der öffentlichen Wahrnehmung schon der sichere Gewinner. Ein klarer Sympathieträger, wie die Meinungsumfragen zeigen. Alle bisherigen Rebmob-Aktionen zielten lediglich darauf ab, das Interesse der Medien an den skandalösen Folgen der Globalisierung zu wecken. Wozu also ein Mord, der an alte RAF-Zeiten erinnert? Und wer profitiert eigentlich vom Tod Otto Hellbergs?«

»Liebe Frau Dix, Ihre verquere Gedankenwelt kann und will ich nicht nachvollziehen...«

»Der Einbrecher heißt zweifellos Patrick Kahle. Aber ich habe den Eindruck, dass er gekommen war, um Nina Hellberg zu erpressen. Um sein eigenes Ding durchzuziehen, ohne Wissen von Rebmob. Er konnte nicht damit rechnen, dass Otto Hellberg früher als üblich nach Hause kommt...«

»...und dann ist die Situation eben eskaliert. Aber den genauen Ablauf werden die Staatsanwaltschaft und das Schwurgericht zu klären haben. Und Ihr überaus taktloses Verhalten gegenüber Frau Dr. Hellberg gestern Abend wird noch unangenehme Folgen für Sie haben, Frau Dix. Für Sie und für das gesamte Präsidium. Sozietät Borringer, Borringer, Kirfel und Partner. Schon mal davon gehört, Frau Dix? Dienstaufsichtsbeschwerde. Dr. Jens Borringer wird Sie in der Luft zerreißen. Sie haben ihn ja schon gestern Abend kennengelernt, wie ich hörte. Ich werde Sie dieses Mal nicht schützen können. Selbst wenn ich es wollte. Denn Sie haben Ihre Kompetenzen überschritten, Ihr Amt missbraucht. Das wird Konsequenzen haben.«

Dieses Mal. Antonia Dix konnte sich nicht erinnern, wann der Präsident sie jemals geschützt hätte.

»Herr Präsident, ich habe doch nur...«

»Die Unterredung ist hiermit beendet, Frau Dix. Und klären Sie endlich den Mordfall Zeki Kilicaslan. Da haben Sie genug zu tun. Die türkische Regierung steht dem Auswärtigen Amt auf den Füßen, und das Auswärtige Amt steht via Düsseldorfer Innenministerium mir auf den Füßen. Klären Sie endlich den Mordfall Zeki Kilicaslan. Haben wir uns verstanden?«

Endlich. Artur kurvte exakt in dem Moment auf den Parkplatz, als Sonja Stiller die Fahrertür eines verbeulten, vom Rost zerfressenen Peugeot 107 öffnete. David blieb noch Zeit, Artur ein kurzes Signal per Lichthupe zu senden, dann hängte er sich dran. Er ließ immer ein Auto zwischen sich und dem Peugeot. Der kurze Blick in den Rückspiegel war eigentlich überflüssig, um zu wissen, dass Artur es genauso machte. Sie passierten den Barbarossaplatz, wechselten die Rheinseite über die Severinsbrücke, passierten den Deutzer Bahnhof. Dichter Verkehr. Artur gab Gas und hängte sich gleich hinter David, weil die Gefahr jetzt zu groß war, durch eine rote Ampel abgehängt zu werden. Die Bremslichter des Peugeot leuchteten auf, Sonja Stiller quetschte den Kleinwagen notdürftig in eine Parklücke, sprang aus dem Wagen, lief quer über die Straße und betrat einen Kiosk. David wählte Arturs Nummer.

»Ja?«

»Wo hast du denn die schicke Schleuder her?«

»Kein böses Wort über meinen bildschönen Passat. Baujahr 92. Sieht so furchtbar spießig und langweilig aus, dass man sich kein zweites Mal nach ihm umdreht, ist aber tadellos in Schuss und hat jetzt, nachdem ich ein bisschen an ihm rumgeschraubt habe, ungefähr 200 PS. Ideal also für den Zweck.«

»Das beruhigt mich.«

»Aber du könntest mit Günthers R4 Probleme kriegen. Diese Rostlaube namens Peugeot 107 ist zwar nicht gerade eine Rakete. Aber wenn sie mal aufs Gas drücken sollte, siehst du mit deinen 34 PS echt alt aus.«

»Deshalb habe ich dich doch herbestellt.«

»Ist schon klar. Da kommt sie!«

Sonja Stiller balancierte Konservendosen, Getränkeflaschen und eine Stange Zigaretten auf dem linken Arm, während sie mit der rechten Hand die Heckklappe des Kleinwagens öffnete.

Sie durchquerten den Tunnel unter der Lanxess Arena und folgten dem Zubringer zur Autobahn.

Der Peugeot beschleunigte auf 120.

Der R4 jaulte erbärmlich.

Artur übernahm.

Gelegentlich betätigte er die Nebelschlussleuchte, damit David nicht den Anschluss verlor.

Das Handy klingelte.

Artur.

»Abfahrt Flughafen.«

»Verstanden. Wir halten jetzt besser die Verbindung.«

David drückte die Lautsprechertaste und legte das Handy auf den Beifahrersitz.

»Achtung. Sie fährt nicht bis zum Flughafen, sondern hat kurz vorher den Zubringer in Richtung Urbach verlassen.«

David Manthey überfuhr zwei rote Ampeln und holte den Peugeot und den Passat an der dritten Ampel ein.

Nichts als Felder. Flaches, weites, Land, ab und an ein tristes, lebloses Dorf. Null Verkehr. Selbst der mausgraue Passat musste

Sonja Stiller früher oder später im Rückspiegel auffallen. Also übernahm David, und Artur ließ sich weit zurückfallen.

Urbach, Elsdorf, Zündorf. Uniforme Reihenhäuser. Die Straße nach Lülsdorf. Kiesgruben, Industriebrachen.

»Artur, sie biegt jetzt nach rechts Richtung Langeler Auen ab.«

»Okay. Ich kann deine Bremslichter sehen.«

Eine schmale Straße durch die Auenwälder.

Nach der zweiten Biegung verlief die Straße schnurgerade bis zum Ufer. David trat auf die Bremse, stoppte den R4 und wartete. Im Rückspiegel tauchte der Passat auf. Am Ende der nun leicht abschüssigen Straße, in gut 200 Metern Entfernung, war schon der Fluss zu sehen, grau und breit und träge, und am jenseitigen Ufer die Einfahrt zum Godorfer Hafen, umrahmt von den mächtigen Schloten der Ölraffinerien.

Etwa zwanzig Meter vor dem Ufer bog der Peugeot nach rechts ab und verschwand zwischen den Bäumen.

David trat nur kurz aufs Gaspedal und ließ den Wagen niedertourig bergab rollen. Artur wartete.

Ein unbefestigter Feldweg zweigte zwischen den Bäumen von der asphaltierten Straße ab. Fünfzig Meter weiter ein verschlossenes Tor. Davor der Peugeot. Die Fahrertür stand offen. Sonja Stiller stand mit dem Rücken zu ihrem Wagen vor dem Tor und öffnete das Schloss. Mehr konnte David im Vorbeifahren nicht erkennen. Er ließ den R4 an der Abzweigung vorbei bis zum Rheinufer rollen. Eine Sackgasse.

Drei massive Poller trennten die Straße von dem parallel zur Wasserlinie verlaufenden alten Treidelpfad. David verließ den Wagen und lief über den Pfad etwa 100 Meter nach Norden. Dann kletterte er die Böschung hinauf, bis zum Fuß der mehr als zwei Meter hohen Mauer, die das Grundstück umgab. Er nahm sein Handy aus der Tasche, hielt es mit ausgestrecktem Arm über die Mauerkante und drückte mehrmals auf den Auslöser der eingebauten Kamera. Er verstaute das Handy wieder, lief zurück zum Wagen, startete den Motor, wendete rückwärts in den Feldweg, fuhr die Straße wieder hinauf und stoppte erst hinter der nächsten Biegung, neben Arturs Passat.

»Da unten kann man sich so unauffällig bewegen wie ein Eisbär in Afrika. Lass uns nach Hause fahren und nachdenken.«

»Nachdenken. Hört sich gut an«, sagte Artur. »Und was machen wir anschließend?«

Bernd Oschatz starrte Patrick ungläubig an, während der Fernsehreporter des Morgenmagazins mit hochgestelltem Mantelkragen vor dem offenen, aber von uniformierten Polizeibeamten kontrollierten Tor zur Marienburger Villa stand und mit gehetzter Stimme die Details des Mordes an dem Kölner Industriellen Otto Hellberg ausbreitete. Im Hintergrund zuckte das Blaulicht auf dem Dach eines Streifenwagens.

»Was hast du nur getan?«

»Ich habe ihn nicht umgebracht, verdammt noch mal.«

Dringend tatverdächtig ist nach ersten Ermittlungen der Polizei der 30-jährige Patrick Kahle...

»Verdammt, woher haben die das Foto? Das war vor vier oder fünf Jahren, bei einer Demo in Berlin. Die Schweine haben mich heimlich fotografiert.«

»Das ist doch jetzt völlig unwichtig, woher die Polizei ein Foto von dir hat. Außerdem ist es völlig unscharf. Ich würde dich jedenfalls nicht darauf erkennen.«

»Klar findest du das unwichtig, alter Mann. Die suchen ja auch nicht nach dir, sondern nach mir.«

...soll Patrick Kahle diversen gewaltbereiten autonomen Zellen angehört haben und inzwischen zum Führungskreis von Rebmob zählen, auch wenn diese Organisation bislang noch nie mit konkreten Personennamen in Erscheinung getreten ist. Rebmob genießt seit einiger Zeit eine stetig wachsende Popularität in der Bevölkerung, auch weil die spektakulären Aktionen der Globalisierungsgegner bislang stets gewaltfrei...

»Was ist gestern Abend passiert?«

»Was passiert ist? Das kann ich dir sagen: Die Eule hat gepennt. Dieser Versager. Normalerweise kommt Hellberg erst mindestens eine Stunde nach seiner Schwiegertochter nach Hause. Gestern Abend war ich vielleicht mal gerade eine halbe Stunde im Haus, allerhöchstens, da platzt der Alte schon zur Tür herein. Genau das war Eules Job: mich sofort anzurufen, wenn Hellberg die Firma verlässt. Dieser elende Penner. Dieser Versager.«

»Vielleicht hat Matthias nicht gepennt, sondern war da schon entdeckt und überfallen worden.«

»Wie auch immer: Er hat versagt. Wahrscheinlich hat der Penner geraucht, obwohl ich es ihm verboten habe. Garantiert haben Sie ihn deshalb entdeckt.«

... fand die Polizei am Tatort in der Villa neben der Leiche die Waffe, mit der Otto Hellberg zweifelsfrei erschossen wurde. Die Polizei sicherte auf der Tatwaffe Fingerabdrücke, die eindeutig dem schon mehrfach polizeilich in Erscheinung getretenen Tatverdächtigen zuzuordnen sind...

»Du hattest diese Pistole dabei? Dieses Ding, mit dem du schon mir vor der Nase rumgefuchtelt hast?«

»Verdammt noch mal, ja. Nur zur Sicherheit.«

»Zur Sicherheit?«

Vielen Dank, Jochen, für die aufschlussreichen Informationen direkt vom Tatort. Wir schalten jetzt mal nach Düsseldorf, live in die Pressekonferenz des Innenministers...

Patrick sprang auf, schaltete den Fernseher aus und warf die Fernbedienung zurück auf den Tisch.

»Patrick, als du mich mit diesem Chloroform betäubt hast, und anschließend mit dieser Spritze...«

»Vergiss es!«

»Du sagtest, du wolltest etwas ausprobieren. An mir. Ich will jetzt wissen, was du da ausprobiert hast.«

»Wenn du es ganz genau wissen willst: Ich hatte zwischendurch mal die Idee, einen aus diesem Hellberg-Clan zu entführen. Den Alten, oder seinen Sohn, oder seinen Enkel. Oder die Frau. Mal eine richtig spektakuläre Aktion, nicht immer nur dieses anbiedernde Kuschelzeugs. Zeigen, dass wir es ernst meinen. Zeigen, dass wir bereit sind, für unsere Ziele bis zum Äußersten zu gehen. Den Schweinestaat herausfordern. Diese Kapitalistenschweine herausfordern. Krieg!«

»Aber?«

»Aber was? Der Exekutivrat war dagegen. Die hatten Angst um ihre frisch erworbenen Sympathiepunkte in der Öffentlichkeit. Da sind sie doch ganz geil drauf. Für ihre Gewaltfreiheit gelobt zu werden. Gewaltfreiheit. Lächerlich. Ist der Feind etwa gewaltfrei? Diese mittelmäßige Mittelschichtbrut und ihre ethischen Werte. Basisdemokratische Entscheidungen. Einfach nur lächerlich. Endlosdebatten. Das ewige Warten auf den großen Tag. Ich kann das alles nicht mehr hören.«

»Entführung? Du hattest allen Ernstes eine Entführung geplant? Bis du denn vollends übergeschnappt?«

»Halt's Maul, Alter. Du hast doch keine Ahnung.«

»Und diese andere Sache habe ich immer noch nicht begriffen: Du nimmst diese Pistole mit, und mit dieser Pistole wird Otto Hellberg erschossen, und du warst es nicht?«

»Ist wohl zu kompliziert für dein kleines Buchhalterhirn.«

»Ich bin gespannt, wie Sonjas Hirn damit klarkommt.«

»Halt jetzt endlich deine verdammte Schnauze.« Patrick sprang auf und reckte Oschatz seine geballte Faust entgegen. »Halt deine Schnauze, oder ich schlag sie dir zu Brei. Du gehörst nicht zu uns. Du wirst nie zu uns gehören, du alter Sack. Kapiert?«

Das Geräusch eines Automotors.

Sonja.

Patrick rannte zur Tür.

Bernd Oschatz dachte eine Weile nach. Über Patrick, über Sonja, über Rebmob. Dann erhob er sich von seinem Stuhl und folgte Patrick nach draußen.

In zehn Wochen lief sein zweiter Jahresvertrag aus. Und dann? Rolf Detmers war schon so nahe dran gewesen. Einen dritten zeitlich befristeten Vertrag würde es nicht geben. So viel stand fest. Das ging schon aus gesetzlichen Gründen nicht.

Es gab nur zwei Möglichkeiten. Einen festen, unbefristeten Vertrag. Oder die Kündigung.

Wenn der Großteil des Mutterhauses nach Rumänien umzog: Würde man seine Dienste in Köln überhaupt noch benötigen? In Rumänien würden sie garantiert einen Einheimischen nehmen. Einen, der die Landessprache beherrschte. Einen, der sich auskannte. Vermutlich einen ehemaligen Securitate-Agenten, da ging Detmers jede Wette ein. Detmers sprach kein Rumänisch, wer sprach denn schon Rumänisch? Und sein Englisch war miserabel. Der Alte hatte ihm noch vor wenigen Tagen große Hoffnungen gemacht. *Um es kurz zu machen, Detmers: Sie wollen die unbefristete Festanstellung? Dann finden Sie eine Lösung für unser Problem. Melden Sie mir den Erfolg, wenn Sie am Ziel sind. Vorher will ich nichts von Ihnen hören. Und über Ihre Wege zum Ziel will ich ebenfalls nichts wissen.*

Jetzt war der Alte tot.

Der Patriarch. Der Macher. Der Visionär. Die Seele des Traditionsunternehmens. So viel war klar: In den öffentlichen Nachrufen würde gelogen, dass sich die Balken bogen.

Der Despot. Der Choleriker. Der Menschenschinder. Der Zyniker. Der Egomane. Na und? Rolf Detmers hatte dazu seine ganz eigene Meinung: Ohne massiven Einsatz der Ellbogen kam man nicht weit in dieser Welt.

Wer würde jetzt über sein Schicksal entscheiden?

Lars, das Weichei?

Oder Nina?

Lars Hellberg würde sich wohl kaum für ihn entscheiden. Schließlich hatte ihn der Alte unter anderem auch deshalb eingestellt, um seinen Sohn bespitzeln zu lassen. Der Vorsitzende des Aufsichtsrats wollte stets über jedes Detail im Leben des Vorstandsvorsitzenden informiert sein. Und Rolf Detmers hatte stets geliefert. Jedes Detail.

Und Nina?

Wer ihr vertraute, war verloren.

Detmers dachte eine Weile darüber nach, was er gegen sie in der Hand hatte. Vielleicht lohnte sich eine kleine Erpressung.

Es sei denn...

Es sei denn, Frau Dr. Nina Hellberg zog einen unmittelbaren, ganz praktischen Nutzen aus der Vertragsverlängerung.

Rolf Detmers lehnte sich zurück, verschränkte die Hände im Nacken und dachte an das Handy, das noch vor einer Stunde auf seinem Schreibtisch gelegen hatte.

Ein iPhone der jüngsten Generation. Mit allem Schnick und Schnack. Spracherkennung. Wie konnte sich ein arbeitsloser, erfolgloser Computerfreak so etwas überhaupt leisten?

Kein Wort hatte die kleine Ratte ausgeplaudert.

Aber das war jetzt auch nicht mehr nötig. Denn das iPhone war wie ein offenes Buch. Zum Glück war es noch eingeschaltet gewesen. Das ersparte das Knacken des PIN-Codes. Das komplette Leben des Matthias Pfaff. Namen, Adressen, Telefonnummern, Geburtstage, Termine, Textnotizen, Audionotizen, SMS-Archiv. Man musste nur eins und eins zusammenzählen, ein bisschen kombinieren, die richtigen Bausteine aus den Daten zusammenfügen. Und schon kristallisierten sich zwei Kontakte heraus, die besonders interessant waren: Sonja Stiller und Patrick Kahle. Die Verbindung zu Rebmob. Und damit zu Bernd Oschatz. Die Russen hatten das iPhone jetzt. Auf die Russen war Verlass. Sie würden die Handys von Sonja Stiller und Patrick Kahle orten. Das war zwar nicht legal. Und deshalb auch nicht ganz billig. Aber wen interessierte das schon? *Geld spielt keine Rolle. Und über Ihre Wege zum Ziel will ich nichts wissen.* Wenn er Bernd Oschatz auf dem Silbertablett präsentierte, würde Nina Hellberg schon begreifen, was sie an Rolf Detmers hatte. In der Zwischenzeit würde er sich Angelika Schmidt noch einmal vorknöpfen. Auf die harte Tour. Wenn es sein musste, auch auf die ganz harte Tour.

Als David Manthey vom Eigelstein in den Stavenhof abbog, wäre er beinahe mit einem Taxi kollidiert, das den Hof der ehemaligen Spedition seines Onkels verließ. Zum Glück waren die Bremsen des Mercedes stärker als die des R4. David beschlich eine leise Vorahnung. Er parkte vor der Lagerhalle, sprintete die Treppe hinauf und schloss die Haustür auf.

In der Diele stand ein Koffer.

Und in der Küche saß Günther Oschatz.

Günthers äußerliche Veränderung seit dem Herzinfarkt kannte David zwar schon vom Krankenbett. Aber außerhalb der Klinik, in dieser vertrauten Umgebung, wirkte sie noch erschreckender. Das ausgemergelte Gesicht, die eingefallenen Wangen, die tief in ihren Höhlen liegenden Augen. Der Mann mit der schlohweißen Mähne saß da auf dem Stuhl, in seinem Wintermantel, der ihm inzwischen zwei Nummern zu groß zu sein schien, kerzengerade, ohne mit dem Rücken die Lehne zu berühren, mit geschlossenen Knien und Füßen, die Hände im Schoß gefaltet, als sei er in seiner eigenen Wohnung nur zu Besuch.

»Günther!«

»Ich hab's einfach nicht mehr ausgehalten. Was soll ich denn noch das ganze Wochenende in diesem Hospital, wenn ich am Montagmorgen sowieso entlassen werde?«

Günther stand auf und breitete die Arme aus. Die beiden Männer umarmten sich. Für einen endlosen Augenblick verharrten sie stumm und reglos in der innigen Umarmung.

»Willkommen zu Hause.«

David drückte Günther einen Kuss auf die Stirn.

»Setz dich bitte wieder, alter Junge. Aber gib mir vorher noch deinen Mantel. Oder willst du es dir noch mal überlegen und doch lieber wieder zurück in die Klinik?«

»Womöglich hätten die sich am Montag noch was Neues einfallen lassen und mich auch noch über Weihnachten dort behalten. Ich trau denen alles zu.«

David half ihm aus dem Mantel. Günther sah sich um. Solange sich David erinnern konnte, war nicht nur die Wohnküche, sondern das komplette Haus innen wie außen in der

Adventszeit festlich geschmückt und illuminiert gewesen. Als Jugendlicher hatte David das, was Günther alle Jahre wieder in den Wochen vor Weihnachten mit dem Haus veranstaltete, als grauenhaft kitschig und spießig empfunden. Jetzt stand nicht mal ein Adventskranz auf dem Küchentisch.

Günthers Blick wanderte über die gerahmten Fotos an der Wand und blieb schließlich an einem Bild haften. Coach Felix Manthey und sein Basketballteam. Diese chaotische, undisziplinierte Hinterhof-Trümmertruppe, die im legendären Finale der NRW-Jugendmeisterschaften vor 27 Jahren das hoch gerüstete, hoch gezüchtete Team von Bayer Leverkusen bezwang. Die jungen Wilden vom Eigelstein. David, Zoran, Öcal, Ilgaz, Jaume, Ali, Carlos, Umberto, Artur. Eine Horde 16-Jähriger, jung und wild und unberechenbar, nicht nur auf dem Spielfeld. So oft hatten sie hier, in dieser Küche, an diesem Tisch gesessen und mit dem Coach Pläne geschmiedet, während Günther sie bekocht hatte, als sei es das Selbstverständlichste für einen Jazzmusiker, eine komplette Basketballmannschaft zu bekochen.

»Er fehlt mir so sehr.«

Günther wischte mit dem Handrücken über die Augen und zwang sich zum Wegsehen.

David schluckte.

»David, weißt du noch, wie er diese altmodischen Restposten-Trikots in dem türkischen Ramschladen an der Weidengasse gekauft und die fehlenden Rückennummern hier an diesem Tisch mit einem schwarzen Edding aufgemalt hat?«

David nickte nur und starrte auf die Tischplatte. Die Erinnerung an Felix Manthey schnürte ihm den Hals zu.

»Wo ist denn dein Zwillingsbruder im Geiste?«

»Artur? Der ist nur noch schnell Kaffee kaufen. Er kommt gleich. Mann, wird der staunen.«

»Seine Geschäfte laufen nicht so gut, sagt er.«

»Der Schrottplatz wirft nicht mehr viel ab. Die Zeiten sind vorbei, seit Autos nur noch aus Plastik und Elektronik bestehen. Da gibt es nicht mehr viel zu schweißen und zu schrauben. Alles nur noch Fertigbauteile aus Kunststoff. Und in jedem Neuwagen steckt heute mehr Elektronik als in der Rakete, mit der die Apollo-Astronauten 1969 zum Mond geflogen sind.«

»Da lobe ich mir meinen R4. Aber Artur restauriert doch auch diese britischen Oldtimer.«

»Ja. Das hält ihn über Wasser. Und das macht ihm auch am meisten Spaß. Austin-Healey, Triumph, Aston Martin. Klassische Sportwagen aus den 50er und 60er Jahren. Er kauft in England alte Rostlauben auf, transportiert sie nach Hause und bastelt monatelang an ihnen herum, bis sie aussehen, als kämen sie frisch aus dem Laden. Die Kundschaft, die genug Geld für dieses Spielzeug hat, ist relativ unbeeindruckt von Finanzkrisen oder Konjunkturtiefs. Allerdings wird es immer schwieriger für Artur, noch bezahlbare Rohdiamanten zu finden.«

Jemand klopfte gegen die Haustür.

»Da ist er ja endlich.«

Aber es war nicht Artur.

Als David die Haustür öffnete, stand Benjamin vor ihm. Der Posaunist des Jazzquintetts. Der Bruder von Sonja Stiller.

»Störe ich?«

»Komm rein.« David schaltete auf Flüsterton: »Aber...«

Zu spät.

»Ich wollte mal hören, wie es Günther geht. Und ob Sie seinen Bruder schon gefunden haben. Und meine Schwester...«

David presste seinen Finger auf Benjamins Lippen. Warum hatte der schmächtige Bursche nur so ein lautes Organ?

Zu spät.

Günthers dünne Stimme drang aus der Küche in die Diele. Schwach, aber unmissverständlich:

»Bernd? David, hast du Bernd gefunden?«

Freitagnachmittag war nicht gerade der ideale Zeitpunkt für eine Pressekonferenz. Das deutlich höhere Anzeigenaufkommen in den Samstagsausgaben nötigte den Tageszeitungen einen früheren Druckbeginn und somit auch einen vorgezogenen Redaktionsschluss ab. Und eine Vorlaufzeit von nur zwei Stunden zwischen der Einladung per E-Mail-Verteiler und dem Termin um 16 Uhr hätten nicht wenige Journalisten als bodenlose Unverschämtheit aufgefasst.

Hätte der Einladende nicht Hellberg geheißen.

Nicht der Hellberg-Konzern, sondern Lars Hellberg persönlich lud die großen Rundfunksender, die Nachrichtenagenturen, die nationalen Blätter sowie die Kölner, Bonner und Düsseldorfer Regionalzeitungen für 16 Uhr ins Foyer der Konzernzentrale an der Eupener Straße, um sie über *die Zukunft des Unternehmens nach dem Tod des Aufsichtsratsvorsitzenden* zu informieren, und bat zugleich um Entschuldigung für die aus gegebenem Anlass unvermeidbare Kurzfristigkeit der Einladung.

Lars Hellberg hatte vergangene Nacht wenig geschlafen; das sah man ihm deutlich an. Er hatte stattdessen ein äußerst unerfreuliches Gespräch mit seiner Frau geführt, anschließend intensiv nachgedacht, noch in der Nacht ein Dutzend Telefonate geführt, Menschen aus dem Bett geklingelt, um sich ein Feedback einzuholen, um sie für seinen Plan zu erwärmen und um sie im Halbstundentakt zu Vier-Augen-Gesprächen im Laufe des Vormittags in sein Büro zu bitten. Das erste dieser Vier-Augen-Gespräche führte Lars Hellberg am frühen Morgen um halb acht mit dem Vorsitzenden des Betriebsrats.

Zu diesem Zeitpunkt war bereits ein Kurierfahrer auf dem Weg von Köln in ein kleines Eifeldorf.

Am frühen Nachmittag – die Einladungen an die Medien waren bereits raus – hatte sich eine bunt gewürfelte Gesellschaft im größten Besprechungsraum der Konzernzentrale versammelt, um gemeinsam die Inhalte der Pressekonferenz und damit die künftige Unternehmensstrategie abzustimmen. Die verbleibende Zeit war denkbar knapp. Aber die Besprechung war von großer Kooperationsbereitschaft aller Beteiligten geprägt.

Obwohl der Landesinnenminister aus Anlass der Ermordung Otto Hellbergs um 14 Uhr eine Pressekonferenz in Düsseldorf gegeben hatte, schickten alle großen Blätter ihre NRW-Korrespondenten anschließend gleich weiter nach Köln oder entsandten Vertreter. WDR, ZDF und RTL jagten Kamerateams in die Eupener Straße. Neben der Schranke parkte ein Ü-Wagen des Westdeutschen Rundfunks, um die Partneranstalten der ARD mit frischen O-Tönen und Bildern zu versorgen.

Um Viertel vor vier war im Foyer der Konzernzentrale kein einziger Sitzplatz mehr zu kriegen. Der Hausmeister trieb weitere Stühle auf. Die Belegschaft der Firma war ebenfalls eingeladen. Die Arbeiter und Angestellten begnügten sich aber mit den Stehplätzen hinter dem Podium.

Pünktlich um vier nahmen 14 Männer und Frauen an dem langen Tisch auf dem Podium Platz, unter ihnen der Kölner Oberbürgermeister. Mit zweiminütiger Verspätung erschien Lars Hellberg und nahm auf dem letzten freien Stuhl in der Mitte Platz. Er räusperte sich, raschelte mit den Notizzetteln, die er mitgebracht hatte, dankte den Medienvertretern umständlich für ihr Erscheinen und ließ augenblicklich erkennen, dass er nicht eben der geborene Redner war. Nach weiteren fünf Minuten war das aber nicht mehr so wichtig.

Wichtig war nun nicht mehr, wie er es sagte, sondern nur noch, was er zu sagen hatte. Und wiederum knapp eine Stunde später war die Pressekonferenz des bislang als Lebemann und Leichtgewicht unterschätzten Lars Hellberg die Topnachricht im Rankung der Page-Impressions aller deutschsprachigen Nachrichten-Portale im Internet und verwies die Linksterror-Konferenz des Innenministers auf Platz zwei.

Die Pressekonfernz war längst beendet, die Journalisten waren längst wieder in ihre Redaktionen geeilt, die Hellberg-Beschäftigten an ihre Arbeitsplätze zurückgekehrt oder nach Hause gefahren, da stand Rolf Detmers immer noch im inzwischen menschenleeren Foyer. Von der Pressekonferenz erfahren hatte er aus der Rundmail an alle Beschäftigten, die natürlich auch in seinem Postfach gelandet war.

Niemand aus dem Vorstand hatte ihn vorab in seiner Funktion als Sicherheitsbeauftragter des Konzerns angefordert, um die Veranstaltung vorzubereiten und deren ordnungsgemäßen Ablauf zu gewährleisten. Als existierte er gar nicht.

Kölner Stadt-Anzeiger / KStA-online / Newsticker

Kehrtwende in Köln

Revolution im Hellberg-Konzern nach Tod des Patriarchen

KÖLN. Man kennt sich, man hilft sich: Was im rheinischen Köln als praktikables Motto bei der Bewältigung des Alltagslebens im »Veedel« gilt, soll nun auch in einem international operierenden Textilkonzern funktionieren. Keine 24 Stunden nach dem Tod des Patriarchen Otto Hellberg verkündet dessen Sohn, Vorstandsvorsitzender Lars Hellberg, die totale Kehrtwende in der Unternehmensstrategie des Hellberg-Konzerns: Köln als größter Produktionsstandort bleibe erhalten, es werde keine Schließung, keine Komplettverlagerung nach Rumänien und auch keine Entlassungen geben.

Der Vorstand hat sich vielmehr mit dem Betriebsrat und der Gewerkschaft auf eine Verkürzung der Arbeitszeit auf 30 Stunden pro Woche bei entsprechender prozentualer Lohnkürzung geeinigt, um die Arbeitsplätze zu sichern. Die außertariflichen Arbeitszeiten der Abteilungsleiter und Vorstandsmitglieder werden allerdings nicht gekürzt – wohl aber deren Gehälter und Tantiemen um 20 Prozent: als »deutliches Signal, dass wir alle in einem Boot sitzen«, wie Lars Hellberg unter dem frenetischen Beifall der Belegschaft anmerkte.

Der künftige, noch im Aufbau befindliche Hellberg-Produktionsstandort in Rumänien soll ausschließlich der Befriedigung des rasant wachsenden osteuropäischen Marktes dienen, aber keine Ware für die westeuropäischen EU-Länder oder außereuropäische Staaten liefern.

Ferner versprach der Vorstandsvorsitzende, künftig alle internationalen Subunternehmer des Konzerns, vor allem jene in Asien und in der Türkei, unter dem Blickwinkel der Einhaltung der Menschenrechte sowie fairer und gesunder Arbeitsbedingungen schärfestens unter die Lupe zu nehmen. Zur Erfüllung dieser Aufgabe will Lars Hellberg einen Ethikbeirat gründen, der aus den Kölner Vertretern renommierter gemeinnütziger Organisationen bestehen soll.

Ferner soll künftig ein noch festzulegender Prozentsatz des Konzerngewinns in die berufliche und kulturelle Weiterbildung der Belegschaft sowie in Stipendien zur Bildungsförderung der Kinder der Arbeitnehmer fließen. Dazu wird ein Beirat gegründet, dem prominente Kölner Kulturschaffende und Wissenschaftler ehrenamtlich angehören werden. Den Vorsitz über beide Beiräte soll eine Frau übernehmen, die der Öffentlichkeit noch weitgehend unbekannt sein dürfte: Ulrike Hellberg, die Schwester des Vorstandsvorsitzenden.

Der Konzern plant zudem, parallel zu den bisherigen Vertriebswegen ein zweites Standbein zu entwickeln, um mehr Unabhängigkeit vom Preisdiktat der großen Handelsketten zu erringen. Zu diesem Zweck soll der Name des Kölner Traditionsunternehmens wieder als eigenständige Marke etabliert, eine eigene hochpreisige Fashion-Line entwickelt und mittelfristig über eigene Stores an ausgesuchten Standorten vertrieben werden. Lars Hellberg gab bekannt, für dieses Projekt einen alten Schulfreund aus seiner Internatszeit gewonnen zu haben, der zurzeit zwar noch als Art Director in Mailand unter Vertrag sei, aber in wenigen Monaten zur Verfügung stehen könne. Den Namen wollte Hellberg noch nicht nennen. Für dieses Investment sagte die Kölner Hausbank des Konzerns bereits eine Anschubfinanzierung zu.

Wirtschaftsexperten äußern sich bereits skeptisch zur neuen Strategie des Hellbergs-Konzerns. Vor allem wird bemängelt, dass die beiden Beiräte künftig den Aufsichtsrat ersetzen sol-

len. Damit fehle fortan jeglicher externer ökonomischer Sachverstand im Kontrollgremium des Konzerns.

Während der gesamten Pressekonferenz verlor Lars Hellberg kein einziges Wort über den gewaltsamen Tod seines Vaters Otto Hellberg, der die Textilfirma vom kleinen Schneidereibetrieb zum Weltunternehmen der textilen Zuliefererbranche führte. Insider wundern sich zudem, dass auf dem Podium Dr. Nina Hellberg fehlte, die Frau des Vorstandsvorsitzenden und im Vorstand verantwortlich für das wichtige Ressort Finanzen. Experten hatten sie zuvor bereits als gesetzte Nachfolgerin Otto Hellbergs an der Unternehmensspitze gesehen.

Die Lufthansa-Maschine erreichte pünktlich um 14.11 Uhr ihre Parkposition auf dem Flughafen Zürich-Kloten. Das Taxi benötigte für die zwölf Kilometer bis ins Finanzviertel am nördlichen Seeufer etwas mehr als 17 Minuten. Dr. Nina Hellberg dosierte das Trinkgeld so, dass sie dem Fahrer weder als besonders knausrig noch als auffallend spendabel in Erinnerung bleiben würde. Auch ihre Kleidung hatte sie so gewählt, dass sie auf ihrer Reise möglichst niemandem in Erinnerung blieb. Nina Hellberg wartete geduldig, bis sich das Taxi entfernt hatte. Dann erst setzte sie die voluminöse Sonnenbrille ab, überquerte den Paradeplatz und betrat das strahlend weiße klassizistische Gebäude. Sie wurde bereits erwartet.

42 Minuten später verließ sie das Bankgebäude, setzte ihre Sonnenbrille wieder auf, lief ein paar Schritte, betrachtete mäßig interessiert die Auslagen in den Schaufenstern, stoppte schließlich ein Taxi und ließ sich zurück zum Flughafen fahren. Dort nahm sie ihren Koffer aus dem Schließfach, sah auf die Uhr, kaufte sich an einem Zeitungsstand die Neue Zürcher, setzte sich in eines der gesichtslosen Bistros und trank, während sie las, einen grauenhaft miserablen Espresso.

Anderthalb Stunden später nahm sie ihren Sitzplatz 24A in der Economy Class der Iberia-Maschine nach Madrid ein. Erstmals seit vielen Wochen umspielte ein schwaches Lächeln ihre schmalen Lippen. Sie war nun um 362 Millionen Euro reicher. Sie war erst 38 Jahre alt und eine steinreiche Frau. Die Welt lag ihr zu Füßen. Zumindest jener Teil der Welt, der kein Auslieferungsabkommen mit der Bundesrepublik Deutschland unterhielt. Das Geld eilte ihr bereits voraus, 320 Millionen Euro, gesplittet auf drei lateinamerikanische und zwei karibische Banken. 42 Millionen hatte sie auf dem Nummernkonto in Zürich gelassen, um die Bank bei Laune zu halten.

In Madrid würde sie die nächste Non-Stop-Maschine nach Mexico City nehmen, Business Class, für den langen Flug. Von Cancún aus würde sie sich mit einem gecharterten Privatjet auf kürzestem Wege übers Karibische Meer nach Venezuela fliegen lassen, anschließend würde sich ihre Spur endgültig verlieren. Mit 362 Millionen Euro war das kein Problem. Mit Geld war nichts mehr ein Problem. Alles auf diesem Erdball drehte sich ausschließlich um Geld, Sex und Macht. Um Macht durch Sex. Um Macht durch Geld. Um Geld durch Macht, und um Sex durch Macht und Geld. In allen drei Disziplinen war sie eine Meisterin. Fressen oder gefressen werden. Jeder hatte die Wahl. Davon war Nina Hellberg felsenfest überzeugt. Und ihr eigenes Leben bestärkte sie nur in dieser Überzeugung.

Patrick Kahle schaltete den Fernseher aus und schleuderte die Fernbedienung wutentbrannt gegen die Wand.

»So eine verdammte Scheiße.«

Das Kunststoffgehäuse löste sich in seine Einzelteile auf, die Batterien kullerten über den Fußboden davon.

»Bist du jetzt vollends übergeschnappt?« Sonja sprang auf und sammelte die Teile wieder ein. »Wir haben die Bude hier freundlicherweise geliehen bekommen. So geht man nicht mit dem Eigentum anderer Menschen um.«

»Sonja, verschone mich gefälligst mit deinem bourgeoisen Besitzstandsdenken. Hast du nicht kapiert, was da gerade in der Tagesschau gezeigt wurde?«

»Doch. Hellberg hat eingelenkt. In allen Punkten. Wir haben unser Ziel erreicht. Ist doch super, oder? Ich find's super. Die einzige gute Nachricht in den letzten 24 Stunden.«

»Super? Was ist denn daran super? Jetzt ist Lars Hellberg der Held. Der barmherzige Samariter. Der bislang nur durch seinen despotischen Vater daran gehindert wurde, ein sozial denkender, verantwortungsvoller Unternehmer zu sein.«

»Na und?«

»Kapierst du das immer noch nicht? Von uns ist in den Medien schon keine Rede mehr. Für Rebmob kommt das viel zu früh. Niemand verbucht das jetzt als unseren Erfolg. Die deutsche Fernsehnation lehnt sich entspannt auf der Couch zurück. Die Welt ist ja wieder in Ordnung. Der Kapitalismus ist doch nicht so schlimm, wie man beinahe dachte. Sonja, willst du das nicht kapieren oder bist du einfach nur zu dämlich dazu?«

»Patrick, du bist ein arrogantes Arschloch.«

»So? Nur weil ich ab und zu mein Gehirn einschalte? Und außerdem: Wer nimmt hier permanent die ganze Verantwortung auf sich? Wer steht denn in der ersten Reihe, wenn's drauf ankommt? Wer hat denn jetzt die Arschkarte gezogen? Wer von uns wird denn von der Polizei wegen Mordes gesucht?«

»Wer hat dir eigentlich gesagt, du sollst eine Pistole mitnehmen? Du hast die gesamte Organisation in Misskredit gebracht. Der Exekutivrat ist stinkesauer auf uns.«

»Dein Exekutivrat geht mir am Arsch vorbei.«

»Sie haben ein Ausschlussverfahren gegen dich eingeleitet.«

»Jetzt zittere ich aber wie Espenlaub. Falls es euch entgangen sein sollte: Dieser Terrorstaat will mich lebenslang ins Gefängnis sperren. Meinst du etwa, da mache ich mir noch Sorgen wegen eines Ausschlusses aus eurem Club der Mittelmäßigen?«

»Ach, leck mich doch!«

»Gern. Jetzt? Aber schick den alten Sack so lange nach oben. Sonst kriegt er noch einen Herzkasper vom Zuschauen.«

Bevor Bernd Oschatz sie daran hindern konnte, stürzte sich Sonja auf Patrick und verpasste ihm eine Ohrfeige. Oschatz fiel Patrick in den Arm, als der mit geballter Faust zurückschlagen wollte, und brüllte ihn an, so laut, wie er noch nie in seinem Leben gebrüllt hatte:

»Schluss jetzt!«

Oschatz erschrak vor der Kraft seiner eigenen Stimme. Aber die anderen waren nicht weniger erschrocken.

Stille.

»Setzt euch wieder hin. So geht das nicht weiter. Wir müssen jetzt eine Lösung finden.«

Schweigen.

Patricks feuerrote Wange schwoll an.

»Patrick, du musst von hier verschwinden.«

»Bist du übergeschnappt, alter Mann?«

»Das ist doch nur noch eine Frage der Zeit, bis sie dich hier aufstöbern. Du musst untertauchen, bis sich die Sache geklärt hat. Immer in Bewegung bleiben.«

»Wohin soll ich denn?«

»Ins Ausland. Natürlich nicht mit dem Flugzeug. Du fährst mit dem Auto. Nach Frankreich zum Beispiel. Oder gleich weiter nach Spanien. In irgendeine Touristenecke, wo nicht weiter auffällt, dass du Deutscher bist und die Sprache nicht beherrschst. Noch besser wäre es allerdings, wenn du dich der Polizei stellen würdest. Dann könntest du mithilfe eines guten Anwalts dazu beitragen, dass deine Unschuld bewiesen wird. Und wenn du es doch warst, dann könnte es…«

»Ich war es nicht!«

»…dann könnte es positiv ins Gewicht fallen, dass du dich freiwillig gestellt hast, und der Anwalt könnte erreichen, dass du nicht wegen Mordes angeklagt wirst. Totschlag im Affekt zum Beispiel. Ich bin kein Jurist. Ich bezahle dir den Anwalt. Ich kann dir aber auch Geld geben, damit du im Ausland untertauchen kannst. Such es dir aus.«

»Ich gehe nicht zur Polizei. Auf gar keinen Fall. Wenn diese Schlampe Nina Hellberg unter Tränen vor Gericht aussagt, dass ich ihren Schwiegervater kaltblütig erschossen habe, während er hilflos auf dem Fußboden lag, dann bin ich dran. Dann gehe ich in den Bau. Und zwar für den Rest meines Lebens.«

»Vielleicht nur für 15 Jahre...«

»15 Jahre... das ist so gut wie der Rest meines Lebens! Du hast doch keine Ahnung, alter Mann.«

Bernd wollte antworten, ihm entgegnen, dass er ihn gefälligst nie wieder alter Mann nennen solle, aber Sonja legte beschwichtigend ihre Hand auf Bernds Arm.

»Bernd hat völlig recht. Du hast nur zwei Möglichkeiten: entweder einen Anwalt nehmen und dich der Polizei stellen... oder hier verschwinden und untertauchen. Und Rebmob ist noch längst nicht am Ende. Wir haben doch noch die DVD. Mit den Videoaufnahmen aus Istanbul. Patrick, ich denke, Bernd hatte damals tatsächlich recht: Es war ein Fehler gewesen, das Video nicht gleich zu veröffentlichen. Aber wenn wir jetzt damit an die Öffentlichkeit gehen, dann...«

Patrick fiel ihr ins Wort:

»Zu spät. Lars Hellberg hat doch schon angedeutet, dass er das Geschäft mit den Kellerfabriken beenden will.«

»Aber die Öffentlichkeit weiß doch noch gar nichts von den schrecklichen Dingen, die dort passiert sind. Außerdem beweist die DVD, wie lange der Konzern schon über die Zustände in Istanbul im Bilde war. Was meinst du dazu, Bernd?«

»Ich meine, wir sollten Lars Hellberg jetzt die Chance geben, die Dinge wieder in Ordnung zu bringen. Er ist im Grunde seines Herzens ein guter Mensch. Und das Wichtigste ist doch jetzt, dass die Menschen ihre Arbeitsplätze nicht verlieren...«

»Da hörst du es, Sonja. Dieser Buchhalter hier hatte von Anfang an keine Revolution im Sinn, sondern nur die Restaurierung seiner heilen, kleinbürgerlichen Welt. Er hat uns noch ganz andere Dokumente vorenthalten. Dokumente, die diesen Schweinekonzern aus den Angeln gehoben hätten.«

»Was für Dokumente?«

Patrick zerrte ein gefaltetes Blatt Papier aus seiner Jackentasche und schleuderte es auf den Tisch. Bernd Oschatz wollte danach greifen, doch Sonja war schneller und entfaltete das Papier. Oschatz ahnte dunkel, um was es sich handelte, noch bevor Patrick es mit triumphierender Stimme aussprach:

»Das ist die Kopie eines Belegs, der beweist, dass Otto Hellberg 362 Millionen Euro auf einer Bank in Zürich gebunkert hat. Ein anonymes Nummernkonto. 362 Millionen Euro Schwarzgeld, das in Deutschland nicht versteuert wurde.«

Sonjas Augen weiteten sich, während sie das Papier studierte. Dann reichte sie die Fotokopie an Oschatz weiter. Ihr Blick war eine einzige stumme Frage.

»Das war mein eisernes Faustpfand. Für den Notfall. Als Schutz vor Hellberg. Ich wusste doch zu Anfang überhaupt nicht, ob ich euch trauen kann. Wenn ich plötzlich alleine dagestanden hätte... Patrick, woher hast du das?«

Patrick Kahle grinste nur.

Sonja bückte sich und griff unter den Tisch.

»Du bist in meine Wohnung eingebrochen!«

»Eingebrochen ist zu viel gesagt. Sagen wir mal so: Ich hatte mir kurz mal deinen Schlüssel geborgt. Nachdem ich dir diese kleine Extraportion Tiefschlaf verpasst hatte. Sonja, diese miefige Spießerbude hättest du sehen müssen.«

»Verschwinde, Patrick.«

»He, was soll das denn jetzt, Sonja?«

»Auf der Stelle. Pack deine Sachen und verschwinde. Du kannst mein Auto nehmen. Der Tank ist fast voll.«

Ihre Stimme bebte. Ihre Augen waren mit einem Mal kalt wie Eis. Sie schob Nina Hellbergs Visitenkarte über den Tisch auf ihn zu. »Und vergiss das hier nicht. Das hast du eben verloren, als du die Fotokopie aus deiner Tasche gezogen hast. Du kleines, mieses Schwein. Ich gehe jetzt duschen, und wenn ich wieder aus dem Bad komme, bist du weg.«

Antonia Dix drückte den Klingelknopf ein drittes Mal. Nichts. Sie wollte schon gehen, als sie die trippelnden Schritte in ihrem Rücken hörte. Das Trippeln eilte über die Straße auf sie zu.

»Frau Dix?«

»Guten Abend, Frau Schmidt.«

»Ich war bei der Nachbarin gegenüber. Ich habe sie von dort zufällig durchs Küchenfenster gesehen.«

Die Frau hatte Angst. Die Angst kroch aus jeder Pore ihres Körpers. Sie atmete schwer, als sie die Haustür aufsperrte. Während sie die Treppe hinaufstieg, warf sie immer wieder einen Blick über die Schulter, als wollte sie sich vergewissern, dass die Polizistin ihr auch tatsächlich folgte. Auf dem letzten Treppenabsatz drückte sie Antonia Dix wortlos den Schlüssel in die Hand und ließ sie vorangehen. In der Diele überprüfte sie, ob Antonia Dix die Wohnungstür auch ordentlich ins Schloss gedrückt hatte, und schob den Sicherheitsriegel vor.

»Frau Schmidt, vor wem haben Sie solche Angst?«

»Er war wieder da!«

»Wer?«

»Detmers!«

»Der Sicherheitsbeauftragte von…«

»Ja!«

»Wann war das?«

»Vor ungefähr zwei Stunden.«

»Was wollte er von Ihnen?«

»Ich weiß es nicht. Ich habe nicht mit ihm gesprochen. Ich war noch rasch was fürs Wochenende einkaufen. Als ich zurückkam, sah ich ihn schon von Weitem. Zum Glück. Er stand vor der Haustür und klingelte. Ich habe mich schnell zwischen den parkenden Autos versteckt. Eine Ewigkeit. Meine Knie taten schon weh. Mein Rücken. Schließlich hat er aufgegeben, ist in sein Auto gestiegen und weggefahren. Mein Herz schlug bis zum Hals. Ich habe mich nicht getraut, nach Hause zu gehen, aus Angst, dass er wiederkommt. Dass er die Tür eintritt. Also bin ich zu meiner Nachbarin gegenüber. Und dann kamen Sie.«

»Wieso haben Sie solche Angst vor ihm?«

»Weil er schon mal hier war.«

Dann brach Angelika Schmidt in Tränen aus. Sie schluchzte hemmungslos, das Schluchzen schüttelte ihren Körper durch. Vor Scham bedeckte sie ihr tränennasses Gesicht mit ihren Händen. Antonia Dix schälte sie behutsam aus dem Mantel, führte sie ins Wohnzimmer, platzierte sie auf der Couch, suchte die Küche, kehrte mit einer angebrochenen Packung Tempo-Taschentücher und einem Glas Leitungswasser zurück, setzte sich neben sie, legte ihre Arme um sie, drückte sie sanft an sich, wiegte sie in ihren Armen wie ein Baby.

»Jetzt wird alles gut. Niemand wird Ihnen etwas antun.«

Nach einer Viertelstunde wurde das Schluchzen leiser. Schließlich nahm Angelika Schmidt die Hände vom Gesicht, schlug aber die Augen vor Scham nieder. Antonia Dix reichte ihr ein Taschentuch. Sie schnäuzte sich die Nase.

»Ich bringe Sie in Sicherheit. Und dann kümmere ich mich um Detmers. Haben Sie Freunde in der Stadt, wo Sie übernachten könnten, vielleicht auch eine Weile wohnen könnten?«

Sie schüttelte den Kopf.

»Verwandte?«

Sie schüttelte erneut den Kopf.

»Vielleicht bei der Nachbarin gegenüber? Nein, das ist keine gute Idee. Viel zu nah. Wissen Sie was? Sie kommen einfach mit zu mir. Ich habe eine Gästecouch. Sie bleiben einfach bei mir, bis die Sache hier geregelt ist.«

Angelika Schmidt schaute verwundert auf.

»Ist überhaupt kein Problem, Frau Schmidt.«

»Ehrlich?«

»Ehrlich!«

Die Verwunderung wich dennoch nicht aus ihren Augen. Offensichtlich hatte die Frau bislang noch nicht allzu viel Zuneigung in ihrem Leben erfahren.

»Bei mir übernachten ständig irgendwelche Freunde.«

Das war jetzt vielleicht doch ein wenig dick aufgetragen, um noch glaubwürdig zu wirken. Aber Angelika Schmidt schien es mit Erleichterung zur Kenntnis zu nehmen.

»Danke. Sie sind sehr freundlich.«

»Ist wirklich kein Problem. Außerdem hatte ich Ihnen ja schon bei unserem ersten Treffen ein wenig Nachhilfe in Selbstverteidigung versprochen. Das wäre doch dann die beste Gelegenheit...«

Sie lächelte und tupfte sich die Tränen aus den Augen.

»Frau Schmidt, haben Sie eine Ahnung, was Detmers von Ihnen wollen könnte? Was wollte er denn beim letzten Mal?«

»Wissen, wo Herr Oschatz ist.«

»Bernd Oschatz? Wissen Sie es denn?«

»Nein. Ich habe wirklich keine Ahnung.«

»Aber er glaubt Ihnen nicht.«

Sie nickte. »Er ist brutal. Sie kennen ihn nicht. Er ist so unglaublich brutal. Ich habe solche Angst, dass er mir etwas antut. Ich bin nicht sehr tapfer. Und ich habe Angst, dass ich ihm dann ein Geheimnis verrate. Und dann bin ich meinen Job los. Und niemand nimmt mich mehr in meinem Alter.«

Antonia riet ins Blaue: »Sie wissen etwas darüber, womit Herr Oschatz den Hellberg-Konzern in der Hand hat...«

Sie nickte.

»Und was wissen Sie darüber?«

»Alles, Frau Dix.«

Die Fotos, die David Manthey morgens über die Mauer hinweg mit seinem Handy gemacht und soeben auf sein Notebook überspielt hatte, waren nicht gerade von umwerfender Qualität. Aber sie zeigten alles, was er wissen wollte.

Zu dritt saßen sie am Küchentisch und starrten schweigend auf den Monitor. David, Artur, Benjamin.

Die ersten beiden Fotos zeigten Sonja Stiller, Frank Kahle und Bernd Oschatz. Die drei waren eindeutig zu erkennen, trotz der leichten Unschärfe und der Grobkörnigkeit durch die starke Vergrößerung. Sie standen auf einem gepflasterten Hof um den Peugeot 107 herum. Sie unterhielten sich, vermutlich über Sonjas Besuch bei Matthias Pfaff im Krankenhaus. Patrick Kahle gestikulierte wild. Bernd Oschatz stand einfach nur da und schwieg. Alle drei wirkten extrem angespannt.

Auf den nächsten beiden Fotos war die Heckklappe des Kleinwagens geöffnet. Sie luden Einkäufe aus. Eine Kiste Mineralwasser, mehrere prall gefüllte Plastiktüten. Das meiste musste Sonja Stiller eingekauft haben, noch bevor sie zum Krankenhaus gefahren war.

Die letzten beiden Fotos waren nicht sonderlich hilfreich. Die Heckklappe des Peugeot war wieder geschlossen, und die drei waren aus dem Bild verschwunden.

Günther war vor einer halben Stunde zu Bett gegangen. Erschöpft. Verwirrt. David hatte ihm alles erzählt. Alles, was er wusste. Zu gerne hätte er damit noch eine Weile gewartet. Aber da hatte ihm Benjamin Stiller einen Strich durch die Rechnung gemacht. Er hätte Günther niemals belügen können. Auch nicht, um dessen schwaches Herz zu schonen.

Benjamin Stiller schaute von einem zum anderen. »Und was machen wir jetzt?«

»Du bleibst hier und passt auf Günther auf.«

»Und ihr?«

David sah Artur an.

Der nickte nur kurz.

»Wir holen jetzt Günthers Bruder. Und deine Schwester.«

Als Sonja aus dem Badezimmer trat, war Patrick tatsächlich verschwunden. Bernd ebenso.

Stattdessen stand ein fremder Mann vor ihr.

Der Mann war groß, sehr groß, mindestens 1,90 Meter. Und fett. Der mausgraue Anzug spannte hässlich um die ausladenden

Hüften. Der Mann trug schwarze Sneakers, die ziemlich bequem und zugleich völlig unpassend zum Anzug wirkten. Der Mann hatte eine Glatze, was den Schädel überdimensioniert wirken ließ. Der Mann glotzte sie aus seinen geröteten Glubschaugen an.

Die Haustür stand sperrangelweit offen.

Nicht nur der kalte Luftzug ließ sie augenblicklich frösteln.

»Wer sind Sie? Was machen Sie hier?«

»Ich suche Kahle. Patrick Kahle. Und du wirst mir auf der Stelle sagen, wo ich ihn finde.«

»Verlassen Sie auf der Stelle das Haus. Sonst…«

Mit überraschender Geschwindigkeit, die so gar nicht zu dem massigen Körper passte, überwand der Mann die zwei Meter Distanz zu ihr. Sonja hob abwehrend eine Hand, während die andere Hand den Knoten des Badetuchs über ihrer Brust umkrampfte. Der Mann schlug die abwehrende Hand beiseite. Er ohrfeigte sie so heftig, dass ihr Kopf zur Seite flog, dann umklammerte seine Pranke ihren Hals und drückte ihren Körper gegen die Wand neben der offenen Tür zum Bad. Sie konnte seinen heißen Atem riechen. Und schließlich begriff sie, woher sie ihn kannte. Von der Pressekonferenz im Foyer an der Eupener Straße. Hellbergs privater Sheriff. Und sie ahnte in diesem Augenblick, wer Matthias so zugerichtet hatte.

»Du kleine Schlampe sagst mir jetzt, wo er ist.«

»Er ist weg!«

»Weg?«

»Ja, weg. Er kommt auch nicht mehr wieder.«

»Mit dem Auto?«

Sie schwieg tapfer.

Er drückte zu. Sie bekam keine Luft mehr.

Er genoss es.

Sie nickte heftig.

»Also mit dem Auto. Mit welchem Auto?«

Sie schwieg erneut.

Er rammte seine freie Faust in ihren Magen. Sie ließ vor Schreck und vor Schmerz das Badetuch los. Der Knoten löste sich. Er registrierte es mit einem zufriedenen Grunzen.

Sie rang nach Luft. Tränen schossen ihr in die Augen. Er lockerte den Griff um wenige Millimeter. Gierig saugte sie den Sauerstoff in ihre Lungen. Der gewaltige Kopf näherte sich ihrem Gesicht. Seine fleischigen Lippen suchten ihr Ohr. »Hast du eine Ahnung, was ich mit dir anstelle, wenn du nicht redest?«

»Mit meinem Auto. Ein Peugeot 107…«

Das Grinsen verschwand. Augenblicklich konnte sie die Verärgerung in seinen Augen ablesen. Und sie wusste zugleich, was das bedeutete: Der Kerl war Patrick eben auf der dunklen Landstraße begegnet, ohne zu ahnen, wer in dem Peugeot saß.

»Wo sind die Dokumente?«

»Ich nehme an, Patrick hat alles mitgenommen.« Ihre Stimme zitterte. Sie war eine schlechte Lügnerin. Sie hatte nicht die leiseste Ahnung, was Patrick mitgenommen hatte und was sich noch im Haus befand.

»So, so, das nimmst du also an.«

Das breite Grinsen kehrte zurück, seine Augen wanderten ungeniert ihren Körper hinab. »Dann sollten wir uns wohl mal gemeinsam auf die Suche begeben, um nachzuschauen, ob dein Patrick vielleicht was vergessen hat.«

»Lassen Sie die Frau los!«

Bernds Stimme. Laut und wild entschlossen.

Er ließ sie tatsächlich los und drehte sich um.

Bernd stand vier Meter entfernt, mitten in der Halle. Er schwankte. Er sah fürchterlich aus. Sein Gesicht war blutüberströmt, sein linkes Auge bis zur Unkenntlichkeit zugeschwollen. Er trug seinen Mantel. Sonja war auf der Stelle klar, was sich zugetragen haben musste: Bernd hatte Patrick zum Auto begleitet, ihm beim Verstauen des Gepäcks geholfen, sich von ihm verabschiedet. Anschließend hatte Bernd sich noch ein wenig die Beine vertreten, um frische Luft zu schnappen, wie er das so gerne tat, und war dann draußen auf dem Hof dem fetten Schwein in die Hände gefallen.

Bernd hielt einen schweren Hammer in der Hand und hob ihn nun drohend über den Kopf. Der andere Arm hing schlaff und leblos an seinem schmächtigen Körper herab.

Dann ging alles ganz schnell. Das fette Schwein stieß sie ins Bad zurück, sie wankte, stolperte, stürzte, schlug hart auf dem gefließten Boden auf, und bevor sie wieder auf die Beine kam, war die Tür zum Bad von außen abgeschlossen.

Sie saß in der Falle.

Das winzige Fenster war von außen vergittert.

Sonja hämmerte mit ihren Fäusten gegen die Tür. Sie schrie sich die Seele aus dem Leib. Sie nahm den schweren Duschkopf aus Edelstahl zu Hilfe und hämmerte gegen das massive Holz, bis sie die Kräfte verließen.

Sie legte ihr Ohr an die Tür und horchte. Poltern. Das Klirren von Glas. Stimmen. Schritte.

Stille.

Vorbei. Alles vorbei.

Sie hämmerte erneut gegen die Tür. Und schrie.

Stimmen. Drinnen. Und draußen. Durch das vergitterte Miniaturfenster hörte sie deutlich, wie jemand ums Haus lief. Und noch jemand.

Sie setzte sich auf den Klodeckel, stützte die Unterarme auf die Knie und heulte drauflos.

Angst und Verzweiflung packten sie.

Der Schlüssel drehte sich im Schloss, und mit einem Ruck wurde die Tür aufgerissen. Wieder ein Riese. Noch größer. Aber schlanker. Breitere Schultern. Feuerrote Haare.

»Sonja Stiller?«

Sie nickte.

»Keine Angst. Alles in Ordnung. Ziehen Sie sich bitte was an, und dann packen Sie Ihre Sachen. Wir sollten jetzt schleunigst von hier verschwinden. Ich bringe Sie zu Ihrem Bruder.«

»Zu meinem Bruder?«

»Benjamin Stiller. Das ist doch Ihr Bruder, oder?«

»Ja. Sind Sie von der Polizei?«

»Nein. Ich bin Schrotthändler.«

»Schrotthändler?«

»Ja. Sie können mich Artur nennen.«

»Wo ist das Schwein?«

»Wer?«
»Einer von Hellbergs Leuten. Groß und fett und brutal.«
»Detmers. Wir sind leider zu spät gekommen.«
»Und Bernd? Wo ist Bernd?«

Bernd Oschatz starb noch auf dem Weg zum Krankenhaus Köln-Porz im Rettungswagen. Der Notarzt hatte keine Chance. Der Fahrer drosselte schließlich das Tempo und schaltete das Martinshorn aus. David Manthey streichelte die tote Hand des fremden Mannes, bis der Rettungswagen die Zufahrt zur Klinik am Urbacher Weg erreicht hatte. Dann küsste er ihn zum Abschied auf die Stirn.

Noch vor einer halben Stunde, in der Fabrik, am Fuß der Treppe, hatte er ein paar Worte mit dem schmächtigen Mann wechseln können, während Artur vergeblich versuchte, Detmers zu stellen. David hatte Bernd Oschatz von Günther gegrüßt, und ein schwaches Lächeln war für Sekunden über das blasse, schmerzverzerrte Gesicht gehuscht. Dann hatte der fremde, alte Mann ihn um einen Gefallen gebeten, mit flüsternder, brüchiger Stimme, und David hatte ihm versprochen, sich darum zu kümmern. Noch bevor der Rettungswagen vor der Fabrik eintraf, hatte Bernd Oschatz das Bewusstsein verloren. Und als Rolf Detmers wieder auf das Firmengelände an der Eupener Straße einbog, war Bernd Oschatz schon tot.

Detmers stieg aus und schaute nach oben.
In ihrem Büro brannte noch Licht.
Sie musste ihm helfen.
Das war sie ihm schuldig.
Nach allem, was er für die Firma getan hatte.
Im obersten Stockwerk stieg er aus dem Aufzug, durchquerte schweren Schrittes den endlos langen, dunklen Flur, in dem nur die Notbeleuchtung brannte, und klopfte an ihre Bürotür.

Dr. Nina Hellberg

Eine Aufforderung, doch bitte einzutreten, brauchte er gar nicht erst abzuwarten. Denn die Türen in dieser Etage waren absolut schalldicht. Also wartete er höflich ein paar Sekunden, drückte schließlich die Klinke hinunter und trat ein.

Das Vorzimmer war menschenleer, aber hell erleuchtet. Sogar die Leselampe auf dem Tisch der Sekretärin brannte. Die Verbindungstür zum Vorstandsbüro stand offen.

Doch hinter dem gewaltigen Schreibtisch saß nicht Nina Hellberg. Hinter dem Schreibtisch saß eine Frau, die er nicht kannte. Mitte dreißig vielleicht. Pechschwarzes, raspelkurzes Haar. Dunkler Teint. Ein Mischling, unverkennbar. Kanakenbrut. Sie studierte den Inhalt eines Aktenordners. Sie hatte ihre schwere Lederjacke über die monströse Rückenlehne des Bürosessels gehängt. Sie trug ein schwarzes, eng anliegendes T-Shirt, das einen muskulösen, durchtrainierten Körper erahnen ließ. In dem Schulterholster steckte eine Sig-Sauer P228, wie sie eigentlich nur die SEK-Leute benutzten. Die Füße, die sie unter dem Tisch weit von sich streckte, steckten in derbem Schuhwerk, wie es von Bauarbeitern getragen wurde. Stahlkappen. Dicke Profilsohlen. So ein richtiges Flintenweib.

Obacht, Detmers. Obacht.

Sie hob den Blick, legte den Kopf ein wenig schief und betrachtete ihn interessiert und zugleich völlig emotionslos, so wie ein Zoologe ein seltenes Insekt unter dem Mikroskop betrachtet. Sie deutete auf den Besucherstuhl.

»Nehmen Sie Platz, wenn Sie möchten.«

»Ich stehe lieber. Was machen Sie hier?«

»Ich studiere gerade die Listen mit den Firmenfahrzeugen. Lars Hellberg war so nett und hat mir die Schlüssel für dieses Büro und für die Aktenschränke überlassen. Verzeihen Sie ... ich habe mich gar nicht vorgestellt ... wie unhöflich von mir: Antonia Dix. Haben Sie eine Ahnung, wo man hier um diese unchristliche Zeit noch einen Kaffee bekommt?«

»Nein. Herr Hellberg lässt Sie hier alleine hantieren?«

»Ja. Aber was geht Sie das an?

»Nun: Ich bin der Sicherheitsbeauftragte des Konzerns.«

»Nun: Ich fürchte, Sie waren es die längste Zeit.«

»Was soll denn das heißen?«

»Leider sind Ihnen die Protegés abhanden gekommen. Otto Hellberg ist tot, und Nina Hellberg... auf und davon... mit unbekanntem Ziel verreist. Wie? Das wissen Sie etwa noch nicht? Soll ich denn Frau Dr. Hellberg vielleicht etwas von Ihnen ausrichten, wenn ich sie zufällig sehen sollte?«

»Hat sich der kleine Lars tatsächlich einen hübschen Bastard als neue Sicherheitsbeauftragte angelacht. Sag schon: Welcher Kanake hat denn deine Mutter bestiegen?«

»Kanake ist nicht ganz korrekt. Kanaken nennen sich die melanesischen Ureinwohner von Neukaledonien im Südwestpazifik. *Kanaka Maoli* ist übrigens das hawaiische Wort für *Mensch*. Mein Vater war allerdings Brasilianer. Und Sie? Wer hat Ihre Mutter bestiegen? Ich vermute, ein rosiges, ringelschwänziges, wohlgemästetes Hausschwein...«

Blitzschnell griff Detmers in den Ausschnitt seines Mantels. Nicht schnell genug. Seine Hand steckte immer noch bis zum Manschettenknopf hinter dem Revers des Wollmantels, als er in die Mündung der Sig-Sauer blickte. Sie stand breitbeinig hinter dem Tisch. Der Bürostuhl war umgestürzt. Detmers hatte noch nie einen Menschen so schnell ziehen gesehen.

»Ich heiße zwar tatsächlich Antonia Dix, aber ich bin nicht Hellbergs neue Sicherheitsbeauftragte. Ich bin Kriminalhauptkommissarin und Leiterin des KK 11 im Polizeipräsidium Köln. Rolf Detmers, ich nehme Sie hiermit fest wegen des Verdachts des Mordes an Zeki Kilicaslan.«

»Nie gehört. Wer soll das sein?«

»Der Pförtner der Nachtschicht bezeugt, welches Firmenfahrzeug Sie an dem betreffenden Abend für etwa eine Stunde benutzt haben, von 21.27 bis 22.32 Uhr, obwohl der nächtliche Ausflug nicht ins Fahrtenbuch eingetragen wurde. Der gewissenhafte Mann an der Pforte hat dies, nachdem Sie das Firmengelände mit ihrem Privatwagen längst wieder verlassen hatten, freundlicherweise noch in der Nacht nachgeholt. Die Kilometerzahl passt ebenfalls perfekt. Ein schwarzer Mercedes der E-Klasse, der keinem bestimmten Mitarbeiter zugeordnet ist. Lars Hellberg hat den Pförtner davon überzeugen können, dass er keine Sanktionen zu befürchten hat, wenn er sich bei der Polizei meldet. Außerdem haben wir unter anderem am Lenkrad und am Schalthebel interessante Faserspuren gefunden, die eindeutig von Zeki Kilicaslans Anzug stammen. Sie hätten sich vielleicht doch besser Handschuhe angezogen, bevor Sie seine Taschen durchsuchten. Ferner haben wir einen Zeugen, den Betreiber eines Kiosks, der Sie um 21.58 Uhr im Hauptbahnhof hat telefonieren sehen. Exakt von der Telefonzelle, von der um 21.58 Uhr ein Anruf im Hotel des Professors einging. Und das Allerbeste: Wir haben einen Zeugen, der gesehen hat, wie Sie den Mercedes im Rückwärtsgang ein zweites Mal über den Schwerverletzten rollen ließen. Das wäre dann der feine Unterschied zwischen fahrlässiger Tötung und vorsätzlichem Mord. Ich kann's mir wohl ersparen, ausgerechnet Ihnen Ihre Rechte vorzutragen...«

»Klar. Die kenne ich noch in- und auswendig. Schließlich sind wir ja gewissermaßen Kollegen...«

»Wir waren mal Kollegen. Gewissermaßen. Vergangenheit, nicht Gegenwart. Wenn wir immer noch Kollegen wären, würde ich auf der Stelle den Dienst quittieren.«

»Liebe Frau Dix! Lassen Sie uns doch in Ruhe...«

»Stopp! Schieben Sie die Waffe zurück ins Holster. Ganz langsam. Ich sage das in Ihrem eigenen Interesse.«

Rolf Detmers dachte einen Augenblick darüber nach.

Über Chancen und Risiken.

Die Sig-Sauer am Ende ihrer ausgestreckten, sehnigen Arme schwankte nicht auch nur einen Millimeter.

Er sah ihr in die Augen.

Sie blinzelte nicht einmal.

Sie lächelte.

»Wissen Sie, Detmers, mir persönlich würden Sie eine große Freude bereiten, wenn Sie jetzt ziehen würden.«

Otto Hellberg hatte in seinem Testament eine Urnenbeisetzung verfügt. Über weitere Wünsche hinsichtlich der Modalitäten seiner Bestattung war nichts schriftlich hinterlassen worden. Also entschieden sich seine beiden Kinder für eine Beisetzung in aller Stille, um einem Großaufgebot der Medien, den zu erwartenden Heerscharen Schaulustiger sowie dem zur Schau gestellten, scheinheiligen Mitgefühl der Kölner Gesellschaft zu entgehen. Den kleinen Jonas hatte Lars Hellberg zu Hause bei der Nanny gelassen, um ihm den traurigen Akt zu ersparen. Also begleitete ihn lediglich seine Schwester Ulrike zum Friedhof Melaten.

Am nächsten Tag erschien im Kölner Stadt-Anzeiger eine ganzseitige Todesanzeige. Die Geschwister fanden darin ehrliche, mutige und zugleich empfindsame Worte, um den Verstorbenen als Unternehmer sowie als Vater zu beschreiben.

Die Leichen der beiden Mordopfer waren erst nach jeweils neun Tagen von der Rechtsmedizin freigegeben worden. Der Sarg mit dem toten Professor Zeki Kilicaslan wurde nach Istanbul überführt. Die Kosten für die Überführung wie auch für die anschließende Bestattung in Kilicaslans Heimat übernahm das Kollegium des dortigen Universitätsklinikums.

Bernd Oschatz hatte kein Testament hinterlassen.

Zur Beerdigung auf dem Südfriedhof, gar nicht weit weg von seiner Wohnung im Heidekaul, erschienen sein drei Jahre älterer Bruder Günther, ferner David, Artur, Antonia Dix, Sonja Stiller und ihr Bruder Benjamin, Angelika Schmidt und drei weitere Kollegen aus der Firma. Niemand aus der Belegschaft ahnte, dass sie alle den Erhalt ihrer Arbeitsplätze in Köln ganz wesentlich dem menschenscheuen und nie sonderlich beliebten Buchhalter Bernd Oschatz zu verdanken hatten.

Matthias Pfaff wurde erst zwölf Tage nach der Beerdigung auf dem Südfriedhof aus dem Krankenhaus entlassen, immerhin noch rechtzeitig vor den Weihnachtstagen.

Heiligabend verbrachten sie alle gemeinsam bei Günther. Der Hausherr versuchte an diesem Abend vergeblich, die Klassikliebhaberin Angelika Schmidt zum Jazz zu bekehren. Artur kochte, Sonja assistierte ihm bereitwillig in der Küche. Artur redete erstaunlich viel an diesem Abend, vor allem mit Sonja. Einmal sagte sie am Tisch zu ihm: »Mein Lebensretter!« Und Artur bekam rote Wangen. Nicht vom Alkohol.

Lars Hellberg hielt Wort und setzte schon zu Beginn des neuen Jahres einen Großteil seiner Versprechungen aus der Pressekonferenz unmittelbar nach dem Tod seines Vaters Schritt für Schritt in die Tat um. Diverse Wirtschaftsexperten prophezeiten dem Konzern unter den neuen Rahmenbedingungen eine Überlebensdauer von maximal zwei Jahren.

Rolf Detmers wurde wegen Mordes an Zeki Kilicaslan zu lebenslanger Haft verurteilt. Im Urteil stellte das Schwurgericht eine besondere Schwere der Schuld fest. Damit war eine Haftentlassung nach 15 Jahren ausgeschlossen – und der Überfall auf Matthias Pfaff sowie der Tod von Bernd Oschatz strafprozessual nicht mehr relevant, weil die höchstmögliche Einzelstrafe bereits verhängt worden war.

Rebmob zerfiel binnen Monaten. So wie es Carlo Pellegrini schon im November nach der Leerung einer Flasche Barolo im Beisein des stocknüchternen David Manthey vorhergesagt hatte. Der Exekutivrat löste sich *nach unüberbrückbaren internen Differenzen zum grundsätzlichen politischen Verständnis sowie zur künftigen Strategie* auf, und die lediglich über das Internet organisierte Anhängerschaft wandte sich in Windeseile anderen gewissensberuhigenden Protestbewegungen zu.

Nina Hellberg blieb wie vom Erdboden verschluckt.

Als hätte sie nie existiert.

Nur der kleine Jonas schien sie noch zu vermissen und fragte Lars Hellberg fast täglich nach ihr.

Am 21. Februar brachte Bundesarbeitsministerin Ursula von der Leyen öffentlich ihre Freude darüber zum Ausdruck, dass Deutschland bei der Beschäftigung älterer Arbeitnehmer inzwischen einen Spitzenplatz in Europa einnehme: 40,8 Prozent der 60- bis 64-Jährigen seien im Vorjahr in Lohn und Brot gewesen. DGB-Chef Michael Sommer wies anschließend darauf hin, dass in diese Quote rund 800 000 Minijobber eingerechnet seien, deren Lohn keineswegs ausreiche, um viel mehr als das tägliche Brot zu finanzieren. Die IG Metall zitierte eine Studie, nach der im Vorjahr in Deutschland rund eine Million Menschen als deutlich unterbezahlte Leiharbeiter beschäftigt waren. Damit habe sich deren Zahl im vergangenen Jahrzehnt verdreifacht. Betroffen seien inzwischen mehr als vierzig Prozent der unter 35-Jährigen. Und der Spiegel berichtete am 27. Februar in seiner Titelgeschichte über den neuen Reichtum in Deutschland, dass eine Altenpflegerin für durchschnittlich 1753 Euro brutto einen ganzen Monat lang hart arbeiten müsse, Deutsche-Bank-Chef Eduard Ackermann hingegen nicht mal eine Stunde.

Hotelportier und Medizinstudent Hannes Groote leistete sich von seinem Ersparten einen zweiwöchigen Wanderurlaub auf Kreta, nachdem er sein Physikum bestanden hatte.

Im Februar brachte in dem Dorf Bürnük an der türkischen Schwarzmeerküste eine junge Frau namens Filiz ein gesundes Kind zur Welt. Der Vater des Babys stimmte nach heftiger, aber kurzer Diskussion dem Wunsch seiner Frau zu, dass der Junge den Vornamen Erol erhalten solle.

Ebenfalls im Februar wurde Patrick Kahle nur drei Tage nach einem Überfall auf eine Kundenfiliale der Banco Santander in San Sebastián bei einem Feuergefecht mit Angehörigen einer Spezialeinheit der Guardia Civil in einem baskischen Bergdorf namens Urkizu erschossen. Von den 120 000 Euro, die bei dem Überfall erbeutet worden waren, sowie von seinen drei vermummten Komplizen fehlte allerdings jede Spur. Der Revolver, der bei der Leiche sichergestellt wurde, stammte aus der Beute eines Überfalls auf ein Waffengeschäft in der französischen Grenzstadt Hendaye im Juli 2009. Den Überfall auf das Waffengeschäft, bei dem der Ladenbesitzer lebensgefährlich verletzt worden war, schrieben die französischen Ermittlungsbehörden der baskischen Untergrundorganisation ETA zu. Die Obduktion der Leiche ergab, dass der Deutsche von sechs Schüssen aus zwei unterschiedlichen Maschinenpistolen in die Brust getroffen worden war.

Da Artur einen Meisterbrief als Karosseriebauer besaß, war es für ihn kein Problem, Sonja Stillers Wunsch nachzukommen und sie als Auszubildende einzustellen. Die Bundesagentur für Arbeit bezahlte die Umschulung der Einser-Akademikerin.

Matthias Pfaff fand einen Teilzeitjob als Verkäufer in einem Laden für Computerzubehör.

Anfang März flog David Manthey nach Fuerteventura. Er hatte noch ein Versprechen einzulösen, dass er dem sterbenden Bernd Oschatz unmittelbar vor dessen Tod gegeben hatte.

Vulkankegel. Lavafelder. Und das Meer. Alle Schattierungen von Blau und Türkis, endlos weit. David Manthey blickte durch die eingestaubte Seitenscheibe, während das Taxi durch die Wüste raste, als sei der Teufel hinter dem Fahrer her.

Der Fahrer, ein vor sechzehn Jahren eingewanderter Andalusier aus Tarifa, fluchte während der einstündigen Fahrt unentwegt über die Benzinpreise, die Zigarettenpreise, die Immobilienpreise auf der Insel sowie über die Regierung in Madrid. David Manthey stimmte ihm in allen Punkten zu, in der irrigen Hoffnung, das könnte den Fahrer dazu bewegen, sich auf die Straße statt auf den Fahrgast zu konzentrieren.

Mitten in der gottverlassenen Mondlandschaft zwischen Costa Calma und Jandia bremste das Taxi, bog von der Schnellstraße ab und folgte den Serpentinen zur Küste hinunter. Hotel Melia Gorriones. Ein Betonklotz mit Palmen vor dem Portal, das einzige Gebäude weit und breit, abgesehen von der Hütte der Surfschule unten am Strand.

Am zweiten Tag entdeckte er sie, als er morgens von seinem Balkon aus den gigantischen Strand beobachtete, der sich gen Süden bis zum Horizont erstreckte. Das Alter passte. Die Nordic-Walking-Stöcke ebenfalls. Auch die schulterlangen, grauen Haare, an denen der Wind zerrte. Schlank, schmale Schultern, federnder Gang. *Sie hat graue Haare, aber sie trägt sie mit Würde, sie sieht bezaubernd aus mit ihren grauen Haaren.*

Am Abend entdeckte er sie an der Bar.

»Ist der Platz noch frei?«

Jede Menge Barhocker waren noch frei, um diese Zeit. Aber er fragte sie nach dem Hocker gleich neben ihr.

Sie drehte den Kopf in seine Richtung. Erstaunen im Blick. Sie hatte ein schönes Gesicht. Ihre Augen musterten ihn in Sekundenschnelle von Kopf bis Fuß. Die grauen Haare standen ihr tatsächlich gut, harmonierten mit ihrer gebräunten Haut und ihrem schneeweißen, knöchellangen Kleid. Feine Lachfältchen um die Augen. Und Sommersprossen. Auf der Nase. Auf ihren Armen. Und auf dem Ansatz ihrer Brüste.

»Ja. Bitte.«

Aus den Boxen an der Decke tröpfelte Musik, rieselte herab wie pulverisiertes Beruhigungsmittel, ohne Anfang, ohne Ende, ohne Sinn. Sie starrte in ihre fast geleerte Tasse Cappuccino und wartete darauf, dass er den Anfang machte.

Also machte er den Anfang. »Würden Sie mir die Freude bereiten und ein Glas mit mir trinken?«

»Gerne.« Sie lächelte. Sie hatte ein schönes Lächeln. David nickte dem Barkeeper zu und bestellte auf Spanisch.

»Oh. Sie sprechen Spanisch. Ist das nicht eine wunderbare Sprache? Die meisten deutschen Touristen hier erwarten, dass alle Welt um sie herum Deutsch versteht. Ist das nicht unsäglich arrogant? Sollen sie doch allesamt ihren Urlaub im Sauerland verbringen. Sind Sie häufiger auf Fuerteventura?«

»Ehrlich gesagt: das erste Mal.«

»Ich komme zweimal im Jahr hierher, immer Anfang November und Anfang März, jeweils für drei Wochen. Um den Winter abzukürzen. Wissen Sie, Fuerteventura kann man nur lieben oder hassen. Entweder kommen Sie nie wieder her, oder Sie kommen immer wieder her. So wie ich.«

Der Barkeeper stellte die beiden Gläser und ein Schälchen mit Erdnüssen vor ihnen ab.

»Ach, ich liebe spanischen Cava. Salud,...«

»Mein Name ist David Manthey. Aber bitte nennen Sie mich einfach David. A tu salud, Inge.«

Inge ließ ihr Glas wieder sinken.
»Woher wissen Sie meinen Namen?«
»Von Bernd Oschatz.«
»Bernd? Oschatz? Tut mir leid, ich kenne keinen Bernd Oschatz. Ist er Gast in diesem Hotel?«
»Er war es. Im vergangenen November. Erinnern Sie sich? Sie waren am Strand unterwegs... und er war nackt schwimmen, das erste Mal in seinem Leben... und er war ganz ganz verlegen, weil er Sie nicht bemerkt hatte, und abends...«
»Er nannte sich Günther. Nicht Bernd.«
Ihre Augen wurden ganz schmal.
Verdammte Scheiße.
»Ich vermute, er hat sich ziemlich danebenbenommen.«
»So salopp würde ich das nicht formulieren wollen. Er hat mich zutiefst verletzt, indem er mich einfach sitzen ließ. Ich war nur ganz kurz zur Toilette, und als ich wiederkam, war er einfach verschwunden. Ich stand da wie ein begossener Pudel. Und in diesem Augenblick, wo ich erfahre, dass er zu allem Überfluss einen falschen Namen benutzt hat, verletzt er mich ein zweites Mal. Ich nehme an, er ist verheiratet...«
»Nein. Er ist tot.«
Ihre Augenbrauen hoben sich kurz. Sie schwieg und wartete. Auf eine Erklärung. Was sollte David ihr erklären?
»Ich war bei ihm, als er gestorben ist. Vor etwas weniger als drei Monaten. Er hatte nicht mehr lange zu leben, als er damals zurück nach Deutschland geflogen war.«
»War er krank? Mein Mann ist an Krebs gestorben.«
»Nein. Bernd war nicht krank. Er wurde ermordet. Er hat Ihnen seinen echten Namen verschwiegen, weil er Angst hatte. Er war auf der Flucht. Deshalb hatte er sie auch hier sitzen lassen, nehme ich an. Er wollte niemanden da mit reinziehen. Weil er niemandem Schaden zufügen wollte. Ihnen schon gar nicht. Er wollte nur einmal in seinem Leben etwas Richtiges und Wertvolles für diese Gesellschaft tun. Völlig uneigennützig. Unter großem Risiko für sich selbst. Das hat ihn das Leben gekostet. Wissen Sie, Bernd war ein hochmoralischer Mensch. Wenn ich

Bundespräsident wäre, würde ich ihm posthum das Bundesverdienstkreuz verleihen. Ich nehme an, das klingt jetzt alles völlig verwirrend für Sie...«

»Das kann man so sagen!«

»Als er im Sterben lag... als er wusste, dass er nur noch wenige Minuten zu leben hatte... da gab es nichts Wichtigeres für ihn, als mich zu bitten, Ihnen mitzuteilen, wie leid es ihm tut. Er wollte Sie nicht verletzen. Er wollte zu Ihnen zurückkehren, um Ihnen genau das alles selbst zu sagen. Aber dann...«

»Hören Sie auf. Bitte!«

»Okay.«

Sie stürzte den Inhalt des Glases hinunter.

»David.«

»Ja?«

»Lassen Sie uns noch was trinken.«

»Okay, Inge.«

Sie tranken. Die ganze Nacht.